MIRA®

Der Preis dieses Bandes versteht sich einschließlich
der gesetzlichen Mehrwertsteuer.

Umwelthinweis:
Dieses Buch wurde auf chlor- und säurefreiem Papier gedruckt.

Im Bann der schönen Hexe

Die lustvollen Nächte, die der mächtige Wikinger Rurik vor Jahren mit der schönen Maire verbrachte, haben ihn für immer gezeichnet. Denn seit jener Zeit, in der das Begehren zwischen ihnen so heiß brannte, trägt er ein Mal auf der Stirn. Jetzt kehrt er in die schottischen Highlands zurück, um die betörende Hexe zu einem Gegenzauber zu zwingen. Dabei gerät er in die kriegerischen Auseinandersetzungen zwischen den verfeindeten Highland-Clans. Mutig kämpft Rurik für Maires Clan, die Campbells. Und obwohl er sich geschworen hat, sich diesmal von ihrer Magie fernzuhalten, verfällt er dem sinnlichen Verlangen nach Maire erneut so heftig, als sei Zauberkraft im Spiel ...

Sandra Hill

Im Bann der schönen Hexe

Roman

Aus dem Amerikanischen von
Meriam Pstross

MIRA®

MIRA® TASCHENBUCH
Band 25120
2. Auflage: November 2004

MIRA® TASCHENBÜCHER
erscheinen in der Cora Verlag GmbH & Co. KG,
Axel-Springer-Platz 1, 20350 Hamburg
Deutsche Taschenbucherstausgabe

Titel der nordamerikanischen Originalausgabe:
The Blue Viking

erschienen bei: Leisure Books, New York
Published by arrangement with
Dorchester Publishing Co., Inc.

Konzeption/Reihengestaltung: fredeboldpartner.network, Köln
Umschlaggestaltung: pecher und soiron, Köln
Titelabbildung: by Franco Accornero via Thomas Schlück GmbH, Garbsen
Autorenfoto: © by Leisure Books, New York
Satz: Berger Grafikpartner, Köln
Druck und Bindearbeiten: Ebner & Spiegel, Ulm
Printed in Germany
ISBN 3-89941-158-7

www.mira-taschenbuch.de

PROLOG

Kaupang, Norwegen, im Jahre des Herrn 935

„Schweinejunge, Schweinejunge, Kümmerling!" Rurik fuhr erschrocken hoch, als er die Horde Jugendlicher wahrnahm, die auf dem Marktplatz aufgetaucht war und ihn verspottete. „Thor steh mir bei!" murmelte er und rannte um sein Leben, so schnell ihn seine mageren Beine tragen konnten.

Rurik liebte es, das geschäftige Treiben hier in Kaupang, diesem bedeutenden Handelsplatz im Süden Norwegens, zu beobachten. Er erfreute sich an dem Stimmengewirr und an den vielen verschiedenen Gerüchen. Es gab Hammelbraten vom Spieß, von Honig triefende Weizenkuchen und würziges Bier, in das man ein heißes Eisen tauchte, um es zu erhitzen. Das zischende Geräusch, das dabei zu vernehmen war, vermischte sich mit dem lauten ‚Kling-klang-klang', das aus der Waffenschmiede nach draußen drang, und mit dem Blöken und Wiehern, Muhen, Gackern und Quaken einer Vielzahl von Tieren. Händler priesen ihre Waren an und ermunterten die Vorübereilenden, einen Blick darauf zu werfen.

Wie Rurik befürchtet hatte, jagte die Bande hinter ihm her und gröhlte Beleidigungen, die seine empfindliche Seele wie spitze Eiszapfen trafen. „Komm her, du verdammter Hurensohn."

„Den müsste man mal im eiskalten Fjord so richtig einweichen, damit er nicht mehr stinkt wie ein Eber."

„Meinst du, der Hungerleider nuckelt an den Sauzitzen? Vielleicht ist er ja deshalb so hässlich. Ha, ha, ha!"

„Oink, oink, oink!"

Rurik keuchte vor Anstrengung und bemühte sich, seine Füße noch schneller zu setzen. Tränen stiegen ihm in die Augen – vor Anstrengung, aber auch wegen all dieser verletzenden Worte.

Warum hassen sie mich nur so?

Es konnte nicht daran liegen, dass sie Nordmänner waren, er war schließlich auch einer, und somit doch einer von ihnen.

Es lag auch nicht daran, dass er erst acht Winter gesehen hatte, sie hingegen schon mehr als elf, oder dass er klein und zartgliedrig war und sie vor Kraft strotzten. Natürlich stank er, weil er bei den Schweinen lebte, aber seine Verfolger rochen auch nicht besser. Mit Sicherheit hatte keiner von ihnen seit dem letzten Frühjahr gebadet. Was war es also, weswegen sie ihn so quälten? Sie waren doch genauso arm und schlecht gekleidet wie er, und sie wurden ebenso misshandelt wie er.

Konnte es sein, dass es manchen Menschen einfach Spaß machte, gemein zu sein?

Es musste wohl so sein.

Ivar, der Sohn des Schmieds – der Niederträchtigste von allen –, holte ihn als Erster ein. Rurik befand sich gerade hinter dem Stand von Gudrod dem Gerber. Bei Thor, hier stank's bestialisch. Gudrod schmierte Hühnermist auf eine aufgespannte Tierhaut; eine alte Methode, Häute zu gerben. Ivar rannte mitten in ihn hinein.

„He, was soll das!" brüllte Gudrod. „Macht, dass ihr rauskommt, verdammtes Pack, ihr schmeißt ja alles durcheinander."

Ivar hatte nur einen kurzen Blick für den Händler, packte dann Rurik an seinem verdreckten Kittel und schleppte ihn zu einem nahen Gehölz. Dort, in dem verharschten Schnee, prügelte er nun grausam auf den Jungen ein und begleitete jeden seiner Schläge mit Sätzen wie: „Das wird dich lehren, vor denen, die was Besseres sind als du, davonzulaufen." Rurik war viel kleiner als Ivar, und alles, was er tun konnte, war, die Hände schützend vor sein Gesicht zu halten.

Bald erschienen auch Ivars Freunde und trugen mit Faustschlägen, Spott und Hohn ihren Teil zu der Misshandlung bei. Sie rollten Rurik im Schnee herum und traten und schlugen ihn gnadenlos.

Plötzlich übertönte eine kräftige Stimme das Geschrei. „Ich hab euch verdammten Bastarden doch gesagt, ihr sollt den Kleinen in Ruhe lassen. Manche Leute sind wirklich schwer von Begriff und wissen nicht, wann sie in Gefahr sind, einen solchen Tritt in den Hintern zu bekommen, dass sie bis nach Hedeby fliegen und wieder zurück."

Es entstand eine unheilvolle Stille, als die Angreifer sahen, dass Stigand aufgetaucht war, Ruriks Beschützer. Schlagartig hörten sie auf, Rurik zu peinigen, und als Stigand sich Ivar, den Anführer, schnappte, wich der Rest der Bande langsam zurück. Stigand hatte erst zehn Winter gesehen, aber er war groß, sehr groß für sein Alter. Und erbarmungslos. Erbarmungsloser als Ivar und seine boshaften Freunde. Mit der linken Hand packte er Ruriks Feind im Genick und hob ihn in die Höhe. Dann holte er mit der Rechten weit aus und schlug sie in Ivars vor Angst verzerrtes Gesicht. Dieser eine Schlag reichte vollkommen. Stigand gab den schluchzenden Ivar frei, damit er seinen feigen Kumpanen folgen konnte. Dann hielt er Rurik die Hand hin und half ihm auf die Füße. „Du siehst furchtbar aus", sagte er.

„Ich weiß", antwortete Rurik und klopfte sich seine zerlumpten Beinlinge ab, die jetzt noch ein paar Risse mehr hatten. Aber er lächelte seinem einzigen Freund auf dieser Welt dankbar zu.

Kurze Zeit später saßen er und Stigand nebeneinander, an die Wand des Schweinestalls gelehnt. Stigand spielte mit einem kleinen Schwein, das er Daumenbeißer genannt hatte. Bei der Geburt war das Tier ein richtiger Kümmerling gewesen, jetzt aber gedieh es prächtig unter seiner fürsorglichen Obhut. Rurik bemerkte, dass ein sanftes Lächeln auf dem sonst so finsteren Gesicht seines Freundes lag.

Sein Magen knurrte.

Stigand blickte auf und grinste. „Besser, du schnappst dir einen Kanten Brot, bevor das alte Scheusal nach Hause kommt."

Rurik nickte. „Wenn sie sieht, dass ich wieder gekämpft habe, bin ich reif für Schläge, das ist sicher."

„Was du da tust, kann man ja wohl kaum kämpfen nennen", bemerkte Stigand trocken.

„Ich versuche, am Leben zu bleiben, nur am Leben zu bleiben", antwortete Rurik müde, „das ist meine Art zu kämpfen – im Augenblick wenigstens."

„Jedenfalls wirst du nicht lange am Leben bleiben, wenn dieses Weib dich erwischt, *armer kleiner undankbarer Waisenjunge.*" Er machte die Alte nach, die das immer sagte, bevor sie mit der Birkengerte auf einen von ihnen einschlug.

Die beiden Jungen grinsten sich an.

Rurik und Stigand gehörten zu dem Dutzend *Waisenkindern*, die von Ottar, dem Schweinebauern, gerettet worden waren – wenn man es denn so nennen konnte. Ottar selbst war nicht schlecht, und seine Absichten waren lauter. Unglücklicherweise jedoch hatte seine Frau Hervor kein so gutes Herz. Wenn Ottar nicht zu Hause war, mussten sich die Waisenkinder fast zu Tode schuften und wurden wegen der kleinsten Verfehlung verprügelt.

Ottar hatte vor einigen Jahren auch Stigand ‚gerettet', nachdem dieser von zu Hause weggelaufen war, wo er schreckliche Misshandlungen durch seinen Vater und seine Brüder hatte ertragen müssen. Es war zwar kaum vorstellbar, dass es noch Schlimmeres als Hervors Schläge geben konnte, doch Rurik musste nur Stigand anschauen, um trotz seines kindlichen Alters zu erahnen, dass die Prügel, die sein Freund in der eigenen Familie bezogen hatte, noch grausamer gewesen waren. Die Leere, die manchmal in Stigands Augen trat, zeugte von einem unsäglichen Schmerz.

Ruriks Geschichte war eine ganz andere. Ihn hatte man als Säugling einfach ausgesetzt. Denn es gab immer noch Wikinger, die dies taten, vor allem dann, wenn ihre Neugeborenen schwächlich oder gar kränklich waren. Ein solcher Wikinger war auch Ruriks Vater, ein stolzer Kleinkönig, der von seinen Abkömmlingen Vollkommenheit verlangte.

Doch auch bei den Engländern und in vielen christlichen Königreichen verfuhr man mit unerwünschten Kindern, egal ob sie unehelich oder schwächlich waren, nicht viel anders. Dort entledigte man sich ihrer, indem man sie für das Kloster bestimmte. Eine Vorgehensweise, an der zudem niemand Anstoß nahm, denn oberflächlich betrachtet, schienen die liebenden Eltern damit Gott ein großes Opfer zu bringen. Tatsächlich jedoch nutzten sie diese Möglichkeit lediglich, um sich ihrer ungeliebten Abkömmlinge nicht weiter annehmen zu müssen.

Rurik war eine Frühgeburt gewesen, klein und kränklich. Sein Vater hatte nur einen Blick auf ihn geworfen und dann die Hebammen angewiesen, den kleinen nackten Körper in den eisigen Schnee zu legen. Dort hatte ihn Ottar gefunden. Ruriks Mutter aber war kurz darauf am Kindbettfieber gestorben.

Manchmal sah Rurik seinen Vater hoch zu Pferde über den Handelsplatz reiten und dabei fröhlich mit seinen Begleitern scherzen. Nie gönnte er dem Jungen einen Blick, obwohl er ihn mit Sicherheit als seinen Sohn erkannte. Nur ein einziges Mal hatte Rurik versucht, sich seinem Vater zu nähern. Damals war er fünf Jahre alt und hatte gerade erfahren, woher er stammte. Und so wanderte er die Hügel hinauf zum großen Hof seines Vaters, wo er in seinen Lumpen, zudem halb erfroren und rotznäsig, vorstellig wurde. Doch schon am Tor wurde er von niemand anderem als von seinem eigenen Vater hart zurückgewiesen, der ihm verbot, jemals wieder in seine Nähe zu kommen. „So ein Kümmerling wie du ist nicht von meinem Blut!“ hatte er hinzugefügt. Für den Vater war der Junge längst für alle Zeiten gestorben.

„Eines Tages werde ich so groß und stark sein, dass mich keiner mehr verprügeln kann“, schwor Rurik laut und wischte sich die Tränen aus dem Gesicht.

„Schon möglich.“ Stigand streichelte immer noch sein

Schweinchen, das hungrig an seinem Daumen knabberte. „Manche Burschen haben erst ihre volle Größe erreicht, wenn sie zwölf Jahre sind und älter. Außerdem kannst du durch harte Arbeit Muskeln bekommen. Das weiß ich genau."

„Was? Arbeite ich hier im Schweinestall etwa nicht hart genug von morgens bis abends? Von der Morgendämmerung bis zur Dunkelheit?"

Stigand gab Rurik einen freundschaftlichen Rippenstoß. Sein Freund zuckte vor Schmerzen zusammen. Ivar musste ihm eine Rippe oder gar zwei gebrochen haben.

„Das ist 'ne andere Art von Muskelbildung, die ich meine", erklärte Stigand. Als Rurik verwirrt die Stirn runzelte, fügte er hinzu: „Das sind so Übungen, die die Krieger machen. Hab keine Angst, ich bring sie dir bei."

Dankbar für diesen kleinen Hoffnungsschimmer, der ihm Mut machte, blinzelte Rurik seinem Freund zu. „Wenn ich erwachsen bin, wird sich keiner mehr über mich lustig machen, weil ich so klein bin. Ich habe mir vorgenommen, dann so gut auszusehen, dass alle Mädchen bei meinem Anblick in Ohnmacht fallen."

„Groß, stark *und* bildschön!" Stigand brüllte vor Lachen und tollte vor Vergnügen mit Daumenbeißer auf dem Boden herum, so sehr belustigten ihn Ruriks Träume. Doch Träume, zumindest manche, wurden bisweilen ja auch wahr.

Und außerdem: Träume waren das Einzige, das Rurik hatte.

1. KAPITEL

Schottland, im Jahre des Herrn 955

„Können sich Magierinnen eigentlich auch verlieben?"

„Ohhhh!" Rurik stöhnte. Welch eine alberne Frage. Aus lauter Verzweiflung über so viel Dummheit hätte er am liebsten die Hände vors Gesicht geschlagen, doch diese waren völlig verschmutzt. Er war hingefallen, und zu allem Unglück auch noch in ein Moorloch. Angewidert rieb er den stinkenden Morast von seinem nassen Ärmel und warf dabei Jostein, der diese blödsinnige Frage gestellt hatte, einen wütenden Blick zu. „Zur Hölle, woher soll ich denn wissen, ob sich Magierinnen verlieben können? Ich bin ein Wikinger und kein Fachmann für weiße oder gar schwarze Magie."

„Aber du hast bei einer Magierin, einer Zauberin, gelegen. Da sollte man doch meinen, du wüsstest jetzt über all dies Bescheid, sozusagen aus erster Hand", entgegnete Bolthor der Riese. Bolthor war, so könnte man sagen, Ruriks Haus- und Hofdichter, sein ganz persönlicher Skalde. Aber beim großen Odin, was für ein Skalde! Hätte Tykir Thorksson Rurik vor drei Jahren bloß nicht dazu überredet, Bolthor mit nach Schottland zu nehmen! Eigentlich galt Tykir als ein guter Freund von Rurik, aber vielleicht war er das ja auch gar nicht ... hätte er ihm sonst wohl ausgerechnet den schlechtesten Dichter der nordischen Welt als Begleiter aufgeschwatzt? Denn der Skalde machte diesen Höllenritt durch Schottland keinesfalls angenehmer!

Rurik hätte gerne auch Bolthor einen wütenden Blick zugeworfen, wäre dieser Kerl nicht so groß gewesen, groß wie ein Streitross. Und Bolthor, ein stolzer Krieger, mochte wütende Blicke überhaupt nicht. Diesbezüglich war er ziemlich empfindlich.

Jostein aber, der Ruriks Zorn zu spüren bekommen hatte,

war noch immer puterrot im Gesicht, und Rurik bedauerte seine harschen Worte. Schließlich konnte der Junge nichts dafür, dass er, Rurik, solch schlechte Laune hatte. Jostein, der erst fünfzehn Winter gesehen hatte, himmelte ihn an, wie Rurik sehr wohl merkte. *Närrischer Kleiner!*

„Ich hab ja nur gedacht", stammelte Jostein, „dass dein Problem vielleicht von der Zauberin herrührt, die in dich verliebt ist." Das *Problem*, von dem Jostein sprach, war das gezackte blaue Zeichen, das mitten über Ruriks Gesicht lief, und eben dieses Zeichen war der Grund für seine nun schon drei Jahre andauernde Suche nach dieser verdammten Frau, der er es verdankte. Genau genommen waren es sogar schon fünf Jahre, zählte man jene zwei Jahre dazu, in denen er nur halbherzig gesucht und die Winter in Norwegen und Island verbracht hatte.

Rurik sah, dass der Morast rotbraune Flecken auf seinen Händen und seiner Kleidung hinterlassen hatte. Großer Thor! Wenn er nicht besser aufpasste, bekäme er außer dem blauen Zeichen noch einige rote dazu. Konnte sein Leben eigentlich noch schlimmer werden? Während er sich die Hände heftig an seinen Beinlingen rieb, schimpfte er laut: „Seit wann zeigen Mädchen ihre Liebe, indem sie einen Mann fürs Leben zeichnen?"

„Könnte es sein, dass du die Gefühle der Zauberin verletzt hast?" überlegte Bolthor. Er glaubte, viel von Gefühlen zu verstehen, da er doch ein Dichter war. „Vielleicht ist Josteins Gedanke gar nicht so dumm. Vielleicht war sie in dich verliebt, du hast ihre Gefühle verletzt, und sie hat dir aus Rache das Zeichen ins Gesicht gezaubert. Was meinst du?"

„Eines Narren Pfeil ist schnell verschossen", murmelte Rurik vor sich hin.

„Was soll das heißen?" wollte Bolthor wissen.

„Gar nichts", stöhnte Rurik. „Ich dachte nur gerade über die Schotten nach." Er log. *Dumme halten mit ihrer Meinung nicht hinterm Berg*, hatte er sagen wollen und Bolthor damit gemeint. „Überhaupt, was spielt es für eine Rolle, warum Maire die Magierin mich mit dem Zeichen beglückte. Ich will es weghaben, damit ich wieder ein normales Leben führen kann."

„Aber ...", wollte Bolthor fortfahren, doch Rurik hob die Hand, um den Wortwechsel zu beenden. Stigand der Berserker aber, ein anderer von Ruriks Begleitern, ließ sich nicht bremsen. „Die Zauberin hat dich zur Zielscheibe des allgemeinen Gespötts gemacht. Wo du auch hingehst, grinsen die Leute hinter deinem Rücken und erzählen Witze über dich."

Ärgerlich runzelte Rurik die Stirn. Musste er sich das anhören?

Und überhaupt, was dachte sich Stigand dabei? Musste er ihn eigentlich ständig ärgern? Es stieß an die Grenzen ihrer Freundschaft, wenn er Rurik immer wieder daran erinnerte, dass sich die Leute über ihn lustig machten. Schließlich wusste Stigand sehr gut, dass diese Spötteleien Ruriks wundesten Punkt trafen.

„Du solltest mir erlauben, die Zauberin einen Kopf kürzer zu machen", schlug Stigand jetzt vergnügt, jedoch allen Ernstes, vor.

Gegen seinen Willen war Rurik gerührt von diesem Ansinnen seines finsteren Kämpen, der ihn stets vor jeglichem Kummer zu bewahren suchte. Das sah Stigand mal wieder ähnlich: Immer wollte er ihn beschützen. „Du machst niemanden mehr einen Kopf kürzer", stellte er klar. Stigands bisweilen schon blutrünstig anmutende Entschlossenheit musste gezügelt werden. Denn nicht selten kam es vor, dass er seine Feinde, aber auch Menschen, die er lediglich dafür hielt, mit einem einzigen Hieb seiner mächtigen Streitaxt niederstreckte. Nicht von ungefähr trug seine Waffe auch den Namen Blood-Lover, der wohl darauf verweisen sollte, dass sie es war, die dieses blutige Handwerk, ja das Blut selbst, liebte. Immer wieder hatten Ruriks Männer Stigand zurückhalten müssen, wenn ein Schäfer oder ein unachtsamer Wanderer seinen Weg kreuzten und ihr Freund gerade schlecht gelaunt war. So groß konnte seine Wut werden, dass er zu knurren anfing wie ein Tier und in seinen Schild biss. Vor acht Tagen hatte er fast einen schottischen Adelsspross geköpft, der ihm mehrmals zugezwinkert hatte. Der junge Edelmann hatte ihm aber kein unzüchtiges Angebot machen wollen, vielmehr litt er seit seiner Geburt an einem krankhaften Augenzucken. „Hack ihr zumindest nicht den Kopf ab, bevor sie das Zeichen entfernt hat", meinte Rurik.

„Also ..." Die Zwillinge Vagn und Toste sprachen wie aus einem Mund. Es war schon unheimlich, wie die beiden erwachsenen Männer, die sich in ihrem Aussehen bis hin zu den Grübchen im Kinn vollkommen glichen, auch das Gleiche dachten.

Vagn sprach zuerst. „Also, ich habe mir die Geschichte durch den Kopf gehen lassen. Ich will dich nicht beleidigen, aber ich muss dir etwas sagen, Rurik ..."

Toste kicherte, als wüsste er bereits, was sein Bruder im Begriff war zu verkünden.

Rurik war überzeugt, dass er sich jetzt wohl etwas eher Beleidigendes würde anhören müssen.

„Man hat dir immer nachgesagt, du hättest viel Glück bei den Frauen, aber vielleicht hast du ja mit der Zeit das ein oder andere verlernt ... Möglicherweise hat dich die Zauberin deswegen gezeichnet. Sie war ganz einfach enttäuscht von dir."

„Das ein oder andere verlernt?" Gegen besseres Wissen fragte Rurik nach.

„Ja, die Kunst, einer Frau Vergnügen zu bereiten", erklärte Vagn. „Alle diese netten Spielchen im Bett. Frauen lieben so etwas, das weißt du doch. Ich habe sie jedenfalls raus", erklärte Vagn im Brustton der Überzeugung.

„Ich auch", waren sich Toste, Bolthor und Stigand einig. Und sogar Jostein mit seiner piepsigen Stimme behauptete dies von sich.

Rurik wurde plötzlich den Verdacht nicht los, dass die Zwillinge seine Suche nach der Zauberin dazu benutzten, überall in Schottland ihre ‚netten Spielchen' auszuprobieren.

Wie bin ich nur zu diesen wunderlichen Gefolgsleuten gekommen? dachte Rurik. Welchen Gott habe ich beleidigt, dass ich ein derartiges Missgeschick habe. „Das Einzige, was ich sicher weiß, ist, dass man von der Jagd auf eine Zauberin einen wunden Hintern bekommt“, sagte er laut. Fürwahr, ein Wikinger sollte auf hoher See ein Langschiff segeln und sich nicht Tag für Tag auf einem Pferd durchschütteln lassen. Den Engländern oder den Schotten machte es anscheinend nichts aus, im Sattel dauernd hin- und hergeschaukelt zu werden, aber einem Wikinger, dessen Körper schließlich gestählter war und der deswegen auch weniger Fett am Hintern hatte, war nach Ruriks Meinung mit anderen Fortbewegungsmitteln besser gedient. Er musste über sich und seine sehr persönliche Betrachtungsweise der Situation schmunzeln.

Vielleicht sollte Bolthor eine Saga darüber schreiben.

Andererseits – besser nicht. Wie er aus Erfahrung wusste, würde sie den Titel *Helden mit harten Hintern* oder so ähnlich tragen.

Die anderen fünf starrten ihn verwundert an, und ihm wurde bewusst, dass er albern vor sich hin grinste.

Seufzend über seine eigene Zerstreutheit, ließ er sich auf einen Felsbrocken nieder, zog ein kleines Messer hervor und begann, Torf, Moos und Erdklumpen von seinen halb hohen Stiefeln abzukratzen. Sie waren aus ganz weichem Leder und in Cordoba angefertigt worden. Drei Goldmünzen hatten sie gekostet.

„Diese Geschichte wird langsam verdammt lästig“, brummte Rurik vor sich hin.

Alle nickten zustimmend.

Bolthor stand schwerfällig auf und rückte seine schwarze Augenklappe zurecht. Vor vielen Jahren, in der Schlacht von Brunanburh, hatte er ein Auge verloren. Damals war er kaum älter gewesen, als Jostein jetzt war. Dann schielte Bolthor mit seinem einen Auge zu Rurik hinüber und bedeckte sein Gesicht mit der Hand, damit niemand merkte, dass er lachte. Als ob ein erwachsener Mann, der in ein Moorloch gefallen war, so komisch wäre.

„Weißt du, Rurik, die schottischen Dichter schreiben gewöhnlich Bardenlieder, keine solchen Sagas, wie wir Norweger sie mögen. Meinst du, ich sollte auch mal versuchen, ein oder zwei derartige Lieder zu verfassen? Nur mal so zum Üben? Was hältst du von einem ‚Lied über ein Moorloch'?

Alle brüllten vor Lachen, nur Rurik nicht.

„Was hältst du von einem Lied mit dem Titel: ‚Lied über einen einäugigen toten Skalden'?"

„Dieser Titel besitzt nicht den Wohlklang, den ich bevorzuge", meinte Bolthor.

Ich geb dir Wohlklang, du Einfaltspinsel. Den Wohlklang wirst du schon hören, wenn ich dir mein Breitschwert mal anständig um die Ohren haue.

Plötzlich meinte Bolthor ganz ernst: „Ich denke, es ist an der Zeit, diesem fruchtlosen Unternehmen ein Ende zu bereiten und die Niederlage einzugestehen."

„Ein Wikinger gesteht niemals eine Niederlage ein", ermahnte ihn Rurik.

Bolthor schüttelte den Kopf. „Wikinger gestehen nie ein, dass sie eine Niederlage eingestehen", widersprach er. Mit diesen sinnverdrehenden Wortspielen widersetzte er sich nicht selten jeglicher Zurechtweisung anderer.

„Ich finde, wir sollten jedem Schotten und jeder Schottin, die uns über den Weg laufen, den Kopf abschlagen", warf Stigand ein. „Das wird die Zauberin schon von ihrem Stroh hochjagen, sag ich euch."

Alle schauten voller Entsetzen auf ihn. In einer Schlacht Blut zu vergießen war eine Sache, aber unschuldige Menschen zu töten – selbst wenn es dahergelaufene Schotten waren? Undenkbar.

Wikinger hatten, den englischen Mönchen zum Trotz, die sie

in ihren Aufzeichnungen immer als Plünderer und Vergewaltiger darstellten, nämlich sehr wohl einen strengen Sittenkodex. Und jeder gute Wikinger wusste doch auch, dass die Kirche Gold und Silber und was sonst noch alles nur deshalb anhäufte, um die Nordmänner in Versuchung zu führen. Es war eine wohlbekannte Tatsache, dass die Eroberung durch die Wikinger die christlichen Völker gestärkt hatte. Und außerdem traten die Männer aus dem hohen Norden oft zum Christentum über – wenn auch meistens nur zum Schein.

Doch zurück zu Stigand. Rurik wusste von dem Furchtbaren, das Stigand in seiner Jugend hatte erleiden müssen – Gräuel, die seine Seele gemartert hatten. Aber was war in den folgenden Jahren geschehen, was hatte den erwachsenen Mann so gefühllos gemacht?

Glücklicherweise brauchte Rurik nicht auf Stigands Vorschlag zu antworten, da Toste, einer der Zwillinge, zu sprechen begann. „Also ich hab mich an das blaue Zeichen in deinem Gesicht gewöhnt, Rurik. Wirklich, es ist gar nicht so schlimm. Und wenn das der einzige Grund dafür ist, diese Suche fortzusetzen – na ja, dann solltest du dir das Ganze noch einmal überlegen."

„Die Mädchen scheinen auch kein Problem damit zu haben", fügte Vagn hinzu. „Gestern Abend hat dich die Tochter von diesem Bauern uns allen vorgezogen, dabei bin ich doch für mein gutes Aussehen berühmt. Ich sei schön wie ein Gott, sagen die Mädchen."

„Ich sehe besser aus als du", forderte Toste seinen Bruder heraus.

„Nein, ich sehe besser aus als ihr alle zusammen", erklärte Bolthor, und darauf fiel den anderen nichts mehr ein.

„Ich denke, Rurik sieht am besten aus," piepste Jostein. Er litt an einer schweren Form von Heldenverehrung, seit Rurik ihn im Alter von zehn Jahren vor einem Sklavenhändler mit Vorliebe für kleine Jungen gerettet hatte.

„Ihr seid alle Hurensöhne", brüllte Stigand fröhlich. „Ich bin der Schönste, und jeder, der anderer Meinung ist, bekommt meine Klinge zu spüren." Zärtlich strich er mit seinem schwieligen Zeigefinger über die scharfe Schneide von Blood-Lover. Niemand widersprach Stigand, obwohl er doch eher einem Wildschwein glich. Vielleicht *war* er ja ein hübscher Bursche, aber wer konnte schon sagen, wie er wirklich aussah, war sein Gesicht doch fast vollständig von einem wirren Bart verdeckt. Er hatte sich die ganzen letzten Jahren nicht rasiert.

„Mir bleiben noch drei Monate", sagte Rurik mit einem kleinen Seufzer. „Theta gab mir zwei Jahre Zeit, um dieses Mal zu entfernen. Dann erst will sie mich heiraten. Und diese Zeit ist erst im Herbst abgelaufen – also von jetzt an in drei Monaten. Und früher werde ich nicht aufgeben."

„Drei Monate!" Vagn schnappte nach Luft. „Es könnte genauso gut ein Jahr sein. Bedenke eins, Rurik, mit den freundschaftlichen Banden verhält es sich wie mit den Saiten einer Laute: Sie dürfen nicht überspannt werden. Und unsere freundschaftlichen Bande dir gegenüber sind bereits stark angespannt, glaub mir."

„Lautensaiten? Lautensaiten?" stammelte Rurik.

„Genau," sagte Vagn. „Diese Moore, diese Highlands und Lowlands hängen mir zum Hals raus und die streitlustigen Schotten dazu."

Stigand hielt den Kopf geneigt, so, als ob er eifrig über irgendetwas nachdächte. „Eigentlich mag ich die streitlustigen Schotten. Sie bieten mir eine willkommene Gelegenheit, mein Geschick im Kampf zu zeigen." Er grinste verlegen und fügte treuherzig hinzu: „Sie erinnern mich ein wenig an uns Wikinger." Alle starrten ihn an, als ob er verrückt geworden sei – was wahrscheinlich vor vielen Jahren auch passiert war.

„Es ist wahr", beharrte Stigand. „Sie sind stolz, unabhängig und gute Kämpfer. Und sie hassen die Engländer genauso wie wir. Also haben wir einiges gemeinsam."

„Sie hassen auch die Wikinger“, warf Rurik ein.

Stigand nahm den Widerspruch nicht zur Kenntnis. Er fuhr fort: „Sogar in ihrer Angewohnheit, Nachbarn schamlos zu bestehlen, ähneln sie uns Nordmännern. Wir haben ja auch unseren Spaß an so etwas.“

Alle schüttelten den Kopf über Stigands Ansichten, obwohl die doch gar nicht so falsch waren.

„Was ich am meisten an Schottland hasse, ist Haggis“, sagte Jostein. „Das ist ein Mischmasch, den sie sich ausgedacht haben, um uns Nordmänner zu vergiften. Schlimmer als *gammelost*, und dieser stinkende Käse ist doch wirklich schon sehr schlimm.“

Rurik nickte zustimmend. Einmal, auf See, hatten ihre Vorräte nur noch aus *gammelost* bestanden. Als sie dann mit ihrem Langschiff endlich wieder in Norwegen waren, konnten die Seeleute den Gestank ihres eigenen Atems nicht mehr ertragen.

„Also ich denke mal, es war nicht gut von Theta, dir solche Bedingungen zu stellen. Ich finde, du hättest sie ab und zu auf dein Bettfell werfen sollen“, meinte Toste. Er trank schon die ganze Zeit immer wieder Met aus einem Lederschlauch und hatte wahrscheinlich nur deshalb den Mut, seinem Anführer gute Ratschläge zu geben. „Wenn sie keine Jungfrau mehr gewesen wäre, hätte ihr Vater gar keine andere Wahl gehabt, als sie zu zwingen, das Ehegelöbnis mit dir abzulegen.“ Er rülpste laut, wie zur Bekräftigung dessen, was er gesagt hatte.

„Ihr Vater ist Anlaf von Lade, ein sehr mächtiger Heerführer der Nordmänner“, sagte Rurik zu Toste, als ob der dies nicht längst schon wüsste. „Und Theta ist, wenn auch nur die fünfte Tochter, so doch ein sehr willensstarkes Mädchen. Sie würde sich nicht auf mein Bettfell legen ohne Ehegelöbnis, und ich hatte keine Lust, Zeit mit irgendwelchen Versuchen zu verschwenden, sie zu verführen.“

In Wahrheit hatte Rurik sogar erst sehr spät an Verführung gedacht. Manchmal fragte er sich, ob er diese Frau, die solche

Forderungen an ihn stellte, wirklich heiraten wollte. Eines war gewiss, er war nicht in sie verliebt – noch war er es je in eine andere Frau gewesen. Rurik hatte beschlossen, sich eine Frau zu nehmen, weil er glaubte, dass es das Vernünftigste für ihn wäre. Seine guten Freunde Eirik und Tykir Thorksson waren beide sehr glücklich mit ihren Frauen. Also hatte er einen großen Hof auf einer von Norwegern bewohnten Hebriden-Insel gekauft. Bis zu diesem Zeitpunkt hatte er nie ein richtiges Zuhause besessen.

In der langen Zeit aber, in der er ganz Schottland nach dieser unauffindbaren Zauberin abgesucht hatte, war er ein anderer geworden, ein finsterer, grüblerischer Mann. Seinen Sinn für Humor hatte er fast ganz verloren, und an seine Träume konnte er sich kaum noch erinnern. Das lange Nachsinnen ließ ihn an all seinen Wünschen zweifeln. Trotzdem spürte er den Drang, zu beenden, was er begonnen hatte – ob es nun das Aufstöbern der Zauberin oder die Heirat mit der Tochter eines hoch angesehenen, mächtigen Wikingers war.

„Es ist tatsächlich gar nicht so ungewöhnlich für ein Mädchen ihrer Herkunft, solche Forderungen zu stellen." Während Rurik seinen Gedanken nachhing, hatte Bolthor weitergesprochen. „Denkt an Gyda, die Tochter König Eriks von Hordaland. Sie wollte Harald erst heiraten, wenn er seine Feinde geschlagen und ganz Norwegen vereint hätte. Und das hat Harald dann getan, jawohl, und er beschloss auch, nicht zu baden und seine Haare zu schneiden, bevor er diese Aufgabe erfüllt hätte. Deswegen wurde er später unter dem Namen Harald Fairhair bekannt."

Jeder von ihnen kannte die Geschichte von König Harald. Nun saßen sie da und überdachten Bolthors Worte. Auf einmal wandte sich einer nach dem anderen Rurik zu und starrte ihn an. Sie schienen sich darüber zu wundern, dass er sich nicht auch die Haare wachsen ließ und auf das Baden verzichtete. Aber dann wurde ihnen bewusst, dass ihr Anführer viel zu stolz auf sein

Äußeres war, um solch einen Eid zu leisten, er, der bekannt dafür war, nur Untergewänder und Umhänge aus erstklassigen Stoffen zu tragen, geschmückt mit Stickereien und kostbaren Spangen aus Gold und Silber. Bunte Perlenschnüre waren oft in die Kriegszöpfe an seinen Schläfen eingeflochten, und es kam nie vor, dass er seine Haare längere Zeit nicht wusch. Sie nannten ihn nicht umsonst Rurik den Eitlen, einen Namen, den er zwar nicht mochte, der aber auf ihn zutraf.

„Ich denke, es ist Zeit für eine Saga", kündigte Bolthor an. Alle stöhnten gequält auf – wenn auch verhalten, denn keiner wollte den sanften Riesen kränken.

„Was ist denn mit deiner Idee, es mit Bardenliedern zu versuchen?" fragte Rurik. Die Gesichter seiner Freunde verdüsterten sich bei dieser unbesonnenen Frage, denn jeder wusste, dass man den Skalden in seinen tollkühnen poetischen Bemühungen nicht auch noch ermutigen durfte.

„Sagas, Lieder, Balladen – ich dichte alles", antwortete Bolthor selbstbewusst.

Oh Gott!

„Dies ist die Saga von Rurik dem Großen", begann Bolthor.

„Ich dachte, Tykir ist der, den du in deinen Sagas ‚groß' nennst", sagte Rurik.

Bolthor winkte ab. „Es kann mehr als nur einen großen Wikinger geben."

Rurik stöhnte laut auf.

„Gut, wenn du darauf bestehst." Bolthor war offensichtlich bereit, den Titel seines Werks zu ändern. „Dies ist die Saga von Rurik dem Größeren."

„Größer als wer oder was?" murmelte einer ironisch.

Rurik war nahe daran, mit Torfklumpen nach dem Spötter zu werfen, wer auch immer es gewesen war, aber alle lächelten ihn unschuldig an.

Bolthor blickte jetzt so verträumt wie immer, wenn er sich der Dichtkunst hingab, und er begann:

Rurik war ein schöner Wikinger,
und jede Maid bezeugte dies gern.
Wie verzaubert waren die Mädchen
in vielen Ländern
von seinen langen schwarzen Haaren
und seinen weiß blitzenden Zähnen.
Und es herrschte über ihre Herzen
mit seiner verführerischen Anmut
Rurik der Eitle.
Doch seht,
da war eine schottische Zauberin,
ihr Name war Maire.
Maire The Fair,
denn sie war außergewöhnlich schön,
und stolz war sie.
Nicht irgendwer, sondern ein Wikinger
nahm ihr die Unschuld,
eroberte sie und prahlte damit,
und ließ sie schließlich schmählich im Stich.
Doch ihr Fluch fiel auf ihn und zeichnete sein Gesicht.
Nun ist er nicht länger eitel, der nordische Narr,
als Rurik der Blaue aller Welt jetzt bekannt,
doch auch Rurik der Größere von manchen genannt –
und all dies ist wahr.

Rurik hatte aufgehört, die nasse Erde von seinen Stiefeln und wollenen Beinlingen zu kratzen. Wütend stieß er das Messer in den Boden und lief los zu einem nahen See, einem ‚Loch', wie die Schotten diese Gewässer nannten. Es war ein seltsames Land, dieses Schottland. Manchmal erschienen seine kahlen, gebirgigen Landschaften fürchterlich öde und dann fast wieder überirdisch schön. Dieses Land glich Ruriks rauer Heimat.

Das Wetter war oft trübe und düster. Selbst an einem so klaren, warmen Tagen wie diesem zog Nebel vom See herauf.

Ein lauter schriller Schrei ließ ihn aufblicken. Über dem Moor schwebte ein Adler, ein Rehkitz in den Fängen. Es würde ein Festmahl geben für die Jungvögel, die irgendwo hoch oben auf einem Felsen warteten. In Augenblicken wie diesen vermisste Rurik seinen Hund Beast, einen Wolfshund, den er bei seinem Freund Eirik gelassen hatte, dessen Hündinnen er decken sollte.

Ja, dieses karge Land besaß eine große Schönheit – dennoch hasste er es.

Völlig bekleidet watete Rurik in das eisige Wasser. Dann tauchte er mit einem lauten „Brrrrrrr" unter und schwamm, bis das Wasser allen Schmutz von ihm abgewaschen hatte.

Als er endlich wieder auftauchte, rief Bolthor gerade nach ihm. „Glaubst du, es ist klug, ins Wasser zu gehen ohne eine Waffe? Die schottischen Legenden erzählen von riesigen Monstern, die in den Tiefen dieser Lochs leben. Wesen, die wie eine Mischung aus Fisch und Drachen aussehen. Oooh, da kommt mir eine ihrer Heldengeschichten in den Sinn. Die berichtet von *Each uisage*, das war so etwas wie ein Wasserpferd und ..."

Rurik wartete das Ende der Geschichte nicht ab. Er tauchte wieder unter, denn lieber riskierte er, einem grimmigen Wasserdrachen zu begegnen oder sich einen kostbaren Körperteil abzufrieren, als sich noch eine von Bolthors fürchterlichen Sagas anzuhören.

Während Rurik schwamm, ließen ihm die vielen unbeantworteten Fragen keine Ruhe.

Würde seine Suche jemals Erfolg haben?

War er dazu verdammt, dieses blaue Mal ein Leben lang zu tragen?

Warum nur hatte die Zauberin ihn so gezeichnet?

Und wo versteckte sich Maire?

Ha! Sicher führte sie ein angenehmes Leben in den Gemächern irgendeiner Burg der Highlands und kümmerte sich keinen Deut um das Unheil, das sie angerichtet hatte. Und sie *wuss-*

te von seiner erfolglosen Suche nach ihr und freute sich vermutlich königlich über sein Unglück, dessen war er sich sicher.

Am selben Tag auf „Beinne Breagha"

Maire verbrachte ihre Tage in einem hölzernen Käfig, in den ihre Feinde, die MacNab, sie gesperrt hatten. Beim heiligen Kolumban, *einem Käfig!* Und ihr war so elend zu Mute, dass sie am liebsten geweint hätte.

„Armes Kind! Der alte Laird würde sich im Grabe umdrehen, wenn er dich in diesem bedauernswerten Zustand sähe. Ts-ts", sagte Nessa, die ihre Dienerin und auch Freundin war. *Bedauernswerter Zustand* war noch das Schmeichelhafteste, was man über Maires missliche Lage sagen konnte. Der Holzkäfig hing hoch über dem Burghof an einer langen Stange, die an der Brüstung des Wehrgangs befestigt war. Direkt unter diesem Käfig war eine Grube ausgehoben worden, in die man Schlangen geworfen hatte, und darüber war eine Matte gelegt worden. Falls sie sich nun in ihrem Käfig zu sehr bewegte oder jemand sie zu retten versuchte, bestand immer die Gefahr, dass ihr in der Grube mit den Schlangen ein schnelles Ende bevorstünde. Seit fünf Tagen war sie in diesen Käfig eingesperrt, und wenn sie ihre Freiheit wiedererhalten wollte, so müsste sie alles verraten, was ihrem Clan teuer war. Doch das wäre das Letzte, was sie tun würde. Ihre Leute, Bauern und Krieger, waren in die Wälder geflüchtet, und Maires Sohn hatten sie auf Befehl ihrer Herrin mitgenommen. Außer den Wächtern der MacNab waren nur noch wenige Diener und einige Schwache und Alte in der Burg. In regelmäßigen Abständen erschien Duncan MacNab und stieß wüste Drohungen aus.

Maire saß mit dem Rücken an die Holzstäbe des Käfigs gelehnt und blickte noch nicht einmal auf, als Nessa sich besorgt wie eine Glucke über die Brüstung beugte, um ihr die einzige Mahlzeit zu reichen, die sie am Tag erhielt: gekochte Rüben und

Brot. Wegen ihres immer währenden Klagens und Jammerns hätte man Nessa für eine altes Weib halten können, dabei war sie, obwohl schon Witwe, doch noch eine junge Frau, nur wenig älter als Maire, die gerade mal fünfundzwanzig Winter zählte.

„Nun, mein Vater hat sich seit seinem Tod sicher schon öfter wegen all der Schwierigkeiten, in denen ich stecke, im Grab umgedreht."

„Sei nicht so respektlos gegen die Toten! Dein Vater war ein guter Mann", schalt Nessa, aber ihre zärtliche Miene strafte ihren Tadel Lügen.

Maire hatte keine Lust auf einen Streit. Das Einzige, wonach sie sich sehnte, war ein heißes Bad und ein weiches Lager. Aber wenn sie das Unglück, das ihre Leute verfolgte, abwenden wollte, so war an derlei Dinge jetzt so oder so nicht im Entferntesten zu denken.

„Was ist mit dir, Maire?" fragte Nessa neugierig und sah ihre Herrin, die plötzlich hoch aufgerichtet im Käfig stand, mit großen Augen an. Das Gesicht gen Osten gewandt, beide Hände um einen Gitterstab gelegt, begann Maire, vor sich hin zu murmeln.

„Ooooh! Ich wette, du versuchst wieder eine deiner Zaubereien. Ich bin sicher, wenn du jetzt auch noch den Wirbeltanzunsinn machst, landest du in der Schlangengrube. Ich schwöre dir, mein Herz hält das nicht mehr lange aus! – Großer Gott, warum schielst du denn jetzt? Ist der Böse Blick über dich gekommen?"

„Schscht! Ich muss alle meine Sinne zusammennehmen, wenn ich die Stäbe auseinander biegen will, um zu flüchten."

„Vor zwei Tagen hast du alle deine Sinne auf MacNabs Wachen gerichtet. Du sagtest, dein Zauberspruch würde sie verjagen. Stattdessen hast du ihnen einen schlimmen Durchfall angehext. Ich will ja nicht behaupten, dass einige von uns das nicht komisch gefunden hätten. Und dann war da noch der andere Spruch, der die MacNab fliegen lassen sollte, weit weg vom Land des Campbell-Clans. Ihr Heiligen steht mir bei, zwei Dutzend Hühner fingen an zu gackern und schlugen mit den Flügeln. Übrigens, keines von denen legt noch ein Ei."

Maire machte ein beleidigtes Gesicht. „Manchmal klappt es eben nicht, dann bin ich zu zerstreut, oder ich bringe die Sprüche etwas durcheinander."

„Etwas durcheinander! Mädchen, als du diese Sache mit dem Ritt auf dem Wind versucht hast, an dem Tag, als die MacNab dich gefangen nahmen, da hast du versprochen, am nächsten Morgen auf der anderen Seite des Glens zu stehen. Die Einzige, die auf dem Wind geritten ist, war Grizelle, und ich schwöre, das vergisst sie dir nie. Sie segelte von der Brüstung wie ein Adler, und der Wind wehte ihr das Kleid so hoch, dass man alles sehen konnte. Es war nur gut, dass ein junge Bursche der MacNab sie aufgefangen hat. Aber er musste dabei furchtbar lachen und ist mit ihr zusammen hingefallen."

Es stimmte. Maire war keine sehr begabte Magierin, wenn sie auch in ihrer Jugend bei der alten Branwen gelernt hatte. Aber Branwen war schon lange fort. Es gab niemanden mehr, den sie etwas fragen konnte. Maire hatte keine andere Wahl, sie musste es noch einmal versuchen.

„Sei jetzt still oder geh weg. Ich muss mich jetzt sammeln. Du bist mir überhaupt keine Hilfe. Was soll ich denn deiner Meinung nach tun?"

„Beten", sagte Nessa trocken. Sie machte keine Anstalten zu gehen und trat unruhig von einem Fuß auf den anderen.

„Nun, worauf wartest du? Ich sehe doch, dass du noch etwas auf dem Herzen hast."

„Ja, hab ich. Ich hasse es, dich mit noch mehr Ärgernissen zu belasten, wo du doch schon bis über beide Ohren in Schwierigkeiten steckst, aber es sieht schlecht aus. Der Wikinger ist zurück."

„Soll er kommen", seufzte Maire schicksalsergeben. Sie wusste, ohne zu fragen, welchen Wikinger Nessa meinte. Dieser Schurke Rurik suchte seit Jahren ganz Schottland nach ihr ab. Er ahnte nicht, dass die Clans, die sich sonst wegen jeder Kleinigkeit in den Haaren lagen, zusammenhielten, sobald es gegen einen verhassten Nordmann ging. Sie waren mehr als bereit gewesen, den Sitz des Campbell-Clans geheim zu halten. Sein Name war *Beinne Breagha*, was so viel wie ‚Schöner Berg' hieß, und er lag hoch oben im Gebirge. Die Nachbarclans jagten mit Vergnügen die Wikinger immer im Kreis herum. Bis vor kurzem jedenfalls, wie es schien.

Seit Maire sich den Zorn ihres Schwagers Duncan MacNab zugezogen hatte – des schlimmsten Mannes, den die Highlands je gesehen hatten –, türmte sich vor ihr und ihrem Clan ein ganzer Berg von Schwierigkeiten auf. Da blieb keine Zeit mehr, sich um wütende Wikinger zu kümmern. Die Zukunft von *Beinne Breagha* stand auf dem Spiel.

„Soll er kommen! Soll er kommen!" empörte sich Nessa. „Und dann begrüßen wir ihn vielleicht noch wie einen lieben Gast? Nach all den Jahren!"

Maire zuckte mit der Schulter und deutete mit der Hand auf den sie umgebenden Käfig. „Du fragst, warum ich mich gegen ein Treffen mit dem Wikinger nicht mehr wehre? Was kann er mir denn jetzt noch tun?"

Nessa war sofort besänftigt. „Verzeih, dass ich die Stimme erhoben habe. Du bist ein gutes Mädchen, Maire, und ich will wirklich nicht deine Gefühle verletzen, aber du bist nun einmal die schlechteste Zauberin der Highlands. Du bist keine Branwen. Vielleicht solltest du es besser mit Beten versuchen. Hast du schon einmal daran gedacht, ins Kloster zu gehen?"

Bei diesen Worten hob Maire angriffslustig das Kinn und blickte sie böse an.

„Jetzt sei nicht schon wieder gekränkt. Wenn du dich aufregen willst, dann tu es darüber, wie sehr wir in der Klemme sitzen. Solche schlechten Zeiten haben die Campbell noch nie gesehen. Ich wette, dieser Duncan MacNab ist Luzifers Bruder." Sie starrte kummervoll auf den Käfig, während sie weitersprach.

„Wer, außer dem Teufel, könnte einer Frau solch eine Gemeinheit antun."

„Ja, wer?" Sie schwiegen beide bekümmert, als Maire ihre größte Sorge einfiel. „Wie geht es Klein Jamie?" fragte sie ängstlich. Das Wohlergehen ihres vierjährigen Sohnes war das Allerwichtigste für sie. Und nicht nur, weil sie seine Mutter war und ihn liebte. Wenn es MacNab gelänge, den Jungen in seine Gewalt zu bekommen, müsste sie all seinen Forderungen nachgeben. Und das wäre der Untergang ihres Clans.

Nessas verängstigte Miene entspannte sich. „Dem Jungen geht's gut. Old John und die anderen haben ihn in einer Höhle im Wald versteckt. Die MacNab werden ihn nicht in ihre dreckigen Pfoten bekommen und sollte auch nur noch ein einziger Campbell zu seiner Verteidigung übrig bleiben."

Maire nickte.

„Du musst vorsichtig sein, Liebes. Unterschätz den Wikinger nicht! Er ist uns so nahe gekommen wie noch nie. Und er wird nicht aufgeben, bis er dich gefunden hat."

Maire zuckte gleichgültig mit den Schultern, doch ganz so gelassen, wie sie tat, war sie nicht. Nicht, dass sie wegen des blauen Zeichens, das Ruriks Gesicht zierte, beunruhigt gewesen wäre. Das war nur eine verdiente Strafe! Erst hatte er ihr die Unschuld genommen und dann munter erzählt, er würde am nächsten Tag in seine Heimat zurückkehren, so, als hätte sie ihm nicht gerade das Wertvollste geschenkt, was eine Frau nur geben konnte. Doch das war nicht der Hauptgrund für ihre Rache gewesen. Dumm, wie sie war, hatte sie ihn gefragt, ob er sie mitnehmen würde. Zu dieser Zeit gab es nämlich einen guten Grund für sie, ihr Heimatland wenigstens für eine Weile zu verlassen. Aber was hatte dieses Ungeheuer getan, als sie ihn fragte? Ausgelacht hatte er sie.

Nun, wer zuletzt lacht, lacht am besten.

Im Moment war ihr allerdings eher zum Weinen zu Mute.

„Vielleicht ist es an der Zeit, sich dem Wikinger zu stellen.

Vielleicht fing unser Unglück damit an, dass ich ihn zeichnete, und ich muss nun das blaue Mal entfernen, um den Fluch abzuwenden, der jetzt allem Anschein nach auf den Campbell liegt."

„Hmmm", überlegte Nessa. „Und was ist, wenn er dir etwas antut?"

„Das wird er nicht", antwortete Maire. Aus irgendeinem Grund glaubte sie nicht, dass er gewalttätig gegen sie werden würde.

Nessa aber war sich da nicht so sicher. „Er ist ein Wikinger", warf sie ein.

„Ja."

„Und Wikinger sind ziemlich blutrünstig."

„Ich kenne einige Schotten, die sind auch ganz schön blutrünstig. Zum Beispiel Duncan MacNab."

„Duncan verübelt es Kenneth immer noch, dass er sich nach eurer Heirat nie die Rechte auf das Land der Campbell gesichert hat. Deshalb will er selbst dich jetzt zur Frau, Maire. Und König Indulf hat seine Erlaubnis gegeben."

„Ich weiß", seufzte Maire. „Ich weiß sehr gut, dass nicht ich es bin, um die es hier geht. Es geht immer nur um das Land. Und dabei kümmert es keinen, dass Duncan so alt ist, dass er mein Vater sein könnte. Und keinen kümmert es, dass ich seine Anträge öfter abgelehnt habe, als ich zählen kann. Genauso wenig wie die Tatsache, dass seine Leute, während wir hier reden, mich in meinem eigenen Burghof bewachen, und zwar so lange, bis ich meine Zustimmung zu allem gebe, was er von mir will. Und natürlich kümmert es auch niemanden, dass MacNab es zu seinen ehelichen Rechten zählt, seine Frau zu verprügeln, wann immer ihm der Sinn danach steht." Maire rieb sich die Wange, auf die MacNab sie am Tag zuvor, als sie sich erneut geweigert hatte, ihn zu heiraten, heftig geschlagen hatte. „Wenn ich je so dumm wäre, diesen Bastard zu heiraten, so prophezeie ich dir, dass ich innerhalb kürzester Zeit einen tödlichen Unfall haben werde."

Und nur Gott wusste, was unter Duncans Vormundschaft mit Klein Jamie geschähe.

„Aber wie lange können wir noch durchhalten?“ Nessa hob verzweifelt die Arme, und ihre Stimme klang verzagt.

„Ich weiß es nicht. Ich bin es so leid, diesen Kampf allein zu führen. Wenn wenigstens mein Vater noch lebte oder Donald – oder Angus.“ Ihr Vater, Malcolm Campbell, war vor achtzehn Jahren bei Brunanburh getötet worden, ihre Brüder fielen danach in anderen Schlachten. Und ihr Mann Kenneth MacNab, Duncans jüngerer Bruder, war erst vor wenigen Monaten gestorben. In den fünf Jahren ihrer Ehe mit ihm war ihr nicht viel Gutes widerfahren. Er war es auch, der Branwen in die Verbannung geschickt hatte. Nur noch eine kleine, weit verstreute Gruppe trug den Namen ihres Clans, und das Band, das sie alle zusammenhielt gegen den Angriff von außen, war sie selbst. Eine schwere Bürde für eine Frau von fünfundzwanzig, und es gab keinen, der sie ihr hätte abnehmen können – jedenfalls nicht im Augenblick.

„Was du brauchst, mein Liebes, ist ein tapferer Ritter, der sein Schwert für deine Sache schwingt.“

„Ha!“ Maire lachte spöttisch. „Mein ganzes Leben lang war ich auf mich allein gestellt, und so wird es immer bleiben.“

„Das sagen viele Frauen, aber nur so lange, bis der Richtige kommt. Was du brauchst, ist die große Liebe.“

„Die große Liebe? Du sagtest doch, ich bräuchte einen Ritter mit einem Schwert.“

„Und wer sagt, dass du nicht beides haben kannst?“

Nessa warf ihr einen verschmitzten Blick zu. Nachdenklich legte sie dann den Finger ans Kinn. „Glaubst du, du könntest den Wikinger irgendwie dazu überreden, dir zu helfen?“

„Nein!“ widersprach Maire heftig. *Großer Gott! Diese Frau bringt es fertig und hält Rurik für einen tapferen Krieger. Oder – Gott behüte – für die große Liebe.* „Von solch einem Mann will ich keine Hilfe. Und eines ist gewiss, er darf nie, nie ...“, sie hielt inne und biss sich auf die Lippen, „... mein Geheimnis erfahren."

„Nun, nun, du musst keine Angst haben. Old John hat schon einen Plan."

„Einen Plan?" Maires Stimme überschlug sich fast. Old John war der Anführer ihrer Lehnsmänner, soweit es noch welche gab. Old John, der einst ein tapferer und guter Krieger gewesen war, hatte nur noch einen Arm. Und viele schlecht verheilte Wunden aus zahllosen Kämpfen schmerzten ihn so sehr, dass man ihn nun fast einen Krüppel nennen musste. „Wieso erfahre ich erst jetzt von einem Plan? Er hat seine Pläne mit mir zu besprechen." Der schrille Klang ihrer Stimme ließ einige der wachhabenden MacNab nach oben blicken.

Nessa sah sie traurig an. „Old John kann wohl kaum hierher kommen, um etwas mit dir zu besprechen. Wo es doch hier von MacNabs Leuten nur so wimmelt." Sie richtete sich auf und wandte sich zum Gehen. „Mach dir keine Sorgen. Unser Schicksal liegt jetzt in Gottes Hand – und in der von Old John."

Doch Maire machte sich Sorgen. Jetzt erst recht.

2. KAPITEL

„Macht, dass ihr nach Hause kommt, Wikinger. Wir wollen euch nicht in den Highlands."

Rurik und seine Männer zügelten ihre Pferde am Rande einer kleinen Senke und starrten auf ein Dutzend rothaariger Schotten, ebenfalls zu Pferd, die ihnen hasserfüllte Blicke zuwarfen. Noch hatte keiner der Männer, die sich da gegenüberstanden, die Waffe gezogen, doch die Hand jedes Einzelnen lag zum Kampf bereit am Schwertknauf. Auch wenn sie in der Minderheit waren, zweifelte Rurik nicht daran, dass seine Männer diesen Kampf gewinnen würden. Doch ein guter Krieger kämpft nur, wenn es unbedingt nötig ist, und so wartete Rurik ab.

Die Schotten waren in der Tracht der Highlander gekleidet. Sie trugen *léine* und *brat*. Der *léine* war eine Art offenes, bis zu den Knien reichendes Hemd von safrangelber Farbe. Der *brat* oder *pladd* ähnelte einer großen Decke, die auf der Schulter mit einer Spange befestigt, dann unter dem Schwertarm hindurchgeschlungen und in der Taille mit einem Ledergürtel gehalten wurde. Die Beine blieben frei. Es geschah oft, dass Highlander in der Schlacht ihre *pladds* fallen ließen und nackt weiterkämpften. Wikinger taten dies übrigens auch. Als Rurik seinen Freund Stigand zum ersten Mal so hatte kämpfen sehen, waren ihm fast die Augen aus dem Kopf gefallen. Was für ein Anblick Stigand geboten hatte!

Die Männer, die sie von der anderen Seite der Mulde grimmig anstarrten, machten einen ziemlich üblen Eindruck, aber sie saßen auf guten Schlachtrössern, und ihre Breitschwerter und Dolche waren von bester Qualität. Der Mann, der gesprochen hatte, offensichtlich ihr Anführer, sah am finstersten von allen aus. Sicher hatte er schon mehr als fünfzig Winter gesehen. Weiße Strähnen zogen sich durch sein sonst immer noch leuchtend rotes Haar, das ihm bis auf die Schultern fiel und aussah, als wäre es seit Wochen weder gewaschen noch gekämmt worden. Ein voller roter Bart verdeckte sein Kinn. Am auffallendsten aber waren seine Augenbrauen – oder besser gesagt, seine Augenbraue. Die Brauen bildeten nämlich einen geraden Strich, der sich von einer Schläfe zur anderen zog. Diese einzige Braue gab dem Mann ein sehr düsteres und grausames Aussehen.

Rurik traute ihm nicht. „Und wer bist du?“ fragte er.

„Ich bin Duncan MacNab“, antwortete der andere in breitem schottischen Dialekt, so dass sich sein Name wie „Doonkin“ anhörte. Er schien sichtlich ergrimmt darüber zu sein, dass Rurik nicht wusste, wer er war. „Das sind meine Männer – alle MacNab!“ Er zeigte mit der Hand auf die Männer, die ihn umringten.

„Ich will keinen Streit mit dir“, sagte Rurik in versöhnlichem Ton. „Ich suche nach einer Frau namens Maire of the Moors. Ich glaube, sie gehört zum Campbell-Clan.“

Der Schotte brach in lautes Gelächter aus, das tief aus seiner Brust zu kommen schien, und seine Männer grinsten hämisch. „Jeder in den Highlands und in den Lowlands weiß von deiner Suche nach Maire der Zauberin.“ Der Anführer legte eine besondere Betonung in das letzte Wort und wechselte anzügliche Blicke mit seinen Gefährten, so als wüssten sie etwas, von dem Rurik nichts ahnte.

„Weißt du, wo ich die Zauberin finden kann?“ fragte Rurik, und unterdrückte die Wut, die langsam in ihm hochstieg. Es ärgerte ihn, die Zielscheibe des Spottes von ganz Schottland zu sein.

„Ja, weiß ich.“

„Und du weißt, warum ich nach ihr suche?“

Duncan lachte wieder, und dieses Lachen klang wie das Knurren eines Bärs. „Ich vermute mal, du willst dieses Zeichen aus deinem hübschen Gesicht entfernt haben, Wikinger.“ Bei dem Wort ‚Wikinger‘ spuckte er aus, so als habe er einen fauligen Geschmack im Mund.

Rurik nickte nur. Die Wut über das Gelächter und das hämische Grinsen der Schotten ließ ihn mit den Zähnen knirschen. Wenn es um sein gezeichnetes Gesicht ging, verstand er keinen Spaß. Vielleicht waren die Demütigungen, die er in seiner Kindheit hatte erdulden müssen, daran schuld, dass er immer wieder an seinem Selbstwert zweifelte. Er hatte es weit gebracht in seinem Leben, aber nicht so weit, dass er das, was damals geschehen war, vergessen konnte.

Rurik verscheuchte die unerwünschten Gedanken und entgegnete schroff: „Was geht's dich an, ob ich das Mal loswerde oder nicht, *Schotte*." Und er sprach das Wort mit der gleichen Verachtung aus wie der andere zuvor das Wort ‚Wikinger'.

„Meinetwegen kannst du blau, rot oder gelb im Gesicht sein, das ist mir gleich", erwiderte Duncan. „Ich bin gekommen, um dir einen guten Rat zu geben. Verlass das Land, oder du wirst dich über ganz andere Dinge zu ärgern haben als nur über das blaue Mal."

„Ach ja? Und was sind das für Dinge?" fragte Rurik unbeeindruckt, während er seinen Männern gleichzeitig mit einem verstohlenen Handzeichen andeutete, sich auf einen Kampf vorzubereiten.

„Blutvergießen – gebrochene Knochen – Tod", antwortete MacNab genauso kalt. „Nichts liebt ein Schotte mehr, als unter Wikingern ein Blutbad anzurichten."

„Soll das eine Drohung sein?" Ruriks Stimme war eisig.

„Ja, das ist eine Drohung. Es ist sogar ein Versprechen, du verdammter Halunke", erwiderte Duncan und stieß unvermittelt den Kriegsschrei der Highlander aus. *„Stuagh ghairm!"*

Im selben Augenblick griffen alle achtzehn Männer zu ihren Waffen. Die flache Senke war erfüllt vom Klang der aufeinander schlagenden Schwerter, dem Knirschen von Leder, dem angstvollen Wiehern der Pferde, dem Zischen der Pfeile und dem schrecklichen Geräusch, das zu hören war, wenn Stigands Streitaxt zum Einsatz kam. Und Stigand kämpfte mit einer Brutalität, die jeden, der ihn erblickte, mit Entsetzen erfüllte. In der einen Hand sein Breitschwert, das er „Bone-Cracker", das heißt „Knochenbrecher", nannte, in der anderen die Streitaxt „Blood-Lover", suchte er sich immer neue Opfer.

Voll Panik ergriffen einige der MacNab die Flucht. Rurik wünschte sich, Beast wäre jetzt bei ihm. Der Wolfshund war darauf abgerichtet, fliehende Feinde wie eine Viehherde zusammenzutreiben. Als Rurik das kleine Schlachtfeld überblickte, sah er, dass Jostein anscheinend den Arm gebrochen hatte und in Bolthors Hüfte ein Pfeil steckte. Ihm selbst hatte ein Gegner den Unterarm vom Ellbogen bis zum Handgelenk mit einem scharfen Dolch aufgeschlitzt. Es war eine lange, aber nicht sehr tiefe Fleischwunde, die später genäht werden müsste. Einige seiner Männer hatten Quetschungen, blutige Nasen und Schnittwunden, aber keiner war ernsthaft verletzt. Auf der Seite der MacNab gab es immerhin fünf Tote, und zwei Männer musste man aufs Pferd heben, bevor der ganze Trupp dann in aller Eile davongaloppierte.

Duncan MacNab selbst war unter den Überlebenden und hatte keine sichtbaren Wunden davongetragen. Als er mit seinem Pferd einen kleinen Hügel erklommen hatte, wandte er sich um und schrie zu Rurik hinüber: „Pack dich, Wikinger! Verlasse Schottland, du Sohn einer Dorsch fressenden Heidin, und lass dich hier nie wieder sehen. Das nächste Mal ist der Sieg unser, das verspreche ich dir."

„Nichts als leere Worte", antwortete Rurik mit einem stolzen Lachen und deutete auf die verstreut herumliegenden toten Körper. Er war zu klug, um sich jetzt für Duncans Beleidigungen zu rächen. Das hob er sich für später auf.

„Und wage nicht, die Zauberin anzurühren!" brüllte Duncan.

Rurik hob erstaunt die Augenbrauen bei diesem anmaßenden Befehl. „Warum?"

„Ich will die Zauberin."

„Na, das ist aber ein Zufall, ich auch."

Der Schotte schüttelte den Kopf. „Nein, du willst sie ja nur, um das verfluchte Mal wegzubekommen, ich aber ..."

Der Wikinger beherrschte nur mühsam seinen Zorn, als Duncan mit einem boshaften Lächeln den Satz für eine Weile unvollendet ließ. Wütend fragte er: „Du aber, was willst du?"

„Ich will sie zur Frau."

Rurik und seine Männer hatten gerade ihre Wunden notdürftig versorgt, als eine weitere Gruppe von Schotten auftauchte. Es waren die erbärmlichsten Krieger, die Rurik je unter die Augen gekommen waren.

Mindestens zwanzig Männer kamen den Hügel hinunter auf sie zu. Auch sie trugen alle *pladds*, doch diese waren reichlich abgetragen und ausgebleicht. Da hatten die MacNab anders ausgesehen.

Ein älterer Mann, der mindestens schon fünfzig Winter gesehen hatte, schien ihr Anführer zu sein. Er hatte nur einen Arm. Und ein jüngerer Mann, so um die dreißig, war offensichtlich auf einem Auge blind. Der Nächste hatte eine gebrochene Nase, nur ein Ohr und allem Anschein nach keine Schneidezähne mehr.

„Das sind ja wohl die hässlichsten Krieger der Welt", stellte Rurik trocken fest. Er musste jedoch zugeben, dass er bei den Nordmännern auch einige Kämpfer kannte, deren Erscheinungsbild sich mit dem von diesen hier durchaus messen konnte.

Rurik betrachtete einen Schotten, der Zuckungen hatte, die seinen Kopf ununterbrochen ruckartig hin- und herfliegen ließen. Sicher war ein harter Schlag, den er in einer Schlacht erhalten hatte, der Grund dafür. Einem alten Mitstreiter Ruriks war das auch passiert. Sein Name war ‚Asolf der Einfältige', und er wackelte seither so heftig mit dem Kopf, dass man meinen konnte, er gäbe andauernd jemandem zu seiner Rechten ein Zeichen. Mitten in einer Schlacht konnte das zu Missverständnissen führen.

Ein weiterer murmelte ununterbrochen vor sich hin, ohne dass jemand ihn beachtet hätte. Auch dieses Leiden war wohl durch einen Schlag auf den Kopf hervorgerufen worden.

Die Einzigen, die gesund und munter zu sein schienen, waren die Jungen. Mit etwas Anstrengung würde man aus ihnen durchaus gute Krieger machen können. Einige waren in Josteins Alter, aber wenn sie so kämpften, wie sie auf dem Pferd saßen, würde Jostein sie im Handumdrehen besiegen. Und der jüngste war noch nicht einmal ein fertig ausgebildeter Krieger.

Wieder einmal wurde Rurik wider Willen an seine eigene Vergangenheit erinnert. Im Geiste sah er das Bild eines kleinen, schwächlichen Jungen vor sich. Den Göttern sei Dank, er hatte das Glück gehabt, einen Freund zu besitzen, der ihm die Kunst des Überlebens beigebracht hatte. Doch wer sollte sie diese Halbwüchsigen lehren? Der einarmige Krieger? Oder der, der nur noch ein Auge hatte?

Wer waren diese heruntergekommenen Kämpfer? Und was wollten sie von ihm? *Nun gut, das alles geht mich eigentlich nichts an.* Er schüttelte den Kopf, als könnte er damit diese unliebsamen Gedanken loswerden.

„Bist du ‚Rurik der Wikinger'?"

Für alle Fälle zückte Rurik sein Schwert. „Ja. Wer fragt?"

„Ich bin John. Old John", sagte der Anführer. „Und das ist Young John." Er zeigte mit dem Kopf auf den halb blinden Mann neben sich. „Und Murdoc", fügte er hinzu und zeigte auf den ohne Zähne und Ohr. „Callum" – das war der Zuckende – „und Rob" – der Murmelnde.

Großer Thor!

„Wir gehören zum Campbell-Clan", sagte Old John.

„Campbell?" platzte Rurik heraus.

„Ja, Lady Maire ist unsere Herrin."

Ruriks Interesse an dieser heruntergekommenen Schar war plötzlich sehr groß. „Ist das die Gleiche wie ‚Maire die Zauberin'?" Old John wechselte belustigte Blicke mit seinen Begleitern. Die Bezeichnung „Zauberin“ rief hier die gleiche Wirkung hervor wie bei den MacNab. Aber bevor Rurik noch länger darüber nachdenken konnte, fuhr Old John verschmitzt lächelnd fort.

„Möchtest du gerne das Versteck der Zauberin finden?“

Was für eine dumme Frage – nachdem er fünf Jahre lang das Zeichen der Zauberin getragen und drei Jahre auf der Suche nach ihr verschwendet hatte!

Rurik stemmte eine Faust in die Hüfte und fragte betont beiläufig: „Und wenn ich das möchte?“

„Vielleicht können wir dir dabei helfen.“

„Warum solltet ihr uns helfen? Wir haben gerade erfahren, wie groß die Liebe von euch Schotten zu uns Wikingern ist.“ Rurik deutete auf die in der Senke liegenden Toten.

„Sind das vielleicht Leute von MacNab?“ fragte Old John hoffnungsvoll und beugte sich etwas vor, um besser sehen zu können. Young John schielte mit seinem gesunden Auge, so sehr strengte er sich an, die Toten zu erkennen. Murdoc kratzte die Stelle, an der früher einmal sein Ohr gewesen war, während er, die Stirn in Falten gelegt, ganz offensichtlich nachdachte. Callums Kopf zuckte in die Richtung der Erschlagenen, und Rob murmelte immer wieder etwas Ähnliches wie: „Tote MacNab, gute MacNab!“

„So wahr Drachen brüllen und Engländer stinken, so wahr sind das hier Leute von Duncan MacNab“, antwortete Rurik.

Old John grinste über das ganze Gesicht. Wenn Schotten und Wikinger etwas gemeinsam hatten, dann war es die Abneigung gegen die Engländer. „Dem Himmel sei Dank! Mit dir wurden unsere Gebete erhört.“

„Mit mir? Mit mir sind eure Gebete erhört worden?“ Rurik war nicht im Geringsten geschmeichelt. „Das kann ich mir kaum vorstellen.“

„Nun, vielleicht wirst du deine Meinung ändern. Wir sind hier, um dir einen Handel vorzuschlagen.“

„Einen Handel? Einen Handel mit einem Highlander? Ha! Ich muss dir leider sagen, dass ich Schotten zutiefst misstraue."

„Das verstehe ich, denn ich misstraue Nordmännern genauso."

Rurik schüttelte verwirrt den Kopf. „Aber warum bietest du mir dann einen Handel an?"

Old John zuckte mit den Schultern. „Aus Verzweiflung."

Der Alte war ehrlich, das musste Rurik zugeben.

„Verschaffe unserem Clan den Sieg, Wikinger. Das ist alles, was wir wollen. Befreie uns von dieser Pest, die das Land der Campbells befallen hat. Wenn du uns das versprichst, werden wir dich sogleich zu unserer Herrin führen, zu Maire of the Moors."

Rurik zog ob dieses unerwarteten Angebots erstaunt die Augenbrauen hoch. „Trägt diese Pest vielleicht den Namen MacNab?"

„So ist es", erwiderte Old John.

Rurik runzelte verwirrt die Stirn, weil ihm MacNabs letzte Worte in den Sinn kamen – von einer Heirat mit Maire war da die Rede gewesen. Doch soviel er wusste, hatte Maire in den letzten fünf Jahren schon geheiratet. „Warum beschützt ihr Ehemann nicht ihren Clan?"

„Kenneth MacNab starb vor drei Monaten."

„MacNab? Maire war mit einem MacNab verheiratet?"

Old Johns Gesicht lief rot an vor Ärger. Er nickte. „Ja, er war ein MacNab und genauso ein elender Halunke wie alle in diesem Clan. Duncans jüngster Bruder. Ich schätze, so um die fünfzehn Jahre jünger als er."

Rurik hätte noch viele Fragen gehabt, doch die mussten warten. Im Augenblick war nur eine einzige wichtig. „Wer ist dann euer Laird? Sag jetzt bloß nicht, es ist deine Herrin, Maire die Zauberin?"

Die Männer des Campbell-Clans brachen in schallendes Gelächter aus.

„Frauen können nicht Clanführer werden“, erklärte Old John. „Obwohl man sagen muss, dass Maire ihre Sache gut macht und den Clan zusammenhält. Und sie wird dies tun, bis der Laird dann die Führung übernehmen kann.“

Rurik hatte das Gerede und die versteckten Andeutungen langsam satt. „Jetzt sag endlich, wer dieser verdammte Laird ist!“

Auf diese Worte hin gaben die Reiter eine Gasse zwischen sich frei, in der ein dickleibiger Mönch auf einem Apfelschimmel erschien. Vor sich im Sattel saß ein schmutziger, schäbig gekleideter, barfüßiger Junge, kaum älter als vier Jahre. Er war schwarzhaarig, hatte grüne Augen und zeigte im nächsten Augenblick, dass er alles andere als ängstlich war. Bemerkenswert selbstbewusst rief er mit schriller Stimme: „Ich bin der *verdammte* Laird.“

„*Bhroinn, rachadh, gleede, chunnaic.* Nein, das stimmt nicht. *Rachadh, gleede, bhroinn, bhroinn.*“ Maire stöhnte vor Verzweiflung. „Warum kann ich mich nicht an den Spruch erinnern! Wenn doch nur Branwen noch hier wäre! Keinen Tag hätte ich in diesem Käfig bleiben müssen.“

Seit Nessa gegangen war, hatte Maire eine Zauberformel nach der anderen ausprobiert: Sprüche, Flüche, Beschwörungen, sogar den großen Schwebezauber – alles vergebens. Selbst als Maire die Formeln rückwärts aufsagte, was sie zu tun pflegte, um Fehler zu korrigieren, geschah nichts.

Jetzt blieb ihr nur noch eine Möglichkeit. Mit gefalteten Händen blickte sie zum grauen Himmel empor. „Großer Gott, bitte hilf mir in meiner Not!“

Als sie wieder nach unten schaute, sah sie die sechs Wikinger. Sie bogen gerade um die Felsen am Fuße des kleinen Berges, auf dem *Beinne Breagha*, Maires Zuhause, lag. Und die eigenen Clansmänner zeigten ihnen den Weg!

Sollte ihr Bittgebet gen Himmel etwa derart erhört worden

sein? Wenn es wirklich so sein sollte, würde sie ihre Zauberversuche aufgeben und mehr Zeit mit Beten verbringen.

Plötzlich wurde ihr etwas klar. Verärgert presste Maire die Lippen zusammen. Das also war Old Johns *Plan*, von dem Nessa berichtet hatte. Nun, trotz allem konnte sie ihrem treuen Lehnsmann nicht zürnen. In Zeiten der Verzweiflung traf man solch zweifelhafte Entscheidungen. Old John setzte anscheinend seine ganze Hoffnung auf die Wikinger. Es blieb ihr nichts anderes übrig, als ihm zu vertrauen.

Mit einem Blick sah Maire, dass weder ihr Sohn noch sein Aufpasser, der Mönch, in der sich langsam nähernden Gruppe waren. Sie stieß einen Seufzer der Erleichterung aus. Gott sei Dank war Old John so klug gewesen, den kleinen Jamie in seinem Versteck in den Wäldern zu lassen, weit weg von jeglicher Gefahr und auch außer Reichweite der Wikinger.

Zur gleichen Zeit, als Maire Ruriks Gruppe entdeckte, tauchte unten im Hof bei den MacNab, die als Wachen zurückgelassen worden waren, ein aus vielen Wunden blutender Bote auf. Nur Minuten später rafften die Männer eilig ihre Waffen, und was sie sonst noch hatten, zusammen. Die Fäuste gegen Maire schüttelnd, machten sie sich fluchend davon, in Richtung der Ländereien ihres Clans. Duncan MacNab und seine Männer waren tapfere Krieger, wenn sie einem schwachen Gegner gegenüberstanden. Sobald er ebenbürtig war, nahmen sie Reißaus und warteten dann auf eine Gelegenheit, aus dem Hinterhalt anzugreifen.

Maire ließ sich durch die Flucht ihrer Feinde nicht täuschen. Sie würden wiederkommen – und dann noch zahlreicher als zuvor.

Es verletzte jedoch ihren Stolz empfindlich, dass sie ausgerechnet diesem Mann, ausgerechnet Rurik, jetzt ihre Rettung verdanken sollte – wenn auch nur bis zur absehbaren Rückkehr Duncan MacNabs. Dieser gefühllose Wikinger hatte ihr Ehrgefühl bereits einmal mit Füßen getreten. Und trotz ihrer verzweifelten Lage würde sie es nicht zulassen, dass ihr dies ein zweites Mal passieren würde.

Maire seufzte und fragte sich, ob ihr bei den Wikingern wirklich ein besseres Los beschieden sein würde als bei den MacNab. Sie umklammerte die Stäbe ihres Gefängnisses und blickte über das weite Land, das dem Campbell-Clan gehörte und das sie so sehr liebte. Maire versuchte, ihr Heim einmal mit den Augen der viel gereisten Wikinger zu sehen.

Es gab einige Campbell in Schottland, die reich und mächtig waren. Maires Familie aber gehörte dem ärmeren Zweig der Sippe an. Obwohl ihr Besitz ein steinernes Fundament besaß und sich ‚Burg' nannte, war er doch nicht viel mehr als ein planlos zusammengewürfeltes Festungswerk aus Holz, hoch oben auf einem Hügel gelegen. Zwei Ringe aus Mauern und Gräben umgaben das Anwesen, durchbrochen von einem einzigen Torweg. Hinter diesen Mauern lagen ungefähr hundert Hütten aus verputztem Flechtwerk mit kegelförmigen Strohdächern. Die meisten waren nicht bewohnt und mehr oder weniger verfallen, aber sie zeugten von besseren Zeiten.

Der Nachmittag neigte sich dem Ende zu, aber die Dunkelheit war noch nicht heraufgezogen. Ein zauberhaftes Licht lag über dem öden, von Steinen übersäten Land und ließ das Violett der Heide wie eine kostbare Decke aussehen. Menschen, die nicht hier geboren waren, beschrieben die Highlands gewöhnlich als rau und hart und waren blind für ihre Schönheit. Maire jedoch hing an diesem Land, und bei seinem Anblick wurden ihr die Augen feucht.

Sie durfte sich jetzt aber nicht länger ihren Gefühlen hingeben. Die Wikinger waren im Anmarsch, und es galt, dieses neue Problem zu lösen.

Sogar von ihrer luftigen Höhe aus konnte sie erkennen, dass die Männer, die mit Geschick ihre Pferde den gewundenen Pfad hinauflenkten, ein beeindruckendes Bild darboten. Es schien, als wären einige von ihnen erst kürzlich in einem Kampf verwundet worden, doch saßen alle stolz und aufrecht im Sattel. Keiner erschrak, als plötzlich der Rest ihres Clans aus den Verstecken entlang des Weges trat, bereit, Maires Ehre und die der Campbell zu verteidigen.

Aber warum auch sollten die Wikinger Angst haben? Sie standen in der Blüte ihrer Jahre, sie waren stolze Krieger. Wohingegen Maire wegen der andauernden Kriege in den letzten zwanzig Jahren nur die Alten und die ganz Jungen geblieben waren. Schotten waren keinen Deut besser als Wikinger. Sie liebten einen guten Kampf, und es war ihnen egal, ob sie gegen Engländer, Wikinger, Franken oder die eigenen Landsleute kämpften.

Maire glaubte, dass sich das ändern könnte, wenn es mehr Frauen erlaubt sein würde, Clanführer zu werden. Bei einigen Clans war dies möglich, aber die Campbell übertrugen dieses Amt nur Männern. Alles, was Maire tun konnte, war, den Clan zusammenzuhalten, bis ihr Sohn alt genug sein würde, die Führung zu übernehmen.

Was diese Wikinger wohl von dem verfallenen Besitz und ihren armseligen Lehnsmännern hielten? Maire wusste, dass einige der Nordmänner von hoher Geburt waren. Dennoch hatte sie nicht die Absicht, vor Scham den Kopf zu senken. Es war nicht ihre Schuld, wenn ihr Heim nicht mehr so stattlich war wie früher. Und was ihre Gefolgsleute betraf, so war sie stolz auf sie, auf jeden Einzelnen von ihnen.

Old John hatte seinen Arm durch den Überraschungsangriff eines Engländers verloren. Ihr Vater, Malcolm, war damals schon tot. Ihre Brüder Donald und Angus hatten Old John bei ihr zur Pflege zurückgelassen, während sie weiterzogen, um in Northumbria zu kämpfen. Angus kam nicht mehr zurück und lag nun begraben in der kalten Erde Nordenglands. Donald hatte ihr seit ihres Vaters Tod nur Ungemach bereitet. Das Schlimmste war, dass er sie dem Jüngsten der benachbarten MacNab, Kenneth MacNab, versprochen hatte. Donald Campbell war letztes Jahr gestorben, und vor ein paar Monaten auch ihr Ehemann. Sie trauerte keinem von beiden nach, obwohl sie einmal geglaubt hatte, Kenneth zu lieben. Keiner ihrer Brüder hatte einen Erben hinterlassen.

Die Reiter folgten einer hinter dem anderen Old John den Hügel hinauf. Der Alte hielt ein Breitschwert in der Hand und spähte aufmerksam nach allen Seiten, immer auf der Hut vor Kriegern der MacNab, die vielleicht im Hinterhalt lauern konnten.

Direkt hinter ihm ritt Young John, der ebenfalls wachsam um sich blickte. Er war erst dreißig Jahre alt, hatte nur noch ein Auge und wurde von Schwindelanfällen geplagt. Es konnte vorkommen, dass er ganz plötzlich ohne jede Vorwarnung umkippte.

Ungefähr ein Dutzend Männer folgten ihm. Ein weiteres Dutzend hielt Wache entlang des Pfads. Es stand zu bezweifeln, ob die Wikinger sich durch sie hätten aufhalten lassen.

Maire musterte die näher kommenden Wikinger, die jetzt gerade über die hölzerne Zugbrücke in den Torweg ritten. Einige der Männer hatte Maire schon einmal gesehen, in jenen Tagen, als sie das erste Mal mit Rurik zusammengetroffen war. Das war, als sie ihre Cousine in Glennfinnan besucht hatte.

Die Zwillinge Toste und Vagn mussten jetzt zweiundzwanzig Winter alt sein. Damals waren sie zwei siebzehnjährige Bengel gewesen, mit langen blonden Haaren, hellblauen Augen und Grübchen im Kinn. Und schon damals hatten sie großes Glück bei den Frauen. Jetzt wirkten sie viel männlicher, und ihre Körper war muskulöser geworden. Maire fragte sich, ob die beiden wohl immer noch die Leute an der Nase herumführten, indem sich einer für den anderen ausgab.

Da war auch wieder Stigand der Berserker mit seinem wilden Bart und der verfilzten roten Mähne. Schwer zu sagen, wie er wirklich unter all dem vielen Haar aussah, aber er strahlte etwas Hochmütiges aus, das ihn interessant machte. Seine Augen waren von tiefbrauner Farbe, wie dunkles Wasser, und es lag ein großer Kummer in ihnen. Man erzählte sich, dass er gnadenlos töten würde.

Den jungen Mann, der noch nicht mehr als fünfzehn Winter gesehen haben mochte, kannte Maire nicht. Aber seine Haltung war genauso stolz wie die seiner Begleiter. Und obwohl er noch sehr jung war, hatte er mit seinem guten Aussehen und den blonden Haaren sicher auch schon erste Erfolge bei den Frauen.

Der Riese mit der schwarzen Augenklappe, nur wenig älter als Stigand, war ohne Zweifel Bolthor der Skalde. Begegnet war Maire ihm noch nie, doch sie hatte schon mehr als genug über ihn und seine Liebe zur Poesie gehört. Die Wenigsten schienen von seiner Dichtkunst begeistert, da aber nicht oft Besucher nach *Beinne Breagha* kamen, würden die Verse selbst eines schlechten Poeten eine Abwechslung bedeuten.

Als Letzter ritt der Anführer der Gruppe, der Mann, von dem Maire das Schlimmste zu befürchten hatte, Rurik.

Bei allen Heiligen! Habe ich ihm wirklich dieses Mal angehext? Es ist tatsächlich blau!

Trotzdem sah er immer noch ungewöhnlich gut aus. In Maires Augen nahm ihm das gezackte blaue Zeichen mitten im Gesicht nichts von seiner Anziehungskraft. Im Gegenteil, er ähnelte dadurch einem wilden keltischen Krieger aus längst vergangenen Tagen.

Fünf Jahre waren es nun, seit sie ihn das letzte Mal gesehen hatte. Er musste jetzt wohl achtundzwanzig Winter zählen. Die Zeit war gut mit ihm umgegangen. Obgleich viele Nordmänner blond waren, hatte Rurik rabenschwarze Haare, die ihm bis auf die Schultern hingen. Seine Schläfen zierten Zöpfe, die mit goldfarbenen Schnüren und Bernsteinperlen durchflochten waren. Alle Wikinger trugen eng anliegende Beinlinge, knöchelhohe Stiefel und wollene Gewänder, die ein Gürtel in der Taille zusammenhielt. Ihre breiten Schultern wurden von kurzen Umhängen bedeckt. Ruriks Umhang war aus dem Pelz eines Silberfuchses gefertigt und wurde von einer kunstvoll gearbeiteten Brosche gehalten, die zwei ineinander verschlungene Drachen darstellte. Ein tiefblaues Untergewand umschmeichelte seine

Gestalt. Am Halsausschnitt war es mit einer Bordüre aus kostbarer Seide besetzt, und eine leuchtend bunte Stickerei zierte den Saum. Er trug keinen Bart und sein gut geschnittenes Gesicht war ohne jeglichen Makel, bis auf ein paar kleine Narben – und das blaue Mal natürlich.

Seine männliche Ausstrahlung als überwältigend zu beschreiben wäre schlicht eine Untertreibung gewesen.

Die Wikinger waren nun im inneren Hof angelangt und blickten hinauf zu Maire in ihrem hin- und herpendelnden Käfig. Besser gesagt, die Männer starrten sie voll Entsetzen an. Maire fragte sich, ob ihr schäbiges Heim oder sie selbst diese Reaktion hervorrief. Während Rurik herausgeputzt war wie ein angelsächsischer Adliger, trug sie nur einen einfachen, ungefärbten *arisaid* aus Wolle. Er ähnelte einer großen Decke, die kunstvoll um den Körper geschlungen und dann auf der Brust von einer Fibel, einer Spange, und in der Taille von einem Gürtel gehalten wurde. Seit Maire in diesem Käfig eingesperrt worden war, hatte sie sich weder baden noch kämmen können, und sie roch schlecht, wenn sie auch nicht glaubte, dass ihr Körpergeruch im Burghof zu bemerken war.

Rurik sah zu ihr hinauf, und ihre Blicke trafen sich. Seine Augen waren von einem strahlenden Blau – und sein Blick kalt wie das Eis in den winterlichen Lochs. Obwohl Ruriks Gesicht keine Regung zeigte, war zu spüren, dass ihn irgendetwas zutiefst bewegte. Er saß regungslos auf seinem Pferd, und doch schien seine unterdrückte Erregung die Luft um ihn herum erzittern zu lassen. Ein plötzliches Frösteln ergriff alle, und eine unheimliche Stille breitete sich aus. Sogar die Vögel verstummten.

Rurik erstarrte angesichts der Grausamkeit dieses wilden Landes, oder besser gesagt, der Grausamkeit eines Mannes. Er konnte nicht glauben, was er da sah – eine Frau in einen Käfig gesperrt wie ein wildes Tier.

Vor Wut verschlug es ihm die Sprache, und er brachte längere Zeit kein Wort heraus. Er ballte zornig die Hände zu Fäusten, doch langsam gelang es ihm, seine Beherrschung wieder zu finden. Schließlich begegnete sein Blick jenem der Zauberin, die ihn aus ihren grünen Augen und ohne mit der Wimper zu zucken anstarrte, unbeeindruckt von seinem Grimm. Ohne Zweifel glaubte sie, dass sein Zorn ihr galt. Nun, damit hatte sie gar nicht so Unrecht. Und wenn sie auch nur ein bisschen Verstand besaß, dann wusste sie sehr wohl, dass sie allen Grund hatte, sich zu fürchten.

Maire hatte sich in den letzten fünf Jahren verändert, das konnte er sehen. Beim Anblick ihres widerspenstigen roten Haares verzog Rurik verächtlich den Mund. Er hatte eine ganz persönliche Abneigung gegen rothaarige Frauen. Seiner Erfahrung nach waren sie launenhaft und spitzzüngig dazu, so wie Alinor, die Frau seines Freundes Tykir. Nichts als Ärger hatte man mit diesen Rothaarigen. Doch er musste zugeben, dass Maire, trotz des zerknitterten Tuchs, das sie umhüllte, außerordentlich schön war. Schöner noch als damals, als sie kaum zwanzig Winter zählte.

Aber er wollte diese Schönheit nicht sehen, er wollte ihre Anziehungskraft nicht spüren. Niemals mehr!

„Maire! Zauberin!“ rief Rurik plötzlich zum Käfig hinauf.

Maire zuckte erschrocken zusammen. „Bei den Tränen der heiligen Magdalena, meinst du etwa mich?“

Ein grimmiger Laut entrang sich der Kehle des Wikingers ob dieser Frechheit.

„Ich spreche zu diesem dürren Huhn da oben.“

„Du solltest etwas höflicher zu mir sein, Wikinger“, fauchte Maire zurück.

Höflicher? Höflicher? Dir zeig ich's! „Los, schwing deinen Hintern hoch und komm runter, Maire!“ brüllte Rurik.

3. KAPITEL

Er ist dumm, dumm, dumm – Dieser Mann ist noch dümmer als ein Hochlandschaf!

„Und würdest du mir bitte sagen, wie ich das deiner Meinung nach anstellen soll, Wikinger?“ fragte Maire übertrieben freundlich.

„Du bist doch eine Zauberin. Dann kannst du auch fliegen.“

Sie musste gegen ihren Willen lachen. Der Mann war unmöglich. „Leider hatte ich in der letzten Zeit wenig Gelegenheit zum Üben.“

Sein Blick verfinsterte sich bei ihrer spöttischen Antwort, und Maire erinnerte sich plötzlich daran, wie leicht verletzbar sein Stolz schon damals gewesen war. Offensichtlich hatte sich daran nichts geändert. Oh, diese Männer und ihre dummen Eitelkeiten! Doch jetzt war nicht die Zeit, um darüber nachzudenken.

„Du kannst keine sehr gute Zauberin sein, da du dich in solche – solche ...“, er blickte zu ihrem Käfig hinauf, und in seinen Augen spiegelte sich seine ganze Wut, die er nur schwerlich zu unterdrücken vermochte, „... in solche Schwierigkeiten gebracht hast. Eine Zauberin sollte sich befreien können.“

Nun gut, damit hatte er leider Recht. „Willst du mich hier hängen lassen, Wikinger, oder holst du mich endlich runter?“

Die Hände auf den Sattelknauf gestützt, blickte er sie boshaft lächelnd aus halb geschlossenen Augen an. „Hm. Ich denke, es würde mir ein großes Vergnügen bereiten, dich in dem Käfig zu lassen. Aber dieses Vergnügen ist doch nicht so groß, dass ich darüber den Kummer vergessen könnte, den du mir in den letzten Jahren bereitet hast.“

„Ich?“ fragte Maire voll spöttischer Verwunderung und schlug dabei beide Hände an die Brust. Im breitesten schottischen Dialekt, mit rollenden Rs, fuhr sie dann fort: „Was für einen Kummer könnte ein armes Highlandmädchen wie ich einem großen tapferen Nordmann wie dir bereiten?“ Sie wusste nur zu gut, dass sie gefährlichen Boden betrat, wenn sie diesen nordischen Wolf reizte, aber sie konnte der Versuchung nicht widerstehen.

Rurik schüttelte den Kopf über die tollkühne Sprache, die sie führte. Seine Revanche kam sofort, und sie traf Maire empfindlich. Mit übertriebenem Gehabe und bewusst geräuschvoll schnüffelte er wie ein Hund und fragte dann laut: „Was ist das nur für ein Geruch, Maire? Könnte es sein, dass du weniger gut duftest als bei unserem letzten Treffen? Wenn ich mich recht erinnere, war da ein Duft von Blumen – an gewissen Stellen deines Körpers.“

Oooh, wie konnte er es wagen, sie daran zu erinnern, dass sie damals seinem Werben erlegen war! Wie demütigend! Maire errötete vor Scham. Es genügte, dass ein kräftiger kleiner Junge mit rabenschwarzem Haar sie jeden Tag aufs Neue an diese schwache Stunde erinnerte.

Da sah sie, dass eingetrocknete Reste von Morast und Moos an Ruriks Kleidung klebten. Eine bemerkenswerte Tatsache bei einem Mann, der sonst so überaus heikel war in allem, was sein Aussehen betraf. Maire lächelte ihn voller Schadenfreude an. „Sag, hast du in einem unserer schönen Moorlöcher ein Bad genommen?“

Rurik fluchte wütend in seiner Muttersprache, dann riss er sich zusammen und lächelte zurück. „Ist das eigentlich die neueste schottische Mode, die du da trägst?“ Er betrachtete ihre ärmliche Aufmachung voll Widerwillen.

Jetzt war Maire an der Reihe zu fluchen.

Rurik grinste zu ihr hinauf und freute sich über ihren nicht zu übersehenden Verdruss.

Der Hochmut dieses Wikingers wird mich noch wahnsinnig machen, stellte Maire wütend fest. Sie verspürte große Lust, ihm sein geziertes Lächeln mit einem Eimer kalten Wassers aus dem Gesicht zu waschen. Höhnisch rief sie Rurik zu: „Was ist das für ein eigenartiges Zeichen in deinem Gesicht? Kann es sein, dass du nicht mehr so hübsch bist wie bei unserem letzten Treffen?" Doch im gleichen Augenblick schämte sie sich ihrer unfreundlichen Worte.

Rurik setzte gerade zu einer scharfen Erwiderung an, als sie unterbrochen wurden. Von einem nahe gelegenen kleinen Hügel herüber hörten sie, wie Murdoc auf seinem Dudelsack eine klagende Weise spielte. Er war einmal ein schöner Mann gewesen, aber die vielen Verletzungen, die ihm in unzähligen Schlachten beigebracht worden waren, hatten seine Schönheit zerstört. Doch wenn er spielte, vergaß man sein Aussehen. Seine Musik rührte jedes Herz. Maire stiegen die Tränen in die Augen, wie immer, wenn sie seinem Dudelsack lauschte.

„Hast du je etwas Schöneres gehört?" fragte Bolthor Rurik voller Begeisterung.

„He?" erwiderte Rurik.

Dieser Einfaltspinsel!

Bolthor drehte sich zu Old John um. „Glaubst du, ich kann lernen, wie man den Dudelsack spielt?"

„Oh nein! Nein, nein, nein!" rief Rurik sofort. Aber Old John klopfte Bolthor aufmunternd auf die Schulter. „Ich wüsste nicht, was dagegen spräche."

Rurik und seine Männer stöhnten gequält auf. Man sah, dass sie gute Musik nicht zu schätzen wussten.

Bolthor wandte sich, immer noch begeistert, wieder Rurik zu. „Siehst du nicht die Möglichkeiten, die ich dann hätte, Rurik? Vielleicht kann ich Stigand beibringen, meine Sagas aufzusagen, während ich ihn dabei auf dem Dudelsack begleite."

„Ich? Warum ich?" stotterte Stigand. „Ich will verdammt sein, wenn ich jemals so ein albernes Gedicht aufsage."

„Ich werde nicht nur ein Skalde sein, nein, auch ein Barde!" seufzte Bolthor hingerissen.

„Man könnte auch sagen ein skaldischer Barde", schlug Toste kichernd vor.

„Oder ein bardischer Skalde", prustete Vagn.

„Jetzt denk doch mal nach, Bolthor", warf Rurik ein. „Wann hat man je von einem Dudelsack spielenden Wikinger gehört!"

„Das ist es ja", strahlte Bolthor über das ganze Gesicht. „Ich werde der Erste sein."

„Das ist alles nur deine Schuld!" schrie Rurik erbost zu Maire hinauf. Sein wütendes Gebrüll erschreckte sie so sehr, dass sie hochsprang und ihren Käfig zum Schwingen brachte.

Rurik wandte sich an Stigand. „Los, geh rauf auf den Wehrgang, und hack die Stange ab, an der der Käfig hängt."

Stigand runzelte die Stirn. „Aber dann fällt er doch runter."

„Oh ja", antwortete Rurik mit einem breiten Lächeln. „Das ist es ja gerade. Diese Zauberin verdient es, mal richtig durchgeschüttelt zu werden, und so hoch hängt der Käfig nicht, dass sie sich ernsthaft verletzen wird."

„Nein!" Maires Stimme überschlug sich vor Entsetzen.

Jählings wandten sich alle ihr zu und starrten sie an, als hätte sie den Verstand verloren.

„Würdest du dir vielleicht bitte einmal anschauen, was da unten in der Grube ist, du dummer, dickschädeliger, aufgeblasener Esel von einem Wikinger!"

„Ts, ts! Mit Beleidigungen machst du dich bei deinem Retter aber nicht beliebt, Maire." Rurik stieg vom Pferd und starrte, die Fäuste in die Seiten gestemmt, zu ihr empor. „Was für eine Grube?"

„Oh Gott!" schrie Maire verzweifelt. „Da! Schau doch, verdammt noch mal!"

„Du hast eine böse Zunge, Maire! Es wäre besser, sie in meiner Gegenwart im Zaum zu halten. Glaub mir, du bekommst sonst meinen Zorn zu spüren!" Er schlenderte zu der Stelle unter ihrem Käfig. Seine Männer folgten ihm. Alle schienen erst jetzt die große runde Matte zu bemerken. Mit der Fußspitze hob Rurik den Rand etwas hoch, warf einen Blick darunter und fuhr erschrocken zurück.

„Schlangen!“ Die Männer rannten so schnell sie konnten zu ihren Pferden, wo sie sich sicher fühlten. Welch mutige Krieger waren sie doch in ihren Schlachten – kaum zu glauben, aber zwischen Schlangen und Schlachten gab es für sie wohl doch einen nicht unerheblichen Unterschied!

Nur Rurik hatte sich nicht von der Stelle gerührt. Entsetzt blickte er auf die Schlangengrube und dann auf den darüber hängenden Käfig. Sein Blick wurde eisig. „Wer das getan hat, wird dafür bezahlen“, stieß er hervor.

Maire hüpfte das Herz, als sie diesen Schwur hörte. So zornig war er über das, was man ihr angetan hatte? Gegen ihren Willen musste Maire an Nessas Worte denken: *Was du brauchst, mein Mädchen, ist ein tapferer Ritter, der sein Schwert für deine Sache schwingt.*

Könnte Rurik vielleicht dieser Ritter sein?

„Ich ein Ritter? Vielleicht noch in einem schimmernden Kettenhemd?“ Rurik brüllte vor Lachen. Er saß neben Maire, die dabei war, die Wunde an seinem Unterarm zu nähen.

Am anderen Ende der Halle war Nessa damit beschäftigt, Leinenbinden fest um Josteins Arm zu wickeln; der Arm war zum Glück nur verstaucht und nicht gebrochen. Bolthor hatte gnädig zugelassen, dass man das kleine Loch in seinem Oberschenkel säuberte, das zurückgeblieben war, nachdem Stigand ihm den Pfeil herausgezogen hatte. Jede weitere Behandlung lehnte er aber ab. Für den riesenhaften Skalden war so eine Verwundung nicht der Rede wert.

„Ich habe nicht gesagt, dass ich dich als Ritter haben will“, widersprach Maire und errötete dabei.

Sieh mal an, du kannst also noch rot werden, mein Mädchen. Das ist eine Überraschung. Obwohl, wenn ich so zurückdenke, du konntest sehr hübsch erröten – damals, als ich dir zum ersten Mal den Kittel von den Schultern streifte und dir über die Schenkel strich. Nein, ich will mich nicht an diese schöne Zeit erinnern.

Es ist besser, immer daran zu denken, dass du meine verhasste Feindin bist. „Manchmal trage ich ein Kettenhemd, aber meistens einen Harnisch aus Leder. Und ich würde mich nie als einen ‚Ritter' bezeichnen. Die Angelsachsen benutzen diese Wort. Ich ziehe es vor, ‚Krieger' genannt zu werden und ..."

„Dann bist du mein Ritter in schimmerndem Leder", versuchte Maire zu scherzen. „Oder mein Krieger im Lederharnisch."

Rurik war nicht zum Scherzen zu Mute. „Ich will nicht dein Ritter sein, weder im Kettenhemd noch in Leder noch im *pladd* noch auf irgendeine andere Art."

„Missverstehst du mich absichtlich? Ich habe doch nur gesagt, dass ich – oh, lass es gut sein. Du würdest es ja doch nicht begreifen." Wütend zog sie die Wundränder zusammen.

Rurik schrie auf vor Schmerz. „Au! Hast du das mit Absicht getan?"

„Nein, mir ist die Nadel ausgerutscht."

Du lügst, du boshaftes Frauenzimmer. Und wie leicht dir die Lüge über die Lippen geht! Was hast du mir sonst noch alles vorgelogen? Welche Geheimnisse versteckst du hier in deiner heruntergekommenen Burg? Ich müsste wirklich ein Einfaltspinsel sein, wenn mir nicht auffallen würde, wie jedes Mitglied des Clans den Blick abwendet, wo immer ich auftauche – und ganz besonders du. Jeder, der einem nicht in die Augen sehen kann, hat etwas zu verbergen. Was kann es nur sein?

„Ich habe dir ja gesagt, du sollst dir jemand anderen suchen, der dir deinen Arm wieder zusammenflickt, Wikinger."

„Ja, aber du schuldest mir mehr als jeder andere. Ich habe die Absicht, deine Schulden bei mir nach und nach einzutreiben. Wie schnell kannst du zum Beispiel dieses Mal entfernen?"

„Wie schnell kannst du mein Land von den MacNab befreien?"

Er packte sie an beiden Handgelenken und zog sie so nahe zu sich heran, dass ihre Nasen sich fast berührten. Nadel und Faden baumelten von seinem Arm herab, aber er achtete nicht darauf. „Mit mir wirst du deine Spielchen nicht treiben!“

Ganz plötzlich stieg ihm der angenehme Duft der Seife in die Nase, mit der sie ihre Haare gewaschen hatte – Haare von der tiefroten Farbe eines Sonnenuntergangs im Herbst. Grüne Augen funkelten ihn unter langen Wimpern hervor zornig an. Die Haut ihres herzförmigen Gesichts glich der elfenbeinfarbenen Seide, die er einmal in Birka auf einem Marktstand hatte liegen sehen. Ihr sauberer, aber abgetragener *arisaid* mit dem bestickten Gürtel verhüllte zwar ihre Figur, aber er wusste – bei Thor, wie gut er es wusste –, was für Schätze darunter verborgen waren. In dieser Hinsicht konnte er sich vollkommen auf sein Gedächtnis verlassen.

Und sie sah jetzt sogar noch besser aus als damals.

„Drohst du mir etwa?“ fragte Maire mit schmerzverzerrtem Gesichtsausdruck. Da merkte Rurik erst, dass er ihre Arme immer noch fest umklammerte. Er ließ sie los, betrachtete ihre Handgelenke und erkannte sofort, dass der Druck seiner Finger dort blaue Flecke hinterlassen würde. Nun gut, das geschah ihr nur recht. Seine Male auf ihren Armen als Revanche für ihr Zeichen auf seinem Gesicht.

„Musst du mir denn drohen, Maire?“ Es war ihm gelungen, wieder ruhig zu werden, und seine Stimme verriet nicht, wie aufgewühlt sein Inneres war.

„Reiz mich nicht, denn mir stehen viele Mittel zur Verfügung, dich meinem Willen zu unterwerfen.“

Klang da etwa eine erotische Anspielung in seinen Worten mit? Er hatte es nicht so gemeint. Oder vielleicht doch? Bei Odin, diese Frau musste wirklich eine Zauberin sein. Sie war dabei, ihn zu verhexen.

In ihren grünen Augen blitzte es gefährlich auf. Dann seufzte sie tief, verknotete den Faden und verwahrte die Nadel sorgfältig in einem kleinen silbernen Behälter, der vom Schlüsselring an ihrem Gürtel herabhing.

„Drohungen sind überflüssig. Ich will tun, was ich kann, um das blaue Zeichen zu entfernen. Ich sage dir ganz ehrlich, unsere Lage ist so verzweifelt, dass ich mit dem Teufel das Lager teilen würde, wenn ich dadurch meine Leute retten könnte."

Rurik merkte, dass Maire im selben Augenblick ihre unbedachten Worte bereute, denn sie errötete.

„Mit dem Teufel das Lager teilen, hm?" Ein überhebliches Lächeln umspielte seine Lippen. „Nun, das bringt mich auf ganz neue Gedanken." Er wollte sie eigentlich nur ein bisschen ärgern – bis er ihre fast nur gemurmelten Worte hörte.

„Da habe ich auf einen Ritter gehofft, und was bekomme ich – einen blau tätowierten Teufel. Als ob ich dich je wieder in meinem Bett haben möchte!"

„Maire, Maire, Maire", tadelte er sie kopfschüttelnd. „Hast du noch nie gehört, dass es eine große Torheit ist, einen Nordmann herauszufordern?"

Rurik war alles andere als ein nachdenklicher Mann. Er war ein Mann der Tat. Doch jetzt begann er nachzudenken. Und wie er nachdachte! Nach und nach fand er eine Antwort auf all die ihn bedrängenden Fragen.

Er wunderte sich, warum er seit seiner Ankunft den Jungen, Maires Sohn, nicht mehr zu Gesicht bekommen hatte. War er irgendwo beim Spielen, wie kleine Buben das so tun, und wie Rurik es nie hatte tun können in seiner Kindheit? Und ist es nicht sonderbar, fragte er sich, dass Maire das Wohlergehen ihres Kindes einer Horde umherziehender Clansleute anvertraut, die es nicht einmal fertig gebracht haben, sich selbst zu schützen? Wie sollten es ihnen da bei dem Kind gelingen?

Inzwischen hatten alle ihr Nachtmahl, reichlich Hammelbraten und Hafermehlbrot, beendet. Es ging gegen Mitternacht, und Rurik saß noch immer in Gedanken versunken in der großen Halle, während um ihn herum Männer und Frauen auf Pritschen, die sonst an den Wänden hingen und jetzt in der Halle aufgestellt worden waren, friedlich ruhten. Das leise Schnarchen der Schlafenden und, wenn sie sich bewegten, das Rascheln ihrer Kleider wirkten beruhigend auf Rurik. Alles war so friedlich. Für den Augenblick jedenfalls. Es war ein gutes Gefühl.

Er wunderte sich über sich selbst. Jahrelang hatte es ihn nur nach Abenteuern verlangt, hatte er sich für machtgierige Könige in vielen Schlachten geschlagen, war in weit entfernte, manchmal sogar exotische Länder gereist, hatte Handel getrieben und nach Bernstein gesucht. Und immer wieder war er Liebesabenteuern hinterhergejagt.

Und was war jetzt? Wuchs in ihm etwa die Sehnsucht nach Frieden? Verlangte ihn nach einem ruhigeren Leben, nach Haus und Hof, gar nach einer Familie? Es verblüffte Rurik, dass solch ein fremdes Gefühl ihn überfiel. So viel Wut und Unzufriedenheit trug er in sich, und doch verlangten sein Herz und sein ganzes Wesen nun gleichzeitig nach etwas, das er nicht benennen konnte.

An all dem konnte ohne Zweifel nur der *uisge-beatha* schuld sein. Seit mehr als einer Stunde nippte er immer wieder an einem Glas dieses bernsteinfarbenen starken Getränks, das die Schotten ‚Wasser des Lebens' nannten. Obgleich Rurik Met oder Bier vorzog, musste er zugeben, dass dieses Gebräu ihm immer besser schmeckte.

Er erhob sich, und ein leichter Schwindel überfiel ihn, als er sich streckte und laut gähnte. Alle schliefen schon lange, und es war auch für ihn Zeit, sich hinzulegen. Rund um *Beinne Breagha* waren Clansleute und auch Ruriks Männer als Wachen aufgestellt und sorgten, wenigstens in dieser Nacht, für Sicherheit. ‚Schöner Berg' – es gab keinen unpassenderen Namen für diesen eher traurig anmutenden Besitz. Die baufälligen Mauern waren an einigen Stellen schon eingestürzt. Schmutzige Binsen bedeckten die Böden. Die Feuerstellen waren seit Jahren nicht mehr gesäubert worden, und Rußspuren zogen sich über die Wände vieler Räume. Hier und da konnte Rurik sogar durch das Dach den

Nachthimmel sehen. Bei entsprechendem Wetter würde es hier drinnen mit Sicherheit nass werden. Das einzig Gute, das man über *Beinne Breagha* sagen konnte, war, dass es inmitten blühender Wiesen lag.

Müde griff Rurik nach einer Kerze in einem Halter aus Speckstein und stieg in das obere Stockwerk, wo sich ein Schlafgemach und der Söller befanden. Sie legten Zeugnis davon ab, dass die früheren Bewohner dieser Burg hier ein komfortableres Leben geführt hatten als die jetzigen. Leise stöhnend bewegte er seinen verletzten Arm. Immer wieder beugte und streckte er ihn, auch wenn es höllisch schmerzte, weil die Wunde frisch genäht war. Doch Rurik hasste es, wenn sein Körper auch nur die geringste Schwäche zeigte.

Im Gang vor Maires Kammer traf Rurik Toste, den er zum Bewacher der Zauberin bestellt hatte. „Ich löse dich jetzt ab", sagte Rurik. Toste nickte. „Ich geh dann schlafen", antwortete er und ging Richtung Treppe, um seinen Schlafplatz in der Halle aufzusuchen.

Rurik gähnte und öffnete die Tür zu seiner Linken. Der Raum war für den Anführer des Clans bestimmt. Er war schmucklos, so wie es der strengen Art der Schotten entsprach. Auf dem Boden lag eine dicke Schicht Binsen, die aber sauberer waren und besser rochen als die in der Halle. In die Wände waren Haken geschlagen, an denen Kleidungsstücke hingen. In einer Ecke befand sich, auf einen hölzernen Rahmen gespannt, ein großer, noch nicht vollendeter Wandteppich. Außerdem gab es noch verschiedene Truhen, in denen wahrscheinlich Linnen und Ähnliches aufbewahrt wurde. Auf einer der Truhen, die etwas höher war als die anderen, standen ein Krug mit Wasser und eine Schüssel. Daneben lag ein Stück poliertes Metall mit einem Griff aus Elfenbein. Es diente als Spiegel.

Rurik stellte die Kerze ab und ergriff den Metallspiegel. Nachdenklich betrachtete er sein Gesicht. Es war das Gesicht eines reifen Mannes von achtundzwanzig Jahren, mit harten Zügen und voller Bartstoppeln. Wann hatte sich nur dieser freudlose Ausdruck darin festgesetzt? Sicher würde er bald genauso düster blicken wie ein Schotte.

Und da war natürlich auch noch das blaue Mal. Dieses Zeichen, das einfach nicht verblassen wollte. Rurik wusste, dass er ihm nicht so viel Bedeutung beimessen sollte, aber mit der Zeit war es für ihn ein Symbol für all das geworden, was er an seiner Jugend gehasst hatte. Obwohl er in seinem Leben bis jetzt so erfolgreich gewesen war, blieb das Mal für ihn ein Zeichen seiner Minderwertigkeit.

Rurik ließ den Spiegel sinken, und sein Blick schweifte hinüber zu der großen, etwas erhöht stehende Bettstatt. Sie war von drei Seiten zugänglich und stieß lediglich mit dem hohe Kopfteil gegen die Wand. Der dunkle Raum wurde nur schwach von einer flackernden Kerze und dem wenigen Mondlicht erhellt, das durch die schießschartengroßen Fenster hereinfiel.

Ruriks Blick fiel auf die Frau, die auf dem Lager schlief. Sollte er sie wachrütteln und auffordern, das Mal jetzt sofort von ihm zu nehmen? Oder war es besser, bis zum Tagesanbruch damit zu warten?

Er seufzte leise vor Erschöpfung, beschloss, lieber noch zu warten, und begann sich langsam auszuziehen. Mit etwas Glück werde ich morgen das blaue Zeichen nicht mehr tragen, dachte er, als er die Spange abnahm, die seinen Umhang hielt. Sorgsam legte er sie auf eine Truhe. Theta hatte sie ihm geschenkt, als sie sich einander angelobten.

Rurik wandte sich dem Lager zu, setzte sich auf den Rand der Bettstatt und zog Stiefel und Beinlinge aus. Dann drehte er sich um und betrachtete Maire. Es war Sommer, und die schweren Bettfelle wurden noch nicht benötigt. Sie lag nur mit einem dünnen Hemd bekleidet da und schlief.

Jäh stieg ein heißes Verlangen nach ihr in Rurik auf. Unwillig runzelte er die Stirn. Er wollte dieses Gefühl nicht. Er wollte diese verräterische Zauberin nicht begehren.

Entschlossen ging er auf die andere Seite des Bettes und legte sich hin, ängstlich darauf bedacht, Maire nur ja nicht zu nahe zu kommen. Eine ganze Weile lag er auf dem Rücken, die Hände hinter dem Kopf verschränkt. Doch mit einem Mal rollte er sich leise fluchend auf die Seite. „Warum nicht?" murmelte er und schmiegte sich nun doch an Maires Rücken. Vorsichtig legte er seinen verwundeten Arm oberhalb ihres Kopfes auf das Lager, mit dem anderen umfasste er halb ihre Taille und ließ seine Hand auf ihrem flachen Bauch ruhen.

Schon im Einschlafen begriffen, lächelte Rurik vergnügt vor sich hin. Was würde das für eine Nacht voll süßer Träume werden!

Maire wachte gewöhnlich auf, wenn es noch dunkel war, und so war es auch an diesem Morgen.

Dennoch: Irgendetwas war anders heute.

Mit geschlossenen Augen und noch halb im Schlaf ließ sie ihre Gedanken schweifen, rief sich noch einmal die Ereignisse des vergangenen Tages ins Gedächtnis und überlegte, was an diesem heraufdämmernden neuen Tag an Arbeit auf sie wartete. Sie war aus ihrem Käfig und von den MacNab befreit ... *fürs Erste*. Denn jetzt musste überlegt werden, wie sie ihre Zukunft und die Zukunft ihres Clans hier auf *Beinne Breagha* sichern konnte. Doch vor allem wollte sie Klein Jamie aufsuchen und einige Zeit mit ihm verbringen, Fangen spielen, Steine übers Wasser hüpfen lassen oder auch nur sein seidiges schwarzes Haar kämmen. Jamie war ihr Leben, und sie vermisste ihn schmerzlich, seit sie ihn von der Burg fern halten musste.

Maire drehte sich auf den Rücken, reckte und streckte sich und gähnte herzhaft.

Da merkte sie, was an diesem Morgen anders war als sonst. Neben ihr lag ein Mann – ein *nackter* Mann, wie sie mit einem erschreckten Aufschrei feststellte. Doch sie selbst war auch nicht gerade züchtig bekleidet – mit diesem dünnen Hemd, das ihre

Beine sehen ließ, weil es sich um die Hüften gewickelt hatte, und das außerdem auch noch von der Schulter gerutscht war, so dass ihr Busen bloßlag ...

Und da lag dieser Mann, dieser schreckliche Wikinger – Rurik.

Das Schlimmste aber war, dass er keineswegs schlief, sondern sie unverwandt anstarrte. Wieder fielen Maire seine eisblauen Augen auf, und auch der begehrliche Ausdruck, der in seinem Blick lag, entging ihr nicht.

Zu ihrem Entsetzen musste sie sich eingestehen, dass ihr dieser Blick jedoch keineswegs unangenehm war. Und obwohl ihr Kopf ihr sagte, sie hätte wirklich allen Grund, Rurik zu hassen, sehnte sich ihr Körper danach, von diesem Mann umarmt zu werden.

„Maire", stöhnte Rurik leise, und es klang so gequält, als würde sie ihm ein Leid antun. Rurik fuhr sich mit der Zunge über die Lippen, als seien sie zu trocken.

Maire blickte auf seinen Mund. Die Lippen waren nicht trocken oder gar spröde, im Gegenteil, sie waren feucht und sahen weich aus – verführerisch. Heiliger Strohsack – sie sind nicht verführerisch! Sie sind es nicht! Nein, nein, nein! versuchte Maire sich mit aller Kraft einzureden.

Oh nein, nicht er war es, der litt, sie war es. Sie konnte ihm kaum noch widerstehen.

Entschlossen, dem ein Ende zu machen, gab sie sich einen Ruck, wollte aufspringen und das Bett verlassen – doch das war nicht mehr möglich. Der nackte Wikinger in ihrem Bett hatte blitzschnell sein Bein über ihre Hüfte und seine Hand besitzergreifend auf ihren Bauch gelegt und zwang sie so, liegen zu bleiben.

Dieser Tag fing nicht gut an.

Maire war jetzt hellwach. Wütend versuchte sie, sich von Rurik zu befreien, aber er lag da wie ein Stein. Außerdem hatte sich auch noch ihre Lockenmähne unter seinem Arm verfangen.

„Was machst du in meinem Bett?“ fauchte sie ihn an und zog ihr verrutschtes Hemd über die Schulter.

Rurik lachte leise. „Besser, du hörst auf, so herumzuzappeln, oder *Lanze* wird nicht mehr zu bremsen sein!“

Maire verstand, besser gesagt, sie glaubte zu verstehen, was Rurik meinte. „Du gibst deiner Männlichkeit einen Namen?“ fragte sie verblüfft.

„Na und? Viele Männer tun das“, antwortete Rurik ungerührt und lächelte dabei frech.

„Viele Männer sind Dummköpfe.“

„Vielleicht“, antwortete er mit einem Schulterzucken. „Was ihr Benehmen Frauen gegenüber betrifft, magst du Recht haben. Aber eines Mannes *Lanze* hat oft einen eigenen Willen. Also sollten die Frauen den Männern gegenüber etwas nachsichtiger sein“.

„Das ist ja wohl die verrückteste Entschuldigung, die ich je gehört habe.“

„Bleib ruhig, Maire. Du forderst *Lanze* heraus, wenn du so zappelst. Und er ist ein sehr empfindlicher Bursche.“

„Nun gut, dann soll sich *Lanze* besser von mir fern halten, sonst läuft er Gefahr, mit meiner Faust Bekanntschaft zu machen.“

„Oh, ich glaube, er hätte gar nichts dagegen, deine kleine Faust kennen zu lernen. Aber auf eine sanfte, zärtliche Art freilich“, frohlockte Rurik.

„Was fällt dir ein?“ schnaubte Maire empört. „Wie kannst du es wagen, so zu mir zu sprechen?“

„Oh, ich wage gerne viel, und ich denke, ich werde noch viel, viel mehr gewagt haben, bevor ich dich verlasse.“

„Ich frage dich noch einmal: Warum bist du in meinem Bett?“

„Wo soll ich denn sonst sein? Ich werde dich nicht aus den Augen lassen, bis du dieses blaue Zeichen weggezaubert hast.“

Wenn er nur gewusst hätte, wie gut ihm das blaue Mal stand.

Es schadete seinem Aussehen überhaupt nicht, ganz im Gegenteil. Es brachte das tiefe Blau seiner Augen zum Strahlen und gab ihm das stolze Aussehen eines keltischen Kriegers vergangener Tage.

„Oh, ich verstehe, warum du es los sein willst“, meinte Maire. „Es muss dich sehr bei deinen Eroberungen stören. Bei all den Frauen, die du so gerne auf deinen Bettfellen hast, nur um sie danach sitzen zu lassen.“

„Ich habe keine Schwierigkeiten, Frauen zu erobern“, brüstete sich Rurik. „Ganz und gar nicht. Selbst mit diesem Zeichen im Gesicht nicht. Ehrlich gesagt, viele lieben geradezu ...“ Er hielt mitten im Satz inne und starrte Maire an. „Sitzen lassen? Willst du mir unterstellen, ich lasse eine Frau einfach so sitzen? Habe ich dich etwa sitzen gelassen?“

„Wie würdest du es denn nennen?“ erwiderte Maire voller Zorn. „Nicht, dass mich das groß gekümmert hätte“, fügte sie stolz hinzu.

Rurik kniff die Augen zusammen und blickte sie böse an. „Ich soll dich verlassen haben? Wie kann das sein? Du warst bereits einem andern versprochen oder etwa nicht? Eine Liebesheirat hast du es sogar genannt, wenn ich mich recht erinnere.“

„Ha! Das hat dich aber nicht davon abgehalten, mich zu verführen. Du warst hartnäckig, Rurik. Du hast mich nicht eher in Frieden gelassen, bis ich endlich nachgab.“

„Jetzt gib nicht mir allein die Schuld. Am Ende hast du es ja auch gewollt.“

„Am Ende“, sagte Maire mit Nachdruck.

„Warst du in mich verliebt, Maire?“ fragte er und blickte sie forschend an.

„Nein!“ Sie schrie beinahe.

„Was dann?“

„Ich möchte nicht mehr darüber sprechen. Lass mich endlich los, oder ich werde deiner Lanze wirklich einen tödlichen Schlag versetzen.“

Rurik lächelte, unbeeindruckt von ihrer Drohung. „Ich lasse dich los, aber wir werden diese Unterhaltung noch zu Ende führen, bevor ich dieses verfluchte Land wieder verlasse."

Maire kletterte aus dem Bett, kaum dass er sie freigegeben hatte. Schnell warf sie einen zwar sauberen, aber schon sehr abgetragenen *arisaid* über ihr dünnes Hemd und legte einen Gürtel um. Ohne sich umzudrehen, eilte sie zur Tür, um endlich mit der Arbeit zu beginnen, die heute auf sie wartete.

Doch gerade, als sie die Hand auf den Türknopf legte, richtete Rurik erneut das Wort an sie, mit einer Frage, die sie jäh innehalten ließ.

„Wo ist dein Sohn, Maire?"

Maire stockte das Blut in den Adern.

4. KAPITEL

„Mein – mein Sohn?“ stammelte sie und drehte sich langsam um. „Welcher Sohn?“

„Hast du mehr als einen?“ Rurik saß mit dem Rücken gegen das Kopfteil des Bettes gelehnt, die Arme über seiner nackten muskulösen Brust verschränkt. Er hatte seine Frage eher beiläufig gestellt, aber Maire fühlte, dass sie auf der Hut sein musste.

„Nein, ich habe nur einen“, sagte sie und machte einen Schritt auf das Bett zu.

„Und das ist Jamie, wenn ich recht vermute. Der *kleine* Möchtegern-Laird des Campbell-Clans.“

Sie nickte. „Ja, Klein Jamie wird eines Tages der Laird sein, das heißt, wenn wir die Angriffe der MacNab überleben. Woher weißt du von Jamie?“ Maire versuchte, ruhig zu erscheinen, aber das Herz schlug ihr bis zum Halse.

„Ich sah ihn gestern, als Old John kam, um mir diesen Handel mit euch anzubieten. Und ich muss sagen, ein Bengel mit so einem losen Mundwerk ist mir noch nie begegnet.“

Maire atmete tief durch und bemühte sich, ruhig zu bleiben. „Ich wusste nicht, dass Jamie dabei war ... Ich meine, ich wusste schon, dass er bei Old John war, aber ich glaubte, sie würden sich in den Hügeln verbergen. Wenn MacNab Jamie in die Hände bekommt, kann er mich erpressen. Daher muss ich das Kind seit Wochen schon verstecken. Und was sein loses Mundwerk betrifft“, Maire zuckte hilflos mit der Schulter, „ich vermute, der Kleine hat sich ein paar schlechte Angewohnheiten von den Männern abgeschaut, und ich bin ja nicht da, um ...“

„Was für eine Mutter bist du eigentlich, dass du das Wohlergehen deines Sohnes solchen lächerlichen Figuren anvertraust?“ fuhr Rurik sie an. „Hast du den Verstand verloren? Die können doch kaum auf sich selbst aufpassen!“

„Ich bin eine gute Mutter!“ erwiderte Maire hitzig. „Wage

nicht, etwas anderes zu behaupten. Du weißt nichts über mich, meinen Sohn und meinen Clan. Was also gibt dir das Recht, darüber zu urteilen? Oder weißt du neuerdings über Kindererziehung genauso gut Bescheid wie über Rauben und Brandschatzen? Sag mir lieber, was das für ein Handel ist, den Old John dir angeboten hat."

„Das weißt du nicht? Kam das Angebot denn nicht von dir?"

„Old John hat die Befugnis, für mich zu sprechen, wenn es die Situation erfordert. Und zum Zeitpunkt eures Zusammentreffens erforderte es die Situation." Mit Schaudern dachte sie an den Käfig zurück, den sie diesen Morgen feierlich verbrennen lassen wollte – ein richtiges Freudenfeuer sollte es werden.

„Nun, ich helfe dir bei eurem Kampf gegen die MacNab, und du entfernst dafür das blaue Zeichen aus meinem Gesicht. Das sind die wesentlichen Einzelheiten. Mehr brauchst du für den Augenblick nicht zu wissen."

Maire kniff misstrauisch die Augen zusammen. „Hast du vor, noch mehr zu verlangen?"

„Oh, du schuldest mir eine Menge für das Leid der letzten fünf Jahre, werte Lady! Meine Beschwerdeliste ist lang."

„Aber du siehst doch, wie arm wir hier sind. Es gibt keine Schätze und Reichtümer, die wir dir anbieten könnten."

Rurik strich sich nachdenklich mit dem Finger über die Lippen. Er betrachtete Maire, und dabei umspielte ein mehrdeutiges Lächeln seinen Mund. „Nun gut, dann werde ich mir eine andere Art der Wiedergutmachung ausdenken müssen."

Und genau das war es, wovor Maire sich fürchtete.

Maire war gegangen, und Rurik war gerade dabei, sich zu waschen, da flog die schwere Eichentür des Schlafgemachs auf und schlug krachend gegen die Wand. Ein Schild, der ohne Zweifel Maires Vater gehört hatte, stürzte mit Getöse von seinem Haken, und sogar der Stickrahmen in der Ecke erzitterte. Maire stürmte wutentbrannt ins Zimmer zurück, und Rurik blickte leicht erschrocken von der irdenen Waschschüssel hoch.

„Gabst du den Befehl dazu, mich in meiner eigenen Burg gefangen zu halten?“ fauchte sie Rurik an. „Einer von deinen Männern, dieses riesige Schlachtross mit der Streitaxt von der Größe einer Zugbrücke, legte Hand an mich, als ich hinausgehen wollte, hinaus aus meiner eigenen Burg und hinaus auf mein eigenes Land.“

„Wer, Stigand?“

„Ja, so heißt er. Stell dir vor, er packte mich am Kragen – mit einer Hand – und stieß mich wieder in den Hof zurück wie einen räudigen Hund.“

Rurik musste lächeln. Maire ahnte nicht, dass sie froh sein konnte, noch den Kopf auf den Schultern zu haben.

„Ich ... muss ... meinen ... Sohn ... sehen“, sagte sie, jedes einzelne Wort betonend.

„Bring ... ihn ... her“, antwortete Rurik langsam auf die gleiche Weise.

„Nein“, schrie sie wütend. Erst jetzt bemerkte Maire, dass Rurik nackt vor ihr stand. Sie wurde rot im Gesicht und hätte am liebsten auf dem Absatz kehrtgemacht, stattdessen jedoch blieb sie wie angewurzelt stehen.

„Hast du denn gar kein Schamgefühl? Zieh dir gefälligst etwas an.“ Sie drehte ihm den Rücken zu, als erwartete sie, dass er ihren Befehl sofort befolgte.

Hah, der Tag wird nie kommen, an dem ich mich dem Befehl einer Frau beuge, und schon gar nicht einer Frau, die eine Zauberin ist. Um sie zu ärgern, nahm Rurik sich jetzt erst recht Zeit. Er trocknete sein Gesicht mit einem Leinentuch, fuhr sich mit einem Kamm aus Bein durch die langen schwarzen Haare, streckte sich genüsslich und gähnte laut. Dann zog er endlich seine Beinlinge an. „Jetzt bin ich sittsam gekleidet“, verkündete er schließlich.

Ihr Blick glitt über seine schmalen Hüften, seine ansehnliche

Figur, seine muskulösen Schenkel. „Du bist nie sittsam", erklärte sie.

Rurik nahm es als ein Kompliment und verneigte sich dankend.

„Gab es sonst noch einen Grund, warum du in meine Schlafkammer gerannt kamst?"

„Deine Schlafkammer?" Maire war sprachlos. „Ich kam in *meine* Schlafkammer, um dir mitzuteilen, dass ich nicht gewillt bin, eine Gefangene auf meinem eigenen Grund und Boden zu sein. Ich habe solch eine Behandlung von den MacNab erdulden müssen, und das hat mir gereicht. Ich werde etwas Ähnliches durch die Wikinger, die ich in meinem Heim willkommen geheißen habe, nicht dulden."

„Das nennst du *willkommen heißen*?" Rurik zog ein braunes Untergewand an und legte sich einen breiten Ledergürtel um. Das Gewand war nicht neu, aber aus feinstem Wolltuch genäht. Alinor, die Frau seines Freundes Tykir, hatte das Tuch gewebt.

„Merk dir eins, Zauberin, meine Männer haben den Befehl, dir auf den Fersen zu bleiben, wo immer du hingehst. Und dieser Befehl gilt so lange, bis das blaue Zeichen aus meinem Gesicht verschwunden ist – und vielleicht auch noch länger, denn da gibt es immer noch etwas, worüber wir reden müssen, nämlich die Strafe für all das, was du mir angetan hast."

Maire schnaubte verächtlich und murmelte leise: „Das werden wir ja noch sehen."

Rurik schlüpfte in ein Paar halbhohe Stiefel und gürtete sich sein Schwert um.

„Wenn du willst, bin ich bereit", sagte er dann.

„Bereit wozu?" fragte Maire voller Angst.

„Dass du mein blaues Zeichen entfernst, wozu sonst?"

„Möchtest du nicht vorher das Morgenmahl einnehmen?" entgegnete Maire und wagte es nicht, Rurik anzuschauen.

Er war sofort von Misstrauen erfüllt. „Du hast doch ein Gegenmittel, um das Mal zu entfernen, oder?"

„Nun, nicht so ganz.“ Maire schaute überall hin, nur nicht zu ihm.

„Was willst du damit sagen. Wie willst du das Zeichen entfernen?“

„Ich weiß es nicht.“

Großer Thor! Sie weiß es nicht! Hat sie den Verstand verloren? Nach jahrelanger Suche habe ich sie endlich gefunden, und jetzt sagt sie mir, dass sie nicht weiß, wie sie mein Mal entfernen kann! „Und wie hast du das Zeichen in mein Gesicht gezaubert?“ stieß er zwischen den Zähnen hervor.

„Ich weiß es nicht.“

Ich schwöre bei allem, was mir heilig ist, ich werde sie töten – mit größtem Vergnügen! Weiß sie eigentlich, wie nah ihr der Tod schon ist? Rurik zählte innerlich langsam bis zehn. Erst als er sich wieder einigermaßen beruhigt hatte, sprach er weiter. „Jetzt hör mir einmal gut zu. Entweder du erklärst mir das jetzt genau, oder heute wird nicht nur dein Käfig verbrannt, sondern du mit ihm, das schwöre ich dir!“

Maire sackte in sich zusammen, aber zu ihrer Ehre muss gesagt werden, dass sie nicht weinte oder gar um Gnade flehte, wie manch andere Frau es getan hätte.

„Nasses Holz und erzwungene Liebe brennen schlecht.“

„Verdammt, was soll das schon wieder heißen?“

„Du kannst die Dinge nicht zwingen. Wenn es so weit ist, werde ich die Lösung wissen. Das kommt dann von selbst.“

„Bist du noch bei Verstand?“ Rurik raufte sich die Haare.

„Es ist so ...“, erwiderte Maire kleinlaut.

Rurik stöhnte innerlich auf. Immer wenn eine Frau einen Satz mit diesen Worten begann, war es gewiss, dass das, was sie dann sagte, für einen Mann nichts Angenehmes bedeutete.

„Ich war damals wütend auf dich – weil du – weil wir ...“

„Uns geliebt haben?“

„Beisammen waren“, sagte Maire und errötete dabei.

Rurik musste über ihre Verlegenheit lächeln, obwohl es für

ihn in diesem Gespräch um wirklich Ernsthaftes ging. So viel hing für ihn davon ab, dass sein blaues Mal endlich verschwinden würde: die Hochzeit mit Theta, sein Ansehen, ja eigentlich alles.

„Ich war damals sehr wütend auf dich, trotzdem wollte ich mit dir mitgehen. Denn ich musste eigentlich von hier fort, weg aus den Highlands, wenigstens für einige Zeit, und es wäre gut gewesen, wenn du mich mitgenommen hättest. Aber du hast es abgelehnt, und zwar auf eine sehr gemeine Art und Weise."

„Sehr gemein?"

„Du lachtest mich aus."

„Wirklich? Und deswegen hast du mich fürs Leben gezeichnet?"

„Nein, du verstehst mich falsch. Es ging nicht um meinen verletzten Stolz. Ich musste unbedingt fort von hier. Da habe ich, während du schliefst, ein Fläschchen aus dem ledernen Beutel, den Branwen mir gegeben hatte ..."

„Branwen?"

„Das war die alte Frau, die mich damals in Zauberei unterwies." Maire wurde langsam ungeduldig, weil er so begriffsstutzig war.

Rurik bekam Kopfschmerzen bei Maires weitschweifigen Erklärungen, die so überhaupt keinen Sinn ergaben.

„Langsam, Maire, du nahmst also ein Fläschchen aus dem Beutel der Zauberin. Und was hast du dann getan?"

„Ich wollte dir ein paar Tropfen der Flüssigkeit auf die Lippen tröpfeln, während du schliefst. Aber ich stolperte, und alles spritzte auf dein Gesicht."

Rurik verstand immer noch nicht.

„Was war das denn für ein Trank?"

„Nun, ich glaube es war ..." Maire murmelte etwas vor sich hin. „Aber ich denke, es war etwas anderes", endete sie laut.

„Was hast du gesagt? Was wolltest du mir einflößen?"

„Einen Liebestrank." Sie schrie die Worte fast heraus. „Jetzt weißt du es. Bist du nun glücklich?"

„Einen Liebestrank? Einen Liebestrank? Lady, den hatte ich nun wirklich nicht nötig," prahlte Rurik und lachte dabei über das ganze Gesicht.

„Oooh! Lach mich nicht aus, wage es nicht, jemals wieder über mich zu lachen, Wikinger!"

„Was passiert dann? Zeichnest du mich dann ein zweites Mal? Oder versuchst du es dann erneut mit einem Liebestrank? Verwandelst du mich vielleicht in eine Kröte?"

„Du *bist* eine Kröte", erklärte sie, ergriff die Schüssel und schüttete ihm das Waschwasser über den Kopf, bevor sie erbost aus dem Raum floh.

Rurik schüttelte sich vor Lachen. Er glaubte kein Wort von dem, was Maire ihm da erzählt hatte.

Er kannte sich nur zu gut in den verschiedenen Taktiken aus, die ein Feind im Krieg anwenden konnte, und ohne Zweifel war Krieg zwischen ihm und Maire. Ein Krieg, der mit geistigen Waffen geführt wurde – vielleicht auch noch mit anderen. Der einzige Trumpf, den sie in der Hand hatte, war das blaue Mal. Sie würde es nicht eher entfernen, bis sie all das, was sie wollte, erreicht hatte.

Sie ahnte aber nicht, was für ein erfahrener Krieger Rurik war, und wie sehr er einen guten Kampf genoss. Sie würde niemals gewinnen. Seit fünf Jahren dachte er voller Zorn an sie, doch jetzt konnte er nicht anders. Er musste aus vollem Hals über ihre misslungenen Ränke lachen.

Ein Liebeszauber! Also wirklich!

Es war später Nachmittag, als der Clan Maires Befreiung mit einem großen Freudenfeuer feierte. Sie verbrannten den Käfig, in dem ihre Anführerin eine ganze Woche lang gefangen gehalten worden war.

Immer mehr Clansleute versammelten sich im Burghof, nach und nach kamen sie alle aus ihren Verstecken. Die meisten von ihnen hatten irgendwelche Gebrechen, die entweder von Kämpfen oder von dem harten Leben, das sie führten, herrührten. Rurik hatte versucht, ihnen klarzumachen, dass es noch zu früh zum Feiern war und dass die Befreiung von den MacNab wahrscheinlich nicht von Dauer sein würde, aber sie wollten nicht auf ihn hören. Stattdessen starrten sie ihn an, als sei er ihr von Gott gesandter Retter – oder noch schlimmer, jener strahlende Ritter, den eine törichte Zauberin zu Hilfe gerufen hatte.

Der Einzige, der fehlte, war Maires Sohn, und Rurik begann sich zunehmend mehr darüber zu ärgern, dass er den Jungen nicht zu Gesicht bekam. Er vermutete, dass Maire befürchtete, er könnte einen schlechten Einfluss auf den jungen Laird haben oder gar, er wolle einen Wikinger aus ihm machen.

„Was meint ihr?" fragte Rurik Stigand und Bolthor, die den ganzen Tag über mit den Männern auf dem Platz vor der Burg Kampfübungen gemacht hatten, um sie wieder zu tauglichen Kriegern heranzubilden.

„Sie haben Kampfgeist", berichtete Stigand. „Selbst die Lahmen und Schwachen wollen kämpfen. Man könnte meinen, das sei nicht allzu viel, aber genau das entscheidet öfter, als man glaubt, über Sieg oder Niederlage."

„Und es gibt nicht wenige, die entschlossene, tüchtige Krieger waren und es auch wieder werden können, trotz ihrer körperlichen Gebrechen," fügte Bolthor hinzu. „Wie Young John mit dem einen Auge. Ich habe ihm heute Morgen in nur wenigen Stunden gezeigt, wie er trotz seiner Verletzung besser kämpfen kann. Um die Wahrheit zu sagen, mit seinem Auge ist es nicht halb so schlimm wie mit meinem. Er kann immerhin noch Umrisse erkennen, und er macht begeistert mit."

Rurik nickte. „Torste und Vagn haben sich die Verteidigungsanlagen angesehen." Er schaute hinüber zu den beiden, die einigen der jüngeren Campbell dabei halfen, die verrotteten Holzwälle und ihre zerbröckelnden Steinfundamente niederzureißen. In den nächsten Tagen sollten neue errichtet werden. Natürlich standen in der Nähe der Zwillinge einige Campbell-Mädchen herum und bewunderten deren Arbeit – oder das gute Aussehen der beiden. „Es wird viel Mühe machen, die Wälle wieder instand zu setzen“, fuhr Rurik fort, „aber der Sitz des Clans liegt günstig, und wenn die Wachen gut postiert sind, dürfte es nicht allzu schwer sein, einen Angriff abzuwehren.“

„Es ist alles eine Frage der Zeit und der Anzahl der Männer, die zur Verfügung stehen“, meinte Bolthor.

„Und der Fähigkeiten“, fügte Stigand hinzu. „Doch davon haben wir sechs ja eine Menge, und den anderen werden wir das ein oder andere schon beibringen.“

„Jostein“, schrie Rurik zu dem jungen Mann hinüber, der mit den anderen am Wall arbeitete. Sofort kam der Junge zu ihm herübergelaufen.

„Glaubst du, du findest allein den Weg zurück nach Britannien?“

Jostein nickte eifrig, wenn auch noch ganz atemlos.

„Ich übertrage dir jetzt eine wichtige Aufgabe, Jostein. Ich möchte, dass du morgen losreitest. Begib dich nach Ravenshire in Northumbria, dem Sitz von Lord Eirik und Lady Eadyth. Erkläre die Lage hier und frage, ob er Truppen hat, mit denen er uns zu Hilfe kommen kann.“

Jostein strahlte vor Stolz über solch eine wichtige Aufgabe, und sein Selbstbewusstsein wuchs zusehends. „Ich könnte sofort losreiten“, sagte er, übereifrig, den Befehl seines Herrn zu erfüllen.

Rurik schlug ihm auf die Schulter. „Morgen ist früh genug.“

Maire trat zu ihnen, einen langen Stab in der Hand. Sie ärgerte sich immer noch darüber, dass sie die Burg nicht verlassen durfte. Als ihr finsterer Blick Bolthor traf, beschloss der, sich lieber im Hintergrund zu halten. Er war überzeugt, dass die Zauberin ihm mit dem bloßen Heben ihres Stabes etwas Böses antun könnte.

„Nun, da wir endlich den Käfig los sind, bleibt nur noch eins zu tun. Warum versteckst du dich vor mir in der hintersten Ecke?“ rief sie Bolthor zu.

Er antwortete lieber nicht, sondern deutete nur auf den Stab, wobei er Maire einen fragenden Blick zuwarf.

„Der ist für die Schlangen", sagte Maire.

„Hä?" Bolthor schaute zu der Stelle des Hofs hin, über der ihr Käfig gehangen hatte. Dann schluckte er. *Die Schlangen.* Er hatte sie ganz vergessen.

Auch Rurik hatte einen großen Widerwillen gegen Schlangen. Vielleicht rührte dies noch von der Zeit her, als er bei den Schweinen lebte. Damals waren immer wieder große schwarze Schlangen in den Ställen aufgetaucht. Er vermutete, dass sie die Wärme der Schweinekörper gesucht hatten. Seinen Männern schien es wie ihm zu gehen, denn rund um die Schlangengrube war keiner von ihnen zu sehen.

Trotzdem marschierte Rurik entschlossen zu der Matte hinüber, hob sie mit dem Fuß an und zog sie zur Seite. Es waren mindestens fünf Dutzend Schlangen in dem Loch, einige von enormer Größe. Er hatte keine Ahnung, ob sie giftig waren. Brechreiz überfiel ihn bei ihrem Anblick.

„Soll ich dir einen langen Stab mit Haken bringen, wie ihn die Schäfer haben, um die Tierchen da rauszuholen?" fragte Maire.

Rurik hatte nicht bemerkt, dass sie hinter ihn getreten war, und schrak zusammen, als sie ihn ansprach und ihm dabei über die Schultern blickte.

„Nein, ich will keinen Haken", knurrte er. Wenn sie glaubte, er würde diese ‚Tierchen' eines nach dem anderen da rausholen, dann war sie noch dümmer, als er gedacht hatte. „Weißt du denn keinen Zauberspruch, der sie auf einen Schlag tötet, oder noch besser, sie einfach verschwinden lässt?"

Maire dachte kurz nach. „Im Moment nicht."

„Ich denke, ich gehe in die Küche und hole einen großen Kessel heißes Öl." Rurik hielt das für eine ausgezeichnete Idee, schließlich war er schon immer ein listiger Kriegsmann gewesen.

„Ach, du willst sie in heißem Öl ertränken?" fragte Maire mit vor Spott funkelnden Augen.

Er schaute sie finster an, um sie zum Schweigen zu bringen, aber Maire lachte nur frech zurück und blickte ihm herausfordernd ins Gesicht.

„Sei vorsichtig, Mädchen, sonst darfst du den Schlangen im Kessel Gesellschaft leisten."

„Hah!" erwiderte sie von oben herab. Und fügte dann hinzu: „Du musst dir keine Gedanken machen wegen der Schlangen, ich kümmere mich schon selbst darum."

Es gab Momente im Leben eines Kriegers, in denen es von Vorteil war, nach vorne zu stürmen, und es gab Momente, da war es klüger, sich zurückzuziehen. Rurik beschloss, Letzteres zu tun. „Wenn du darauf bestehst", meinte er achselzuckend. Maire warf ihm einen kurzen Blick zu, und dieser Blick war alles andere als schmeichelhaft.

Als dann einige der Campbell die Schlangen mit Hilfe von langen Haken und gegabelten Stöcken gefangen und sie in fest verschlossenen Körben weggetragen hatten, atmete Rurik erleichtert auf. Er hatte überhaupt kein schlechtes Gewissen, dass er in diesem Fall nicht der zu Hilfe eilende, strahlende Ritter gewesen war. Er war kein Ritter, und er hatte auch nicht vor, einer zu werden. Was nicht heißen sollte, dass er Maire nicht bei anderer Gelegenheit und in anderer Form durchaus beeindrucken wollte.

Doch dabei würden Schlangen keine Rolle spielen.

„Könnte es so etwas sein?" fragte Rurik und deutete auf ein wild wucherndes Geißblatt. Dann sprang er hoch, umfasste mit beiden Händen den untersten Ast einer Eiche und schaukelte hin und her.

„Nein", sagte Maire und dachte dabei an etwas ganz anderes. *Bei allen Heiligen, was für Muskeln er hat. Mir wird vom Hinsehen schon ganz schwindelig! Haben eigentlich alle Wikinger so breite Schultern und dabei so schmale Hüften?*

„Und dieses?" Er sprang zurück auf die Erde und hob einige

Eicheln auf. Dann einige herumliegende Kiefernzapfen und eine Hand voll schwarze Beeren.

„Nein. Nein, nein!"

Nachdem Rurik den ganzen Morgen und auch noch den halben Nachmittag damit verbracht hatte, den Wiederaufbau des Burgwalls zu überwachen und Maires Männer im Schwertkampf, also im Kampf Mann-gegen-Mann zu unterweisen, hatte er Maire aus der Burg geholt und sie zu den Hügeln geschleppt. Sie sollte dort die Zutaten sammeln für jenes Mittel, das ihn von seinem blauen Mal befreien würde. Irgendwie war ihm der Gedanke gekommen, dass die verschiedenen Pflanzen, die hier wuchsen, ihr vielleicht wieder ins Gedächtnis rufen würden, woraus die Mixtur bestanden hatte, mit der sie ihn damals gezeichnet hatte.

So leicht war es aber nicht.

„Und was ist damit?" Er kniete sich nieder, um das Moos, das auf den Wurzeln einer Eberesche wuchs, zu untersuchen. Maire hatte nur Augen für das Spiel seiner Muskeln, das durch die eng anliegenden Beinlinge noch betont wurde. Rurik schaute plötzlich über die Schulter zu ihr zurück und schnalzte tadelnd mit der Zunge, als er sah, worauf sie blickte. „Pass auf, Maire. Ich meine es ernst. Wenn du dich nicht mehr an die Zutaten für den Trank erinnerst, wirst du nie das blaue Zeichen entfernen können. In diesem Falle muss ich dich töten. Oder so etwas Ähnliches."

Seine Drohung schreckte sie nicht. Oder wenigstens nicht gar zu sehr. Es war dieses ‚oder so etwas Ähnliches', das ihr einen prickelnden Schauer über den Rücken jagte. Es fiel ihr auf, dass Rurik über ihren verräterischen Blick ganz und gar nicht überrascht gewesen war. Er war ein Mann, der sich seiner Wirkung auf Frauen bewusst war. Das merkte man schon daran, wie er sich pflegte und kleidete. Sein Gesicht war glatt rasiert, seine Fingernägel geschnitten, seine Zähne von einem geradezu strahlenden Weiß, weil er sie mit dem zerfaserten Ende eines kleinen

Zweiges polierte. Sogar sein Atem war angenehm, weil er Blätter der Minze kaute. Und wenn auch seine Kleidung nicht neu war, wie man an den etwas verblichenen Farben des braunen Wolltuchs und den Stickereien sah, so war sie doch sauber und stand ihm ausgezeichnet. Außerdem trug er auch immer noch die mit Perlen durchflochtenen Schläfenzöpfe.

Jemand müsste diesem Pfau einmal seine Federn stutzen.

Maire hatte gehört, dass man ihn auch ‚Rurik den Eitlen' nannte. Bei einem Mann, der so viel Wert auf sein Äußeres legte, war es also mehr als verständlich, dass ihn das blaue Zeichen so sehr störte.

Neben ihm fühlte Maire sich fast ungepflegt, ja schlampig. Es hatte einmal eine Zeit gegeben, da sagte man ihr, sie sei schön. Rurik selbst war es gewesen, der ihr solche Worte ins Ohr geflüstert hatte, damit sie sich zu ihm auf sein Bettfell legte. Aber das war nun schon lange, fünf lange Jahre her. Damals war sie zwanzig Jahre alt gewesen. Sie konnte die Zeit nicht zurückdrehen. Und zu jener Zeit hatte sie keine Sorgen gehabt. Jetzt aber waren ihre Hände rissig und ihre Fingernägel abgebrochen von der harten Arbeit und den Bemühungen, ihre Burg vor dem Verfall zu bewahren. Sie hatte keine Zeit für duftende Seifen und langwierige Haarpflege. Der *arisaid,* den sie heute trug, war so ausgewaschen, dass er nicht mehr rot, sondern eher von einem stumpfen Rosa war. Und die plumpen Schuhe an ihren Füßen waren zwar bestens geeignet, um über die steinigen Hügel zu gehen, aber sie glichen mitnichten den feinen Schuhen, die Rurik an Frauen gewöhnt war.

Maire schüttelte den Kopf, um diese Gedanken loszuwerden. Rurik stand da, das Moos in der Hand, und wippte ungeduldig mit dem Fuß.

„Das ist nur Moos", sagte Maire. „Man kann damit das Lager polstern. Und manchmal hilft es bei Magenkrämpfen."

„Ich bekomme schon Magenkrämpfe von diesem ewigen Die-Hügel-hinauf-und-hinunter-Laufen."

„Ich weiß ein Kraut, das ...“

„Nein!“ sagte Rurik schnell. „Wenn ich nicht aufpasse, gibst du mir irgendeine deiner verhexten Mixturen, und mir dreht sich dann das Gesicht nach hinten.“

Sie blickte ihn erstaunt an.

„Himmel noch mal! Könntest du bei der Suche nach den Kräutern, die du brauchst, um dieses Mal zu beseitigen, nicht ein bisschen hilfreicher sein?“

„Lass uns mal zusammenfassen, was wir schon wissen“, antwortete Maire und ließ sich auf einen großen flachen Felsblock nieder. Augenblicklich kippte der Stein nach vorne, und sie sprang erschrocken auf. Neugierig betrachtete sie sich den Felsen aus der Nähe.

„Was ist denn das?“ fragte Rurik und kam näher. Er stellte einen Fuß auf den Felsblock und stellte fest, dass dieser sich, je nachdem, wie er selbst sein Gewicht verlagerte, wie eine Wippe auf und nieder bewegte.

„Das ist ein Gerichtsstein. Wir haben viele davon in Schottland. Niemand weiß genau, ob sie behauen worden sind, damit sie so hin und her schwanken, oder ob die Natur sie so geformt hat“, erklärte Maire. „Jedenfalls haben früher die Ältesten eines Clans, oder vielleicht auch die Druiden, diese Steine benutzt, um die Schuld beziehungsweise Unschuld eines Angeklagten festzustellen. Wenn der Stein von vorne nach hinten oder von hinten nach vorne kippte, so war der Angeklagte schuldig, kippte er aber von links nach rechts oder umgekehrt, so war er unschuldig.“ Sie schwieg einen Augenblick, dann legte sie nachdenklich den Zeigefinger ans Kinn. „Oder war es andersherum?“

„Ihr Schotten seid ein sonderbares Volk. Ihr glaubt wirklich an eigenartige Dinge“, bemerkte Rurik kopfschüttelnd und lehnte sich gegen einen Baum. Während er an einem Grashalm kaute, betrachtete er Maire.

Ihr war sein kühl prüfender Blick unangenehm. Vorsichtig setzte sie sich wieder auf den Stein, bemüht, ihn nicht zum Kippen zu bringen. „Wir sind nicht sonderbarer als andere Völker. Die glauben zum Beispiel, Schuld oder Unschuld könnten durch Untertauchen bewiesen werden. Du weißt doch, wenn ein Beschuldigter längere Zeit unter Wasser überlebt, so ist er schuldig, wenn er stirbt, ist er unschuldig. Was hatte er aber davon, dass damit seine Unschuld bewiesen war?“

Rurik lächelte. „Ein Punkt für dich.“

„Doch zurück zu der Flüssigkeit, die in dem Fläschchen war. Sie muss Färberwaid enthalten haben, wegen der blauen Farbe – und ich erinnere mich an den Duft von Lavendel, also nehmen wir an, es waren auch zerstoßene Lavendelblüten darin. Das Ganze hatte Branwen sicher in Öl angesetzt, um die Wirkung der Bestandteile zu bewahren. Aber ich weiß nicht, was der blauen Farbe die Haltbarkeit gegeben hat.“ Sie zuckte ratlos mit der Schulter.

„Hast du denn nicht irgendwo noch alte Zauberbücher, in denen all die Sprüche, Flüche und Rezepte aufgeschrieben sind? Etwas Ähnliches wie die dicken, verzierten Bücher, welche die Priester besitzen?“

„Die meisten der *magick airts*, wie diese magischen Formeln genannt werden, wurden über Generationen hinweg mündlich überliefert. Unglücklicherweise. Ich wurde nicht lange genug von Branwen unterrichtet, als sie mein Mann dann verjagte.“

„Dein Mann mochte deine Lehrerin wohl nicht?“

„Kenneth verabscheute sie.“

„Hm. Was hatte sie ihm denn getan? Ein blaues Gesicht angezaubert, oder ...“ – er kicherte – „ihn in einen Frosch verwandelt?“

„Das war er schon vorher.“

„So wie ich?“

Schlimmer. Viel schlimmer. Unglücklicherweise wusste ich das nicht vor der Hochzeit. Aber Branwen. Hätte ich doch nur auf ihre Warnungen gehört. „Ganz genau so.“

Rurik legte den Kopf zur Seite und schaute sie an. Sein nichts

Gutes verheißender Blick, mit dem er sie unverhohlen von oben bis unten musterte, ließ Maire unruhig auf ihrem wackeligen Stein hin- und herrutschen.

„Bolthor ist überzeugt, dass Zauberinnen nachts nackt im Wald tanzen. Vielleicht solltest du das einmal versuchen."

Sie warf ihm einen hochmütigen Blick zu. „Nicht in diesem Leben. Und ganz bestimmt nicht vor dir!"

Er tat ihre Worte mit einem Achselzucken ab. „Warum fragst du nicht andere Zauberinnen um Rat, bei euren – geheimen Versammlungen."

Maire betrachtete ihn, wie er da an dem Baum lehnte, die Arme über der Brust verschränkt, den Grashalm zwischen den Lippen. Sie lachte. „So eine Zauberin bin ich nicht."

„Was für eine denn?"

„Eine, die für sich allein bleibt."

„Maire, Maire, du lügst, wenn du den Mund aufmachst."

Sie wollte empört widersprechen.

„Ich denke, du weißt genau, wie du das Zeichen aus meinem Gesicht entfernen kannst, aber du weigerst dich, es zu tun."

„Und aus welchem Grund?"

„Weil du mich und meine Männer zwingen willst, dir gegen deine Feinde zu helfen."

„Ich möchte deine Dienste in Anspruch nehmen – deine Dienste bei der Verteidigung meiner Burg", fügte sie schnell hinzu, als sie das anzügliche Lächeln bemerkte, das Ruriks Lippen umspielte. „Aber ich lüge nicht, wenn ich sage, dass ich nicht weiß, wie ich das Zeichen entfernen soll. Um die Wahrheit zu sagen, ich bin zwar eine Zauberin, aber keine sehr gute."

Er schien immer noch seine Zweifel zu haben.

„Ich kann zum Beispiel, wenn ich alle meine Sinne ganz und gar nur auf diese eine Sache richte, durchaus den Baum, an dem du lehnst, in der Mitte spalten. Allerdings ist es auch gut möglich, dass ich dich dabei ebenfalls in zwei Hälften teile."

Rurik sprang mit einem Satz von dem Baum weg. „Ah, darum kichert jeder, wenn ich deine Zauberkünste erwähne, die MacNab, deine Clansleute und selbst deine Dienerin." Jetzt endlich verstand er die anderen.

Maire nickte. „Oh, ich kann Kräutermedizin herstellen, und manchmal fallen mir auch die richtigen Zaubersprüche ein, zum Vorteil eines jeden, aber ich muss zugeben, es gab da leider ein paar Missgeschicke", gestand sie ihm bekümmert. „Ich habe meine Leute enttäuscht."

„Wer sagt denn, dass du eine Zauberin sein musst?"

„Es gibt niemanden außer mir."

Rurik schien etwas antworten zu wollen, sagte dann aber doch nichts. Stattdessen spuckte er den Grashalm aus, streckte sich und kam auf sie zu. Sein Gang hatte fast etwas Schlenderndes, doch sein Gesicht hatte einen entschlossenen Ausdruck angenommen. Er wirkte fast bedrohlich. Als er dicht vor ihr stand, gab er dem Stein einen Stoß, so dass er vor und zurück kippte und sie mit ihm.

„Was machst du da?" fragte sie verärgert.

Wortlos beugte er sich über sie und stützte seine Arme rechts und links von ihren Schenkeln auf. Er war ihr so nah, dass sie seinen nach Minze duftenden Atem auf ihrem Gesicht spürte und den Schweiß auf seiner Haut roch, der von einem Tag voller Anstrengungen zeugte. Dann legte er das linke Knie auf den Felsen und schaukelte damit den Stein vor und zurück.

Es war nicht Angst, was Maire verspürte, nein, es war etwas Beunruhigenderes, das sie nicht näher zu benennen vermochte. „Rurik? Was ist?" Seine Nähe verschlug ihr fast den Atem.

„Du. Du bist es.

„Ich?"

„Ja. Ich habe dich auf den Gerichtsstein gesetzt, und er hat dich für schuldig befunden."

„Ha, so geht das nicht." Sie versuchte aufzustehen, aber sie war zwischen seinen Armen eingesperrt und verlor durch den schaukelnden Stein immer wieder ihr Gleichgewicht.

Rurik hatte nur ein gleichgültiges Achselzucken für sie. „Es ist mit völlig egal, ob dich der Stein für schuldig oder unschuldig hält. Was allein zählt, ist, dass ich immer noch das blaue Mal im Gesicht trage. Du erwartest von mir, dass ich mein Leben und das meiner Männer aufs Spiel setze, während du keine Gegenleistung erbringen willst. Nun, ab heute ist Schluss damit. Ich habe beschlossen, mir meinen Lohn einfach zu nehmen."

„Was ... was willst du damit sagen?"

„Ich will damit sagen, dass ich dich besitzen werde. Ich werde dir mein Zeichen einbrennen – innerlich – so, wie es die Männer seit Jahrhunderten den Frauen eingebrannt haben. Wenn ich die Highlands verlassen werde, wirst du nach mir verlangen, wie ein Neugeborenes nach der Mutterbrust. So sehr werde ich dich gezeichnet haben."

„Das ist so ungeheuerlich, dass ich dazu gar nichts sagen werde. Außerdem siehst du viel zu gut aus für eine wie mich."

„Ich sehe gut aus, eh?" Er lachte, und das Lachen gefiel Maire ganz und gar nicht, besonders deshalb, weil er sie dabei, wie von glühendem Verlangen getrieben, unverwandt anstarrte. Noch nie hatte ein Mann Maire so angeschaut. Eigentlich fühlte sie sich geschmeichelt, aber sie unterdrückte schnell diese Regung.

„Ich hab dich die letzten Tage immer nur in diesem rosafarbenen Laken herumgehen sehen."

„Das ist kein Laken, das ist ein *arisaid*."

„Wie immer du es nennst, seine Farbe erinnert mich an eine Süßigkeit, die ich einmal bei einem Herrscher im Osten gegessen habe. Sie war so süß, dass ich danach nicht nur den Löffel, sondern auch noch meine Fingerspitzen abgeleckt habe."

Nicht nur seine lüsternen Worte beunruhigten Maire, viel mehr beunruhigte sie das Gefühl, das sie in ihr weckten. „Die Farbe meines Kleides ist nicht Rosa, sondern ein blasses Rot. Und ich verstehe überhaupt nicht, was dieses Gerede von den Süßigkeiten soll. Lass mich jetzt aufstehen."

Er dachte gar nicht daran, ihrer Aufforderung nachzukommen. Mit einem spöttischen Lächeln fuhr er fort, den Stein hin und her zu schaukeln. Die Lider halb geschlossen, hatte er sie fest im Blick – Himmel, welch ein glühend heißer Blick! „Dann lass es mich dir erklären. Schließlich soll man nicht sagen, wir Wikinger könnten uns nicht klar ausdrücken. Süßigkeiten haben für mich nun mal etwas sehr Verführerisches – so wie du, Maire the Fair – wie deine süßen Brüste ... Auch von dieser Süße würde ich nur allzu gerne kosten. Und wie ich sehe, würde auch dir das gefallen."

„Überhaupt nicht!" Erschrocken blickte sie auf ihren Busen. Natürlich konnte er durch den dicken Stoff ihres *arisaid* nichts sehen. Er hatte es einfach nur behauptet, und sie war darauf hereingefallen. „Du bist verdorben, Rurik."

„Mmh" gab er mit einem kleinen Lächeln zu. „Das ist eine meiner Eigenschaften, die Frauen lieben."

„Man kann wirklich nicht sagen, dass du besonders bescheiden bist."

Sie verzog den Mund und schnaubte verächtlich. „Nun, ich bin aber keine von deinen Frauen und werde es auch nie sein."

„Du warst es aber einmal!"

„Einmal und nie wieder."

Er hob die Hand wie zum Schwur, und seine Augen funkelten vor Kampfeslust. „Du kannst Einspruch erheben, so viel du willst, Maire. Doch ich verspreche dir hiermit: Jeden Tag, an dem ich dein Zeichen trage, werde ich dir mein Zeichen einbrennen. An schönen Tagen werde ich mit deinen und meinen Männern die Befestigungsanlagen deiner Burg ausbauen, zum Schutz gegen die MacNab. Aber in den Nächten werde ich mich dir und nur dir allein widmen, in deiner Kammer. Und an Regentagen habe ich dann noch mehr Zeit für dich. Gut möglich, dass wir dann sogar Tag *und* Nacht miteinander verbringen werden. Ich weiß noch viele Dinge, die ich dich lehren kann – und ich weiß auch, wie ich dich auf meine Art zeichnen kann."

Maire schnappte nach Luft.

„Ich denke, dann wirst du dich nach einigen Tagen sicher wieder an deine magischen Formeln erinnern oder eine andere Zauberin finden, die dir hilft. Du bist sicher nicht die einzige Magierin hier in den Highlands.“

„Du kannst mir keinen Schrecken einjagen, Wikinger!“

„Wirklich nicht?“ Bevor sie wusste, wie ihr geschah, hatte er dem Stein einen heftigen Stoß gegeben, so dass sie völlig das Gleichgewicht verlor und flach auf dem Rücken landete. Hilflos strampelte sie mit den Beinen in der Luft. Rurik ließ sich mit seinem ganzen Gewicht auf sie fallen und drückte ihre Beine auseinander. Seine Lippen näherten sich den ihren.

Zu ihrer Beschämung konnte Maire ein lustvolles Stöhnen nicht unterdrücken. Und als sie in Ruriks Gesicht blickte, erkannte sie, dass er in diesem Augenblick ganz offensichtlich nicht mehr daran dachte, sie lediglich zu bestrafen. Er begehrte sie, wie ein Mann eine Frau nur begehren konnte. Und ihr war auch bewusst, dass er Recht hatte mit dem, was er gesagt hatte. Sie würde danach gezeichnet sein.

Doch das war ihr im Moment völlig egal.

5. KAPITEL

Rurik hatte Maire nur Angst einjagen wollen, mehr nicht, und das war ihm gelungen: Maire lag da und rührte sich nicht, erschrocken darüber, was Rurik tat, und gleichermaßen über ihre widerstreitenden Gefühle. Doch auch Ruriks Inneres glich einem unentwirrbaren Durcheinander, so unentwirrbar wie das Wurzelwerk einer hundertjährigen Eiche. Jetzt, da er Maires Körper spürte, durchlief ihn ein angenehmer Schauer, und mit einem Male waren all seine Rachegedanken wie weggewischt. Plötzlich konnte er sich nicht mehr vorstellen, warum er diese Frau fünf Jahre lang gehasst hatte, warum er ihr Angst einjagen wollte, und warum es so wichtig für ihn war, sich ihr gegenüber kalt und gefühllos zu zeigen.

Doch er versuchte, diese Gedanken beiseite zu schieben. Ich will ihr nur zeigen, wer hier der Herr ist. Nur zur Warnung – ich höre gleich auf, sagte er sich. Und er meinte es ernst.

„Nein“, flüsterte Maire.

„Ja“, antwortete er, bereit, sie in seine Arme zu schließen.

Dann lasse ich sie auch sofort wieder los und stehe auf – gleich. Ganz bestimmt.

Maire erstarrte, als er ihr mit beiden Händen durchs Haar fuhr, das ihr Gesicht wie kleine, lodernde Flämmchen umgab. Ihre Wangen glühten, und sie sah wieder genauso jung aus wie damals, damals vor fünf Jahren. Er bewunderte ihre geheimnisvoll leuchtenden grünen Augen. Überschattet von dichten, dunklen Wimpern, ähnelten sie blassen Smaragden. Es schien, als wolle er eintauchen in ihre Augen, und Maire senkte den Blick.

„*Ert mjg falleg*“, sagte er zu ihr und erkannte kaum seine eigene Stimme wieder, so rau war sie. „Du bist so schön.“

Sie hob den Kopf und blickte ihn überrascht an. „Gar nicht wahr“, wandte sie ein, aber Rubrik merkte, dass sie sich über sein Kompliment freute.

Frauen! Er atmete tief durch und beschloss, aufzustehen. *Ich schwöre bei allen Göttern, das ich das jetzt tun werde – nun gut, bei einigen wenigstens – vielleicht bei Loki. Dieser sprunghafte, unzuverlässige Bursche von einem Gott wird etwas zu lachen haben, wenn er mich so sieht.*

Vielleicht erschien Maire ihm nur deshalb so verführerisch, weil er sich schon gar nicht mehr daran erinnern konnte, wann er das letzte Mal bei einer Frau gelegen hatte. Alles, was ihm weiblich und begehrenswert erschien, vereinigte sich in ihr. Er begehrte nicht nur ihren Körper, er wollte – er wollte etwas, wofür er keinen Namen hatte. Ihn quälte eine Sehnsucht, die ihm Angst machte.

Rurik strich sanft mit den Lippen über Maires Gesicht. Dann küsste er sie. Ihm war, als würde ihn eine Riesenwelle mit sich fortreißen, und sosehr er sich auch bemühte, sein Verlangen war stärker als all seine Vernunft. Vernunft – es gab andere Gelegenheiten, vernünftig zu sein!

„Mit deiner Erlaubnis, ich küsse dich jetzt, bis du ohnmächtig wirst."

„Ich gebe dir die Erlaubnis aber nicht", erwiderte Maire schwer atmend.

„Oh?" Er dachte einen kurzen Moment nach. „Darauf kann ich leider keine Rücksicht nehmen." Und mit einem tiefen Seufzer widmete er sich, ungeachtet ihres Einspruchs, erneut seinem zärtlichen Tun. Sanft küsste er wieder und wieder ihren Mund, und unter diesen Berührungen schmolz Maires Widerstand dahin. Ihre Lippen gaben nach, und leise aufstöhnend erwiderte sie seinen Kuss.

Es war dieses leise Stöhnen, das Rurik fast den Verstand raubte. Jählings richtete er sich auf und starrte sie an, überrascht von der überwältigenden Leidenschaft, die dieser Kuss in ihr wie in ihm hervorgerufen hatte. Er sehnte sich so sehr nach ihrer Zärtlichkeit, dass es ihm den Atem nahm. Mit aller Kraft versuchte er, seine wachsende Begierde zu zügeln.

Maires lange Wimpern senkten sich und verbargen so die Verwunderung, die in ihrem Blick gelegen hatte. Sie musste genau die gleichen Empfindungen wie er verspüren. Er sollte sie jetzt freigeben, denn er hatte sein Ziel erreicht. Er hatte ihr das Fauchen ausgetrieben. Aber ihre feuchten Lippen schimmerten so einladend. Rurik konnte dieser Verlockung nicht widerstehen.

Hatte sie ihn mit einem Liebestrank oder einem ihrer Zaubersprüche verhext?

„Du schmeckst nach Minze", flüsterte sie außer Atem.

Verdammt, verdammt, verdammt, warum musste sie das jetzt sagen. Er gab jeglichen Widerstand auf. „Und du schmeckst nach mehr."

Er griff nach ihrer Hand und spürte, wie ihre Finger die seinen umschlangen. Und im gleichen Augenblick sank er wieder ergeben auf ihren verführerischen, weichen Körper.

„Oh, gnädiger Himmel", stieß sie hervor und bog sich ihm entgegen. „Was machst du mit mir? Du verwandelst mich in ein Flammenmeer." Und wirklich, eine leichte Röte überzog ihre Haut – eine Haut, so warm – eine Haut, die zum Streicheln verführte. Mit seinen Lippen dicht an den ihren murmelte er: „Ich habe schon immer gerne mit dem Feuer gespielt, Mylady."

Rurik war immer stolz darauf gewesen, ein guter Liebhaber zu sein, der es verstand, einer Frau Genuss zu verschaffen. Erneut küsste er Maire, doch nicht mehr ganz so zärtlich und sanft wie zuvor. Seine Küsse wurden immer fordernder, und Rurik merkte, dass er die Kontrolle über sich verlor. Aber es war ihm gleichgültig, was geschehen würde. Maire gab sich leidenschaftlich seinen Küssen hin, und ihre Seufzer ließen ihn immer kühner werden.

Rurik hätte nie gedacht, dass Küssen so wunderbar sein könnte, und dass dabei eine solch innige Vertrautheit entstand. Erregt flüsterte er Maire seine neue Erkenntnis zu – mit sündhaft deutlichen Worten. Sie schien es ihm nicht übel zu nehmen, denn ihr ganzer Körper erzitterte vor Lust.

Er strich ihr die wirren Locken aus dem Gesicht und bedeckte ihren Hals mit unzähligen kleinen Küssen. Dann zeichnete er mit der Spitze seiner Zunge die Form ihrer hübschen Ohrmuschel nach.

Plötzlich wandte Maire heftig den Kopf ab, ihre Hände versuchten Rurik wegzustoßen, und sie funkelte ihn aus ihren grünen Augen wütend an. „Ich schäme mich so", schrie sie ihn an. „Was tust du mir schon wieder an?"

„Sag das nicht. Deine Leidenschaft ist wunderbar. Du musst dich ihrer nicht schämen."

Sie schüttelte aufgebracht den Kopf. „Ich hasse dich, Rurik"

Rurik wusste es. Verdammt noch mal, er hasste sie ja auch. Trotzdem, ihre Worte hatten ihn verletzt. „Hasst du auch meine Küsse?" Er musste die Frage stellen. *Was bin ich für ein erbärmlicher Kerl.*

Ihre Augen waren dunkel vor Erregung, als sie seinem Blick begegneten. Einen Moment lang schien es, als versuchte sie, ihm mit einer Lüge zu entgegnen, doch dann brach die Wahrheit aus ihr hervor. „Deine ... Küsse ... rauben mir ... den Verstand", flüsterte sie kaum hörbar.

„Oh Liebes, dann sind wir uns ebenbürtig", erwiderte Rurik, „denn deine Küsse betäuben alle meine Sinne."

Als er sie nun wieder küsste, war es wirklich, als schwänden ihm die Sinne, und er gab sich diesem süßen Rausch mit Freuden hin. So hörte er das zischende Geräusch nicht, das plötzlich ertönte, und es dauerte eine ganze Weile, bis es endlich in sein Bewusstsein drang ... Bei Thor, Schlangen! Hatten die Männer vielleicht die Schlangen aus der Grube im Burghof hierher gebracht? Ruckartig sprang er auf und blickte sich um, bereit, der Gefahr ins Auge zu sehen. Aber es waren keine Schlangen. Es war eine verwildert aussehende Katze, die nahe bei Maires Kopf auf dem Felsen stand und entsetzlich fauchte. Doch da war noch ein anderes rasendes Wesen, das ihm in diesem Augenblick auf den Rücken sprang und sich an seinen Schultern festklammerte.

„Tu meiner Mutter nicht weh, du verdammter Fisch fressender Wikinger!“ schrie eine Kinderstimme. Eine kleine Faust hieb mit aller Kraft auf Ruriks Schultern ein. Er wusste sofort, dass dies Maires kleiner Sohn war, der da auf seinem Rücken hing. Und gleichzeitig befürchtete er, dass die Katze, die jetzt einen Buckel machte, ihm gleich ins Gesicht springen würde.

„Komm, sei brav, Rose“, sagte Maire und griff nach der Katze, die gerade zum Sprung ansetzte.

„Rose? Du nennst dieses Monster ‚Rose‘?“ Rurik war es gelungen, sich von dem tobenden Zwerg zu befreien, den er sich nun wie einen Sack Mehl unter den Arm geklemmt hatte. Wie konnte ein so kleiner Kerl nur so entsetzlich fluchen. Und stinken.

„Rose ist kein Monster!“ schrie Jamie gellend.

„Sie ist wirklich ein liebes Schmusetier. Jamie bekam sie letztes Jahr von einem vorbeiziehenden Händler geschenkt“, erklärte Maire, die mit der Katze unter dem Arm auf dem hin- und herschaukelnden Stein saß und die Balance zu halten versuchte.

Rurik hatte auf seinen Reisen in ferne Länder schon Katzen mit feinem, seidigem Fell gesehen. Dieser Katze aber sträubte sich ihr räudiges Fell, und an manchen Stellen war sie sogar völlig kahl. Es war kein hübscher Anblick, wie sie jetzt dasaß und ganz unschuldig und unterwürfig Maire anhimmelte. Doch sie konnte Rurik nicht täuschen. Er wusste nur zu gut, dass die liebe Rose ihm bei der nächsten Gelegenheit die Augen auskratzen würde.

Wäre nur Beast hier. Der würde diese Katze buchstäblich in der Luft zerreißen.

„Du Bengel! Hier bist du also, du Gauner“, schrie auf einmal eine Stimme. Zwischen den Bäumen stolperte atemlos der dicke Mönch hervor, den Rurik schon beim ersten Zusammentreffen mit den Campbell gesehen hatte. Er hatte, um besser laufen zu können, seine Kutte bis über die behaarten Waden gerafft, und er war sichtlich bemüht, nicht über die dicken Baumwurzeln zu stolpern. „Hab ich dir nicht gesagt, dass du im Lager bleiben sollst? Wir haben dich überall gesucht. Weißt du, was wir uns für Sorgen gemacht haben? Und was geschehen wäre, wenn einer der MacNab dich erwischt hätte?"

„Mich erwischt niemand", prahlte der Junge und übersah dabei völlig, dass er immer noch unter Ruriks Arm steckte.

Wortreich erklärte der Mönch, wie es dem Jungen gelungen war, seiner Aufsicht zu entkommen, und versprach hoch und heilig, dass das nie wieder vorkommen würde, und wenn er den Kleinen samt seiner Katze an einem Baum festbinden müsste. Als Antwort darauf fluchte Jamie derart unanständig, dass alle ihn fassungslos anstarrten. Und diese unmögliche Katze pinkelte voller Verachtung auch noch auf Ruriks Stiefel. Auf seine sehr teuren, hirschledernen Stiefel!

Rurik war so verblüfft über die Kühnheit der Katze, dass er nur dastand und sie anstarrte. Innerlich aber schwor er Rache.

„Hör mir mal gut zu, mein Sohn, dir muss man wohl mal gründlich den Mund mit Seife auswaschen." Maire drohte ihrem Sprössling mit dem Finger. „Und glaub ja nicht, dass ich das nicht tun werde." Oh, Rubrik liebte es, wenn Maire wütend war. Sie glich dann einer Rachegöttin, die im Begriff war, in die Schlacht zu ziehen.

„Warum bringst du den Jungen nicht in die Burg zurück, jetzt, wo wir die MacNab vertrieben haben? Wäre er dort unter meiner Obhut nicht sicherer?"

Das Gesicht des Mönchs lief puterrot an, fast bis zur Tonsur hinauf, und Maire sah Rurik an, als habe er vorgeschlagen, ihren Sohn in lodernde Flammen zu stoßen.

„Was ist denn? Was wäre denn daran so falsch?" fragte er völlig verwirrt.

„Hör gut zu, Wikinger. Versuch nicht, mir zu erklären, was das Beste für mein Kind ist. Es gehört mir, mir allein."

„Huh? Als ob ich es haben wollte!"

Maire warf ihm einen seltsamen Blick zu, dann gab sie Father

Baldwin ein Zeichen. Der Pater griff nach der Katze, und Rurik hätte schwören können, dass das Tier ihn angrinste. Father Baldwin streckte die Hand nach dem Jungen aus. Bevor Rurik den Kleinen losließ, gab er ihm noch schnell einen Klaps auf den Hintern. Jamie warf ihm über die Schultern einen Blick zu, der Stigand alle Ehre gemacht hätte. Rurik nahm sich vor, in Zukunft auf der Hut zu sein. Es war sicher, dass dieses grimmige kleine Ungeheuer fest entschlossen war, ihm diesen Klaps heimzuzahlen.

Rurik fand es eigenartig, wie Maire sich in Bezug auf ihren Sohn benahm. So als fürchte sie in Ruriks oder der Wikinger Gegenwart um seine Sicherheit. Er zuckte mit der Schulter. Es war ihre Entscheidung, und nebenbei verspürte er nicht die geringste Lust, dieses ungezogene Kind bei sich zu haben.

In diesem Augenblick rief Maire leise den Namen des Kindes. Es klang beinahe wie ein Schluchzen. „Jamie!"

Sofort riss sich der Junge von Father Baldwin los und stürzte in die weit geöffneten Arme seiner Mutter. Die zwei liebkosten einander. Einer bedeckte das Gesicht des anderen mit kleinen Küssen, und sie sagten sich immer wieder, wie sehr sie einander vermissten.

Rurik hatte nie eine Mutter gehabt. Zu sehen, wie sehr die beiden einander liebten und wie sehr sie einander vermissten, auch wenn sie nur kurz getrennt waren, berührte und verwirrte ihn zutiefst.

Bald darauf waren der Mönch und der Junge gegangen.

Und plötzlich standen Rurik und Maire wieder allein auf der Lichtung, und um sie herum war alles still.

Sie schauten sich an.

Er legte eine Hand auf seine Hüfte.

Sie tat es ihm nach und blickte ihn voller Verachtung an. Nichts deutete mehr darauf hin, dass sie noch kurze Zeit zuvor in seinen Armen gelegen und die Welt um sich herum vergessen hatte. Ihre Lippen waren noch tiefrot von seinen Küssen, und ein kleines, blutunterlaufenes Mal würde auch noch in den nächsten Tagen von seiner Leidenschaft zeugen, aber ihre grünen Augen sprühten vor Zorn.

Rurik verstand vollkommen. Er hatte das auch alles nicht gewollt. Oh, nicht dass er etwas gegen Liebesspiele mit der Zauberin hätte, aber wenn, dann sollten sie nach seinen eigenen Bedingungen ablaufen. Er wollte nie wieder so sehr die Kontrolle über sich verlieren. Es war das Beste, wenn er jetzt gleich einmal die Spielregeln festlegen würde, bevor sie ihn wieder mit ihren üblichen Beschimpfungen überschüttete.

„Ich schätze es nicht, wenn du mich behext, Zauberin", teilte er Maire hochmütig mit. „Tu das nie wieder!"

„Ich? Ich?" antwortete sie, und sogleich überzog Zornesröte ihr Gesicht. „Im Gegenteil, du hast eine Zauberformel über mich gesprochen. Genau wie das letzte Mal. Mach das ja nicht noch einmal."

„Ich kenne keine Zaubersprüche. Das sind deine Mittel. Ich bin nur ein einfacher Krieger."

„Hah, ein einfacher Krieger! An dir ist überhaupt nichts einfach."

Er beschloss, Maires wütend hingeworfenen Satz als ein Kompliment zu betrachten. Aber bevor er noch etwas darauf antworten konnte, stürmte Maire schon zurück zu ihrer Burg.

„He! Wo rennst du hin? Hab ich dir nicht gesagt, dass du nirgendwo ohne mich oder einen meiner Männer hingehen kannst?"

Was sie mit zusammengebissenen Zähnen vor sich hin murmelte, klang wie einer der Flüche ihres Sohnes. Laut sagte sie nur: „Ich muss in die Küche."

„Seit wann arbeitest du als Beiköchin oder als Küchenhilfe? Willst du wohl stehen bleiben! Ich kann dir über diese spitzen Felsen nicht so schnell folgen."

Maire beachtete seinen Befehl nicht, aber sie beantwortete seine Frage. „Ich arbeite überall auf meinem Besitz. Wir haben hier nicht mehr so viele Leute. Letzten Monat habe ich sogar selbst die Ställe ausmisten müssen." Sie hielt ihm ihre abgearbeiteten Hände unter die Nase. „Außerdem bereiten wir für heute Abend etwas ganz Besonderes zu essen vor."

„Warum?" fragte Rurik misstrauisch und fluchte laut, weil er sich den Zeh gestoßen hatte.

„Um die Befreiung von diesem Schlangennest zu feiern, würde ich vorschlagen. Oder unsere Befreiung von den MacNab. Oder einfach die Schönheit eines Sommertages."

„Oder vielleicht wollt ihr euch ja auch gegenüber euren Rettern als besonders gastfreundlich erweisen?" Er sagte das nur, um sie zu ärgern. Sie war leicht zu ärgern, das hatte er schon früh herausgefunden. „Und vielleicht möchtest du ja auch einem Wikinger ganz besonders dafür danken, dass er dich so viel gelehrt hat, in der Liebe zum Beispiel?" fragte Rurik mit einem Augenzwinkern.

Als Antwort knirschte Maire nur mit den Zähnen. Diese Frau hatte wirklich keinerlei Sinn für Humor.

Rurik wusste, dass ihrer aller Lage alles andere als angenehm war. Jeden Moment konnten die MacNab angreifen. Und Maire hatte noch keine Anstalten gemacht, ihm das blaue Mal zu entfernen. Wenn sich das nicht bald änderte, konnte es gut sein, dass er Stigand die Erlaubnis gab, Maire einen Kopf kürzer zu machen. Gleichzeitig verlor *er* fast jedes Mal den Kopf, wenn Maire sich ihm nur zuwandte, sich dabei in den Hüften wiegte und dann auch noch ihre Lippen bebten, wie vorhin, im Zorn.

Nun gut, trotz allem konnte er ja versuchen, nett zu ihr zu sein. Und darum fragte er Maire, als er sie endlich eingeholt hatte: „Und was gibt es Gutes heute Abend?"

„Haggis."

Einige Stunden später betrat Rurik die großen Halle und stellte fest, dass man auch hier emsig dabei war, Maires Besitz wieder herzurichten.

Während er und die anderen Männer an den Stein- und Holzwällen gearbeitet hatten, von denen einige schon wieder in gutem Zustand waren, hatte Maire mit der seit langem notwendigen Säuberung der Innenräume begonnen. Offensichtlich war dazu in den vergangenen Monaten keine Zeit gewesen. Wichtigere Dinge, wie die Verteidigung gegen die MacNab, hatten Vorrang gehabt. Rurik jedoch war sich sicher, dass der Zustand des ganzen Besitzes von einer viel längeren Vernachlässigung zeugte. Er konnte unmöglich in den wenigen Monaten nach dem Tod von Maires Mann so sehr heruntergekommen sein.

Inzwischen wurden alte Binsen zusammengeharkt, die schmutzigen Böden geputzt und neue Binsen eingestreut. Verrostete Waffen und Schilde waren von den Wänden genommen und in den Hof geschafft worden, wo die Jungen jetzt eifrig den Rost abschliffen und das Metall mit Stofffetzen polierten, bis es wieder seinen alten Glanz erhielt. Mägde scheuerten die schweren Holztische, und fein gewebte Wandteppiche wurden in einem Seitenhof neben der Küche gewaschen. Gerade als Rurik hinüberblickte, schleppte eine alte Frau an einem Tragholz zwei Eimer voll frischem Quellwasser aus dem Küchengarten in den Hof.

Und mitten in all dem Treiben stand Maire wie ein Wikingerfürst und gab Befehle. Sie schien genauso erschöpft zu sein wie Rurik. Er stemmte die Fäuste in den Rücken und streckte sich. Die körperliche Arbeit verschaffte ihm eine noch nicht gekannte Befriedigung, und er vermutete, dass es Maire ähnlich erging. Rurik sah, dass er Recht hatte, denn sie lächelte ihm zu, als sie ihn erblickte. Doch dann schien sie sich daran zu erinnern, dass er ja ihr Feind war, und machte eine finstere Miene.

Aber er hatte das Lächeln gesehen, und das genügte ihm. Rurik blinzelte ihr zu, um sie wissen zu lassen, dass er es bemerkt hatte. Zu seinem Erstaunen – und auch zu seinem Entzücken – machte sie doch tatsächlich eine etwas anzügliche Geste in seine Richtung.

Bei Odins Blut! Die Vorstellung, sie zu zähmen, erschien

ihm zunehmend reizvoller. Doch sie sollte nur ein bisschen zahmer werden, das war alles, was er wollte.

„Warum grinst du?“ fragte Bolthor, der zu ihm getreten war.

„Ach, ich dachte gerade daran, wie man das macht: jemanden zähmen“, gestand Rurik.

Bolthor schaute von ihm zu Maire und wieder zurück. „Und wer wird hier wen zähmen?“ fragte er.

Rurik warf seinem Skalden einen verärgerten Blick zu. „Gibt es einen besonderen Grund, warum du hier bist, oder willst du mich nur reizen?“

Bolthor lächelte etwas schief und kratzte sich am Kopf, als müsse er sich die Antwort überlegen. Doch dann verriet er: „Ja, es gibt einen Grund. MacNab wartet im Außenhof, um mit dir zu sprechen. Er ist unbewaffnet und allein.“

„Warum hast du das nicht gleich gesagt?“ schalt Rurik und wollte hinauslaufen. Doch Bolthor bestand darauf, dass er sich zuvor die neueste Saga anhörte, und begann wie immer mit ‚Dies ist die Saga von Rurik dem Größeren‘. Jedes Mal, wenn Rurik diese Ankündigung hörte, zuckte er zusammen.

Ein wilder Krieger war Rurik,
und sein Schwert durchbohrte viele Feinde.
So sehr wuchs sein Stolz,
dass keiner mehr wagte, über ihn zu lachen.
Eitel wie keiner prahlte der Narr nun überall,
von Küste zu Küste war es zu hören,
er könne nicht nur seine Feinde zähmen,
nein, auch eine hübsche Frau.
Er wusste nicht, dass man zwar Stuten zähmen kann,
doch keine Frau.
Maire the Fair konnte niemand zähmen,
auch kein noch so berühmter Kämpfer.
Einige gaben Rurik den guten Rat,
aufzupassen, dass nicht er am Ende das Halfter trüge.

Doch er wollte nicht hören.
Nun glitzern Lachtränen in den Augen seiner Freunde.
Denn aus Rurik dem Eitlen
Wurde
Rurik der Zahme.

Rurik blickte seinen Skalden finster an, doch Bolthor zuckte nur mit der Schulter und meinte: „Ich muss noch etwas daran arbeiten."

„Besser, du wirfst es zum Abfall", murmelte Rurik und ging hinaus. Die Sonne ging unter, und er und seine Männer hatten noch kein Bad genommen, geschweige denn etwas gegessen.

Da stand Duncan MacNab, stolz wie ein Hahn auf dem Mist, und begutachtete die wieder aufgebauten Mauern der Campbell-Burg. Er beugte sich dabei so weit vor, dass sein *pladd* hochrutschte und Rurik mehr von einem schottischen Hinterteil zu sehen bekam, als ihm lieb war.

Vielleicht war es doch richtig gewesen von Maire, ihren Sohn zu verstecken, wenn es für ihren Feind so leicht war, hier einzudringen.

„Findet unser Werk deine Zustimmung?" fragte Rurik kühl, während er sich dem Mann näherte. Duncan richtete sich auf, und da er genauso groß war wie Rurik, standen sie sich Auge in Auge gegenüber.

Rurik versuchte, nicht auf die eine, durchgehende Augenbraue zu starren, und schaute stattdessen auf die wirre, aber saubere graue Haarmähne MacNabs. Duncan mochte in seiner Jugend gar nicht so schlecht ausgesehen haben, doch mit über fünfzig Jahren war er in Ruriks Augen für Maire viel zu alt.

Er sah Maire im Eingang zur großen Halle stehen. Sie blickte über die breite Treppe zu ihnen hinunter. Wenigstens dieses Mal schien sie die Klugheit zu besitzen, den Mund zu halten und sich nicht in ein Männergespräch einzumischen.

„Ja, die Arbeit an der Mauer findet meine Billigung", räumte

Duncan widerwillig ein. „Aber warum schuftet ihr für den Wiederaufbau der Verteidigungsanlage, wenn ich es dann sein werde, dem sie im Notfall nützen wird?"

Ruriks einzige Antwort war ein erstaunter Blick.

„Hör zu, Wikinger", sagte Duncan nun in einem etwas versöhnlicheren Ton und drehte Maire und der Burg den Rücken zu. „Ich sehe, dass du hier große Anstrengungen machst, den Wall wieder herzurichten. Und ich müsste blind sein, wenn ich nicht all diese Campbell-Würmer sehen würde, die aus dem Wald hervorgekrochen sind, um wieder nach Hause zu kommen. Aber ihr seid in der Minderheit. Du weißt es, und ich weiß es. Und nicht nur in der Minderheit. Die meisten deiner Krieger sind halb blinde, verkrüppelte Grauköpfe."

Rurik zog scharf die Luft ein bei dieser rohen Bemerkung. Auch die Campbell, die die Worte gehört hatten, darunter Old John, Young John, Murdoc, Callum und Rob, erröteten vor Zorn über diese Demütigung. Es war rücksichtslos von Duncan, ihre Männlichkeit so herabzuwürdigen, aber Duncan war auch nicht hier, um Freundlichkeiten auszutauschen.

„Deine Bosheit sprengt alle Grenzen, Duncan MacNab. Wage nicht, die Stärke eines Einzigen dieser Männer zu unterschätzen", erwiderte Rurik. „Wenn du nur halb der Kämpfer bist, der du zu sein vorgibst, dann weißt du, dass Stärke nicht immer in Gewicht und Größe zu messen ist. Manchmal entscheidet das Herz eines Kämpfers über Sieg oder Niederlage. Und ich sage dir eins, jeder dieser Männer hier hat ein starkes Herz."

Rurik sah, dass Old John und die anderen ihn erstaunt anstarrten. Bolthor war nicht unter ihnen, aber er wusste, dass er sich heute Abend eine Saga über das Geschehen würde anhören müssen, und dass er darin eine viel heldenhaftere Rolle spielen würde als in Wirklichkeit. Was jedoch wichtiger war, er schien in Maires Achtung gestiegen zu sein. Sie stand mit fast offenem Mund da. Aber er hatte nicht ihretwegen die Männer verteidigt.

Duncan schnaubte vor Ärger, doch alles, was ihm als Antwort einfiel, war ein grimmiger Fluch.

„Was führt dich heute hierher, Duncan? Ich vermute, du willst Frieden schließen."

„Hah! Wohl kaum." Duncan strich sich nachdenklich über seinen Bart. „Ich hatte gehofft, dass wir ein Übereinkommen treffen könnten, von Krieger zu Krieger sozusagen."

„Und wie hast du dir das vorgestellt?"

„Ich könnte das alte Weib für dich ausfindig machen." Unter der dicken Augenbraue blinzelte er Rurik listig an.

Dieses Angebot wunderte den Wikinger. „Das alte Weib? Was sollte ich mit irgendeinem alten Weib anfangen? Schaue ich aus, als benötigte ich ein altes Weib zu meinem Glück?"

„Du missverstehst mich, Wikinger. Ich spreche von Branwen, dem alten Weib, das Maires Ratgeberin war."

„Du möchtest mir noch eine zweite Zauberin verschaffen? Ich kann es kaum erwarten. Zwei Zauberinnen ganz für mich allein."

„Nicht irgendeine Zauberin – eine sehr mächtige – eine, die sicher weiß, wie man dein blaues Mal entfernt."

„Willst du damit sagen, dass Maire das nicht kann?"

„Das habe ich nicht gesagt, aber ich sehe, dass dein Zeichen immer noch da ist."

Rurik wusste das nur zu gut. Aber Duncans Worte erinnerten ihn an etwas. „Hatte Kenneth die Zauberin nicht aus Schottland verbannt, als er Maire zur Frau nahm?"

Duncan deutete mit einer wegwerfenden Handbewegung an, dass das nicht so wichtig sei.

Rurik runzelte die Stirn. „Sprich offen. Weißt du, wo die Zauberin ist?"

„Vielleicht weiß ich es, vielleicht auch nicht."

„Aaargh! Schluss mit deinen Spielchen. Was willst du von mir?"

„Maire. Und das Land der Campbell. Als Gegenleistung erhältst du dein hübsches Gesicht zurück und sicheres Geleit bis über Schottlands Grenzen."

Rurik brauchte einige Zeit, um darüber nachzudenken. Es war ein verlockendes Angebot. Das war es wirklich. Besonders, da auf den Hebriden seine zukünftige Frau sehnsüchtig auf ihn wartete. Wenn er gescheit wäre, würde er diese Gelegenheit beim Schopfe packen.

Aber Rurik tat nicht immer, was gescheit war. Außerdem konnte er Duncan MacNab nicht leiden. Kein bisschen. Und er hatte keine Lust, nach der Pfeife eines anderen zu tanzen, schon gar nicht nach der eines niederträchtigen Schotten.

Die Ehre war ein zu hohes Gut, als dass man sie leichtfertig wegwerfen durfte. Und die Blicke der Campbell-Männer, als er sie verteidigte, hatten Rurik in seinem Innersten berührt. Auch musste er Maire noch ‚bestrafen'.

Trotzdem staunte Rubrik über sich selbst, als er sich mit einer höflichen Verbeugung sagen hörte: „Ich bin nicht interessiert."

6. KAPITEL

Das Essen wurde an diesem Abend erst spät aufgetragen.

Maire und ihre Mägde hatten hart gearbeitet, um die Halle zu säubern, und sie bestand darauf, dass jeder badete, bevor er sich zum Essen niedersetzte. So gingen die Männer zu einem ‚Loch', und die Frauen zu einem anderen, wo zumindest die Schotten sich beeilten, schnell wieder aus dem kalten Wasser herauszukommen.

Denn wenn die Schotten sich mit dem Waschen auch beeilten, so machte Rurik und seinen Männern die Kälte wenig aus. Wikinger badeten öfter als ihre Zeitgenossen in anderen Ländern, und man sagte, das sei der wahre Grund, warum sie auf Frauen in vielen Regionen der Welt so anziehend wirkten. Es war nicht so sehr ihr gutes Aussehen, sondern sie rochen ganz einfach besser als die anderen Männer. Rurik gefiel diese Begründung, doch stellte er deswegen jene des guten Aussehens nicht unbedingt infrage.

Nun lehnte er sich in seinem Stuhl zurück. Der Tisch, an dem er saß, stand etwas erhöht am Kopf der Tafel. Zufrieden nippte er an seinem *uisge-beatha*. Das bernsteinfarbene Getränk schmeichelte seinem Gaumen, und seine Kehle hatte sich an die Schärfe gewöhnt. Aber er hütete sich, zu viel davon zu trinken. Er hatte noch Pläne für später, und die wollte er nicht durch einen vernebelten Kopf gefährden. In der Zwischenzeit tat es einfach gut, hier in der sauberen Halle zu sitzen, zwar mit schmerzenden Muskeln nach der harten Arbeit, aber mit dem Wissen, wenigstens fürs Erste in Sicherheit zu sein. Wohlgerüche erfreuten seine Nase. Es war nicht nur der frische Duft der ausgestreuten Binsen, sondern auch der würzige Geruch nach gebratenem Fleisch, das bald auf den Tisch kommen würde. *Ich glaube, ich werde langsam alt, wenn diese kleinen Alltäglichkeiten mir solch eine Zufriedenheit schenken.*

Aber da war noch etwas, was Rurik Freude bereitete. Es war schön, Maire zuzusehen, wie sie in der Halle geschäftig hin und her eilte und dem Gesinde Befehle erteilte. Sie trug jetzt, nach dem Bad, einen anderen *arisaid*, doch dieses Gewand war genauso abgetragen wie jenes, das sie am Nachmittag angelegt hatte. War das alles, was sie an Kleidung besaß? Sie, eine Schottin von höherem Stand? Warum hatte ihr verstorbener Mann nicht besser für sie gesorgt? Nun gut, der Besitz war in einem schlechten Zustand, weil andernorts dringendere Dinge erledigt werden mussten, aber die Leute züchteten ihre eigenen Schafe und webten ihre eigenen Stoffe.

Hmmm. Das Ganze war Rurik ein Rätsel. Er nahm sich fest vor, es bald zu lösen.

Trotz allem gefiel ihm Maire. Selbst in diesem abgetragenen Gewand. Ein mit Borten besetzter Gürtel betonte ihre schmale Taille. Maire würde es gehasst haben, wenn sie gewusst hätte, dass der weich fallende Stoff des Gewandes ihre weiblichen Reize eher betonte denn verhüllte, den hübschen festen Busen und, zu Ruriks besonderem Entzücken, die verführerischen Kurven ihrer Hüften. Unbewusst berührte sie hin und wieder den kleinen Fleck an ihrem Hals, und Rurik wurde es heiß und kalt bei der Erinnerung daran, wie dieses kleine Mal entstanden war.

Ihr Haar war noch feucht vom Baden und kringelte sich in kleinen Locken um ihr Gesicht. Rurik erinnerte sich plötzlich daran, wie sich ihr üppiges Haar an diesem Nachmittag unter seinen Fingern angefühlt hatte.

Und wie weich ihre Lippen auf den seinen gewesen waren. Beim großen Thor! Nie würde er das vergessen. Keine andere Frau hatte solch einen sinnlichen Mund. Er sollte Bolthor auffordern, ein Preislied auf ihre Lippen zu ersinnen. ‚Ode auf die Lippen einer Frau.‘ Bei dem Gedanken musste Rurik schmunzeln. Er konnte sich Maires Miene beim Anhören dieser Saga nur allzu gut vorstellen.

Maire schaute mit einem Mal auf, und ihre Blicke trafen sich. In diesem Augenblick, als die Zeit stillzustehen schien, hätte er den Schatz eines Königs gewettet, dass auch sie sich an den Nachmittag erinnerte.

Ein plötzliches Gelächter irgendwo in der weiten Halle ließ sie beide zusammenzucken und wegschauen, so als hätten sie etwas Verbotenes getan. Rurik zwang sich, ein paar Mal tief durchzuatmen, und beobachtete dann das Treiben der anderen.

Am anderen Ende der Halle konnte er einen flüchtigen Blick auf Jamie werfen, dem die räudige Katze Rose überall hin folgte. Hinter beiden tauchte schimpfend und keuchend Father Baldwin auf, der Junge und Katze gleichermaßen am Genick packte und wieder nach draußen beförderte. Jamie sah immer noch so schmutzig aus und war anscheinend der Einzige des Clans, der kein Bad genommen hatte.

Maire hatte den Jungen auch bemerkt. Rurik sah den sehnsuchtsvollen Blick in ihren traurigen Augen, aber sie tat nichts, um ihn zurückzurufen. Offensichtlich wollte sie den Jungen zu seiner eigenen Sicherheit noch immer nicht in der Burg haben. Ihm erschien es ungerecht, das Kind von dem Fest auszuschließen, aber es war ihre Entscheidung.

An dem erhöhten Tisch saßen neben Rurik noch Old John sowie Bolthor, Stigand, Toste und Vagn. Die Zwillinge warfen der schwarzäugigen Tochter eines Schäfers, der gestern Abend von den Hügeln heruntergekommen war, verliebte Blicke zu. Allen schmeckte der *uisge-beatha*, und wenn sie auch nicht *drukkinn* waren, so fühlten sie sich doch alle leicht benebelt.

Ruriks Augen schweiften unwillkürlich wieder zu Maire hinüber. Old John hüstelte, als er sah, wohin Rurik schaute. „Bist verliebt in unsere hübsche Maire, oder?"

„Wer? Ich?" fragte Rurik etwas albern.

Old John lächelte nur und fasste sich an den Hals, so wie Maire es immer wieder tat. Bei allen Göttern, hatten etwa alle den Fleck gesehen?

Old John spürte Ruriks Unbehagen. „Schon gut, es ist doch ganz natürlich, wenn ein Mann eine Frau haben möchte. Die Bullen auf den Weiden, die Schafböcke in den Hügeln, sogar die klitzekleinen Fische in den Bächen – sie alle spüren den gleichen Drang wie wir Menschen. Manche sagen, an all dem ist Adam schuld. Nun, ich denke, das alles ist ein Teil von Gottes Plan, und mit dir und Maire ist das nicht anders."

Bei Odins Augen! Jetzt bekomme ich auch noch Nachhilfeunterricht in Liebe, und das auch noch von einem alten, einarmigen Schotten „Maire hasst mich", stieß Rurik hervor.

„Ein verzagtes Herz gewinnt keine Frau", erklärte Old John.

Mein Gott!

„Maire hätte es verdient, von einem Mann endlich einmal gut behandelt zu werden. Bis jetzt hat sie das recht selten erlebt."

Rurik horchte auf. Das war ja etwas ganz Neues. „Wie meinst du das? Haben ihr Vater und ihre Brüder sie nicht gut behandelt? Oder ihr Mann? Eigentlich ist es doch üblich, dass das einzige Mädchen in der Familie eines Clanführers von allen verwöhnt wird."

„Verwöhnt? Hah! Ihr Vater starb, als sie fast noch ein Kind war. Ihre Brüder zogen sie groß, aber die hatten fast nie Zeit für sie. Jeder hatte zwei Frauen und alle vier starben im Kindbett. Und von den Kindern hat kein Einziges überlebt. Man kann nicht sagen, dass Donald und Angus schlecht zu Maire gewesen wären – sie vernachlässigten sie eher. Deshalb verbrachte sie die meiste Zeit mit Branwen, der alten Zauberin."

Rurik zuckte mit der Schulter. Das Leben war hart. In vielen Ländern behandelten die Männer ihre Frauen genauso. Ruriks Freunde taten dies allerdings nicht, und wahrscheinlich war das der Grund, warum man sich in ihren Heimstätten so wohl fühlte. „Was ist mit ihrem Mann? Hat er sie nicht umsorgt?"

„Ha! Kenneth war gemein zu unserer Maire. Der Mann hatte ein böses Mundwerk, und er schlug sie auch. Oh ja, das tat er des Öfteren."

Rurik sträubten sich die Haare. „Er hat sie geschlagen? Schlimm?“

„Na ja, nicht so schlimm. Viele Prellungen, öfter mal ein blaues Auge, und aufgeplatzte Lippen natürlich ...“

Natürlich? Natürlich? So etwas ist nicht natürlich!

„Aber keine gebrochenen Knochen – außer das eine Mal, als ihr Arm gebrochen war. Aber Maire erklärte, sie sei die Treppe hinuntergefallen. Zweifellos wollte sie Kenneth vor ihren wütenden Clansmännern schützen, und wir mussten ihren Worten glauben.“

Rurik ballte die Hände zu Fäusten und atmete tief durch, um sich wieder zu beruhigen. Er wusste, dass es nicht unüblich war, eine Frau zu schlagen, besonders, wenn sie den Mann dazu herausforderte. Dennoch machte es ihn wütend, von den Misshandlungen zu hören, die Maire widerfahren waren. „Ich dachte – nun, Maire sprach damals von ihrer bevorstehenden Heirat als einer Liebesheirat. Wenigstens ist es mir so in Erinnerung. Doch seitdem sind ja schon fünf Jahre vergangen.“

Old John schüttelte den Kopf. „Kenneth war kein so schlechter Kerl vor der Hochzeit – sicher nicht so ein Teufel wie sein Bruder. Aber er veränderte sich. Nicht gerade in seiner Haltung gegenüber Maire, aber gegenüber dem Besitz der Campbell änderte sich mit der Zeit seine Einstellung, und auch gegenüber dem Campbell-Clan. Wo er doch vorher feierlich gelobt hatte, dessen Namen zu tragen. Manche Leute sagen, er war verbittert, weil ...“ Old John schwieg, als hätte er schon zu viel gesagt.

„Weil?“ Rurik warf dem alten Mann einen Blick zu, der es Old John nahe legte, besser weiterzuerzählen.

Der Alte nahm einen großen Schluck aus seinem Becher und fuhr fort. „Einige sagen, dass ein anderer vor ihm da war, wenn du verstehst, was ich meine, und das hat Kenneth in der Hochzeitsnacht natürlich herausbekommen. Wenn du mich fragst, dann bedeutet Jungfräulichkeit den Männern einfach zu viel. Es ging das Gerücht um, dass Kenneth sich deswegen verändert hätte und Maire verprügelte, wenn er schlechter Laune war."

Rurik zog scharf die Luft ein. Maire war misshandelt worden, weil sie bei ihm gelegen hatte? In seinem Heimatland hatten die Frauen mehr Freiheit. Oh, Jungfräulichkeit wurde geschätzt, besonders, wenn der Brautpreis ausgehandelt wurde. Aber wenn die Frau sie verloren hatte, war das kein solch großes Problem – vielleicht manchmal, bei sehr hoch gestellten Familien. Doch egal wie, auf keinen Fall konnte die Tatsache, dass eine Frau bei ihrer Hochzeit keine Jungfrau mehr war, als Rechtfertigung dafür gelten, dass man sie misshandelte.

Ehebruch war etwas anderes. Rurik hatte Länder bereist, in denen ein Mann das Recht hatte, seiner Frau für ein solches Vergehen den Kopf kahl zu scheren. Einmal hatte ein Mann seiner untreuen Frau sogar die Nasenspitze abgeschnitten. Aber allein stehenden, ungebundenen Frauen wurde normalerweise größere Freiheiten zugestanden.

Bei Freyas Liebe, warum hatte Maire denn nichts gesagt? Jäh wurde ihm bewusst, dass sie sehr wohl etwas gesagt hatte. Das war der Grund gewesen, weshalb sie ihn drängte, sie mitzunehmen, und wenn auch nur für eine kurze Weile. Sie wusste, was passieren würde.

Und wie hatte er ihr geholfen? Gelacht hatte er.

Rurik schloss für einen Moment die Augen, als ihm seine Schuld bewusst wurde. Seit er ein kleiner Junge gewesen war, von Größeren und Stärkeren verprügelt und beschimpft, hatte er sich immer bemüht, andere nicht genauso zu behandeln, Schwächere nicht, und ganz gewiss nicht Frauen. Und nun musste er der Tatsache ins Auge sehen, dass er doch das gleiche Leid einem anderen Menschen zugefügt hatte.

Wie sollte er damit leben?

Wie konnte er es Maire gegenüber wieder gutmachen?

Plötzlich kam ihm eine Idee, die ihn etwas aufmunterte. Er besaß eine kostbare Halskette, die er in Hedeby hatte anfertigen lassen, als er unlängst von einer Bernsteinsuche aus dem Baltikum zurückgekommen war. Eigentlich sollte sie ein Hochzeitsgeschenk für Theta sein, aber für sie konnte er immer noch etwas anderes finden. Rurik lächelte zufrieden vor sich hin. Er malte sich aus, wie gut die goldene Kette mit dem Bernsteinanhänger auf Maires cremeweißer Haut aussehen würde.

„Zerbrich dir nicht den Kopf über Vergangenes. Maire hat es ganz gut überlebt“, meinte Old John und legte ihm beruhigend die Hand auf den Arm. Allem Anschein nach missverstand er Ruriks Reaktion und glaubte, er sei nur empört darüber, dass jemand eine Frau so misshandeln konnte. Old John wusste nicht, dass Ruriks Betroffenheit einen viel persönlicheren Grund hatte. „Außerdem halten wir Campbell zusammen. Wir taten damals unser Bestes, um Maire vor Kenneths Launen zu schützen. Du glaubst gar nicht, wie viele Verstecke es hier gibt.“ Er grinste Rurik verschmitzt an, während er sprach.

Maire war also nur dann geschlagen worden, wenn Kenneth mit ihr allein war, folgerte Rurik. Als Kind war es ihm ähnlich ergangen. Und sie hatte ihre Clansleute gehabt, die sie beschützten, wenn sie konnten, so wie er Stigand gehabt hatte. Rurik wunderte sich darüber, wie viel ihnen beiden gemeinsam war.

„Ich denke, da ist noch etwas, das ich dir sagen muss“, fuhr Old John fort. Es erstaunte Rurik sehr, dass sein faltiges Gesicht auf einmal von einer heftigen Röte überzogen wurde. Old John schien doch nun wirklich nicht der Mann zu sein, der leicht in Verlegenheit zu bringen war.

Rurik blickte ihn gespannt an.

„Was du da heute über uns Campbell gesagt hast ... als du mit MacNab sprachst ... nun, das war verdammt anständig von dir ... ich spreche im Namen aller, wenn ich dir sage, dass uns das gut gefallen hat, und wir werden es dir nie vergessen.“

„Das war doch nichts, ich ...“, erwiderte Rurik, aber Old John hob die Hand und hieß ihn schweigen. Jetzt war es an Rurik, rot zu werden. „Ich meinte, was ich sagte, und ich will von niemandem Dank dafür", brummte er bärbeißig. „Lass es damit gut sein."

Old John schüttelte den Kopf. „Ich will nicht lang darüber reden, aber Dankbarkeit ist eine schwere Bürde, für beide Seiten. Du solltest wissen, was das bedeutet, Junge. Es gibt nur einen Weg, wie wir dir danken können." Old John strahlte ihn an.

Die feinen Härchen in Ruriks Nacken begannen sich aufzustellen. Ihn überfielen die schlimmsten Befürchtungen, und er glaubte zu wissen, was Old John und der Clan sich als Dank ausgedacht hatten. „Was willst du damit andeuten?" fragte er voll böser Vorahnung.

Old John warf sich in die Brust, und Rurik hielt die Luft an

„Du bist jetzt einer von uns, Sohn."

„Nein", rief Rurik voller Entsetzen, wenngleich er sich nicht sicher war, ob er das, was der Alte da schwatzte, richtig verstanden hatte.

„Doch, du bist jetzt ein Campbell."

„Nein, nein, nein!"

„Doch, doch, doch!"

„Aber ich mag die Schotten überhaupt nicht", stellte Rurik verärgert klar.

„Was hat das damit zu tun? Wir Schotten sind von euch Wikingern ja auch nicht gerade begeistert."

Rurik bedachte Old John mit seinem grimmigsten Blick. „Ich bin ein Wikinger, schlicht und einfach ein Wikinger."

„Das kann schon sein, aber du bist jetzt auch ein Campbell – betrachte es als Ehrentitel. Wir haben abgestimmt."

„Wer hat abgestimmt?"

„Alle Campbell. Das will etwas heißen! Du solltest stolz sein. Wir gehören einem alten und geachteten Clan an."

„Ich bezweifle ja nicht, dass das eine große Ehre für mich bedeutet, aber ..." Rurik rieb sich verzweifelt die Stirn auf der Suche nach einem Ausweg aus dieser Klemme. „Hat Maire auch abgestimmt?"

Old John kicherte. „Nein. Nur die Männer des Clans stimmen in einem solchen Fall ab – bei uns wenigstens."

„Ich wette, das nagt an ihr."

„Was hast du gesagt?" fragte Old John und lehnte sich zu Rurik hinüber, um ihn besser zu verstehen. Man konnte sich nur schwer verständigen, bei dem Lärm, den die hungrigen Campbell machten.

„Durfte dieses fluchende Bürschchen auch abstimmen?"

Old John nickte, er fragte gar nicht erst, von wem Rurik sprach. „Klein Jamie stimmte gegen dich, tut mir Leid, das sagen zu müssen", sagte er traurig, dann jedoch hellte sich sein Gesicht auf, und er fügte hinzu: „Aber er wurde gottlob überstimmt."

„Da habe ich ja Glück gehabt", murmelte Rurik. Der Entschluss der Campbell, ihn in ihren Clan aufzunehmen, ging nun wirklich zu weit. Möglicherweise war es nur leeres Geschwätz, aber er wollte sich dennoch dagegen verwahren, höflich, aber bestimmt. „Ihr erweist mir eine große Ehre, aber ich muss sie, mit allem Respekt, ablehnen. Wikinger können nicht in den Clan eines anderen Landes eintreten, auch nicht ehrenhalber", log er, „das ist gegen die nordländische Tradition."

Aber es war schon zu spät. Bolthor stand bereits auf und räusperte sich, ein sicheres Zeichen, dass er entschlossen war, eine Saga vorzutragen. Rurik stützte die Ellbogen auf den Tisch und vergrub das Gesicht in den Händen. Die Götter schienen ihn für irgendeine Untat bestrafen zu wollen. Sie musste sehr groß sein.

„Dies ist die Saga von Rurik dem Größeren", begann Bolthor mit dröhnender Stimme.

„Größer als was?" fragte Young John.

„Ich will verdammt sein, wenn ich es weiß", antwortete Murdoc, der neben ihm saß. „Diese Nordmänner sind ein überheblicher Haufen. Sie denken, sie seien größer als alle anderen auf Gottes Erdboden, dabei weiß doch jeder, dass die Schotten die Größten sind."

Er und Young John grinsten sich an.

Bolthor mochte es gar nicht, wenn man ihn bei seinen Darbietungen unterbrach.

„Dies ist die Saga von Rurik dem Größeren“, begann er noch einmal und warf dabei einen grimmigen Blick auf Young John und Murdoc. „Manchmal auch bekannt als Rurik der schottische Wikinger.“

Hölle und Himmel!

Es war einmal ein Wikinger,
der wurde ein Schotte
und lernte Haggis zu lieben
und den Dudelsack zu blasen.
Jetzt trägt er ein ‚pladd‘,
und die Mädchen möchten wissen,
ist es ein nordisches
oder ein schottisches Hinterteil,
das sie sehen,
wenn der Wind weht.

Diese Saga würde Rurik ein Leben lang verfolgen. Das war das Schlimmste, was ihm je widerfahren war, schlimmer noch als diese Geschichte damals am Hofe jenes Königs, als man ihn nicht nur mit einer der hübschen Frauen erwischte, sondern ... nun ja, das hier war jedenfalls schlimmer.

Jetzt brauchte er nur noch zu warten. Zu warten, bis seine Freunde Tykir und Eirik samt ihren ehrbaren Frauen davon erfahren würden.

Zu warten, dass es seiner zukünftigen Frau und seinem zukünftigen Schwiegervater zu Ohren käme.

Zu warten, dass es ganz Norwegen erführe.

Doch das Allerschlimmste geschah schon jetzt. Denn als Bolthor geendet hatte, dröhnte die Halle vor Beifallsrufen. „Lang lebe Rurik Campbell!“

Auf Ruriks Bitte hin setzte sich Maire endlich neben ihn. Nun, eigentlich konnte man nicht sagen, dass er sie gebeten hätte – er hatte sie am Arm gepackt und ihr ins Ohr geflüstert: „Setz dich her, Mädchen."

Maire nahm erst einmal einen großen Schluck *uisge-beatha* und murmelte zufrieden, als sie den Becher absetzte: „Aaah! Genau das Richtige am Ende eines langen Highland-Tages." Ganz offensichtlich war sie an das scharfe Gebräu gewöhnt, denn sie verzog nicht das Gesicht, wie Rurik es tat, wenn ihm die Flüssigkeit in der Kehle brannte.

„Was ist dir denn über die Leber gelaufen?" fragte sie dann. „Du machst ein so finsteres Gesicht, ich fürchte, gleich kommt auch noch Rauch aus deinen Ohren."

„Oooh, deine Zunge ist mal wieder schneller als dein Verstand, mein Kind. Ich sag dir, was mir über die Leber gelaufen ist. Ich bin Wikinger. Ich war mein ganzes Leben lang Wikinger, und ich will Wikinger bleiben bis zu dem Tag, an dem ich sterbe. Es ist gut, ein Wikinger zu sein. Wikinger, Wikinger, Wikinger. Das ist es, was ich bin."

„Du bist gerne Wikinger?" fragte sie erstaunt. „Was ist dann dein Problem?"

Rurik stöhnte gequält auf. „Mein Problem ist", sagte er mit vor Wut zusammengebissenen Zähnen, „dass ich es ablehne, ein verdammter Schotte zu sein, ob ehrenhalber oder sonst wie. Deine Leute haben nicht das Recht, mir ohne meine Einwilligung den Namen Campbell zu geben. Es ist beschämend. Ich werde das mein Leben lang nicht verwinden."

„Ach, das meinst du. Und was soll ich jetzt tun?"

„Erkläre diese ganze Sache für ungültig."

„Das kann ich nicht. Es ist eine große Ehre, die ich dir zwar nicht hätte zukommen lassen, aber ..."

„Du machst mich wirklich wütend, Maire, und glaub mir, das solltest du lieber nicht tun. Besonders, wo wir noch nicht mit deiner ‚Bestrafung' angefangen haben."

Sie machte eine wegwerfende Handbewegung, als wäre dieses Thema für sie ohne Bedeutung. Wirklich, mit dieser Keckheit forderte die Frau das Schicksal geradezu heraus. Merkte sie nicht, dass die Stunde der Abrechnung immer näher kam? Doch da legte Maire die Hand auf Ruriks Arm, blickte ihn aus ihren grünen Augen an, und ihr Gesicht bekam einen ungewohnt sanften Ausdruck. Ruriks Ärger schwand, und gleichzeitig merkte er, wie seine Knie weich wurden.

„Ich danke dir, Rurik."

Vergebens versuchte er, sich seine schlechte Stimmung zu bewahren. „Wofür?"

„Du hast für meine Clansleute gesprochen. Du gabst ihnen ihren Stolz zurück. Du bist ein besserer Mann, als ich geglaubt habe ..."

Rurik zog die Augenbrauen hoch, überrascht von diesem Geständnis.

„Besser, als du es bei einem Wikinger für möglich gehalten hättest? Oder nur auf mich bezogen?"

Maire zuckte mit der Schultern. „Ich will dir nur eins sagen: In ein paar Tagen, morgen oder vielleicht schon in einer Stunde werde ich dich wieder für ein nordisches Ungeheuer halten. Aber in dem Augenblick, in dem du meine Clansmänner gegenüber diesem MacNab gerühmt hast – nun, da warst du ein besserer Mann, als ich je einen gekannt habe."

„Sanftmut steht dir nicht, Maire."

„Genieße sie, solange sie anhält, Wikinger", entgegnete sie mit einem verschmitzten Lächeln.

Rurik empfand ihr Lob als angenehm und unangenehm zugleich. Die Kehle war ihm wie zugeschnürt, und alles was er sagen konnte, war: „Danke." Doch dann entspannte er sich. „Heißt das, dass du mir später auch noch auf andere Art danken wirst?"

Maires fröhliches, ungehemmtes Lachen ließ sein Herz auf beängstigende Weise höher schlagen. „Du gibst wohl nie auf, was?"

„Nie," antwortete Rurik. „Das ist die zweitbeste Sache an einem Wikinger."

Maire lachte wieder. „Und die beste?"

„Aaah, das wirst du heute Nacht schon herausfinden."

Endlich, endlich, endlich begann das Fest.

Maire konnte sich nicht erinnern, wann sie das letzte Mal auf *Beinne Breagha* gefeiert hatten. Obwohl sie persönlich jetzt kein großes Bedürfnis nach einem Fest hatte, durfte man ihren Leuten diese kleine Freude nicht missgönnen. Ihr Leben war seit langem schon – und wer weiß, wie lange noch – ziemlich schrecklich. Und auch wenn die jetzige Situation nur eine kleine Verschnaufpause inmitten all der Gefahr darstellen sollte, dann war auch dies Grund genug zum Feiern. Und natürlich konnte sie ihnen auch nicht vorwerfen, dass sie dieses gut aussehende Ungeheuer an ihrer Seite ehren wollten. Niemand war heute verblüffter gewesen als sie zu hören, wie Rurik ihren Männern mit ein paar Worten ihren Stolz und ihre Würde zurückgegeben hatte.

Natürlich würde er aus dieser großzügigen Tat alles für sich herausschlagen, was er nur konnte, darauf deutete schon seine Anspielung auf die kommende Nacht hin. Doch nein, selbstverständlich hatte er nur gescherzt.

Hoffte sie zumindest.

Hoffte sie wirklich?

Natürlich hoffte sie.

Aaaargh!

Der Mann lockte sie mit seinen Verführungskünsten. Offen gesagt, konnte der Schuft mit seinem Charme Eis zum Schmelzen bringen. Maire tastete nach dem Liebeszeichen an ihrem Hals und erinnerte sich nur gar zu genau, was am Nachmittag geschehen war. Es musste Schluss sein mit dieser weiblichen Schwäche, schon wegen ihres Sohnes. Und auch um ihres eigenen Friedens willen. Mit einem Ruck richtete sie sich auf und holte ihre Gedanken in die Gegenwart zurück.

Ness führte den langen Zug der Mägde und Knechte an, die Krüge und Schüsseln aus der Küche in die Halle brachten. Sie trug ein großes Schneidebrett vor sich her, und darauf lag die wunderbare schottische Delikatesse, die der ganze Clan jetzt mit lautem Beifall begrüßte: Haggis. Fremde spotteten gerne über Haggis, aber, um die Wahrheit zu sagen, wenn man sich einmal an den Geschmack gewöhnt hatte, war er köstlich. Herz, Leber und Lunge eines Schafs wurden fein gehackt und dann mit Nierentalg, Zwiebeln und Hafergrütze vermengt und in einen Schafsmagen gestopft. Das Ganze kochte man langsam einen ganzen Tag. In Scheiben geschnitten, wurde es dann serviert.

Maire schaute sich um und stellte fest, dass Rurik und seine Männer mit offenen Mündern und etwas grün im Gesicht auf das Brett starrten. Ihre Mägen, die eben noch vor Hunger hörbar geknurrt hatten, waren plötzlich still.

„Ich habe den Appetit verloren", erklärte Rurik, und all seine Männer stimmten ihm zu.

„Das ist der größte Haggis, den ich je gesehen habe", meinte Bolthor und riss vor Erstaunen sein ihm noch verbliebenes Auge auf. Eine neue Saga schwirrte ihm bereits durch den Kopf: ‚Aus Liebe zum Haggis' oder ‚Warum die Götter Haggis, Angelsachsen, hässliche Frauen und andere beklagenswerte Dinge erschufen' oder ‚Hundert Gründe, Haggis zu hassen'.

„Davon esse ich keinen Bissen", verkündete Toste und verzog vor lauter Ekel seinen sonst immer lächelnden Mund. Maire hatte keine Ahnung, wohin Vagn verschwunden war. Wahrscheinlich war er mit Inghinn, der Tochter des Schäfers, zu nichts Gutem auf und davon.

„Es ist eine Art von Wurst", rief Maire Toste zu.

„Hah!" antwortete Toste. „Eine Wurst, groß genug für einen Riesen."

„Ich probiere ihn vielleicht doch einmal", sagte Stigand, der versuchte, höflich zu sein.

Maire lächelte dem Berserker zu.

„Ich werde ihn schon nicht wieder ausspucken", fügte Stigand hinzu.

Maires Lächeln verschwand.

Zum Glück für die Wikinger gab es auch noch andere Speisen. *Finnan Haddie,* das war geräucherter Schellfisch, mit Hafermehl panierte Heringe, Schafskopf und Blutpudding, Lammkeule, eine dicke Schottische Suppe, in der Graupen, Gemüse und große Stücke Hammelfleisch schwammen, eine herzhafte *cock-a-leekie-Suppe* und Rüben. Rüben gekocht, gestampft und gebraten. Seit ihrer Gefangenschaft in dem Holzkäfig hatte Maire eine heftige Abneigung gegen dieses Gemüse entwickelt.

Doch halt, jetzt kam das Ende der langen Prozession. Vier junge Knechte trugen eine kleine Tür, die man als ein Tablett zweckentfremdet hatte. Darauf lag eine Köstlichkeit, die selten auf einen schottischen Tisch kam – ein Spanferkel.

„Aaaaaahhh!" klang es wie aus einem Munde beim Anblick und beim Duft dieses wunderbaren Leckerbissens. Doch plötzlich ertönte ein lautes Gebrüll.

Überrascht wandten sich alle Stigand zu, der das gebratene Schwein anstarrte, als wäre es eines seiner Kinder. Wie ein Wahnsinniger raufte er sich die Haare und brüllte dabei wie ein wütender Bär.

„Was zum Teufel ist mit dir, mein Freund?" stammelte Old John verwirrt mit gerunzelter Stirn.

Rurik rannte zu seinem Freund und versuchte, ihn mit seltsamen Worten zu beruhigen. „Ganz ruhig, beruhige dich. Es ist nicht Daumenbeißer. Beruhige dich."

Doch Stigand war nicht zu besänftigen. Er warf noch einen gequälten Blick auf das Spanferkel, dann rannte er aus der großen Halle hinaus in den Hof. Noch aus der Ferne konnte man sein herzzerreißendes Heulen hören.

„Sollen wir zu ihm gehen?" fragten die Zwillinge Rurik.

Er schüttelte den Kopf. „Nein, es ist besser, er bleibt jetzt mit sich allein. Seine Wutanfälle dauern nie lang an. Er wird bald von selbst zurückkommen."

„Was war denn das jetzt?" fragte Maire, nachdem jeder wieder seinen Platz eingenommen hatte und sich nun dem Essen widmete.

Rurik schlang hungrig einen großen Bissen hinunter – natürlich war es kein Haggis –, bevor er ihr seine Aufmerksamkeit schenkte. Maires Haare waren wieder trocken und standen nun in wirren Locken um ihren Kopf. Rurik griff nach einer Locke. Er strich sie glatt und lächelte, als sie sich, sobald er die Strähne losließ, wieder von selbst zusammenrollte. „Wie Seide", murmelte er und blickte Maire aus halb geschlossenen Augen träumerisch an.

Sie stieß seine Hand weg. „Hast du nicht gehört? Ich habe dich gefragt, was mit Stigand los ist."

Das Lächeln verschwand, und seine Augen wurden schwermütig. Er erzählte ihr von seiner und Stigands Kindheit, die sie gemeinsam in einem Schweinestall im Nordland verbracht hatten.

„Ich dachte ... du sagtest einmal ... oder ich habe es nur gehört ... du seist von edler Geburt?"

Rurik schwieg einen Augenblick. Dann erzählte er ihr, dass man ihn direkt nach der Geburt ausgesetzt hatte, weil er zu schwach und klein gewesen war.

„Du?"

„Ja, ich."

Rurik starrte vor sich hin, nur sein Kinn zuckte etwas.

„Ha! Du hast dir diese ganze Geschichte ausgedacht, um mein Mitgefühl zu erwecken. Nun, ich bin nicht so leicht zum Narren zu halten."

Das Zucken in seinem Gesicht verstärkte sich, und seine blauen Augen funkelten wie Eis in der Sonne, als er den Kopf hob und Maire anblickte. „Ich nehme dir diese verleumderischen Worte sehr übel. Denkst du wirklich, dass ich dein Mitleid brauche?"

„Ich denke, du würdest alles tun, um mich auf dein Lager zu bekommen, Wikinger."

Rurik konnte ein Lächeln nicht unterdrücken.

„Und behalte deine Hände bei dir! Oder du verlierst einen Finger oder gar zwei." Maire schob seine Hand von ihrer Hüfte, wohin er sie wie zufällig gelegt hatte, und deutete auf den kleinen Dolch an ihrem Gürtel.

„Am Ende wirst du doch auf meinem Lager liegen, so oder so. Daran ist nichts zu ändern. Dein Stolz mag groß sein, aber meine Entschlossenheit ist größer."

„Geben sich eigentlich alle Nordmänner ständig derartigen Wunschvorstellungen hin wie du?"

„Natürlich." Mit diesen Worten packte er das lose Ende ihres Gürtels und zog sie dicht an sich, so dicht, dass ihr der Duft der Minze in die Nase stieg, die er schon wieder kaute. „Das ist die drittbeste Sache an uns Wikingern, unsere Wunschvorstellungen." Er machte dabei ein Gesicht, als sei dies die schönste Sache der Welt.

Maires Meinung nach musste der Mann halb verrückt sein.

„Weißt du eigentlich, was für einen Streich dein Sohn mir heute Abend gespielt hat?"

„Was?" Voll Entsetzen sah Maire ihn an, und Rurik wunderte sich über diese Reaktion. Er hatte doch nichts Schlimmes gesagt.

„Er hat mir tote Kaulquappen in die Stiefel gesteckt. Ich entdeckte sie nach meinem Bad im ‚Loch'."

„Dieselben Stiefel, auf die die Katze gemacht hat?"

„Nein, ein anderes Paar. Die beschmutzten Stiefel habe ich weggeworfen."

„Du wirfst ein gutes Paar Stiefel weg, nur weil ..." Maire war fassungslos über solche Verschwendung, aber sie beschloss, ihre Gedanken für sich zu behalten, und wechselte das Thema. „Kaulquappen, hm? Das hat Jamie getan? Woher weißt du überhaupt, dass er es war?"

„Weil überall Katzenhaare waren – räudige, schwarze Katzenhaare. Und wo immer dein Sohn hingeht, folgt ihm diese Katze.“

Anstatt sich für ihren Sohn zu entschuldigen oder zu behaupten, es könnte ja auch ein anderer gewesen sein, sagte Maire nur: „Ich werde dafür sorgen, dass sich so etwas nicht wiederholt.“

Rurik nickte. „Übrigens, woher habt ihr eigentlich das Spanferkel? Ich habe hier nirgends einen Schweinestall gesehen. Zwar eine Menge Schafe, aber keine Schweine.“

„Oh, das ist ein Schwein von den MacNab.“

Vor Schreck verschluckte sich Rurik an einem Stück Brot. Maire klopfte ihm auf den Rücken. Endlich bekam er wieder Luft und fragte: „Du hast es den MacNab gestohlen? Bei all den Feindseligkeiten, die schon zwischen euren Clans herrschen, reizt du sie auch noch dadurch, dass du ihnen ein Schwein klaust – das ist Diebstahl!“

„Das war kein Diebstahl“, antwortete Maire gekränkt, gerade so, als habe er sie schwer beleidigt. „Meine Clansmänner nahmen den MacNab nur ein Schwein weg. Schließlich haben die MacNab immer noch achtundvierzig mit Eicheln gemästete Schweine übrig. Alle Schotten lieben es, einem anderen manchmal ein bisschen was wegzunehmen. Wir erwarten es sogar voneinander.“

„So wie man von einem Wikinger erwartet, dass er plündert?“

Maire verzog missbilligend das Gesicht bei diesem Vergleich.

„Ich liebe deine Lippen“, sagte Rurik unvermittelt.

Nun bekam Maire, die gerade an einem Stück Haggis und Haferkuchen kaute, einen Hustenanfall. Sie nahm einen Schluck *uisge-beatha* und atmete tief durch. „Was gibt es denn an Lippen zu lieben? Sie bedecken die Zähne und hindern die Zunge daran, aus dem Mund zu fallen.“ Maire war mit ihrer schlagfertigen Erwiderung sehr zufrieden, aber nicht lange.

„Maire, Maire, Maire“, sagte Rurik mit rauer Stimme. „Das, was mir am besten gefällt an den Lippen einer Frau – an deinen Lippen – ist die Art, wie sie die Küsse eines Mannes erwidern. Ich liebe deine Lippen, und ich liebe deinen Mund – am meisten, wenn ihm ein leidenschaftliches Stöhnen entschlüpft oder wenn er sich ganz eng an mein Ohr schmiegt, um ihm Liebesworte einzuhauchen.“ Rurik beugte sich nun hinüber zu ihr und flüsterte einige solcher Liebesworte, und prompt bekam Maire wieder einen Hustenanfall und griff nach ihrem Becher. Solche gewagten Worte hatte sie noch nie gehört, und sie fürchtete, in Ohnmacht zu fallen. „Weißt du, was mir auch noch gefällt an den Lippen einer Frau? Wenn sie zart über den Bauch eines Mannes streifen und dann, weiter unten ...“ Was Rurik sagte, übertraf alles, was Maire bislang gehört hatte und was sie sich je hätte vorstellen können zu hören. Sie schaute ihn völlig verwirrt an.

Lachend drückte er ihr einen schnellen Kuss auf die Lippen, wobei er ihr zärtlich mit dem Zeigefinger über das Kinn strich.

„*Nie* werde ich so etwas tun!“

„Wir werden ja sehen“, meinte Rurik und aß in aller Ruhe weiter.

„Nie!“

„Wir werden ja sehen“, wiederholte er. „Doch was Stigand betrifft, ich versichere dir, wir wurden wirklich von einem Schweinezüchter aufgezogen, und von seiner Frau. Sie hieß Hervor und war das schlimmste Scheusal, das die Welt jemals gesehen hat. Stigand war mein einziger Freund, und Daumenbeißer war sein einziger Freund – bis diese böse Hervor ihn eines Morgens mit dem Schweinchen spielen sah. Am übernächsten Abend bekamen wir Daumenbeißer zum Essen vorgesetzt – es war das erste Mal seit vielen Monaten, dass wir Fleisch zu essen bekamen. Stigand aß davon wie wir anderen auch – bis er merkte, was er da aß. Nachdem er alles wieder erbrochen hatte, rannte er weg, und ich hatte keine Ahnung, wo er war, bis er vor drei Jahren plötzlich auftauchte und sich meiner Truppe anschloss.“

Der Gedanke an die beiden unglücklichen Waisenjungen brach Maire schier das Herz. Rurik hatte ihr mit dem, was er ihr gerade enthüllt hatte, eine Menge Stoff zum Nachdenken gegeben. Aber auch mit dem, was er verschwieg. Sie nahm sich vor, später mit Stigand zu sprechen, um Genaueres zu erfahren. Der kleine Junge, der Rurik einmal gewesen war, hatte ihr ganzes Mitleid. Doch bevor sie noch irgendetwas sagen konnte, hörte sie hinter sich jemanden schluchzen. Nessa hatte alles mit angehört und ließ jetzt die fettigen Holzbretter, die sie im Begriff war einzusammeln, fallen. „Oh, dieser arme, arme Mann!“ rief sie aus. „Was muss der arme kleine Kerl gelitten haben!“ Maire dachte, Nessa spräche von Rurik, und war schon auf dessen ärgerliche Reaktion gefasst. Sie wusste, er hasste jede Art von Mitleid. Aber schnell wurde ihr klar, dass nicht er, sondern Stigand derjenige war, der Nessa zu Tränen rührte, denn diese machte sich sofort auf den Weg, um den hünenhaften Wikinger zu trösten.

Verblüfft schaute Rurik Maire an.

Sie schaute genauso verblüfft zurück.

Dann brachen beide in schallendes Gelächter aus.

„Die Götter mögen die arme Nessa schützen, wenn sie versucht, sich Stigand während eines seiner Wutanfälle zu nähern. Soll ich gehen und ihr helfen?“

Maire schüttelte den Kopf. Der Wikinger kannte Nessa nicht, und wehe, irgendjemand verletzte sie in ihrem Innersten.

„Der Himmel schütze diesen Wikinger.“

7. KAPITEL

„Habt ihr gewusst, dass der Orgasmus bei einem Schwein eine halbe Stunde dauert?" Stigands Frage wurde von einem lauten Rülpser begleitet, gleichzeitig grinste er fröhlich in die Runde.

Maire war froh, dass es Nessa gelungen war, Stigand wieder in die Halle zu locken. Seit er zurückgekehrt war, hatte er Unmengen von Bier getrunken, weil Nessa seiner Forderung, *uisgebeatha* zu bringen, nicht nachgekommen war. Außerdem hatte er so viel gegessen, dass ein Bär damit leicht über den Winter gekommen wäre. Auf Nessas Drängen hin hatte er sogar Haggis probiert, und er schien ihm zu schmecken.

„Sturzbesoffen", bemerkte Rurik und verzog das Gesicht.

Dennoch fiel auch er in das schallende Gelächter ein, das die große Halle erfüllte. Alle lachten. Alle außer Maire.

„Was ist ein Orgas-Mus?"

Wie auf Kommando fuhren die Köpfe der Anwesenden herum, und alle starrten Maire an. Langsam machte sich ein Grinsen auf den Gesichtern der Männer breit, und dann blickten sie fragend zu Rurik hin.

„Oh Rurik, sie weiß nicht, was ein Orgasmus ist?" Stigand konnte es nicht fassen. „Du hast doch immer so getan, als seist du ein hervorragender Liebhaber."

Maire hatte keine Ahnung, was ein Orgasmus war, aber ihr wurde klar, dass allem Anschein nach alle Männer wussten, dass Rurik damals vor fünf Jahren bei ihr gelegen hatte.

„Orgasmus? Orgasmus? Was soll das denn heißen?" stotterte Rurik.

„Das ist etwas, was *begabte* Wikinger ihre Frauen auf den Bettfellen erleben lassen." Toste sprach langsam und belehrend, so als spräche er zu einem Schwachsinnigen. Dabei zuckte es verräterisch um seinen Mund.

Rurik beugte sich vor und versuchte, an Bolthor vorbei Toste zu schlagen. Der aber lachte nur. Dann wandte sich Rurik an Maire. „Du hattest keinen Orgasmus?“ fragte er und sah dabei wie ein tieftrauriger kleiner Junge aus.

„Wie soll ich das denn wissen? Ich weiß ja noch nicht einmal, was ein Orgas-Mus ist.“

Rurik rieb sich den Nacken. Er wirkte so niedergeschlagen, man konnte meinen, Maire hätte ihn soeben der schlimmsten Untaten bezichtigt. „Vielleicht hatte ich damals ein bisschen zu viel getrunken“, vermutete er dann kleinlaut.

Stigand ließ das nicht gelten. „Ach was, demnächst sagst du noch, es war der Vollmond oder ein kalter Luftzug.“

„Oder das Bellen eines Hundes hätte ihn abgelenkt“, kicherte Vagn. „Natürlich, Ruriks Hund Beast hatte Schuld. Ohne Zweifel bellte er, weil er mal rausmusste, und das verwirrte Rurik. Der Hund hat alles verdorben.“

Toste krümmte sich vor Lachen. „Vielleicht waren aber auch seine Beinlinge zu eng. Das ist eine genauso gute Entschuldigung. Ich erinnere mich, dass Olf der Dicke sich mal beklagt hat, er kriege keinen mehr hoch, weil man ihm die Haare zu kurz geschnitten habe.“

„Nein, nein, nein, ich weiß, was es war. Der Zauberspruch! Nicht nur sein Gesicht ist gezeichnet, nein, ihn hat's auch noch ein wenig tiefer erwischt“, erklärte nun Bolthor. „Bist du sicher, dass deine Lilie nicht blau ist, Rurik?“

Lilie? Was für eine Lilie?

Je mehr die Freunde sich vor Lachen ausschütteten, desto düsterer wurde Ruriks Miene.

„Es scheint, dass Rurik der Größere nicht in jeder Hinsicht der Größere ist“, bemerkte Bolthor glucksend vor Vergnügen.

Rurik langte an Maire vorbei, diesmal, um nach Bolthor zu schlagen. Aber genau wie Toste lachte der Riese nur noch mehr. *Tölpel!* Rurik begann vor Wut leise vor sich hinzuschimpfen.

„Würde mir jetzt bitte jemand endlich erklären, was ein Orgas-Mus ist?" Maire musste Ruriks Schimpfen und das Lachen der Freunde buchstäblich überschreien.

„Was für eine Art von Frage ist das?" Rurik schien sie endlich gehört zu haben. „Das ist kein Thema für ein Tischgespräch, und ein solches Gespräch ist auch gar nicht für die Ohren einer Frau bestimmt."

„Ich habe nur gefragt, was ein Orgas-Mus ist."

„Äähh ... ein Orgasmus ist die Ekstase, die zwei Menschen erleben, wenn sie auf den Bettfellen beieinander liegen." Rurik nickte mit dem Kopf, zufrieden darüber, dass er eine so gute Antwort gefunden hatte. Als er seine Freunde anblickte, nickten auch sie zustimmend. Er fuhr sich mit dem Arm übers Gesicht und fügte ein erschöpftes „Huhhh" hinzu.

Rurik mochte sich jetzt zwar erleichtert fühlen, aber Maire genügte die Antwort nicht. „Ekstase? Was für eine Ekstase? Meinst du etwas Ähnliches wie die religiöse Ekstase der Eiferer, die dann anfangen, mit den Augen zu rollen?"

„Ja, der Vergleich ist gar nicht so falsch", sagte Toste. „Manchmal bin ich auch nahe daran, mit den Augen zu rollen." Und wieder konnte er das Lachen kaum unterdrücken, während er sprach.

„Und all meine Glieder fangen an zu zucken", fügte Vagn hinzu und hielt sich stöhnend seinen Bauch, der ihm vor lauter Lachen wehtat.

„Ja, aber was ihr da meint, hat nichts mit Religion zu tun", stieß Bolthor prustend hervor.

„Diese Ekstase ist dasselbe wie ein Hinaufsteigen." Krampfhaft suchte Rurik nach einer Erklärung.

„Hinaufsteigen?" Maire runzelte die Stirn. „Du meinst wie auf einen Berg steigen?"

„Nein, nicht wie auf einen Berg steigen." Verzweifelt schüttelte er den Kopf, als wolle sie ihn aus purer Dickköpfigkeit nicht verstehen. „Gut, auf eine gewissen Weise ist es ähnlich, wie wenn man auf einen Berg steigt, und wenn dann der Gipfel erreicht ist, stürzt man hinunter, hinunter, hinunter – es ist wunderbar, köstlich!“ Alle Wikinger und auch Old John zollten Rurik Anerkennung für seine brillante Erklärung.

„Also deiner Meinung nach kommt man in Ekstase, wenn man von einem Berggipfel fällt? Und Schweine fallen eine halbe Stunde lang?“ Maire brauchte keine Sekunde lang über diesen Unsinn nachzudenken, um ihr Urteil zu fällen. „Ich denke, ihr Männer seid ganz schön verrückt, so etwas zu erzählen.“

Rurik wurde puterrot. Wenn sie auch nur einmal mit ihm auf dem Lager gewesen war, so verletzte es ihn doch sehr, dass sie dieses Von-einem-hohen-Gipfel-Fallen offensichtlich nicht mit ihm erlebt hatte.

Plötzlich ging Maire ein Licht auf. „Meinst du etwa den Augenblick, wenn ein Mann stöhnt und dauernd sagt ‚Ich komm, ich komm, ich komm‘?“

„Das könnte der Augenblick sein“, bemerkte Rurik trocken.

„Es gibt Zeiten, da danke ich Gott, dass ich kein Mann bin.“

„Frauen haben ebenfalls einen Orgasmus“, gab Rurik zu bedenken.

„Das haben sie nicht“, gab Maire heftig zur Antwort.

„Doch, Maire, das haben sie“, sagte Rurik, und in seinen Augen lag das wortlose Versprechen – oder war es eine wortlose Drohung? –, dass auch sie in nicht allzu ferner Zeit von diesem Gipfel hinunterstürzen sollte. Und er fühlte sich diesem Versprechen verpflichtet wie ein Schotte seinem Clan.

„Dies ist die Saga von Rurik dem Größeren“, begann Bolthor. Ein lautes Stöhnen ertönte aus aller Munde.

„Ihr Titel ist ‚Wikinger und geile Schweinchen‘“, verkündete er strahlend. Alle schwiegen voller Erwartung.

„Wage es ja nicht und dichte eine Saga, die mich in einem Atemzug mit Schweinen und Liebesabenteuern nennt“, drohte Rurik. „Oder ich mache Schweinefutter aus dir.“

Bolthor gab nicht klein bei. Immerhin dachte er für einen

Moment über die Warnung nach. Dann begann er noch einmal. „Dies ist die Geschichte von Stigand dem Berserker ...“

Brüllend wie ein Stier sprang Stigand auf, packte Bolthor und hielt in hoch über seinem Kopf – eine wirkliche Leistung, wenn man bedenkt, dass beide von gleicher Statur waren – und warf ihn dann krachend auf die Binsen. Bolthor stand lachend wieder auf, als wäre nichts geschehen, klopfte sich die Beinlinge sauber und rückte die Augenklappe zurecht. Er schenkte Stigand, der immer noch tobte, kaum Beachtung. „Mir wirst du auch keine Schweinereien anhängen, du dämlicher Skalde“, schrie Stigand. „Dichte lieber über Schlachten und solche edlen Dinge und lass dafür anständige Männer in Ruhe!“

Nachdem alle zu lachen aufgehört hatten, kam Maire auf das Gespräch zurück, das sie mit Rurik geführt hatte, bevor Bolthor sie mit seinen poetischen Bemühungen unterbrochen hatte. „Um auf dieses Geschwätz von der Ekstase zurückzukommen, falls du dir einbildest, dass ich mit dir einen solchen ekstatischen Anfall bekomme, dann bist du noch dümmer, als ich je geglaubt habe.“

Er lächelte sie an. „Ich werde nicht nur dafür sorgen, dass du *einen* solchen ekstatischen Anfall bekommst, nein, du wirst mehrere haben.“

Der Gedanke daran verfolgte Maire für den Rest des Abends.

Eine weitere Stunde war vergangen, und der Clan feierte immer noch. Maire gähnte und sehnte sich nach ihrem Bett. Gerade hatte Inghinn, die Tochter des Schäfers, auf der Flöte gespielt. Zuvor hatten die Zwillinge ein unanständiges Lied gesungen, und Murdoc so schön den Dudelsack gespielt, dass vielen die Tränen in den Augen standen. Bolthor hatte zwei Sagas zum Besten gegeben. Die eine handelte von der Schlacht von Brunanburh, in der Maires Vater gefallen war. Die andere war sehr komisch und erzählte die Geschichte von Rurik und einer falschen

Zauberin, die einen Aal unter ihrem Rock versteckt hatte, um ihn glauben zu machen, sie habe einen Schwanz. Ob das wirklich stimmte, dass Rurik einmal mit dem Verkauf von Holzkreuzen und Weihwasser zum Schutz gegen böse Geister ein Vermögen gemacht hatte?

Maire klopfte mit ihrem Becher auf den Tisch, um sich Gehör zu verschaffen. „Es ist Zeit, das Fest zu beenden. Morgen ist zwar der Tag des Herrn, und ihr müsst nicht so viel arbeiten, aber *einige* von uns fallen um vor Müdigkeit."

„Nein, nein, nein!" schrie die Menge und war mit Maires Vorschlag gar nicht einverstanden. „Noch ein Lied! Noch eine Saga!"

Maire gab nach und ließ sich wieder auf ihren Sitz fallen. Ihr Clan, der viel zu lange auf Frohsinn und Unterhaltung hatte verzichten müssen, überstimmte sie einfach. Also gut, dann sollten sie noch eine Vorführung haben.

Alle schauten sich um, wer als Nächster eine Probe seines Talents geben könnte, aber niemand fand sich. Auf einmal rief jemand von ganz hinten: „Wie wäre es mit einem Zauberkunststück unserer Herrin? Vielleicht ein Schwebezauber?"

Maire, die vor Müdigkeit auf ihrem Stuhl zusammengesunken war, wurde plötzlich hellwach. „Nein, ich will das nicht. So etwas tun Zauberinnen nicht." Tatsächlich aber war der Schwebezauber eines der wenigen Rituale, die sie überhaupt beherrschte.

„Du hast doch Lacklans Bullen in die Luft steigen lassen, als er versuchte, Fenellas Kuh zu besteigen. Wir haben es alle gesehen", rief Dougal der Schmied.

„Nein! Sucht euch jemand anderen. Ich bin zu müde."

Rurik legte schützend den Arm um sie und rief: „Habt Mitleid mit ihr, und lasst sie zu Bett gehen. Seit den frühen Morgenstunden ist sie auf den Beinen. Seht ihr nicht, dass sie sich jetzt endlich auf ihre Bettfelle legen muss?"

Maire schaute ihn verblüfft an und schüttelte dann wütend

Maire hoffnungsvoll, worauf mehrere Männer sich seiner Bitte anschlossen.

Wie es schien, war der Schwebezauber doch ein voller Erfolg gewesen, wenn auch anders, als ursprünglich beabsichtigt.

Maire machte ein Gesicht, als wollte sie gleich anfangen zu weinen.

Rurik hatte, wie alle anderen, herzlich über den misslungenen Versuch und sein verblüffendes Ergebnis gelacht. Jetzt erst bemerkte er, wie betroffen Maire reagierte. Sie fand das, was sie hier sah, überhaupt nicht komisch.

Rurik schon.

Bolthor bestimmt auch. Der träumerische Ausdruck in seinem Gesicht zeugte davon, dass er schon dabei war, das Ereignis in Verse zu fassen.

Und der Rest der Welt würde es auch zum Lachen finden.

Aber er konnte sie hier nicht so stehen lassen. Trotz all der Demütigungen, die er ihr verdankte, er konnte es einfach nicht. Er wusste nur zu gut, wie es war, die Zielscheibe des Spottes zu sein. Es gab nichts Schlimmeres, als wenn man dazu gebracht wurde, sich klein und unzulänglich zu fühlen.

„Komm, Maire", sagte er und nahm sie sanft bei der Hand, um sie zur Seite zu führen. Mit einer Kopfbewegung forderte er Stigand auf, dem Fest ein Ende zu machen.

Erst jetzt schien Stigand Maires Kummer zu bemerken. Für einen Augenblick wurde sein zerfurchtes Gesicht ganz weich, und er schaute Maire mitleidig an. Dann bellte er seine Befehle durch die Halle und brachte die Menge dazu, auseinander zu gehen. Wie es schien, hatte Maire diesen Berserker für sich gewonnen. Hah! Jetzt würde er wohl bald auch auf sie Lobeshymnen dichten.

Rurik ließ Maires Hand los, legte den Arm um ihre Schultern und zog sie eng an sich. Dann führte er sie Richtung Treppe. Er war fest entschlossen, Maire jetzt ins Bett zu stecken und sich dazuzulegen.

„Ich bin die schlechteste Zauberin der Welt“, jammerte Maire. „Branwen würde sich meiner schämen.“

„Ich denke nicht, dass du das bist“, sagte Rurik sanft.

„Wie viele Zauberinnen hast du denn gekannt?“ schluchzte Maire.

„Einige“, sagte er und vermied dabei, sie anzusehen. In Wahrheit war Maire die einzige Zauberin, die er kannte, außer Alinor. Aber bei der hatte sich ja dann später herausgestellt, dass sie doch keine war. „Da gab es eine in Nowgorod. Und zwei in Cordoba. Die Zauberinnen, die ich in Norwegen kenne, kann ich schon gar nicht mehr zählen, das ganze Land ist voll von diesen alten Weibern – ich will damit nicht sagen, dass du ein altes Weib bist, entschuldige bitte. Und eine in Britannien, natürlich – eine angelsächsische Zauberin – die sind die Schlimmsten.“

Rurik war durchaus fähig, sehr geistreich zu plaudern, wenn es erforderlich war. Aber wie es schien, konnte er jetzt nicht aufhören, Unsinn zu reden.

Wikinger und Schotten, die alle im Begriff waren, die Halle zu verlassen, blieben verwundert stehen, um zuzuhören. Und Rurik plauderte unverdrossen weiter. „Die weiße Zauberin mochte ich besonders gern, die immer nackt in den Wäldern tanzte. Nach und nach machten dann alle versammelten Magierinnen mit. War das vielleicht ein Anblick! Alles wippte im Takt, die Brüste und ...“

Abrupt drehte sich Maire um und starrte ihn lange an. „Du Lügner“, fauchte sie. „Du bist ein Lügner.“

„Mit der Geschichte über das ‚Wippen‘ bist du jetzt zu weit gegangen, denke ich“, flüsterte Bolthor ihm hinter vorgehaltener Hand zu. Stigand war anderer Meinung. „Nein, es war der Nackttanz. Zauberinnen tun immer so, als wüssten sie nichts von diesem unzüchtigen Brauch.“

Rurik warf den beiden einen wütenden Blick zu und wandte sich dann an Maire. Er stemmte die Hände in die Seiten und fragte betont beiläufig: „Hast du mich gerade einen Lügner genannt?“

Maire warf einen Blick in die Runde und schaute dann Rurik herausfordernd in die Augen. „Wenn etwas wie eine Kröte aussieht und Warzen hat wie eine Kröte ..."

Rurik atmete tief durch. Bei Thor, er hatte sie doch nur zu trösten versucht. Wieso beschimpfte sie ihn jetzt? Nun, wenigstens weinte sie nicht mehr.

„Ich denke, das ist Teil eurer Kultur, Wikinger, dass ihr darin so gut seid."

„Worin sind wir gut?"

„Im Lügen."

Bolthor, Stigand, Toste und Vagn erstarrten bei diesen Worten. „Maire, deine Worte verletzen uns zutiefst", verkündeten sie gekränkt.

„Gib Acht, wen du beleidigst. Stigand neigt dazu, erst zuzuschlagen und dann nachzudenken", warnte Rurik.

Maire beachtete ihn gar nicht. „Du weißt, was sie über die Wikinger sagen, oder?" Sie war dabei, sich um Kopf und Kragen zu reden. Wenn Maire ein Mann gewesen wäre, würde sie nach dem, was sie da gesagt hatte, schon in Lebensgefahr schweben.

Fünf Paar Hände ballten sich vor Wut zu Fäusten, so dass die Knöchel weiß hervortraten.

„Sei vorsichtig, Maire", warnte Rurik sie wieder.

„Jedes Mal, wenn ein Wikinger lügt, schrumpft sein – äh, seine Männlichkeit."

Den fünfen fiel die Kinnlade herunter, und auch die anderen Männer standen mit offenem Mund da. Aber Maire war noch nicht fertig.

„Jawohl, genau das sagen die weisen alten Sprüche. Derjenige Körperteil, den die Wikinger an sich so rühmen, wird mit jeder Lüge kleiner und kleiner, bis er nur noch ein winziges Zipfelchen ist. Er kann sogar abfallen."

Den Kehlen der Männer entrang sich ein qualvolles Stöhnen. Jetzt war Maire zu weit gegangen. Kein Mann, der etwas auf sich hielt, konnte solche Behauptungen unwidersprochen lassen.

„Mal sehen, ob ich dich recht verstanden habe. Jedes Mal, wenn ein Wikinger lügt, wird sein – sein bestes Stück kleiner?“ fragte Rurik.

„In der Tat.“

Er war sich nicht sicher, ob in ihren Augen noch Tränen schimmerten oder ob es Spott war, der darin aufblitzte. Auf jeden Fall war das die lächerlichste Behauptung, die er je gehört hatte.

„Das ist das Dümmste, was ich je gehört habe. Und warum geschieht das nur Wikingern?“

„Es wird ein Fluch sein, den eine Zauberin auf die Wikinger gelegt hat, die lügen“, mutmaßte Maire, und diesmal war sich Rurik sicher, dass ihre Augen vor Vergnügen funkelten.

„Wikinger lügen auch nicht öfter, als Schotten dies tun.“

„Oh, da wäre ich mir nicht so sicher. Vagn zum Beispiel ...“

Beim Klang seines Namens sprang Vagn vor Schreck in die Höhe.

„Hat dich Stigand heute Nachmittag nicht gefragt, ob er stinke? Und hast du nicht ‚nein‘ gesagt?“

Vagn wurde puterrot im Gesicht.

Stigand blickte zu ihm hin, schnupperte dann kurz an seiner Achselhöhle, holte aus und schlug Vagn so kräftig auf den Kopf, dass dieser umfiel. Im Aufstehen warf Vagn einen verschämten Blick in seine Beinlinge, um festzustellen, ob die Strafe für seine Lüge schon zu sehen war.

„Und Toste ...“, rief Maire dem Burschen zu, der gerade im Begriff war, sich mit der Tochter des Schäfers aus der Halle hinauszuschleichen. „Hörte ich dich nicht gestern Abend zu Inghinn sagen, dass du sie liebst?“

Toste wollte weitergehen, doch Inghinn hielt ihn zurück. „Nun?“ fragte sie ihn mit bebender Stimme. „Hast du gelogen?“

„Ich ... nun ... nicht wirklich“, antwortete Toste. „Ich war verliebt in das, was deine Hände taten und ...“

Inghinn gab ihm eine schallende Ohrfeige und stürmte aus

der Halle, wobei sie aber noch über die Schulter Maire zurief: „Jetzt, wo du es sagst, erinnere ich mich. *Seiner* war wirklich ungewöhnlich klein."

„Das ist nicht wahr. Das ist nicht wahr", protestierte Toste.

Inghinns Vater, Fergus, warf Toste einen finsteren Blick zu, mit dem er ihm schon mal ankündigte, dass diese Geschichte mit seiner Tochter für den Wikinger noch Folgen haben würde. Aber vorerst lief er hinter der schluchzenden Inghinn her, um sie zu besänftigen.

„Sie will uns nur foppen", versuchte Rurik seine Freunde zu beruhigen. „Es ist nur ein Scherz."

„Ach ja?" meinte Maire. „Nun, ich habe es genauso sagen hören, wie ich es euch jetzt erzählt habe. Die einzige Möglichkeit, dieser schrecklichen Bestrafung zu entgehen, besteht darin, alle Lügen zu gestehen." Dann wandte sie sich an alle. „Und wenn ich nun so darüber nachdenke, bin ich mir nicht mehr so sicher, ob all dies nicht doch auch für Schotten gilt."

Ein Höllenspektakel brach los. Überall in der Halle überprüften Männer den Inhalt ihrer Beinlinge und gestanden alle Arten von Lügen.

„Um die Wahrheit zu sagen, Mary, das Bier ... ich habe es nicht verschüttet, ich habe es selber getrunken."

„Beruhige dich, Callum, ich werde den Sack Gerste zurückgeben, von dem ich behauptet hatte, du hättest ihn gestohlen."

„Daracha, es macht mir mit dir nicht so viel Spaß, wie ich vorgegeben habe."

„Es tut mir Leid, dir das zu sagen, aber dein Hintern *ist* zu dick."

„Wenn du Haggis isst, stinkt dein Atem zum Himmel."

„Ich finde deine behaarten Beine eklig."

„Ich habe gelogen, als ich sagte, ich hätte die Ställe ausgemistet."

„Um ehrlich zu sein, ich kriege keine Luft, wenn du beim Liebesspiel auf mir sitzt."

„Dein Busen ist zu groß.“

„Dein Busen ist zu klein.“

„Von einem Busen kann bei dir keine Rede sein.“

Rurik verbarg das Gesicht in den Händen, um sein Lachen zu verbergen. Denn er lachte so sehr, dass ihm schon die Tränen übers Gesicht liefen. So etwas hatte er noch nicht erlebt. Maire mochte keine großartige Zauberin sein, aber wenn es darauf ankam, mit jemandem abzurechnen, war sie unschlagbar. Schließlich wischte er sich die Tränen aus den Augen, nahm Maire bei der Hand und zog sie weg von dem Chaos, das sie angerichtete hatte.

Sie sah ihn fragend an.

„Wir gehen jetzt in dein Gemach, mein Liebes“, teilte er ihr mit. „Und wenn du Glück hast, kannst du dich davon überzeugen, dass ich keine Lügen erzählt habe.“

8. KAPITEL

Rurik wollte die Halle so schnell wie möglich verlassen – *gleich, sofort!*

Denn um die Wahrheit zu sagen, sein Verlangen nach Maire war so stark, dass er fürchtete, nicht warten zu können, bis sie endlich auf den Bettfellen lagen. Er war sich aber überhaupt nicht sicher, wie Maire seinem leidenschaftlichen Verlangen begegnen würde, geschweige denn, ob sie es teilte. Doch das war ihm im Augenblick völlig gleichgültig. Nach dieser für ihn so peinlichen Diskussion über das Thema Orgasmus hatte er sich vorgenommen, Maire ein für alle Mal zu lehren, was ein Orgasmus war. Heute Nacht soll sie vor Lust glühen, schwor er sich. Die Ehre aller Wikinger war bedroht, und Rurik musste sie retten.

Tief in ihm meldete sich ein kleiner Zweifel. Ob er nicht doch etwas übertrieb? Aber nein, schließlich ging es hier um seinen guten Ruf als Liebhaber und mithin auch um das wertvollste Stück, das ein Mann besaß. Und das konnte gar nicht wichtig genug genommen werden.

Rurik versuchte, Maire aus der großen Halle zu ziehen, aber sie widersetzte sich ihm und fand ständig wieder einen Grund, um stehen zu bleiben und mit ihren Leuten zu sprechen. Ausgerechnet jetzt musste sie solch wichtige Dinge besprechen wie etwa, um welche Uhrzeit am nächsten Morgen der Brotteig angesetzt werden sollte, was heute Abend noch aufgeräumt und gesäubert werden musste oder wer wann die Ställe ausmisten sollte.

„Hör auf, so an mir herumzuzerren. Ich bin schließlich kein kleines Kind“, beklagte sie sich, während sie die Treppe, die zum oberen Stockwerk führte, hinaufgingen.

Rurik blieb unvermittelt stehen, und Maire stolperte prompt in ihn hinein. Sie drohten beide zu fallen, aber es gelang Rurik, sich an der Wand abzustützen. Maire lehnte sich mit dem Rücken gegen das Mauerwerk, und er lehnte sich gegen sie.

Es war ein Zufall.

Es war wunderbar.

Es war zu früh.

Rurik schloss die Augen und hielt den Atem an. Er spürte ihren weichen Körper, und heißes Verlangen stieg in ihm auf.

„Oh nein, Maire, ein kleines Kind bist du wirklich nicht", flüsterte er heiser, und seine Lippen liebkosten ihr Gesicht.

„Tu das nicht, Rurik", flehte sie und wandte das Gesicht zur Seite.

„Was?" murmelte er und bedeckte ihren Hals mit kleinen Küssen.

„Mich bestrafen."

„Bitte?" Im ersten Augenblick wusste er nicht, was sie meinte, doch dann erinnerte er sich. „Oh Maire, ich verspreche dir, meine Bestrafung wird dir gefallen."

„Was ihr Männer doch für eine Menge Unsinn redet! Als ob es mir Spaß machen könnte, wenn ..."

Rurik legte Maire einen Finger ans Kinn, drehte ihr Gesicht zu sich herum und verschloss ihren Mund mit einem Kuss. Maires Widerstand währte nur kurz, dann öffneten sich ihre Lippen, und Rurik küsste sie leidenschaftlich. Sogleich wuchs sein Verlangen, und er meinte, den Verstand zu verlieren. Seine Lippen wurden immer drängender, seine Zunge fordernder, und es schien fast, als wolle er Maire verschlingen. Doch auch dann wäre sein Verlangen längst nicht gestillt. „Du ... schmeckst ... so ... verdammt ... gut."

Doch da stemmte Maire, wütend über sich selbst, die Fäuste gegen Ruriks Brust und versuchte, ihn wegzustoßen. Rurik aber achtete nicht darauf, und unter seinen heißen Küssen und geflüsterten Liebesworten schmolz ihr Widerstand wie Eis in der Sonne dahin. Sie erwiderte Ruriks Küsse und wurde schließlich von der gleichen Leidenschaft erfasst wie er. Mit einem Stöhnen umschlang sie Rurik und presste sich an ihn.

„Rurik."

Er fuhr ihr mit der Zunge über die Lippen, so als wolle er sie auffordern, ihn zu küssen.

„Rurik."

Sie öffnete erwartungsvoll ihre Lippen, ihren Mund, er sollte sie küssen.

„Rurik."

Er biss sie leicht in die Unterlippe, um sie zum Schweigen zu bringen. Jetzt war nicht die Zeit für lange Reden, nicht die Zeit, sich mit irgendwelchen Dingen auseinander zu setzen.

„Ich bin das doch gar nicht", keuchte Maire.

„Rurik."

Erst jetzt wurde Rurik klar, dass jemand anders seinen Namen rief und dass es eine männliche Stimme war.

Schwer atmend lehnte er für einen Augenblick die Stirn an Maires Stirn und versuchte, wieder ruhig zu werden.

Dann drehte er den Kopf und sah Bolthor heftig winkend am Fuß der Treppe stehen.

„Ich hoffe, es ist etwas Wichtiges", sagte Rurik grimmig, wobei er Maire immer noch in seinen Armen hielt.

„Ist es", sagte Bolthor und nickte heftig. Dann fragte er treuherzig, den Kopf etwas zur Seite gelegt: „Weiß sie jetzt, was ein Orgasmus ist? Ich habe gehört, dass es ein todsicheres Mittel gibt, die Leidenschaft bei Frauen zu entfachen. Es war da von Federn die ..."

Rurik grummelte irgendetwas, das sich ziemlich bedrohlich anhörte.

Bolthor erkannte, dass es besser war, Ruriks Geschick oder Ungeschick in Liebesdingen nicht weiter zu erörtern, und wechselte das Thema. „Fergus der Schäfer schlägt Vagn draußen im Hof zu Mus. Er glaubt, Vagn sei Toste, der es mit seiner Tochter Inghinn getrieben hat. Stigand versuchte ihm zu erklären, dass er den falschen Zwilling erwischt hat, aber Fergus ist ein ziemlich sturer Schotte. Du weißt ja, wie die sind. Wenn die sich einmal was in den Kopf gesetzt haben, ist nichts zu machen. Ganz anders als wir Wikinger, wir sind offen für alles und so. Ich musste Stigand mit einer Holzschaufel niederschlagen, um ihn daran zu hindern, Fergus zu köpfen. Jetzt ist die Schaufel zerbrochen, und Nessa regt sich auf und droht, mir den Bauch aufzuschlitzen, wenn ich schlafe, weil ich ihrem armen kleinen Stigand wehgetan habe. Stell dir das mal vor! *Armer kleiner Stigand!* Und Toste, um den es eigentlich geht, liegt wie tot draußen im Stall. Wenn du mich fragst, ist der *drukkinn*. Und daneben liegt Ians Frau Coira, auch *drukkinn*. Wenn das Ian erfährt, gibt es Krieg, sag ich dir. Und Coira glaubt, es sei Vagn, bei dem sie liegt, hat man mir erzählt."

Bolthor holte tief Luft, bevor er dann noch hinzufügte: „Und die anderen Männer in der Burg sind alle damit beschäftigt, nachzumessen, ob sie auch von dem Fluch getroffen wurden."

Rurik ließ Maire los. „Wie konnte das nur alles in der kurzen Zeit, seitdem ich die Halle verlassen habe, geschehen?"

„Nun, so kurz war die Zeit nicht", antwortete Bolthor. „Vielleicht hast du hier auf der Treppe länger herumgefummelt, als du dachtest."

„Herumgefummelt?" stieß Maire hervor.

„Herumgefummelt?" echote Rurik empört. Dann sagte er: „Bring Maire in ihre Kammer hinauf und halte auf jeden Fall draußen Wache, bis ich komme. Ich gehe und sehe nach Toste und Vagn. Und auch nach Stigand."

„Ich brauche keinen Bewacher", protestierte Maire.

„Und ob du einen brauchst", versicherte ihr Rurik und gab ihr noch einen letzten raschen Kuss. „Vor allem heute Nacht werde ich es nicht zulassen, dass du mir entkommst."

Maire reckte angriffslustig ihr Kinn vor. „Du versuchst mir mit diesem ganzen Gerede von Bestrafung Angst einzujagen, aber das wird dir nicht gelingen!"

„Umso schlimmer für dich", erklärte Rurik und rannte schon die Treppe hinunter.

„Du bist gar nicht so Furcht erregend, wie du tust. Du solltest mal an das alte gälische Sprichwort denken: Hunde, die bellen, beißen nicht."

Bei Thor, diese Frau muss verrückt sein, mich so zu reizen. Und wie ich sie beißen werde!

Hinter sich hörte er Bolthor Erklärungen abgeben, die jetzt wirklich überflüssig waren. „Ich denke, er hat beschlossen, dir heute Nacht zu zeigen, was ein Orgasmus ist. Und da ihm das in der Vergangenheit nicht gelungen ist – mit dir, meine ich –, nun, so könnte es doch Furcht erregend werden."

Rurik war sich nicht sicher, ob das leise Gekicher von ihm oder von Maire kam.

Maire war verzweifelt.

Eilig zündete sie in der ganzen Kammer Kerzen an, um ein Zauberritual abzuhalten. Als Rurik heute Nachmittag nach seinem Gespräch mit MacNab in die Burg zurückgekehrt war, hatte Maire zum ersten Mal erfahren, dass ihre alte Lehrmeisterin Branwen sich vielleicht doch noch in Schottland aufhielt. Und heute Abend, bei ihrem Schwebezauber – *Heilige Mutter Gottes, wann habe ich mich in meinem ganzen Leben je so blamiert!* –, hatte sie sich dunkel eines Spruchs erinnert, mit dem man eine Zauberin herbeirufen konnte. Jetzt wollte Maire versuchen, Branwen zu rufen. Wenn irgendjemand Ruriks Mal entfernen konnte, so war sie es. Und dann würde Rurik all seine Kräfte darauf verwenden, dem Campbell-Clan die MacNab vom Halse zu schaffen. Danach wäre sie ihn endlich los, und er könnte das tun, womit Wikinger sich normalerweise immer beschäftigten – vergewaltigen, plündern, unschuldigen Frauen mit ‚Bestrafung' drohen und sich herausputzen, um noch besser auszusehen, als er es ohnehin schon tat. Es würde ihr nichts ausmachen, diesen Quälgeist nie mehr wieder zu sehen.

Zumindest redete Maire sich das ein – denn, um ehrlich zu sein, er küsste gut. Unglaublich gut. So gut, dass manch weniger willensstarkes Mädchen versucht sein könnte, die ‚Bestrafung', mit der Rurik drohte, einmal auszuprobieren.

„Trobad, trobad, Branwen", sang Maire. „Komm her, komm her." Sie hielt einige Kräuter in die Flammen der zahlreichen Kerzen, so dass die Flammen heller und heller brannten. Immer wieder murmelte sie die verschiedensten gälischen Zaubersprüche und hoffte, dass der richtige darunter war. Plötzlich begannen die Kerzen zu flackern, und seltsame Schatten huschten über die Wände. Schwebte etwa Branwens Geist schon im Raum?

Maire ging zu einem kleinen Tontopf und entnahm ihm eine Art Puder. Eine Brise davon streute sie in jede Ecke des Gemachs.

Irgendetwas *war* im Raum. Maire konnte es fühlen. „A bheil sibh gam chluinntinn?" fragte Maire leise. „Kannst du mich hören?" Ein wenig fürchtete sie sich nun doch, denn man konnte ja nie wissen, welch unerwünschten dunklen Kräfte durch die Zaubersprüche entfesselt würden.

Ein fernes Donnergrollen war jedoch die einzige Antwort. Die Luft war feucht und schwer. Ein Gewitter schien aufzuziehen. Oder es war Branwens Versprechen, zu erscheinen? Maire zog es vor, das Letztere zu glauben.

Lächelnd tanzte sie durchs Zimmer, immer auf das Geräusch nahender Schritte lauschend, die Ruriks Kommen ankündigen würden. Dabei sagte sie all die Beschwörungen auf, die einen anderen dazu verführen sollten, einem zu Willen zu sein. Während sie umherwirbelte und dabei Kräuter verstreute, begann sie sich auszuziehen. Sie trug nur noch das Unterkleid aus dünnem Linnen, Strümpfe und die plumpen, schweren Schuhe.

Es war drückend warm im Raum, und Maire verspürte erneut große Müdigkeit. Sie wusste, sie musste alle Kerzen ausblasen, damit Rurik bei seiner Rückkehr nichts von ihrem Ritual merkte. Und sie musste einen Lust tötenden Zauber über diesen Raum legen. Doch zuerst musste sie ihr Haar kämmen, ja, und sich dabei ein bisschen hinsetzen ... *nur für einen Augenblick* ... auf die Bettfelle – *wirklich, nur ganz kurz!* Und den Kopf auf das Kissen legen. *Nur für einen Augenblick.* Und die Augen schließen. *Nur für einen Augenblick.*

Doch Maire war viel zu müde, um auch nur einen ihrer guten Vorsätze befolgen zu können. Kaum hatte sie sich auf den Bettfellen niedergelassen, glitt sie auch schon in einen wohligen Schlaf und hörte dabei in ihrem Innern eine leise Stimme sagen: „Ich komme, ich komme, ich komme ..." Sie dachte, dass es Branwen sein könnte. Aber da waren viele Stimmen, die zu ihr sprachen.

„Bist du das, Branwen" fragte Maire und gähnte laut. Die einzige Antwort war ein leises Gackern. Sicher war das ein gutes Zeichen.

„Sei lieber vorsichtig, Rurik", sagte Bolthor. „Da drinnen gackert es wie verrückt."

Gackern? „Wie bitte?" Es hatte fast eine Stunde gedauert, bis es Rurik gelungen war, den Kampf im Burghof zu beenden, Fergus zu besänftigen und Toste aus dem Stall zu holen, ganz zu schweigen davon, dass er Stigand zur Vernunft bringen und ihm das Versprechen abnehmen musste, heute Nacht niemanden zu köpfen. Und jetzt erzählte ihm Bolthor etwas über *Gackern*? „Wie Hühner?"

„Nein, wie Zauberinnen."

Rurik stützte den Kopf in die Hand und zählte bis zehn, um nicht die Geduld zu verlieren. „Bist du hineingegangen und hast nachgeschaut?"

Empört über diese Frage, richtete sich Bolthor kerzengerade auf und trat hastig einen Schritt zurück. „Ich? Ich soll mich da hineinziehen lassen, in Geschichten mit Zauberinnen und so? Auf ... gar ... keinen ... Fall! Du weißt, ich habe nur ein Auge, und jetzt schrumpft auch noch mein bestes Stück. Ich bin wirklich nicht so gut beieinander, um einen zweiten Fluch zu riskieren. Wer weiß, welche Körperteile dann betroffen sind. Nein, ich habe meine Pflicht erfüllt. Ich habe dir über das Gackern Bericht erstattet, und damit habe ich mit all dem nichts mehr zu tun. Das ist jetzt deine Sache."

Verärgert schickte Rurik Bolthor zu seinem Schlafplatz in der Halle und wartete, bis er sicher sein konnte, dass der närrische Kerl nicht mehr in der Nähe war.

Dann öffnete er vorsichtig die Tür zu Maires Gemach. Die große Hitze, die drinnen herrschte, nahm ihm den Atem. Ungefähr drei Dutzend Kerzen brannten in dem Raum. Und dieser Geruch! Der schwere Duft erinnerte ihn an eine Kirche in Jorvik, wo man Weihrauch während des Gottesdienstes verbrannte.

Aha! Maire hatte irgendein Ritual abgehalten. Ob sie noch einmal versucht hatte, das Mal zu entfernen? War es vielleicht schon weg?

Er eilte zu der Truhe, ergriff Maires Metallspiegel und betrachtete sein Gesicht. Enttäuscht ließ er die Schultern hängen. Das Mal war noch da. Nun gut, entweder war es ihr schon wieder nicht gelungen, oder es war ein anderer Zauber, mit dem sie sich beschäftigt hatte. Und wenn das der Fall war, handelte es sich sicher um einen Spruch, der bewirken sollte, dass er für immer verschwand.

Während er im Zimmer umherging und die Kerzen ausblies, um die Hitze zu mindern, warf er einen Blick auf das Lager, wo Maire jetzt tief und fest schlief. Der Schlaf musste sie buchstäblich übermannt haben, denn außer ihrem dünnen Hemd trug sie immer noch Strümpfe und Schuhe. Ein Bein baumelte über den Bettrand, und in der Hand hielt sie eine Haarbürste. Außerdem schnarchte sie leise. Mit einem belustigten Lächeln nahm sich Rurik vor, ihr von dieser so gar nicht weiblichen Angewohnheit zu berichten. Er war überzeugt davon, dass es ihr sehr gefallen würde, wenn sie erführe, dass sie im Schlaf Geräusche von sich gab wie ein grunzendes Schweinchen.

Falls sie geglaubt hatte, sie könnte ihm entkommen, indem sie einfach schlief, so hatte sie sich getäuscht. Er war fest entschlossen, das, was ihm seiner Meinung nach zustand, diese Nacht von ihr einzufordern.

Nachdem er alle Kerzen gelöscht hatte, setzte er sich neben Maire auf die Bettstatt und begann, ihr die Strümpfe und die schweren Schuhe auszuziehen. Ich tue das nicht, weil ich um ihre Bequemlichkeit besorgt bin, redete sich Rurik ein, während er Maire die Strümpfe von den langen, wohlgeformten Beinen streifte. Ganz und gar nicht. Die Strümpfe und Schuhe würden beim Liebesspiel stören, das war der Grund. Und es ließ ihn auch – fast – kalt, dass die Strümpfe an vielen Stellen geflickt waren, und die harten Schuhe Blasen an Maires Fersen hinterlassen hatten.

Während er herzhaft gähnte, zog er seine Halbstiefel aus. Dann erhob er sich, um seinen Schwertgürtel abzuschnallen. Immer noch gähnend, ging er auf die andere Seite der Bettstatt und begann sich auszukleiden, bis er nackt dastand, so nackt wie damals, als er geboren wurde. Doch nicht so schwach und kümmerlich wie damals, stellte Rurik zufrieden fest und betrachtete seinen glatten, kampfgestählten Körper. Er war vollkommen, und Rurik wusste es.

Vollkommen, bis auf das blaue Mal.

Beängstigende Gedanken wirbelten Rurik durch den Kopf, als er es sich auf dem Lager bequem machte. War es ein erstes Anzeichen einer Krankheit, dass ihm seine äußere Erscheinung so wichtig war? Er beurteilte seine Freunde doch auch nicht nach ihrem Aussehen. Ganz und gar nicht. Und obwohl er schöne Frauen bewunderte, so war er nicht der Meinung, dass eine Frau schön sein musste. Zum Beispiel Alinor, Tykirs Ehefrau. Sie war von Kopf bis Fuß voller Sommersprossen, aber in Tykirs Augen war sie eine Göttin. Und auch Rurik bemerkte kaum noch, dass sie nicht gerade eine Schönheit war. Nein, tatsächlich, er war nur so streng, wenn es darum ging, seine eigene Person zu beurteilen. Und er wusste auch, warum. Der Grund für sein Verhalten lag weit zurück in seiner Kindheit. Man hatte ihn verspottet und misshandelt, weil er nicht groß und stark gewesen war und alles andere als gut ausgesehen hatte. Rurik wusste sehr wohl, dass es besser wäre, diese alten Geschichten, die der Vergangenheit angehörten, endlich hinter sich zu lassen. An einer Sache allerdings, die seit frühester Kindheit an ihm nagte, hatte sich sein ganzes bisheriges Leben lang nichts geändert. Er hatte keine Familie, deren Namen er trug. Und er hatte kein Heim. Doch wenigstens Letzteres würde sich mit seiner bevorstehenden Heirat ändern. Denn Rurik war im Laufe der Jahre reich geworden, und so hatte er seiner zukünftigen Frau einiges an Besitz zu bieten. Aber solche Dinge konnte man genauso schnell verlieren wie gewinnen. Rurik wusste dies nur zu gut. Und genau deshalb beruhte sein Selbstwertgefühl nicht auf seinem Reichtum, sondern auf seiner Stärke als Krieger und auf der herben Schönheit seines Körpers. Kurz gesagt, alles, was in seinen Augen zählte, wenn er sich selbst beurteilte, waren seine Kampfkraft und sein Körper.

Was für tief schürfende Gedanken, wo ich doch so erschöpft bin. Er versuchte, eine bequemere Lage zu finden, in der ihn seine Knochen nicht so schmerzten, aber es gelang ihm nicht. Der Tag war lang gewesen, sehr lang. Und das Lager war nicht besonders breit. Rurik musste sich an Maire schmiegen, die mit dem Rücken zu ihm lag. Sein immer noch schmerzender linker Arm lag auf dem Kopfpolster, seine rechte Hand umschloss eine von Maires festen Brüsten, und seine Lenden berührten sanft ihren Po. Mit einem leisen, zufriedenen Seufzer bemerkte Rurik, wie sehr ihre Körper miteinander harmonierten. Gleich würde er Maire wecken und ihr zeigen, wie gut sie zusammenpassten. Für den Augenblick genügte es ihm aber vollkommen, sie einfach so zu halten und sich darauf zu freuen, was später geschehen würde. Hier in der Dunkelheit, wo die Zeit stillzustehen schien, war es unwichtig, wie er aussah, und er musste weder sich noch sonst jemandem irgendetwas beweisen. Er war nur ein Mann, der seine Frau in den Armen hielt. Und alles war gut. Als er in den Schlaf hinüberglitt, hörte er noch ein seltsames Geräusch. Ein Gackern.

„Oh Maire!“

Maire war sofort hellwach beim Klang der männlichen Stimme, die leidenschaftliche Worte in ihr Ohr flüsterte. Im Halbdunkel des aufziehenden Tages wusste sie genau, wer da eng an ihren Rücken geschmiegt bei ihr lag, und wessen Hand ihre Brust streichelte. Diese norwegische Kröte konnte man mit nichts und niemandem verwechseln.

„Oh Maire!“

Vielleicht konnte sie so tun, als schliefe sie.

„Ich weiß, dass du nicht schläfst, kleine Zauberin. Wenn du schläfst, schnarchst du nämlich, und jetzt schnarchst du nicht.“

Ich schnarche überhaupt nicht, wollte sie diesem Scheusal erklären, aber sie zog es vor, sich schlafend zu stellen. Sie lag regungslos da, was gar nicht so einfach war, weil er die ganze Zeit zart über ihre Brustwarzen strich. Äußerst eigenartige Gefühle, wie sie sie noch nie empfunden hatte, wurden in ihr wach. Sie hätte ihm gern einen energischen Schlag auf diese unverschämten Finger gegeben. Es wurde immer schwieriger, so zu tun, als ob sie schliefe.

„Weißt du was, Maire?“

Was sollte das schon wieder? Wollte er Ratespiele spielen? Sie konnte sich vorstellen, was für Verrücktheiten er wieder plante, besonders, wenn sie diesen teuflischen Unterton in seiner Stimme hörte.

„Es regnet“, verkündete Rurik.

Das war nun ganz und gar nicht das, worauf Maire gefasst war. Sie hoffte nur, dass jemand unten in der großen Halle in weiser Voraussicht Eimer an den Stellen, wo das Dach undicht war, aufgestellt hatte.

„Es sieht aus, als könnte das ein Dauerregen werden. Wahrscheinlich wird er den ganzen Tag anhalten, vielleicht auch noch die kommende Nacht."

Maire riss erschrocken die Augen auf.

Rurik schien erfreut. „Du scheinst dich zu erinnern, oder?"

Er meinte doch nicht etwa …

„Ich habe es dir versprochen. An jedem Tag, an dem ich dein Zeichen trage, wirst du meines tragen. Nur ist mein Zeichen ein Mal, das ein Mann einer Frau einbrennt, wenn er mit ihr auf den Bettfellen liegt. Erinnerst du dich jetzt an meine Worte?"

Er meinte es ernst

„Ich denke, du erinnerst dich, denn du bist plötzlich ganz starr. Auf jeden Fall habe ich es dir jetzt noch einmal klargemacht, für den Fall, dass du es immer noch nicht begriffen hast. Allerdings ist der weibliche Verstand dem männlichen ja auch weit unterlegen."

Er ist dümmer als eine ganze Herde von Highland-Schafen.

„Ich habe dir gesagt, dass ich an Regentagen mehr Zeit habe, um dich zu zeichnen. Wir müssen Tag und Nacht auf dem Lager bleiben, damit ich dich alles lehren kann. Es gibt so viele Möglichkeiten, dir mein Mal aufzudrücken."

Sie schob wütend die Hand beiseite, die immer noch ihre Brust streichelte, sprang aus dem Bett und starrte ihn, die Hände in die Hüften gestemmt, an. „Ich habe mehr als genug von deinem Gerede über Male, Bestrafungen, Orgas-Mus und was sonst noch alles. Wenn du mich zwingen willst, mit dir beisammen zu liegen, dann tu es und Schluss. Und hör auf, so honigsüß drumherum zu reden."

Die Arme hinter dem Kopf verschränkt, lag Rurik auf dem Bettfell und blickte Maire unentwegt an. Maire schien es, als ob in seinen Augen blaue Flammen züngelten.

„Nun, antworte mir", forderte sie und stampfte zornig mit dem Fuß auf.

„Deine Knospen sind ganz hart", sagte er unvermittelt.

Maire schnappte nach Luft. „Sind sie nicht."

Er hob die Augenbrauen. „Eine ist es. Komm her, dann wecke ich auch die andere auf."

„Aufwecken", stotterte Maire und wirbelte empört herum, so dass er ihren Busen durch das dünne Hemd nicht mehr sehen konnte.

„Jetzt kann ich dein Hinterteil sehen, Maire", teilte Rurik ihr lachend mit. „Wirklich sehr hübsch."

Sie wandte sich wieder um und war im Begriff, ihm zu sagen, was sie über seine unzüchtigen Beobachtungen dachte, als ein Blitz den ganzen Raum erhellte und Maire den Wikinger nun zum ersten Mal richtig sehen konnte. In seiner ganzen Nacktheit, in seiner ganzen nackten Herrlichkeit. Dieser Mensch besaß wirklich einen makellosen Körper, muskulös, männlich, vollkommen – männlich vollkommen. Und wie es schien, war er bereit, seine Drohungen wahr zu machen – es waren dies also keine leeren Drohungen gewesen, auch das erkannte Marie, als ihr Blick über seinen Körper, seine Lenden glitt.

Sie ertappte sich dabei, dass sie ihn mit offenem Mund anstarrte. „Schämst du dich nicht?" fauchte sie erbost.

„Nein."

„Deck dich zu."

„Warum?"

„Weil du lächerlich aussiehst, darum."

„Tu ich nicht", sagte er, doch an seiner Stimme erkannte sie, dass sie ihn gekränkt hatte. Dieser närrische Kerl war schon sehr empfindlich, wenn es um sein Aussehen ging. Maire wusste es nur zu gut, aber sie fand, dass Rurik es jetzt mit seiner Eitelkeit zu weit trieb. Rurik drehte sich auf die Seite, so, als wolle er sich vor ihr verstecken, als wolle er nichts mehr sehen und hören.

Maire wandte sich von ihm ab und versuchte, ihre Gefühle unter Kontrolle zu bekommen. Sie konnte diesen anmaßenden Schurken nicht ertragen. Doch etwas an ihm rührte sie zutiefst. Und davor musste sie sich schützen. Sie musste es.

„Maire", sagte Rurik. „Komm her."

„Warum?“ Was für eine schwachsinnige Frage! Tatsächlich, wer hier im Raum war jetzt eigentlich wirklich ein Schwachkopf, sie oder Rurik?

Maire glaubte, dass er sie zu sich gerufen hatte, damit er mit der Bestrafung beginnen, damit er ihr sein Mal aufdrücken konnte. Sie dachte, dass er über sie lächeln oder sie gar laut auslachen würde. Doch als sie sich zu dem Mann auf ihrem Lager umdrehte, erschauerte sie fast unter seinem ernsten, ja kalten Blick. Und dann sagte er das Schlimmste, was sie sich vorstellen konnte.

„Weil“, erwiderte er mit leiser, rauer Stimme und winkte sie zu sich, „weil ich dich besitzen will.“

9. KAPITEL

Maire seufzte. Es war nur ein ganz leiser Seufzer, ein Hauch von einem Seufzer, aber Rurik hörte ihn, und er wusste, was er bedeutete – Maire war im Begriff, sich zu ergeben. Er lächelte zufrieden. Er war ein Meister in der Kunst der Verführung. Und Maires Seufzer war für ihn ein eindeutiges Zeichen. Es bedurfte nur noch eines winzigen Anstoßes, und Maire wäre sein.

Er winkte sie mit seiner schlanken Hand zu sich, wie Männer schon immer Frauen an ihr Lager gewunken haben. Und als zusätzlichen Anreiz schenkte er ihr seinen verführerischsten Blick – ein Blick, die Lider halb geschlossen, wobei seine Nasenflügel leicht bebten. Dieser Blick gelang ihm immer sehr gut und wirkte selbst bei den gesittetsten Jungfrauen. Doch allem Anschein nach war Maire weder gesittet noch Jungfrau. Statt seiner Aufforderung nachzukommen, trat dieses verrückte Geschöpf einen Schritt zurück – *zurück* –, weg von der Bettstatt, auf der er so aufreizend lag, und sagte: „Rurik, ich will nicht."

Wie bitte? Sollte er sich so getäuscht haben? War sie wirklich nicht daran interessiert, das Lager mit ihm zu teilen? *Unmöglich!* Bevor Maire weiter sprechen – oder weglaufen – konnte war er aus dem Bett gesprungen und stellte sich dicht vor sie.

Maire presste die Lippen zusammen und reckte angriffslustig das Kinn vor, aber Rurik hatte das kurze, nervöse Zucken um ihren Mund sehr wohl bemerkt. Dass er so dicht bei ihr stand, erregte sie offensichtlich, und er nahm das als ein gutes Omen. Obwohl sie das Gegenteil behauptete, war er überzeugt, dass ihr das Liebesspiel doch nicht ganz so gleichgültig war, wie sie tat.

Sie standen so dicht beieinander, dass er ihren Duft wahrnehmen konnte. Rurik umfasste Maires Kinn und strich zart mit dem Daumen über ihren Mund. Maire ließ dies geschehen, ohne mit der Wimper zu zucken, aber Rurik konnte ihre innere Anspannung spüren.

„Das musst du mir näher erklären", sagte er, und seine Stimme war dunkel und rau vor Begehren. Sein Daumen fuhr fort, ihre vollen Lippen zu streicheln.

„Ich will nicht das Lager mit dir teilen", wiederholte sie.

„Lügnerin!"

Maire schaute ihn empört an. Doch sie wollte ehrlich sein, und deshalb korrigierte sie ihre Aussage. „Das ist kein guter Einfall von dir."

Kein guter Einfall! Es ist der beste, den ich je hatte.

Rurik zog nur die Augenbrauen hoch und blickte sie fragend an. Und während er auf ihre Antwort wartete, glitt seine Hand wie zufällig über ihr Kinn und ihren zarten Hals. Dann schob er ihr schwer herabfallendes Haar zur Seite, umfasste ihren Nacken und zog sie noch dichter an sich. Er spürte ihre Brüste, die sich, nur bedeckt von ihrem dünnen Hemd, gegen seinen nackten Oberkörper drängten. Die Spannung zwischen ihnen war fast unerträglich. Für einen kurzen Augenblick ergriff ihn ein überwältigendes Gefühl, und er war sich sicher, dass Maire genauso fühlte wie er.

Sie starrte ihn aus weit aufgerissenen Augen an, eine tiefe Röte überzog ihr Gesicht, ihren Hals, ihren Nacken.

Maire suchte nach Worten, um ihre Weigerung zu erklären. „In meinem Leben habe ich nur bei zwei Männern gelegen, Rurik, bei dir und bei meinem Mann, bei Kenneth. Beide habt ihr mich auf die eine oder andere Art betrogen." Sie legte ihm rasch die Hand auf den Mund, als er ihr widersprechen wollte. Rurik knabberte an ihren Fingerspitzen und ließ sie weitersprechen. „Ich trage jetzt zu viel Verantwortung, und kann es mir nicht erlauben, meinem eigenen, selbstsüchtigen Verlangen nachzugeben. Ich muss jetzt all meinen Verstand zusammennehmen, denn ..."

Ah! Eigenes, selbstsüchtiges Verlangen? Sie will mich also doch!

„... mein Clan braucht jetzt meine ganze Aufmerksamkeit.

Und für ihn könnte es den Untergang bedeuten, sollte ich erneut in Selbstmitleid versinken, weil mich wieder einmal ein Mann verletzt hat ..."

„Maire, ich bezweifle, dass du auch nur einen Tag lang in deinem Leben in Selbstmitleid versunken bist. Und was das Verletztwerden betrifft – wie kannst du die große Leidenschaft kennen lernen, wenn du nicht auch die Schmerzen riskierst?" Rurik musste sich eingestehen, dass zumindest der letzte Satz ziemlich schwülstig klang.

„Aber genau darum geht es ja. Ich will die große Leidenschaft ja gar nicht kennen lernen. Ich bin mit meinem Leben, so wie es ist, zufrieden. Und darüber hinaus, hast du jemals überlegt, was wäre, wenn ich schwanger würde?"

„Es gibt Mittel und Wege, das zu verhindern."

Maire schien darüber erstaunt zu sein. „Mittel und Wege?"

„Das ist jetzt nicht so wichtig. Es genügt, wenn du weißt, dass du keinen dicken Bauch befürchten musst."

„Hast du diese *Mittel* auch damals benutzt, als wir zusammen waren?" Da war ein ungläubiger Unterton in ihrer Stimme, dem Rurik jedoch keine Beachtung schenkte.

„Wahrscheinlich nicht. Damals war ich noch jung und leichtsinnig."

Sie dachte längere Zeit über seine Bemerkung nach und unternahm dann einen neuen Versuch. „Rurik, du achtest mich gering, wenn du mich zu deiner Bettgenossin machst. Denk doch einmal daran, was meine Clansleute von einer Herrin denken werden, die mit dem Erstbesten, der hier vorbeikommt, das Lager teilt."

„Ich bin nicht der Erstbeste", erwiderte Rurik, des langen Redens müde. Er wollte endlich zur Tat schreiten. „Und überhaupt hat Old John dich mir sozusagen als Willkommensgeschenk angeboten, und ich wage zu behaupten, dass er es auch stellvertretend für deinen Clan getan hat."

„Niemals!"

„Oh doch. Wenn ich mich recht erinnere, verglich er mich mit den Bullen auf der Weide, den Schafböcken auf den Hügeln und sogar den Fischlein in den Bächen, und er sagte, dass das Verlangen, dir beizuliegen, völlig natürlich sei. Wirklich, er hat sogar angedeutet, das alles sei Teil eines göttlichen Plans."

Auf Maires Miene machte sich Ärger breit. Sie kannte Old Johns Ansichten nur zu gut. „Vielleicht denkt er, du würdest mich ehelichen."

Diese Möglichkeit hatte Rurik noch gar nicht in Betracht gezogen. Doch dann zuckte er mit den Schultern. Bei Gelegenheit würde er den alten Mann fragen, wie er es gemeint hatte. Aber Maire ehelichen? Das war das Letzte, woran er dachte. Alles, was er wollte, war, sie endlich auf die Bettfelle zu kriegen.

„Und da gibt es auch noch andere Gründe, warum wir es nicht tun sollten."

Reden, reden, reden. Warum reden alle Frauen nur so viel? Wenn Frauen in den Krieg ziehen müssten, würden sie wahrscheinlich ihre Feinde mit Worten bekämpfen, statt mit Schwertern oder Pfeilen. „Maire, du kannst mir ein Dutzend Gründe aufzählen, es wird nichts an meiner Einstellung ändern."

„Warum?" fragte sie beharrlich.

Weil mein Begehren nach dir so stark ist, dass ich befürchte zu zerspringen. Deshalb. Weil ich, wenn ich nicht bald deinen weichen, verlockenden Mund küsse, womöglich anfange, dummes Zeug zu faseln.

„Schau mich nicht so an."

„Wie?"

„So, als ob ich frisches Gras auf der Weide sei, und du ein hungriges Schaf."

Genau das bin ich – ein verrückter Schafbock. Wenn sie nicht bald nachgibt, fange ich noch zu meckern an. Er musste lachen bei diesem Gedanken.

Maire schaute ihn verständnislos an. „Rurik, für eine Frau bedeutet das etwas anderes als für einen Mann."

Das wird ja immer schöner. Erst erteilt mir Old John Unterricht in Sachen Liebe und jetzt Maire. Bin ich etwa noch ein Junge, der solche Belehrungen nötig hat?

„Männer machen sich keine großen Gedanken darüber, mit wem sie auf dem Bettfell liegen, wenn die Lust sie überkommt. Frauen – wenigstens die meisten Frauen – geben sich einem Mann hin, wenn sie Gefühle für ihn hegen."

Rurik stöhnte innerlich auf. Er wusste, was jetzt kommen würde. Schuldgefühle. Maire wandte urweibliche Schliche an. Sie wollte Schuldgefühle in ihm wecken, in der Hoffnung, alles nach ihrem Willen zu lenken.

„Als ich Kenneth heiratete, liebte ich ihn – vielleicht nicht so, wie man einen Mann lieben soll –, aber wir kannten einander, seit wir als Kinder zusammen übers Moor getollt sind. Damals befehdeten sich die MacNab und die Campbell noch nicht. Aber wie es scheint, kannte ich Kenneth nicht wirklich." Sie seufzte tief und schien für einen Augenblick in Erinnerungen versunken zu sein.

Old Johns Worte kamen Rurik in den Sinn. Sie habe Schläge von ihrem Ehemann erdulden müssen. Rurik vermutete, dass Maire diese dunklen Momente wieder heraufbeschwor.

„Und was hat das alles mit mir – mit uns zu tun?" fragte Rurik ungeduldig.

„Offensichtlich war meine Liebe zu dir auch eine Verschwendung."

„Deine Liebe zu mir? Du hast mich geliebt?"

Sie nickte. Sie nickte tatsächlich. Bei Thor, jetzt war er in Schwierigkeiten!

„Du musst denken, dass ich sehr naiv war, mich in dich zu verlieben – in einen völlig Fremden. Ich weiß jetzt, was für eine Närrin ich war, die verführerischen Worte eines erfahrenen Herzensbrechers für bare Münze zu nehmen."

„Du glaubtest, ich sei in dich verliebt gewesen?" platzte er heraus, und bemerkte zu spät, wie kränkend seine Worte für Maire sein mussten.

Aber sie lächelte nur und schien sich selbst die Schuld zu geben, nicht ihm.

„Liebst du mich immer noch?“ fragte er voller Angst. Liebe war es nun wirklich nicht, was er von dieser Frau wollte. Lust – ja. Liebe – nein.

Sie lachte auf. „Ich verabscheue dich.“

Rurik stieß einen tiefen Seufzer der Erleichterung aus, und Maire musste noch mehr lachen.

Für einen Augenblick schwiegen beide, und Rurik dachte über das nach, was Maire ihm gesagt hatte. Zu seiner Schande musste er sich eingestehen, dass er sich kaum an Einzelheiten ihrer damaligen Beziehung erinnern konnte. Er hatte damals vielleicht zu viel getrunken, zudem war er jung gewesen, selbstgefällig, und außerdem hatte es über die Jahre so viele Frauen auf seinen Bettfellen gegeben ... Natürlich war all das keine Entschuldigung. Doch plötzlich kam ihm ein Gedanke. „Glaubtest du, ich würde dich heiraten, weil ich dir die Jungfräulichkeit genommen hatte?“

„Nein, so dumm war ich nun doch nicht“, antwortete sie.

Oh!

Maire blieb für einen Moment stumm. Dann sagte sie: „Aber ich dachte, du würdest mehr von mir wollen als nur eine Nacht. Ich hatte auch meinen Stolz. Ich dachte, ich wäre mehr für dich als nur ein kleines Abenteuer, mehr als eine schnelle Eroberung, leicht durchgeführt und schnell vergessen. Ich dachte – du würdest mich mitnehmen.“

Rurik nickte. „Und ich lachte, als du mich fragtest.“

„Genau, du lachtest.“

„Maire, ich stand damals im Dienst des nordischen Königs. Ich hätte dich gar nicht mitnehmen können, selbst wenn ich es gewollt hätte.“

Maire warf ihm einen viel sagenden Blick zu. Sie wusste genauso gut wie er, dass sie damals nur ein flüchtiges Abenteuer für ihn gewesen war.

„Ich habe mich dir gegenüber nicht sehr ehrenhaft benommen", gab Rurik zu.

„Das ist wahr."

„Ich will es wieder gutmachen." Insgeheim hatte er beschlossen, die Bernsteinkette, die in seiner Satteltasche war, Maire später als *Wergeld* zu überreichen. Auch wenn dieses Wort eigentlich eine Art Sühnegeld bezeichnete, das bei Totschlag eines Mannes vom Täter als Entschädigung an seine Sippe gezahlt werden musste, fand Rurik doch, dass dieser Begriff auch in seinem und Maires Fall ganz gut passte. Schließlich hatte er damals zumindest Maires Träume zunichte gemacht. Sie verdiente eine Entschädigung.

Ihr Gesicht hellte sich auf. „Du willst es wieder gutmachen, indem du meinen Wunsch, nicht mit dir die Bettstatt teilen zu wollen, achtest?"

„Nein, das ist nicht die Wiedergutmachung, die ich dir leisten will. Es wird eine andere sein." Ruriks Lippen umspielte ein Lächeln. „Es ist beschlossene Sache, kleine Zauberin. Wir *werden* das Lager miteinander teilen. Ich dachte, du hättest das jetzt eingesehen. Du hast gar keine andere Wahl."

Er war größer und stärker als sie. Sie hätte doch wissen müssen, dass dieser Kampf für sie nicht zu gewinnen war. Was er jedoch nicht wollte, war, dass sie sich wie ein Opferlamm in ihr Schicksal ergab. Rurik wünschte sich eine Kämpferin auf seinen Bettfellen, die es in allem mit ihm aufnehmen konnte. Als er sah, wie Maire mit hängenden Schultern vor ihm stand, wurde ihm plötzlich klar, dass er das nicht bekommen würde. Er glaubte, Tränen in ihren schönen Augen schimmern zu sehen, und war fast bereit nachzugeben. Fast. Aber solch ein Narr war er nun auch wieder nicht. „Und all das nur, weil du mich bestrafen willst?" empörte sich Maire.

Bei Thor und allen Göttern, diese Frau gibt wohl nie auf! Rurik schüttelte den Kopf. „Es ist mehr als nur das. Du hast mich gezeichnet. Du – *eine Frau* – gabst der Welt Anlass, sich über mich lustig zu machen. Und als ob das noch nicht genug wäre, hast du heute Abend unten in der Halle öffentlich verkündet, dass ich auf den Bettfellen versagt hätte."

„Weil du mir nicht gezeigt hast, was ein Orgas-Mus ist? Ha! Als ob ich so etwas kennen lernen möchte."

„Das heißt nicht Orgas-Mus. Das Wort heißt Orgasmus und es bedeutet – ach, was soll's. Du wirst es früh genug erfahren."

Maire stampfte wütend mit dem Fuß auf. „Jetzt hör mir mal zu, du dickköpfiger Esel! Ich ... will ... es ... nicht ... wissen." Sie sprach langsam und deutlich und betonte jedes Wort, so als wäre er ... nun ja, als wäre er ein dickköpfiger Esel.

Mit einer wegwerfenden Handbewegung erklärte Rurik ihre Wünsche für null und nichtig.

„Meine Mannesehre steht jetzt auf dem Spiel. Ich muss beweisen, dass ich ein Meister des Liebesspiels bin."

Maire zog verächtlich die Mundwinkel nach unten. „Und das ist alles, worum es geht ... um deine verdammte Mannesehre?"

Genug! Rurik erhob sich abrupt und trat auf Maire zu. Erschrocken blickte sie ihn an, doch bevor sie zurückweichen oder irgendetwas sagen konnte, griff er blitzschnell nach ihrem Hemd, trat einen Schritt zurück, zog es ihr mit einem Ruck über den Kopf und warf es hinter sich. Sie war von seinem Vorgehen so überrascht, dass sie im ersten Moment gar nicht versuchte, ihre Nacktheit vor ihm zu verbergen. Rurik war nicht minder fassungslos. Bei allen nordischen Göttern und allen Heiligen des Einen Gottes, solch eine Frau hatte er noch nicht gesehen.

Ihr rotes Haar fiel in Wellen über Schultern und Rücken. Ihre Brüste waren voller und schwerer, als er bei ihrer schlanken Gestalt vermutet hatte, und er sehnte sich danach, sie zu liebkosen. Sanft geschwungene Hüften betonten die schmale Taille. Ihr Bauch war flach und glatt und lenkte den Blick hinab zu einem kleinen Dreieck aus dunklem, gekräuseltem Haar. Welche Schätze mochte es verbergen? Und dann diese langen, schlanken Beine und zierlichen Füße, deren Zehen jetzt allerdings wie die eines Kindes verlegen mit den Binsen am Boden spielten.

Aufstöhnend riss Rurik Maire in seine Arme und trug sie zum Lager. Das Gesicht an ihrem Hals vergraben, flüsterte er heiser: „Nein, bei Gott, meine Mannesehre oder deine Bestrafung haben wirklich nichts damit zu tun, dass jedes Mal ein solches Knistern in der Luft liegt, wenn wir uns begegnen." Er strich leicht mit der Zungenspitze über die pulsierende Stelle an ihrem Hals und war entzückt, als er spürte, dass der Pulsschlag sich erhöhte. „Es geht hier nur um einen Mann und eine Frau. Um dich und mich. Und um ein Feuer, das gelöscht werden muss. Sonst verbrennt es uns."

„Das Leben ist aber nicht so einfach", murmelte Maire, und ihre Worte klangen wie eine letzte verzweifelte Bitte um Gnade.

„Doch, es ist so einfach."

Sofort wurde Rurik bewusst, was er da gesagt hatte: die Wahrheit, nichts als die Wahrheit. Er konnte nicht voraussagen, was die Zukunft bringen würde, aber jetzt und hier lag sein Schicksal in den Händen dieser Frau. Er hatte seine Gedanken nicht laut aussprechen wollen, aber als er Maire auf die Bettfelle legte und sich über sie beugte, empfand er eine eigenartige Scheu, und er flüsterte: „Hier und jetzt erfüllt sich unser Schicksal."

Hier und jetzt erfüllt sich unser Schicksal.

In Gedanken wiederholte Maire Ruriks poetische Worte wieder und wieder und versuchte zu verdrängen, was sie dabei empfand. „Sagst du das zu all deinen Mädchen, bevor du sie bespringst?" fragte sie bewusst anzüglich.

Sie hätte verstehen können, wenn er jetzt hämisch oder gar laut gelacht hätte, doch stattdessen blickte er sie aus diesen strahlend blauen Augen an, ernst wie ein Clansmann beim Begräbnis seines Lairds, und sagte ganz zärtlich: „Nein, nur zu dir."

Ihre Antwort war ein leises Stöhnen. Oh, Maire wusste genau, dass dieser viel zu gut aussehende, viel zu sehr von sich überzeugte Krieger jetzt natürlich glaubte, sie würde nun endlich vor lauter Sehnsucht nach ihm zerfließen. Seine Eitelkeit kannte keine Grenzen. Nein, sie stöhnte, weil ihr klar wurde, dass dieses zärtlich geflüsterte Bekenntnis, das hier und jetzt beginnende Liebesspiel sei ihr Schicksal, nichts als ein Lippenbekenntnis darstellte. Verlogene Worte, die seiner bösen Absicht dienten. Für diesen mit allen Wassern gewaschenen Verführer war Schicksal nur ein zeitlich begrenztes Ereignis. Es erfüllte sich gerade so lange, bis er wieder ihr Land verließ oder sie nicht mehr begehrte.

Für sie hingegen bedeutete die Erfüllung ihres Schicksals etwas Dauerhaftes. Und so sehnte sie sich nach einem Mann in ihrem Leben, der für alle Zeit bei ihr bliebe. Doch genau das würde dieser geborene Herumtreiber nie und nimmer tun.

Oh ja, er beherrschte die Kunst des Verführens. Nach jahrelanger Erfahrung wusste er, welche Worte das Herz einer Frau dahinschmelzen ließen. Gut, dass Maires Herz seinem Charme widerstand.

Nun ja, einigermaßen widerstand.

Kräftemäßig war sie Rurik unterlegen, aber zumindest gegen seine Verführungskünste konnte sie sich wappnen. Sie kannte seine abwegigen Gelüste und seine flinke Zunge.

Unverfroren starrte er auf ihren nackten Körper, als er sich jetzt auf dem Lager über sie beugte. Maire knirschte mit den Zähnen und versuchte, die Balken in der Decke über ihr zu zählen. Irgendetwas musste sie tun, um ihre Seele zu schützen gegen das, was dieser Halunke im Begriff war, mit ihr anzustellen ... irgendetwas, um nicht davon berührt zu werden. Das Gemach lag im Halbdunkel, und man hörte, wie der Regen auf das Dach trommelte. Maire wusste, dass es ein sehr langer Tag werden würde.

„Deine Haut ist wunderbar, Maire ... wie Sahne." Rurik rührte sie nicht an, während er sprach. Er hatte sich auf den

Ellbogen gestützt, und sein Blick ruhte auf ihrem nackten Körper.

„Deine Haut ist wunderschön", äffte ihn Maire mit tiefer Stimme nach. „Erspare mir diese verlogenen Komplimente, Wikinger. Du weißt, was du willst. Ich weiß, was du willst. Ich bin es müde, dich überzeugen zu wollen. Du willst nicht ehrbar handeln. Und natürlich kannst du mich im Handumdrehen überwältigen. Also lass uns die Sache hinter uns bringen." Noch während sie sprach, griff Maire entschlossen nach seinem Geschlecht und versuchte, ihn zu sich herzuziehen.

Rurik stieß einen kurzen Schmerzensschrei aus und entwandt sich ihrem Zugriff. Fluchend kniete er sich neben Maire und untersuchte seine männlichen Regionen ohne jede Scham. Als er sich sicher war, dass er Maires Angriff überleben würde, fauchte er sie an: „Bist du verrückt geworden, Mädchen? Sicher werde ich jetzt blaue Flecke bekommen. Hat dir noch nie jemand gesagt, dass man gewisse Körperteile eines Mannes mit äußerstem Zartgefühl behandeln muss?"

„Bis jetzt nicht." Maire hätte wenigstens ein klein wenig Reue zeigen können wegen der Schmerzen, die sie Rurik zugefügt hatte, aber sie bereute nichts. Dieser verdorbene Schuft hatte es verdient. Und noch viel mehr.

Rurik schaute sie unter halb geschlossenen Lidern an. „Dreh dich um", befahl er.

„Was? Warum?" Misstrauisch kniff Maire die Augen zusammen. „Du willst mich doch wohl nicht verprügeln, oder?"

Er schaute sie aus weit aufgerissenen Augen verblüfft an. Dann warf er den Kopf in den Nacken und lachte schallend. „Eigentlich hatte ich daran nicht gedacht, aber jetzt, wo du es erwähnst ... vielleicht später, wenn du mich lieb darum bittest."

„Dich darum bitten? Dich darum bitten?" fauchte Maire.

Aber er hatte sie schon blitzschnell umgedreht, so dass sie jetzt auf dem Bauch lag, das Gesicht in die Bettfelle gepresst.

„Im Augenblick habe ich etwas anderes im Sinn", teilte er ihr ruhig mit.

„Und das wäre?" fragte sie, während sie sich mit den Armen hochstemmte und versuchte, über die Schultern zu blicken.

Er schubste sie wieder auf den Bauch und legte eine Hand auf ihren Rücken, um sie unten zu halten. „Ich habe die Absicht, mich mit jeder Faser deines Körpers vertraut zu machen, Süßes – vorne und hinten. Und wenn die Nacht hereinbrechen wird, werde ich *alles* an dir erforscht haben, was es zu erforschen gibt – vom Kopf bis zu den Zehen und jedes Fleckchen dazwischen."

Jedes Fleckchen dazwischen? Ihr Herz setzte für einen Moment aus, um dann umso schneller zu schlagen. Ihr wurde heiß und das nicht nur im Gesicht. Sie befürchtete, dass ihr ganzer Körper vor Hitze bebte.

„Du sagst ja gar nichts, Zauberin? Ist es mir tatsächlich gelungen, dich auch einmal sprachlos zu erleben?"

„Warum?" war alles, was Maire mit erstickter Stimme flüstern konnte.

„Weil ich es so will."

Sie konnte Rurik nicht sehen, weil sie ihr Gesicht in die Kissen presste, und am Ton seiner Stimme war nicht zu erkennen, ob er Spaß machte oder ob es ihm ernst war. „Lächelst du?" fragte sie ihn, unfähig, ihre Neugier zu zügeln.

„Und wie!"

„Das ist nur ein Spiel, das du mit mir spielst, nicht wahr?"

„Ja, das schönste aller Spiele, eine Liebesfolter."

Sie hätte wissen müssen, dass er ihr eine derart unmögliche Antwort geben würde. Maire nahm sich vor, ihm keine Fragen mehr zu stellen.

Rurik strich ihr das Haar zur Seite, so dass ihr Nacken frei lag. Dann geschah lange Zeit überhaupt nichts. Er berührte sie nicht, und er sagte kein Wort. Alles, was zu hören war, war das Rauschen des Regens und Ruriks schwerer Atem. Oder war es ihrer? Sie hielt vorsichtshalber längere Zeit den Atem an, bis sie schließlich nicht mehr konnte und mit einem tiefen Schnaufer ausatmete.

Sie hatte den Eindruck, als habe Rurik leise gelacht. Zumindest fühlte sie einen Lufthauch an ihren Schultern, wie Atem. Dieses Warten machte sie fast krank, aber sie wollte – konnte – dieses Scheusal doch nicht auffordern, endlich mit dem fortzufahren, was er begonnen hatte. Das hätte eine Begierde vermuten lassen, die sie nicht empfand. Endlich spürte sie eine Berührung in ihrem Nacken, ganz leicht, ja zart. Etwas – war es sein Finger? – fuhr ihren Rücken entlang, glitt über ihr Gesäß, über die Innenseite ihrer Schenkel bis zu den Kniekehlen und weiter hinab zu ihren Füßen, kitzelte zuerst die eine, dann die andere Fußsohle. Das Gefühl erinnerte Maire an eine leichte Sommerbrise, aber es war so erregend, dass es ihr vorkam, als habe Rurik eine Feuerspur über ihren Körper gelegt. Sie ballte die Fäuste und biss sich in die Lippen, um nicht zusammenzuzucken und aufzuschreien.

Aber das war erst der Anfang.

Als Nächstes wiederholte er das Ganze, doch diesmal mit der Zunge.

Oh dieser verruchte, gottlose Mann! Als spürte er Maires Entsetzen über sein Tun, biss er ihr zart in den Po. Als er wiederum die Fußsohlen liebkoste, schloss Maire die Augen und versuchte verzweifelt, nicht zu zucken oder, was noch schlimmer gewesen wäre, zu kichern.

Wenn Maire geglaubt hatte, dass Rurik sich mit diesen Spielereien zufrieden geben würde, so wurde sie bald eines Besseren belehrt. Das war nur der Anfang gewesen. Nun erkundeten seine verführerischen Finger neue Wege. Sie strichen über die zarte Haut an der Innenseite ihrer Arme, den Nacken und ihre schmale Taille. Gegen ihren Willen musste Maire sich eingestehen, dass sie bei seinen geschickten Liebkosungen ein unglaubliches Wohlbehagen empfand, das sich immer mehr steigerte, bis sie sich mit einem Ruck auf den Rücken drehte und „Genug!" stöhnte.

Doch damit hatte sie den größten aller Fehler begangen. Sie wusste es, noch bevor Rurik ein Wort sagte. Seine Augen funkelten vor Schadenfreude, und ihr wurde schlagartig klar, dass dieser Halunke sie genau da hatte, wo er sie haben wollte.

„Oh nein, meine kleine Zauberin, es ist noch lange nicht genug, wir haben ja gerade erst begonnen."

Die Botschaft, die Maire in seinen unwiderstehlichen blauen Augen las, lähmte sie. Sie hatte keine große Erfahrung in Liebesdingen, dennoch erkannte sie, dass dieser Mann sie zweifellos begehrte – zweifellos und mit aller Macht. Warum nahm er sie dann nicht einfach? So wie Kenneth es getan hatte. Bei ihm gab es kein solch verführerisches Vorspiel. Gewöhnlich hatte er sich vorher mit einer großen Menge *uisge-beatha* gestärkt. Gerade so, als könne er es nur im trunkenen Zustand ertragen, sie zu berühren. Nicht, dass es sie nach seinem Liebesspiel verlangt hätte – wenn man es überhaupt so nennen konnte –, besonders, nachdem sein wahres, lasterhaftes Wesen zum Vorschein gekommen war.

Aber an all das durfte Maire jetzt nicht denken. Sie musste ihre Aufmerksamkeit jetzt ganz auf die Gegenwart richten. Sonst würde es diesem Wikinger doch noch gelingen, sie zu überrumpeln – und dann würde *sie* am Ende noch etwas tun, was sie später bereuen könnte.

Rurik stürzte sich nicht auf sie, wie Maire es erwartet hatte. Kein rascher Liebesakt, nach dem er sich auf die Seite rollen, einschlafen und bald schnarchen würde. Nein, Rurik tat alles auf seine Art und nahm sich Zeit. Er war anders. Sie hätte es wissen müssen.

Auf dem Rücken liegend, bot Maire für Ruriks Entdeckerlust ganz neue Möglichkeiten. Doch er nahm sich viel Zeit und begann sehr langsam, sie erneut zu erkunden, zuerst mit den Augen, dann mit den Händen und schließlich mit dem Mund. Dieser Mann tat Dinge, von denen Maire niemals auch nur zu träumen gewagt hätte.

„Sind alle Wikinger wie du?“ stieß sie atemlos hervor, als er mit den Fingerspitzen sanft ihre Brüste umkreiste, und sie entsetzt bemerkte, dass es ihr gefiel und sie nach mehr verlangte.

Unter langen, dichten Wimpern hervor sah er sie an – und dann zwinkerte er ihr zu. Der Gauner hatte die Frechheit, ihr zuzuzwinkern! „Nein, ich bin der Einzige, der so ist“, erwiderte er. „Und ich bin so auch nur bei dir.“

„Lügner.“

Rurik zog die Augenbrauen hoch und warf ihr einen spöttischen Blick zu. Dann widmete er seine ganze Aufmerksamkeit erneut Maires hübschem Busen. „Ist es das, was du möchtest, Liebe?“ murmelte er, als seine Finger über ihre Haut glitten. Hatte sie laut gesprochen? Konnte er Gedanken lesen?

„Nein“, keuchte sie mit erstickter Stimme, aber ihr Körper drängte sich lustvoll seinen Händen entgegen.

„Wer ist jetzt der Lügner?“ fragte Rurik, umfasste eine ihrer Brüste und ließ seine Zunge über ihre Knospe gleiten. Er weckte völlig unbekannte Gefühle in Maire, die so stark waren, dass sie glaubte, sie nicht länger ertragen zu können. Sie konnte nicht anders. Mit einem Aufschrei versuchte sie, ihn wegzustoßen. Ohne sich bei seinem Tun stören zu lassen, ergriff Rurik mit einer Hand ihre Handgelenke und zwang sie so, stillzuliegen.

„Schau mich an“, verlangte er.

Maire war sich gar nicht bewusst gewesen, dass sie die Augen fest geschlossen hatte. Seltsamerweise widersetzte sie sich ihm nicht. Nein, sie tat, was er verlangte.

Für einen kurzen Moment trafen sich ihre Blicke, dann beugte Rurik sich hinab und liebkoste ihre andere Brust. Er ließ seine Zunge behutsam über die empflindliche Haut ihrer Knospe gleiten, und Maire schaute ihm gebannt zu. Sein langes schwarzes Haar wurde im Nacken von einem Lederband gehalten, so dass sie sein Gesicht genau betrachten konnte. Und Maire stellte fest, dass es wohl nichts Erregenderes auf der Welt gab, als den Anblick eines so unglaublich gut aussehenden Mannes wie Rurik, der dem schönen Busen einer Frau huldigte.

„Hat dir das gefallen?“ fragte er mit seidenweicher Stimme und richtete sich auf.

Sie schüttelte den Kopf.

Augenscheinlich war das ihr zweiter Fehler – oder war es schon der dritte? Maire war so verwirrt, dass sie kaum mehr ihren eigenen Namen wusste.

„Nein? Das hat dir nicht gefallen? Ts-ts! Nun gut, da werde ich mich wohl noch mehr anstrengen müssen.“ Maire stöhnte vor Schreck auf, aber Rurik verschloss ihr den Mund mit einem Kuss. Dabei hielt er ihre Hände immer noch fest und drückte sie über ihrem Kopf in die Kissen, während die Finger seiner anderen Hand ihr Kinn umspannten.

Oh, er konnte gut küssen. Maire musste zugeben, dass er wirklich ausgezeichnet küsste. Sie wollte gar nicht darüber nachdenken, wo er sich diese Fertigkeit angeeignet hatte. Es beunruhigte sie viel mehr, welche Gefühle er in ihr erweckte. Wenn sie nicht aufpasste, würde sie ihm erliegen, und zwar schon bei diesen ersten Zärtlichkeiten.

Seine Lippen und seine Zunge spielten jetzt mit ihrem Ohr. Maire wand sich unter seinen Küssen, und es gelang ihr, die Hände freizubekommen, doch ihre Arme gehorchten ihr nicht, plötzlich hatten sie sich um Rurik gelegt, und ihre Hände streichelten seine muskulösen Schultern – seinen Rücken. Sie glitten hinab zu seinen Hüften und weiter, weiter hinab, bis sie schließlich seine Lenden umfassten. Ihr ganzer Körper drängte sich jetzt zu ihm hin, und da spürte Maire Ruriks Begehren. Und schlagartig wurde ihr klar, dass auch sie begehrte, dass sie ihn, Rurik, begehrte, und zwar mit jeder Faser ihres Körpers. Eine nie gekannte Erregung ergriff von ihr Besitz, umzüngelte ihre

Lenden wie lodernde Flammen, steigerte ihr Verlangen nach ihm, nach seinem Geschlecht. „Nimm mich“, flehte sie und stemmte sich ihm entgegen.

Rurik warf den Kopf zurück und starrte Maire schwer atmend an, so als sei er aus einem Meer aufgetaucht. Aus einem Meer leidenschaftlichster Gefühle. Maire wusste genau, welche Gefühle das waren, und umso mehr überraschte sie sein heftiges „Nein!“

„Nein?“ Sie lag hier, bereit, ihm alles zu geben, was eine Frau einem Mann geben konnte, und er sagte ‚Nein‘?

„Noch nicht“, erklärte Rurik, gab ihr einen flüchtigen Kuss und setzte sich auf.

Doch bevor Maire auch nur noch einmal Luft holen konnte, bevor sie ihrerseits ‚nein‘ hätte sagen können, hatte dieses Ungeheuer von einem Wikinger ihr ein Kissen unter die Hüften geschoben und kniete jetzt vor ihr und betrachtete sie mit bewundernden Blicken. Voller Scham versuchte Maire, sich zu bedecken, aber Rurik ließ es nicht zu und schob einfach ihre Hände beiseite. Maire hatte so etwas noch nie erlebt, ganz zu schweigen von den Dingen, die Rurik jetzt tat, und die sicher sündhaft waren.

Noch nie hatte ein Mann sie so angeschaut.

Noch nie hatte ein Mann sie so berührt.

Noch nie hatte ein Mann die geheimsten Stellen ihres Körpers mit solch aufregenden Worten beschrieben.

Noch nie hatte sie das Gefühl kennen gelernt, wie es war, dort geküsst zu werden.

Alles in Maire drängte zu ihm hin – zu diesem Mann, den der Körper einer Frau so offensichtlich entzückte, der sich Zeit nahm und genau wusste, was seine Zärtlichkeiten bewirkten.

Maire war von einem Begehren erfüllt, wie sie es noch nie empfunden hatte. Sie bebte vor Verlangen, sie warf sich hin und her, sie ballte die Hände zu Fäusten und bäumte sich auf. Ihr war, als – ja, als bestiege sie einen hohen Berg. Wenn sie doch nur den Gipfel erreichen könnte! Erst dann würde sie von dieser wundervoll schrecklich pochenden Qual erlöst.

Und Rurik wusste von ihrer Not. Sie konnte es in seinen Augen lesen, die sie voll Bewunderung anblickten. Und sie erkannte auch noch etwas anderes in diesen Augen: ein glühendes Begehren. Er wollte sie, so wie sie ihn wollte. Und doch hielt er sich zurück. Warum?

Bevor sie ihn fragen konnte, flüsterte er ihr mit dunkler, heiserer Stimme ins Ohr: „Pass gut auf, Maire, so *zeichne* ich dich!"

Seine schlanken Finger berührten sie an einer Stelle, die Maire bislang noch nie wirklich wahrgenommen hatte. Maire zuckte zusammen, aber Rurik fuhr fort, sie dort zu streicheln, ja mit den Lippen und der Zunge zu liebkosen und dabei unglaubliche, nie geahnte Gefühle in ihr zu wecken. Es war wie die Vorfreude auf ein großes Ereignis, die sich immer mehr steigerte, bis keine Steigerung mehr möglich war, und sich dann plötzlich entlud in einem Taumel der Empfindungen. Maire glaubte, ins Bodenlose geschleudert zu werden.

Ekstase, das war es. Reine Ekstase.

Ekstase? Maire riss die Augen auf, als ihr dieses Wort in den Sinn kam – ein Wort, das Rurik gerade heute Abend noch benutzt hatte. „Was ... war ... das?"

„Das war ein Orgasmus, meine Liebe."

„Oh, das war es, wovon du immer wieder geredet hast?"

„Ja – ich denke schon. Hat deine süße Höhle gezuckt, als seien tausend Blitze durch sie hindurchgefahren?"

Maire war sich nicht sicher, ob Rurik sie nicht zum Besten halten wollte. Aber sie riskierte seinen Spott und nickte.

„Nun ja, dann hattest du vielleicht einen Orgasmus", meinte Rurik und neigte schelmisch den Kopf zur Seite, „aber ich war zu sehr damit beschäftigt, die Augen zu verdrehen, um es zu bemerken." Hah! Diesem Schuft war nicht die kleinste Kleinigkeit entgangen. Er machte sich lustig über sie.

Maire ließ ihren Blick über Ruriks muskulösen Körper gleiten und stutzte. „Hattest du noch kein Orgas-Mus?“ fragte sie zögernd und war sich nicht sicher, ob sie sich richtig ausdrückte. „Ich dachte, es sei unangenehm für einen Mann, so lange zu warten?“

Rurik lächelte und stöhnte dann leise auf. „Oh, wie Recht du hast. Es ist wahr, ich leide wirklich.“ Er beugte sich über sie. „Willst du mir behilflich sein, meinen Schmerz zu lindern, Liebes?“ fragte er.

Maire musste keine Sekunde darüber nachdenken, wie sie sich entscheiden sollte. Oh ja, sie wollte ihm helfen – denn zu ihrem Erstaunen fühlte auch sie einen *Schmerz* in sich aufsteigen, der gelindert werden musste.

10. KAPITEL

Maire musste eine echte Zauberin sein, denn ohne Zweifel war Rurik in ihrem Bann. Lag es daran, dass sie ihm vielleicht doch irgendeinen Liebestrank gegeben hatte, oder war es ganz einfach der Zauber, der von ihrem Wesen ausging?

Wie er jetzt auf diese zur Hingabe bereite, verführerische Frau herabblickte, war auch er mehr als bereit, sich ihr hinzugeben, sich mit ihr zu vereinigen. So wie es Männer und Frauen seit Anbeginn der Zeit getan hatten. Genuss, das Geschenk der Götter an die Männer – und ebenso an die Frauen. Er war bereit dazu, obschon er im Grunde seines Herzens genau wusste, dass es diesmal anders sein würde – es würde sein ganzes Leben verändern. Und dieser Gedanke jagte diesem Mann, der auf seine Unabhängigkeit so stolz war, Furcht ein. Hatte er sich nicht seit seiner Knabenzeit eingeredet, dass er niemanden brauche?

Aber jetzt brauchte er Maire – verzweifelt verlangte er nach ihr.

Würde dieses Verlangen abklingen, wenn die Lust gestillt war? Verdammt, er hoffte es von ganzem Herzen! Noch niemals in seinem ganzen Leben hatte Rurik eine Frau auf die Art begehrt, wie er Maire begehrte. Er war ein Mann, der die Frauen und das Spiel auf den Bettfellen liebte. Er genoss beides, das leidenschaftliche Geben und Nehmen sinnlicher Freuden, und es war für ihn besonders wichtig gewesen, Maire als Erste die Ekstase erleben zu lassen. Das war ihm auch gelungen – gut gelungen. Aber es war Rurik noch nie so schwer gefallen, seine eigene Lust zu beherrschen, und er fürchtete, was immer nun geschah, dass er keine Befriedigung mehr finden würde.

Doch er musste es versuchen.

Er beugte sich über Maire, stützte sich mit den Armen ab, während seine Hüften sich eng an Maires Oberschenkel schmiegten. Sanft begann er das Liebesspiel. Langsam, sehr, sehr langsam. Doch sogleich erfasste ihn erneut heißes Verlangen, und die Heftigkeit dieser Empfindung ließ ihn fast schwindeln. Er warf den Kopf in den Nacken und stieß zischend den Atem durch die zusammengebissenen Zähne.

Da hörte er plötzlich ein leises Schluchzen, öffnete die Augen – und sah, dass Maire still vor sich hin weinte.

Oh nein! Alles in ihm begehrte auf. *Nein, nein, nein! Weis mich jetzt nicht zurück. Das ist so ungerecht. Ich glaube, ich würde sterben.*

Er starb nicht. Aber er fragte: „Was ist, Maire? Tu ich dir weh?"

Maire schüttelte den Kopf, während kristallklare Tränen aus ihren schönen grünen Augen flossen und ihre Wangen benetzten.

„Was fehlt dir? Möchtest du – möchtest du, dass ich aufhöre?" Beim großen Thor! Er konnte nicht glauben, dass er sie *das* gefragt hatte. Auf gar keinen Fall wollte er Maire eine Gelegenheit geben, dieses herrliche Liebesspiel zu beenden.

Sie schüttelte wieder den Kopf.

Den Göttern sei Dank! „Was ist es dann?" fragte er und beugte sich zu Maire hinunter, um ihre Lippen zu küssen, die feucht waren von all den Tränen. Rurik wunderte sich über die Ruhe, mit der er nach ihrem Kummer fragte, wo es ihm doch nach etwas ganz anderem verlangte.

„Du", antwortete Maire.

„Ich?" *Verdammt, verdammt, verdammt! Was habe ich jetzt schon wieder getan? Habe ich sie verletzt? Oder habe ich vielleicht irgendetwas Unanständiges gesagt, das sie verschreckt hat?*

„Du bist so schön", erklärte Maire schluchzend.

Ah! Dann benehme ich mich allem Anschein nach doch nicht so ungehobelt, wie ich befürchtet habe.

„... und was du da mit mir machst – dieses Gefühl, das ich habe, wenn wir – wenn wir so wie jetzt zusammen sind ..." Vergebens nach den richtigen Worten suchend, zuckte sie hilflos mit den Achseln. „Ich wusste nicht, dass Beieinanderliegen so herrlich sein kann."

Herrlich? Aha, sie mag mich – sie mag mich – nun gut, zumindest gefalle ich ihr – und gefallen ihr all diese Empfindungen, die sie durch mich zum ersten Mal kennen gelernt hat.

Mehr brauchte Rurik gar nicht zu hören. Mit einem Jubelschrei schloss er Maire in seine Arme, und seine Stimme war rau vor Erregung, als er ihr lauter kleine Anzüglichkeiten ins Ohr flüsterte. Er wusste, dass es Frauen gab, die das mochten, und zu seiner Freude zeigte auch Maire keinerlei Abneigung dagegen. Natürlich gab es auch Männer, die diese schlüpfrigen Wortspiele erregten, und Rurik stellte fest, dass er dazugehörte.

„Gefällt dir das ... ich meine, so wie ich es ... oh, ich weiß nicht, wie ich es sagen soll, es hört sich so ... so, na ja, ein bisschen anstößig an", stöhnte Rurik verzweifelt. Bei Freyja, er stotterte herum wie ein Dummkopf, so als wäre es das erste Mal, dass er die Bettfelle mit einer Frau teilte.

Maire lächelte sanft. „Ja, es gefällt mir."

Vielleicht würde Maire sich später für dieses Geständnis hassen, aber was sie da gesagt hatte, war genau das, was Ruriks männlicher Ehre ungeheuer schmeichelte.

Er begann erneut, sie zu streicheln, und schon spürte er wieder dieses heiße Verlangen. Es fiel ihm immer schwerer, seine Leidenschaft zu zügeln, erst recht, als er merkte, dass auch Maires Begehren noch lange nicht gestillt war. Mit weit aufgerissenen Augen blickte sie zu ihm hin und fragte: „Werden mich wieder tausend Blitze durchzucken?"

Überwältigt von dieser Frage, stöhnte er: „Ja, Liebes, ich will es, ich hoffe es!"

„Und du, wirst du sie auch spüren?"

Welch eine Frage! dachte er, und erneut entrang sich ihm ein lustvolles Stöhnen: „Mit Sicherheit, Maire, mit Sicherheit!"

Dann schwiegen beide und gaben sich ganz ihrem Liebesspiel hin. Maire überließ sich zunächst vollkommen dem Rhythmus von Ruriks Bewegungen. Doch kaum spürte sie die Lust in sich aufsteigen, heiß und brennend, begann ihr Körper wie von selbst, sich Rurik entgegenzudrängen. Sie umschlang mit den Armen seine Schultern, und ihre Lenden wiegten sich nun im gleichen Rhythmus wie die seinen. Als Rurik dies wahrnahm, schien sich alles um ihn zu drehen, und ein Sturm der Gefühle riss ihn mit sich fort. Zwar versuchte er noch einmal, seine Leidenschaft zu zügeln, doch vergebens. Bei einer anderen Frau wäre er dazu vielleicht noch fähig gewesen, doch in Maires Armen gelang ihm dies nicht. Vollkommen seinen Gefühlen, seiner Lust, seinem Begehren ausgeliefert, tauchte er ein in ein Meer köstlichster Empfindungen, und – *Odin, ich danke dir!* –, auch Maire schien mitgerissen zu werden.

Rurik stöhnte vor Lust, als er spürte, wie die Erregung von Maires Körper Besitz ergriff, und seine Empfindungen steigerten sich fast ins Unerträgliche, als er spürte, wie sie den Höhepunkt erreichte. Rurik gelang es gerade noch, sich von Maire zurückzuziehen, denn sosehr er sich auch danach sehnte, mit ihr vereinigt zu bleiben, so fühlte er sich doch an sein Versprechen gebunden: keine Schwangerschaft. Aber auch so erfüllte ihn eine unglaubliche Befriedigung, und erschöpft sank er auf Maire nieder.

Schwer atmend lagen sie beieinander. Ihre Lust war mehr als gestillt, und sie versuchten, innerlich wieder zur Ruhe zu kommen – wenn Rurik sich auch nicht sicher war, ob ihm das je wieder gelingen würde.

Unvermittelt ergriff Maire ihn bei beiden Ohren und zog seinen Kopf dicht vor ihr Gesicht, um ihn genau zu betrachten.

„Was ist? Warum schaust du mich so an?“

Um ihre Lippen spielte ein schelmisches Lächeln. „Ich will mich nur vergewissern, ob deine Augen jetzt verdreht sind.“

Er lachte und biss sie neckisch in die Schulter, bevor er sich erhob. Neben dem Bett blieb er stehen. „Sie waren es mit Sicherheit. Und ich gehe jede Wette ein, dass mich auch einige von diesen tausend Blitzen durchzuckt haben. Bleib liegen“, befahl er dann und verschwand hinter einem Wandschirm in der Ecke.

Während er sich dort wusch, blickte er in den Spiegel, um zu sehen, ob das blaue Mal immer noch da war. Es war noch da. Rurik lächelte. Wie es aussah, bedurfte es also noch weiterer Liebesspiele mit Maire. Immer noch lächelnd, ging er mit einer irdenen Schüssel voll Wasser und einem weichen Tuch zum Bett zurück, wo er begann, Maires wunderbaren Körper zu waschen. Sanft fuhr er mit dem Tuch über Maires Lenden und dann hinab zwischen ihre Schenkel. Eigentlich hatte er geglaubt, dass Maire sich dagegen wehren würde, oder dass sie sich längst bedeckt hätte, wie es manche Frauen taten, wenn der Liebesakt vorüber war. Doch sie lehnte sich in die Kissen zurück, die Beine leicht gespreizt und ergab sich bereitwillig seinem Tun. Das Mädchen überraschte ihn immer wieder.

Rurik fühlte sich noch immer etwas benommen von jenem Gefühlstaumel, aus dem er eben erst aufgetaucht war. Es konnte nicht schaden, wenn er sich jetzt erst einmal mit etwas anderem beschäftigte, auch damit sein Körper wieder zu Kräften kommen konnte. Als er sich in dem Gemach umblickte, fiel ihm wieder der unfertige Wandbehang auf dem hölzernen Stickrahmen in der Ecke auf. Selbst in dem trüben Dämmerlicht, das an diesem regnerischen Tag herrschte, konnte man erkennen, dass die Stickerei wirklich in jeder Beziehung außergewöhnlich war. Rurik hätte nie von sich behauptet, ein Fachmann in künstlerischen Dingen zu sein, aber er war sehr wohl fähig, ein Talent zu erkennen. Es waren nicht nur die leuchtenden Farben, sondern auch die unterschiedlich starken Fäden und die Sticktechnik, die dem Bild Tiefe verliehen. Man sah einen Mann und eine Frau, die dem Betrachter den Rücken zuwandten. Hand in Hand standen sie da und beobachteten einen kleinen Jungen, der im seichten Wasser am Ufer eines „Lochs“ spielte. Die Gestalt des Mannes war noch nicht fertig. Auch nicht die leichten weißen Wolken, die an einen blauen Himmel dahinzogen, ebenso wenig die violette Heide, die hier und da den Boden bedeckte und ein rotbraunes Reh, das in einiger Entfernung aus dem Wald hervorlugte.

Etwas an diesem Bild rührte Ruriks Herz auf eine Weise, die er sich nicht erklären konnte. Es war nicht nur das handwerkliche, ja künstlerische Geschick, das sich hier zeigte, nein, es war die Art, wie hier eine Familie dargestellt wurde – eine Familie, von der Rurik als Kind geträumt hatte. Ein Traumgebilde – wahrhaftig, das war es.

„Was betrachtest du denn so eindringlich?" fragte Maire und legte die Hand auf seinen Arm. Rurik zuckte zusammen und blickte auf sie herab. Sie ruhte immer noch auf dem Lager, aber sie hatte das Leintuch sittsam über ihren Busen gezogen.

„Den Wandbehang", antwortete er. „Wer hat ihn gemacht? Deine Mutter?" Jemand hatte ihm erzählt, dass die riesigen staubigen Wandbehänge in der großen Halle, die man am Vortag zum Reinigen abgenommen hatte, von Maires Mutter und Großmutter vor Jahren angefertigt worden waren. Beide waren seit langem tot. Das würde erklären, warum diese Arbeit hier nicht fertig war.

Maire lachte leise. „Nein. Meine Mutter ist seit mehr als zwanzig Jahren tot. Ich habe die Handarbeit gemacht – oder besser gesagt, ich habe damit angefangen, sie aber leider nie zu Ende gebracht."

Ohne zu wissen warum, war Rurik verblüfft. „Du?"

„Ja. Glaubst du das etwa nicht?"

Er zuckte unsicher mit der Schulter. „Sie ist so schön."

„Und das erstaunt dich? Jetzt müsste ich eigentlich beleidigt sein."

„Es ist nur – ich weiß auch nicht –, nun gut, warum macht jemand, der ein solches Kunstwerk schaffen kann, noch andere Sachen? Ich meine solche albernen Zauberkünste? Oder arbeiten, bis die Hände rot und rau sind. Oder all seine Jungendjahre vergeuden bei dem hoffnungslosen Versuch, einen Clan zusammenzuhalten?"

Maire wollte widersprechen, als er so ihr Leben aus seiner Sicht beschrieb.

Rurik beeilte sich, zu erklären, was er meinte. „Du könntest berühmt werden mit solchen Handarbeiten, Maire. Ich kenne Könige, die würden dich mit Schätzen überhäufen, wenn du so etwas Schönes für sie anfertigen würdest.“ Er schwieg für einen Augenblick. Dann meinte er: „Warum hast du es nie fertig gestellt?“

„Es fehlt mir an der Zeit dazu. Immer kommt etwas anderes dazwischen.“ Es schien jedoch, als würde ihr das nicht allzu viel ausmachen.

Rurik mochte nicht glauben, das ihr irgendetwas wichtiger sein konnte als ihr Talent.

Maire schüttelte traurig den Kopf, so als würde er sie nicht richtig verstehen.

Er verstand sie auch nicht.

„Rurik, es gibt wichtigere Ding im Leben als Schönheit.“

„Und das wäre?“ Es war ihm klar, dass diese Frage irgendwie töricht klang.

„Ehre und Familie. Und sich selbst in den Dienst einer größeren Sache stellen.“

Rurik leugnete nicht, dass das bedeutende Werte waren, von denen sie da sprach. Zumindest die Ehre stand bei ihm auch an erster Stelle. Aber dieser Wandbehang ließ ihn Maire in einem neuen Licht erscheinen. Er musste darüber nachdenken, aber später. Nicht jetzt.

Mit einem Ruck zog er ihr das Leintuch herunter und meinte schelmisch: „Ich habe auch Talente.“

Sofort heiterte sich Maires gedrückte Stimmung wieder auf. „*Daran* habe ich nie gezweifelt. Obgleich ich dir eines sagen muss, Wikinger. Wenn dein Liebesspiel schon beim ersten Mal, als wir zusammen lagen, so gewesen wäre wie heute, wäre ich dir ohne Zweifel quer über alle Ozeane gefolgt, ob es dir gefallen hätte oder nicht.“

Rurik saß immer noch neben ihr. Ohne den Kopf zu heben, schaute er sie unter dichten Wimpern hervor an.

„Oh, jetzt schau nicht so erschrocken drein", sagte Maire lachend. „Ich habe nicht die Absicht, von heute an hinter dir herzujagen."

„Ich bin nicht erschrocken", protestierte Rurik.

„Doch, du bist es", antwortete sie und lachte wieder.

„Und warum willst du es jetzt nicht tun?" fragte er, während er sich auf die Bettfelle legte und sie in die Arme nahm.

„Nun, ich trage die Verantwortung für ein Kind und einen Clan. Dennoch, du bist durchaus verführerisch, ein nettes Appetithäppchen, so für zwischendurch."

Rurik wusste nicht so recht, ob es ihm gefiel, wenn sie so zu ihm sprach. Neckereien nach dem Liebesspiel waren Sache des Mannes. Sie war ihm fast zu direkt und hemmungslos.

Doch nein, berichtigte er sich sofort mit einem Lächeln. Dass sie keine Hemmungen hatte, war unbezahlbar, und er musste sie darin bestärken, nicht entmutigen.

„Weißt du, Rurik ..."

Wie kam es nur, dass Frauen nach der Liebe immer das Bedürfnis hatten zu schwatzen? Warum konnten sie nicht mal still sein oder schlafen? „Was?"

„... das war überhaupt keine Bestrafung."

„Das musst du mir etwas genauer erklären, Mädchen", antwortete er und zog Maire noch enger an sich. Ihr Gesicht ruhte an seiner Brust. Wenn sie jetzt vorhatte, noch endlos zu reden, so lag er wenigstens bequem.

Während sie sich seine Brusthaare spielerisch um den Finger wickelte, meinte Maire: „Du hast mir zu verstehen gegeben, dass du mich zur Strafe auf deine Bettfelle holen würdest. In Wahrheit war es aber eher eine Belohnung."

Ihre Worte machten ihn stolz, doch gleichzeitig ärgerte er sich über sie. Darum stichelte er: „Ah, aber jetzt trägst du das Zeichen meiner Männlichkeit, und ich schwöre dir, wenn dieser

Tag sich dem Ende zuneigt, wird dieses Zeichen unauslöschlich sein."

Für eine ganze Weile schien sie seine Worte sorgfältig zu bedenken. Sie spielte weiter mit seinen Brusthaaren, dann legte sie ein Bein über seine Hüften. Doch damit nicht genug, sie rieb es auch noch an ihm – sanft, langsam, hin und her. Schließlich blickte sie zu ihm auf, klimperte mit ihren langen Wimpern und fragte zaghaft: „Denkst du, du könntest jetzt damit fortfahren?"

Rurik biss sich beinahe auf die Zunge.

Natürlich konnte er. Sicher. Aber es war immer ratsam, die Frauen beim Liebesspiel nicht zu sehr zu verwöhnen. Sie bekamen sonst die Oberhand. Und so sagte er mit vorgetäuschter Gleichgültigkeit: „Vielleicht."

Er merkte sofort, dass er Maire falsch eingeschätzt hatte. Die Enttäuschung über Ruriks so ganz und gar nicht begeisterte Antwort stand ihr ins Gesicht geschrieben. Doch was noch schlimmer war, sie setzte sich auf und traf Anstalten, das Bett zu verlassen.

„Na ja, nichts für ungut", sagte sie genauso gleichgültig. Wie hatte sie ihn nur herausfordern können! „Vielleicht gehe ich Nessa suchen. Wir könnten einige Bienenwaben in Tontöpfe schichten als Vorrat für den Winter. Was kann man sonst schon tun bei dem schlechten Wetter?"

„Hah!" rief er und stellte sich so schnell auf die neue Situation ein, wie das nur ein wirklich guter Heerführer konnte. „Nein, nein, nein! So einfach entkommst du mir nicht, du aalglattes Mädchen, du. Es gibt heute zwar durchaus Honig auf *Beinne Breagha*, denke ich, aber nicht den Honig, den die Bienen machen. Es wird eine andere Sorte Honig sein. Und was man sonst noch bei dem schlechten Wetter tun kann – nun, ich denke, mir wird da schon noch einiges einfallen."

Maire hielt einen Moment inne.

Schnell fasste er sie um die Taille und zog sie zu sich aufs Lager. Weil er so schnell zugepackt hatte, verlor sie das Gleichgewicht und fiel auf ihn. Ihre Haare bedeckten sein Gesicht. Rurik machte sich prustend davon frei und erklärte ihr dann: „Ich habe nur Spaß gemacht, als ich sagte, dass wir *vielleicht* unser Liebesspiel fortsetzen könnten. Was ich meinte, war, dass wir es ganz bestimmt fortsetzen."

Sie strich sich die Haare aus dem Gesicht und hinter die Ohren. Dann hob sie den Kopf, um ihn anzuschauen. Zu seinem Erstaunen lächelte sie. Er hatte sogar den Verdacht, dass sie mit dem Lachen kämpfte, denn ihr ganzer Körper zuckte.

„Ich weiß", sagte sie und lächelte ihn verschmitzt an. Und dann zwinkerte sie ihm auch noch zu. Jetzt war es klar, klar wie der Himmel über Oslofjord, dass sie bereits die Oberhand hatte.

Na und?

Das kühne Spiel der Verführung war neu für Maire. Sie hatte Dinge gesagt, die sie früher nie auszusprechen gewagt hätte, aber jetzt wusste sie nicht so recht, wie es weitergehen sollte.

Rurik blickte sie mit seinen verführerisch blauen Augen an und wartete, was sie als Nächstes tun würde. Maire fiel nichts ein. Noch nicht.

„Komm, Maire", drängte Rurik. „Was soll ich noch tun, um dir mein Zeichen einzubrennen? Oder redest du nicht mehr mit mir? Hat's dir etwa die Sprache verschlagen?"

„Ich denke nach", fauchte Maire ihn an, und ihr wurde im gleichen Augenblick bewusst, dass das eine etwas seltsame Antwort war für eine Frau, die der Länge nach auf einem nackten Wikinger lag. Sie ärgerte sich über sich selbst, nein, über ihn! Und sie hatte gute Lust, ihm die Schüssel, die immer noch auf der niedrigen Truhe neben dem Lager stand, auf den Kopf zu hauen. Obwohl – es gab Dinge, bei denen konnte dieser Mann ja vielleicht durchaus noch von Nutzen sein. *Das ist es! Ich werde diesen wollüstigen Schuft für meine Zwecke benutzen?*

Oh, Rurik war für Maire immer noch der unausstehliche Wikinger, aber das Liebesspiel mit ihm war ein äußerst vergnügliches Erlebnis gewesen, und Maire hatte in den letzten Jahren wirklich wenig Angenehmes erlebt. War es da so falsch, mehr davon haben zu wollen, wenn sich nun die Gelegenheit dazu ergab?

Wahrhaftig, dieser Mann hatte sie mit seinen Liebeskünsten im höchsten Maße verblüfft. Wer hätte geahnt, dass eine Sache, die Maire eigentlich immer nur als eine unangenehme Pflicht angesehen hatte, so ... ja, wie eigentlich? ... sein konnte? Maire suchte vergebens nach dem richtigen Wort

Vergnüglich? Mit Sicherheit.

Schockierend? Ja, aber auf angenehme Weise.

Lehrreich? Sie musste lächeln bei dem Gedanken. Sie hatte wirklich einige *Dinge* gelernt. Und sie wollte noch mehr dieser *Dinge* lernen. Überdies hatte sie eine starke, ihr bisher völlig unbekannte Sinnlichkeit an sich entdeckt. Und bevor diese wieder schwinden würde, wollte sie gerne mehr darüber wissen – darüber, was diese Sinnlichkeit so plötzlich zum Leben erweckt hatte und warum.

Harmonisch? Seltsam, dass Maire dieses Wort in den Sinn kam. Aber da *war* das Gefühl von Harmonie und Einklang gewesen, als sie Rurik in sich spürte. Es war nicht das Einssein mit einem anderen Menschen, oder das Staunen darüber, wie zwei so ungleiche Körper derart ausgezeichnet zusammenpassen konnten und dass der Schöpfer es so geplant hatte. Es war mehr. Ihre Vereinigung schien auf irgendeine Weise vorherbestimmt gewesen zu sein. Wie Rurik es zuvor gesagt hatte – es war ihr Schicksal, und sie erschauerte bei dem Gedanken, was das für sie bedeuten würde.

Maire seufzte und bemerkte, dass Rurik sie immer noch fragend ansah.

Sie war sich nicht sicher, was sie als Nächstes tun sollte, aber sie konnte immer noch Ruriks Beispiel folgen – und es genauso machen, wie er es ganz am Anfang gemacht hatte. Sie rollte sich von ihm herunter, legte sich auf die Seite und befahl: „Dreh dich um!“

Überrascht blickte er sie an.

Sie stellte fest, dass es ihr gefiel, die Führung zu übernehmen.

„W...was?“ stotterte Rurik.

Sie spürte so etwas wie Genugtuung, dass sie einen Mann – einen sehr männlichen Mann, hier auf ihrem Lager – zum Stammeln bringen konnte.

„Ich möchte deinen Körper betrachten, so wie du meinen betrachtet hast“, erklärte sie, und es wurde ihr heiß und kalt bei ihren eigenen Worten. Maire war es nicht gewohnt, einem Mann gegenüber solche Wünsche zu äußern, besonders nicht einem nackten Mann gegenüber.

Als ihr Blick über seinen Körper glitt, bemerkte sie, dass ihre Aufforderung ihn erregte.

Und Maire war stolz darauf, dass allein schon ihre Worte diese Wirkung auf Rurik hatten.

Lange Zeit starrte er sie an, und Maire fürchtete schon, er könnte ihren Wunsch ablehnen. Doch dann fuhr er mit der Zunge über seine Lippen, so als seien sie ganz trocken, und auch Maire glaubte auf einmal, einen ganz trockenen Mund zu haben.

„Ich hoffe, du hast einen guten Grund dafür, Maire“, murmelte er mit heiserer Stimme, drehte sich auf den Bauch und verschränkte die Arme unter dem Kopf.

Anfangs studierte Maire nur Ruriks lang hingestreckten Körper. Selbst bei flüchtiger Betrachtung war nicht zu übersehen, dass er ein Bild von einem Mann war, und was für ein Bild! Breite Schultern, schlanke Taille, schmale Hüften, ein fester Po und außerordentlich lange, muskulöse Beine.

Sie schob seine langen Haare beiseite und berührte den kräftigen Nacken. Rurik seufzte leise voller Wonne, und Maire, ermutigt durch diesen genussvollen Seufzer, strich sanft mit den Händen über seine Schultern bis hinunter zur Taille. Sofort lief ein Schauer über Ruriks Rücken.

„War das nicht gut?“

Er gab einen gurgelnden Laut von sich, der irgendwo zwischen Keuchen und Lachen angesiedelt war. „Das war gut."

Sie zögerte etwas, dann umfasste sie seinen Po und massierte ihn leicht. Er war viel fester als ihr eigener. Maire zeichnete mit ihrem Zeigefinger seine Rundung nach.

Sein ganzer Körper straffte sich.

War das jetzt ein Fehler gewesen? Eine zu freche Berührung? Maire dachte schon daran, ihre Erkundungen abzubrechen, als Rurik sie ermunterte: „Hör jetzt nicht auf, Maire. Bei Freyjas Liebe, wage nicht, jetzt aufzuhören."

Sie lächelte bei der märchenhaften Vorstellung, dass sie diesen erfahrenen Liebhaber erregen konnte. Maire fuhr fort, langsam und genüsslich Ruriks Körper zu erkunden. Sie fuhr mit den Fingerspitzen an seinen Beinen entlang und entdeckte, dass die Innenseite seiner Oberschenkel ungewöhnlich empfindsam waren.

Rurik stöhnte laut auf, warf sich herum und zog Maire zu sich herab. Sein Oberkörper drängte sich ihren Brüsten entgegen, gleichzeitig zog er ihr Bein über seine Hüfte. Von einer plötzlichen Scham ergriffen, wollte Maire sich etwas von ihm zurückziehen, aber er erlaubte ihr nicht, sich zu bewegen. Stattdessen flüsterte er, während er sie noch enger an sich zog: „Küss mich, du Zauberin, bevor du fortfährst, mich verrückt zu machen durch deine Berührungen. Schmecke mich mit deinen Lippen, deiner Zunge, und lass mich deine Zähne spüren."

„Ich küsse nicht so gut wie du", gestand Maire schüchtern.

Rurik blickte sie erstaunt an. Doch dann schüttelte er den Kopf, so als wäre ihre Unerfahrenheit ohne jede Bedeutung. „Versuch es", bat er sie, „und was du nicht kannst, werde ich dich lehren." Maire gab seiner Bitte nach. Sie senkte ihren Mund auf seinen und ließ ihre Lippen zart hin und her gleiten.

„Öffne sie", murmelte Rurik.

Sie tat es. Wer hätte ahnen können, dass sich öffnende Frauenlippen über dem Mund eines Mannes so aufregend sein konnten? Und nun lehrte Rurik sie die Kunst des Küssens. Nicht mit Worten, sondern mit Taten – und mit vielen kleinen, wohligen Seufzern. Maire erkannte bald, dass sie eine gelehrige Schülerin war. Als Rurik sich endlich von ihren Lippen löste, rang er nach Atem. Und wenn man dies als einen Hinweis darauf nehmen konnte, wie gelehrig sie war, so musste sein Urteil glänzend ausfallen. Maire entdeckte zu ihrer ungeheuren Zufriedenheit, dass man Ruriks Lippen den wilden Kuss ansah. Und in seinen Augen loderte ein sinnliches Feuer, das sie entzündet hatte. Maire wollte gar nicht daran denken, welchen Anblick sie wohl bot. Wahrscheinlich keinen besseren – oder schlechteren ... Es kam auf den Standpunkt an.

Rurik hatte ihr zuvor, während des heißen Liebesspiels, etwas zugeflüstert, dessen sie sich jetzt erinnerte. Er hatte behauptet, das höchste Vergnügen eines Mannes sei die Leidenschaft, die eine Frau zeige. Nun, es stimmte auch umgekehrt, stellte Maire fest. Die Leidenschaft, die ein Mann zeigte, war ebenfalls das größte Vergnügen einer Frau.

Maire beschloss, dass es an der Zeit wäre, ihre Erkundungen fortzusetzen. Ruriks Beispiel folgend, liebkoste sie nun seine Ohren, seinen Nacken und seine Brust, doch nicht nur mit ihren Lippen, sondern auch mit der Zunge und, ganz vorsichtig, ganz sanft, mit den Zähnen. Und zu ihrem Entzücken fand er an ihrem Liebesdienst genauso viel Gefallen wie sie zuvor an seinem.

Maires Mund wanderte weiter über seinen herrlichen Körper, streifte seine Hüften, seinen Bauch, seine Lenden und glitt schließlich hinab zu seinem Geschlecht. Dort angelangt, blickte Maire auf und stellte fest: „Oh, Wikinger, wenn ich mir *Lanze* so betrachte, muss ich zugeben, dass du wohl doch nicht so viele Lügengeschichten erzählt hast."

„Darüber zu reden ist jetzt nicht die richtige Zeit, Mädchen", antwortete Rurik mit rauer Stimme. Doch Maire war sich sicher, dass ihn ihr Scherz insgeheim erfreute. Sie war es nicht gewohnt, beim Liebesspiel derartige Reden zu führen, doch sie stellte fest, dass es ihr Spaß machte. Und mit der Zeit würde sie sicher noch mehr Übung darin bekommen.

Maires Finger strichen zärtlich über Ruriks flachen Bauch, dann beugte sie sich über ihn, um mit der Zunge seinen Nabel zu umkreisen. Doch diese süße Folter konnte Rurik nun nicht mehr ertragen. Mit einem Stöhnen hob er Maire jäh hoch, so dass sie nun rittlings auf ihm saß.

„Nimm mich“, stieß er mit heiserer Stimme hervor.

„Oh?“ Maire blickte ihn fragend an. „Was soll ich ...?“

„Nimm mich – nimm mich in dich auf“, sagte er mit dunkler, rauchiger Stimme, bei deren Klang auch Maire von einer wilden Begierde ergriffen wurde. Und sie erfüllte seinen Wunsch. Rurik biss die Zähne zusammen und warf den Kopf zurück, als würde er einen Schmerz erleiden, aber Maire fühlte, es war ein lustvoller Schmerz. Als ihre Blicke sich trafen, forderte er sie sanft auf: „Beug dich weiter vor, Liebling, dann kannst du mich noch besser in dich aufnehmen.“

Noch besser? Unmöglich. Dennoch folgte sie seiner Aufforderung und stellte mit Verwunderung fest, dass es stimmte, was er gesagt hatte. Ihr Körper schien wie für ihn geschaffen.

„Und jetzt lehn dich etwas zurück“, forderte Rurik sie erneut auf.

Und wieder folgte sie ihm, wobei ihre Schenkel sich leicht öffneten. Ein überwältigendes Gefühl stieg in ihr auf, und sie spürte eine noch nie gekannte Wollust. Doch plötzlich empfand sie Scham über ihre hemmungslose Hingabe. Sie wandte das Gesicht ab und wollte sich von Rurik lösen, doch er ließ es nicht zu. Seine Hände umfassten ihre Hüften und hielten sie fest. „Schau mich an, Maire“, bat er. „Ich möchte sehen, wenn du kommst.“

Als sie nicht sofort seiner Bitte nachkam, begann er, die Knospe zwischen ihren Schenkeln sanft zu reiben.

„Oh“, flüsterte Maire.

„Was ist?“ fragte er.

„Das fühlt sich hier an wie Schmetterlingsflügel – wie das

rasend schnelle Schlagen von Schmetterlingsflügeln," gestand Maire voller Entzücken, wobei sie eine Hand an ihre Scham legte.

„Oh Maire, du bist wunderbar."

Ihr Körper begann zu beben, immer stärker und stärker. Sie stöhnte auf und flüsterte dann: „Ich will ... ich will ...", ohne zu wissen, was es genau war, das sie wollte. Vielleicht nur, dass dieses lustvolle Pochen an ihrer empfindlichsten Stelle ein Ende haben möge.

Langsam, ganz langsam bewegte Maire nun ihre Hüften hin und her. Die Wonne, die sie dabei empfand, war so stark, dass sie die Augen schloss. Sie sah rote und weiße Sterne tanzen. Als sie die Augen wieder aufschlug, bemerkte sie, dass Rurik den gleichen Gefühlen ausgeliefert war. Und Schweißperlen auf seiner Stirn und Oberlippe zeugten davon, wie sehr er sich zurückhielt. Sein Blick war verschleiert, und er atmete schwer. Enttäuscht darüber, dass er so bewegungslos dalag, nahm Maire Ruriks Hände von ihren Hüften und legte sie auf ihre Brust.

„Beweg dich! Beweg dich doch!" forderte sie.

Rurik blickte sie an, dann lächelte er und sagte nur: „Mit Vergnügen."

Mit seinen Händen umfasste er nun ihre Lenden und wiegte ihren Körper sanft im gleichen Rhythmus, in dem er sich bewegte. Dann flüsterte er ihr zärtlich zu, was sie tun sollte, und Maire erwies sich einmal mehr als gelehrige Schülerin. Denn schon bald gestand ihr Rurik mit einem tiefen Seufzer: „Du ... bist ... unglaublich."

Maire wirbelten tausend Gedanken durch den Kopf, doch es gelang ihr nicht, in Worte zu fassen, was sie empfand. Da zog Rurik ihren Kopf zu sich herunter und flüsterte ihr ins Ohr: „Du fühlst dich an wie schmelzender Honig". Und genau damit beschrieb er ihr eigenes Empfinden. „Und wie fühlst du mich?"

Sie dachte nur kurz nach und sagte dann: „Du bist die fehlende andere Hälfte von mir, die endlich nach Hause kommt."

Sie wusste, dass ihn ihre Worte verblüfften, aber es war die Wahrheit. Er und sie waren ein Ganzes.

Hatten je ein anderer Mann und eine andere Frau so gut zueinander gepasst wie Rurik und sie? Maire hatte keine große Erfahrung, was das Zueinanderpassen von Mann und Frau betraf. Außer Rurik hatte sie nur einen Mann gekannt, Kenneth. Aber sie entschied, dass Rurik und sie einzigartig sein mussten. Wie Adam und Eva, nur noch besser. Bei diesem Gedanken musste sie lächeln.

„Findest du meine Verwirrung so komisch?" fragte Rurik mit einem leichten Ärger in der Stimme und gab ihrem Kinn einen zärtlichen Stups.

„*Bist* du verwirrt?"

„Oh, ich bin vollkommen verwirrt, und du bist der Grund dafür."

Maires Lächeln wurde noch strahlender.

Da umfasste Rurik ihren Po und rollte sich mit ihr zusammen herum, so dass er jetzt oben lag. „Es gefällt dir, mich zu verwirren, nicht wahr?"

„Ungeheuer."

Das war das Letzte, was sie sagen konnte, denn Rurik nahm mit aller Leidenschaft das Liebesspiel wieder auf. Maire beobachtete, wie seine Erregung wuchs, wie das Blau seiner Augen so dunkel wurde wie der Nachthimmel, und sich ein Schleier über seinen Blick legte. Sein Atem ging stoßweise, und seine Nasenflügel bebten.

Maire fand es herrlich, ihn so zu beobachten, in leidenschaftlicher Hingabe.

Doch auch im Augenblick höchster Leidenschaft vergaß Rurik nicht, was er Maire versprochen hatte. Sie sollte nicht schwanger werden. Eine Sekunde lang wünschte sie sich, er hätte nicht daran gedacht und wäre mit ihr vereint geblieben, aber sie wusste, dass das nicht klug gewesen wäre.

Erschöpft sank Rurik auf Maire herab, das Gesicht eng an ihren Hals geschmiegt. Maire glaubte schon, er wäre eingeschlafen, als er zart ihren Nacken küsste und flüsterte: „Ich danke dir."

Ich danke dir? Wie seltsam, so etwas zu sagen.

Und doch auch wieder gar nicht seltsam, denn auch sie war dankbar für die Freuden, die er ihr geschenkt hatte. Das Gewicht seines Körpers drückte sie auf das Bett nieder, doch sie empfand es ganz und gar nicht als unangenehm. Zärtlich streichelte sie über Ruriks seidiges Haar und sann darüber nach, was ihr an diesem einen Tag alles widerfahren war. Es war überwältigend. Ihre Augen füllten sich mit Tränen, als sie erkannte, wie überwältigt sie war.

Ich liebe ihn noch immer.

11. KAPITEL

Rurik hatte Angst. Für einen so abgehärteten Krieger wie ihn war es schwer, sich das einzugestehen, doch er musste der Wahrheit ins Auge blicken.

Rurik konnte gefährliche Situationen in einer Schlacht meistern, er war an den Gedanken gewöhnt, dass er vielleicht unverhofft sterben würde, und er hatte Blutvergießen und Grausamkeiten gesehen. Was ihn jedoch das Fürchten lehrte, war dieses überwältigende Gefühl, das er für Maire zu empfinden begann.

Wie konnte es nur sein, dass er in so kurzer Zeit so großen Gefallen an ihr fand? War Zauberkraft im Spiel? Der Gedanke ließ ihn schaudern. Er konnte nicht leugnen, dass sein Innerstes bei Maires Anblick erbebte, dass sein Herz zu rasen begann, und dass er nichts anderes mehr um sich herum wahrnahm als sie. Kurz gesagt, es war ihm, als hätte ihn eine Krankheit befallen. Immerzu musste er an Maire denken und wenn sie ihm nahe war, fasste seine Hand ständig nach ihr. Er konnte auch nicht aufhören zu lächeln. Ja, er hatte in diesen letzten Stunden nichts als gelächelt. Er musste aufpassen, nicht wie ein verträumter Narr durch die Gegend zu taumeln.

Rurik hatte ernsthaft den Verdacht, dass er im Begriff war, sich in die Zauberin zu verlieben. Nicht, dass er aus Erfahrung gewusst hätte, wie es war, sich zu verlieben, aber wenn es tatsächlich das war, was er da fühlte, dann musste er einen Weg finden, diesem Zustand sofort ein Ende zu bereiten. Sich zu verlieben passte nicht zu dem, was er vorgehabt hatte. Ganz und gar nicht!

Es gab wirklich viele Gründe, warum er es sich nicht erlauben konnte, diese Frau zu lieben, aber drei ganz wichtige fielen ihm sofort ein:

Erstens war er Krieger. Wenn er sich Hals über Kopf in eine Frau verliebte – besonders in eine, die das Talent hatte, ihm solche Wonnen auf den Bettfellen zu bereiten –, so würde ihn das schwach und verwundbar machen. Das konnte er nicht zulassen. Er hatte in der Vergangenheit schon verliebte Krieger unter seinem Oberbefehl gehabt. Sie waren bald zu nichts mehr zu gebrauchen gewesen. Viele gingen schneller in die Knie, als ein angelsächsischer Pfeil fliegen konnte. Meistens deswegen, weil sie über ihre eigenen Füße stolperten.

Zweitens hatte die Liebe zu einer schottischen Zauberin keine Zukunft. Rurik hasste dieses Land aus tiefstem Herzen und er konnte es kaum erwarten, es wieder hinter sich zu lassen. Nebenbei war er einer nordländischen Adeligen anverlobt, das hieß, er war durch ein Versprechen gebunden, das er einhalten musste.

Drittens war Maire seine Feindin, und diese Tatsache durfte er nicht vergessen. Sie war es gewesen, die sein Gesicht gezeichnet und ihn für lange Jahre der Lächerlichkeit preisgegeben hatte.

Nun gut, Rurik wusste jetzt wenigstens, was er zu tun hatte. Neben dem Vorsatz, sich des blauen Zeichens zu entledigen, hatte er jetzt noch einen zweiten. *Ich darf Maire nicht lieben.*

Es war später Nachmittag. Seit der Morgendämmerung hatten er und Maire auf den Bettfellen beieinander gelegen, und sein Verlangen nach ihr war noch immer nicht gestillt. Selbst jetzt, da sie in seinen Armen schlief, konnte Rurik sich nicht von ihr losreißen. Dabei knurrte ihm der Magen, sein Körper roch nach Schweiß, und das Lager war unangenehm feucht. Seinem neuen Leitspruch ‚Ich darf Maire nicht lieben' folgend, rief er sich seine in langen Jahren erworbenen Tugenden in Erinnerung: Pflichtbewusstsein, Selbstbeherrschung und Härte gegen sich selbst und gegen andere. Und als er sich dann vorsichtig von ihr löste, ihre rote Mähne beiseite schob und sich aus ihren Armen befreite, beschloss er, Maires Reize einfach nicht mehr zu beachten.

Er stand auf und ging quer durch den Raum, ohne sich noch einmal nach Maire umzuschauen. Auch das half.

Kurz darauf beglückwünschte er sich dazu, dass es ihm gelungen war, das Gemach zu verlassen, ohne Maire geweckt zu haben. Er schloss leise die Tür hinter sich. Dann traf ihn fast der Schlag, denn als Erstes fiel sein Blick auf Toste und Vagn. Sie lehnten mit verschränkten Armen und lässig gekreuzten Füßen an der Mauer gegenüber und grinsten ihn an.

„Was macht ihr hier?"

„Die Herrin bewachen", antwortete Toste.

„Wie du es befohlen hast", betonte Vagn.

„Ich habe nicht verlangt, dass ihr sie bewacht, wenn ich bei ihr bin", entgegnete Rurik gereizt. „Und selbst wenn, warum müsst ihr hier zu zweit Wache stehen?"

„Toste ist der Wächter. Ich habe ihm nur Gesellschaft geleistet", sagte Vagn.

Immer noch grinsten beide vor sich hin.

„Nun, hast du ihr gezeigt, was ein Orgasmus ist?" fragten die Zwillinge dann auf einmal wie aus einem Munde.

„Könnte man jetzt nicht mal wieder damit aufhören, dieses lächerliche Wort zu benutzen? Außerdem geht euch das gar nichts an."

„Nun gut, du siehst jedenfalls so aus, als hättest du einen gehabt – mindestens einen", sagte Toste lachend und duckte sich schnell, da Ruriks Faust auf ihn zuschoss.

„Ja", stimmte Vagn zu. „Er sieht ganz so aus. Vielleicht sollte ich einmal nachschauen, wie es der Zauberin geht."

„Bleib weg von Maire", befahl Rurik, etwas zu schnell und zu barsch.

Beide Männer starrten ihn mit hochgezogenen Augenbrauen an.

„Uiii!" bemerkte Toste

„Uiii!" bemerkte Vagn.

„Ich schwöre euch, wenn ihr eure Zungen nicht im Zaume haltet, werdet ihr bald noch mehr Anlass haben, ‚uiii!' zu sagen."

Da fiel Rurik an den beiden etwas auf. Jeder der Zwillinge trug einen roten Faden um den Mittelfinger gewickelt. „Was ist das?“ fragte er und deutete erst auf die eine, dann auf die andere Verzierung.

„Ein Messfaden“, erwiderte Toste und errötete dabei bis unter die Haarwurzeln. Rurik konnte sich an keine Situation erinnern, in der Toste jemals rot geworden wäre, noch nicht einmal dann, wenn er etwas sehr Dummes angestellt hatte.

„Für unseren ...“, stotterte Vagn und wurde auch puterrot. „Ich meine – um zu messen ...“

„Großer Thor! Glaubt ihr beiden Schwachköpfe etwa dieses dumme Gerede über die Lügen der Wikinger und ihre schrumpfende Männlichkeit?“

„Wir haben es nicht wirklich geglaubt, wir wollten nur einmal das Normalmaß feststellen. Für alle Fälle“, verteidigte sich Toste. „Bei einer Zauberin weiß man nie, Rurik. Ehrlich, man kann nicht vorsichtig genug sein.“

„Denk nicht, dass wir dazu neigen, Unwahrheiten zu erzählen. Aber es kann einem bei Gelegenheit ja einmal eine winzige Lüge entschlüpfen.“ Vagn blickte Rurik mit Unschuldsmiene an. Dann schaute er auf seinen Bruder, der zustimmend nickte.

„Und was würdet ihr tun, wenn ihr ein – ein Schrumpfen bemerken würdet?“

Die Zwillinge blickten sich entsetzt an.

„Vielleicht weiß die Zauberin ein Mittel dagegen?“ fragte Toste hoffnungsvoll.

Sie kennt tatsächlich eines, aber ich will verdammt sein, wenn ich ihr erlaube, es bei einem von euch anzuwenden.

„Ja, das würde dann sicher seinen Zweck erfüllen“, sagte Vagn.

„Ich glaube, ich habe es mit zwei Verrückten zu tun“, stellte Rurik fest, packte Toste beim Arm und zog ihn zur Treppe. „Du kommst mit und erzählst mir, was geschehen ist. Und du, Vagn, bleibst hier und passt auf Maire auf.“

Sie waren die Treppe hinuntergegangen und im Begriff, die Große Halle zu betreten, als Toste Rurik zurückhielt. „Es gibt etwas Neues, das du wissen solltest." Toste berichtete, was in der vergangenen Nacht geschehen war. Dabei ging es um drei Kühe und vier Schafe. Rurik warf ein, dass Viehdiebstahl bei den Schotten nichts Besonderes sei. Es gehöre zu ihrer Lebensart, die Nachbarn zu bestehlen.

Toste schüttelte den Kopf. „Das hier ist etwas anderes. Die Tiere wurden nicht nur getötet und ihre Kadaver einfach liegen gelassen, sie sind vorher auch noch gequält und verstümmelt worden. Man hat ihnen die Köpfe abgeschlagen und die Augen ausgestochen. Einem Widder haben sie die eigenen Hoden ins Maul gestopft."

Rurik spürte, wie Zorn in ihm hochstieg. „Also eine Warnung. Die MacNab haben uns eine Warnung hinterlassen. Sie lassen uns wissen, dass sie nicht nur ungehindert das Land der Campbell betreten können, sondern auch bereit sind, Unschuldigen Leid zuzufügen."

„So sehe ich das ebenfalls, und Stigand und Bolthor meinten das auch."

„Warum habt ihr mich nicht sofort gerufen, als ihr von der Sache erfahren habt?"

Toste zuckte mit der Schulter. „Wir haben es erst jetzt entdeckt. Das war der eigentliche Grund, warum ich draußen vor deiner Kammer stand. Ich war gerade heraufgekommen, um dich zu holen."

„Ich hasse es, in einer solchen Lage zu sein – zu wissen, dass der Gegner angreifen wird, aber nicht zu wissen, wann. Außerdem sind wir uns ja wohl alle im Klaren darüber, dass es immer besser ist, selbst anzugreifen, statt sich nur zu verteidigen."

„Wir müssen darüber sprechen. Alle warten in der Halle auf dich."

„Ist die Burg fürs Erste ausreichend gesichert?"

„Sie ist es."

Plötzlich schoss Rurik ein Gedanke durch den Kopf, der ihn aufschrecken ließ. „Der Junge, Maires Sohn! Lauf sofort los, und bring ihn in die Burg. Es ist mir gleich, was seine Mutter dazu meint. Wenn sich die MacNab hier so frei bewegen können, ist er in den Hügeln nicht mehr sicher. Nimm einen der Campbell-Männer mit und bring ihn dazu, dir zu sagen, wo sich die Höhle, das Versteck des Jungen, befindet."

„Daran hatte ich noch gar nicht gedacht, aber du hast Recht, der Junge ist in Gefahr. Jamie muss unter deinen Schutz gestellt werden. Die MacNab bringen es fertig und foltern sogar ein Kind", sagte Toste.

„Oder die Mutter, wenn sie für das Kind ein Lösegeld fordern." Rurik gefror fast das Blut in den Adern, wenn er daran dachte, in welcher Gefahr Maire schwebte. Denn ein Mann, der fähig war, eine Frau in einen Käfig zu sperren, war sich sicher nicht zu schade für andere unaussprechliche Schandtaten.

„Ääh ... Rurik, da ist noch etwas anderes."

Rurik wandte den Kopf und blickte Toste fragend an.

„An deinem Hals ... es scheint, da hat dich was gebissen ..." Toste verkniff sich mühsam das Lachen.

Rurik fuhr mit der Hand über seinen Hals. Er zweifelte nicht daran, dass Toste Recht hatte. Um die Wahrheit zu sagen, er erinnerte sich genau, wann ihn Maire voll Leidenschaft gebissen hatte. Trotzdem, wenn Toste nicht endlich aufhören würde, ihn immer wieder mit Maire zu foppen, würde das ihre Freundschaft ernsthaft infrage stellen.

„Du willst doch sicher, dass ich dir so etwas sage, Rurik", meinte Toste, der Ruriks Ärger sehr wohl zur Kenntnis nahm. „Schließlich lügt ein Wikinger niemals."

Rurik holte aus, um dem Schuft einen Schlag zu versetzen, aber Toste brachte sich lachend außer Reichweite. Als sie die Halle betraten, forderte Toste immer noch lachend Young John auf, zu ihnen zu kommen. Nach einer kurzen Verständigung verließen die beiden die Halle und gingen durch das große Tor nach draußen. Ruriks Weg führte ihn durch die Halle zur Küche. Der Regen trommelte unaufhörlich aufs Dach. Viele von

Maires Bauern und Bediensteten waren in der Halle, reinigten und schärften Waffen, webten Stoffe und besserten Gegenstände des täglichen Lebens aus. Sie hatten sich ihre Arbeitsplätze sorgfältig ausgesucht und vermieden die Stellen, an denen Wasser durch das immer noch nicht geflickte Dach tropfte.

Alle blickten auf Rurik. Seit der letzten Nacht hatten sie ihn nicht mehr gesehen. Einige Blicke waren wachsam, einige fragend, aber allem Anschein nach zeigte sich keiner überrascht, dass er den ganzen Tag in der Kammer ihrer Herrin verbracht hatte. Dann traf ihn der Blick von Old John, und Old John zwinkerte ihm doch tatsächlich zu! Warum waren Maires Leute nicht empört über das Benehmen ihrer Herrin oder beklagten Maires schlimmes Schicksal, einem lüsternen Wikinger ausgeliefert zu sein? Denn wie es schien, waren sie mit allem, was in dieser Burg geschah, einverstanden. Eigentlich sollte mich diese Tatsache beunruhigen, dachte Rurik, doch dann schob er diesen Gedanken beiseite. Im Moment hatte er wirklich genug andere Sorgen. Und was ihn und Maire und ihre Leute betraf, nun, darüber konnte er sich später auch noch Gedanken machen.

Er sah Stigand an einem der niedrigen Tische sitzen, wo er Murdoc und einigen Jungen zeigte, wie man aus Hartholz Pfeile schnitzte. Das Erste, was Stigand sagte, war: „Weiß sie jetzt, was ein Orgasmus ist?“

„Herrgott noch mal!“

„Du musst dich nicht über mich ärgern. Du warst doch derjenige, der – zumindest in diesem einen Fall – in der Liebeskunst versagt hat. Somit bist natürlich auch du es, den man jetzt fragt, wie die Sache steht. Man nimmt schließlich Anteil am Leben eines Freundes, oder nicht ...“ Der Schalk stand Stigand ins Gesicht geschrieben und strafte seine Worte Lügen. „Und warum hältst du dir eigentlich so den Hals?“

„Ein Krampf“, murmelte Rurik und setzte sich.

„Ein Krampf, eh? Manchmal bekommt ein Mann so etwas von besonders leidenschaftlichen Liebesspielen. Ich habe auch einmal einen Krampf gehabt – aber an einer anderen Stelle. Erzähl mir nichts von Schmerzen!"

Rurik legte den Kopf auf den Tisch und stöhnte.

Da kam Bolthor herangeschlendert. „Weiß sie jetzt, was ein Orgasmus ist?"

Rurik hob den Kopf und warf seinem Skalden einen wütenden Blick zu. „Wenn irgendeiner noch einmal dieses lächerliche Wort in den Mund nimmt, schneide ich ihm die Zunge heraus. Ist das klar?"

Bolthor starrte ihn eine ganze Weile an, so, als müsse er über Ruriks Worte nachdenken. Dann machte er die völlig überflüssige Bemerkung: „Deine Lippen sind geschwollen."

„Er hat auch einen Krampf im Nacken", erzählte Stigand Bolthor, als ob das von irgendeiner Wichtigkeit wäre.

Bolthor nickte. „Ich habe mich schon gefragt, warum er seine Hand im Nacken hält. Ich dachte, er versucht vielleicht, etwas zu verbergen."

Stigand und Bolthor tauschten bedeutungsvolle Blicke, dann schauten beide auf eine ganz bestimmte Stelle unterhalb von Ruriks Bauchnabel. Dieser Unsinn ging langsam zu weit.

Rurik lag schon ein Fluch auf den Lippen, als er bemerkte, dass alle Männer, die sich um den Tisch versammelt hatten, um den Schlachtplan gegen die MacNab zu besprechen, genauso wie Toste und Vagn einen roten Faden um den Mittel- oder Zeigefinger gewickelt hatten. Auch die Schotten und sogar die kleinen Jungen. Am lächerlichsten aber war, dass Bolthors und Stigands Fäden von einer Länge waren, die jedem Drachen zur Ehre gereicht hätte.

Rurik schüttelte den Kopf über die ganze Bande. Dummköpfe, alle miteinander.

Die nächste Stunde verbrachten sie damit, einen Angriffsplan gegen die MacNab zu entwickeln. Das war Ruriks Spezialgebiet, und er genoss es, Karten zu zeichnen und Vorgehensweisen abzuwägen. Am Ende hatten sie einen Plan entwickelt, wie sie ihre wenigen Männer am vorteilhaftesten einsetzen und so diesen Kampf für sich entscheiden konnten.

Rurik stand auf, streckte sich und befahl einem Bediensteten, einen Bottich und heißes Wasser in Maires Kammer zu bringen. Auch frische Tücher und sauberes Linnen für das Lager. Dann fragte er Nessa, die sich zu ihnen gesellt und ihre Hand vertraulich auf Stigands Schulter gelegt hatte, ob sie ihm irgendetwas zu essen machen könnte, aber reichlich.

„Was heißt *reichlich*?" fragte Nessa.

„So viel, dass es für eine ganze Weile reicht," antwortete Rurik.

Nessa verschwand in der Küche und kam bald darauf mit einem riesigen Brett voller Speisen zurück. Angesichts all dieser Köstlichkeiten lächelte Rurik, doch da fiel sein Blick auf Bolthor, und schlagartig versteinerte sich seine Miene. Denn zweifelsohne begann der Skalde gerade, erneut etwas von seiner Dichtkunst zum Besten zu geben. Und richtig, als Rurik die Halle mit dem schwer beladenen Brett verließ und dem Bediensteten folgte, der die Wasserbehälter trug, hörte er Bolthor schon ankündigen: „Dies ist die Saga von Rurik dem Größeren."

Einst war ein Wikinger,
der wusste nicht mehr so recht
um all die netten Spielchen im Bett.
Doch da kam eine schottische Zauberin
und brachte ihm wieder bei
all diese Spielchen für zwei.

Maire hatte gerade ihr Hemd angezogen und trat hinter dem Wandschirm hervor, als Rurik das Gemach betrat. „Aufwachen, du Langschläferin", sagte er heiter. Dann entdeckte er sie in der Ecke des Raumes. „Oh, du bist schon aufgestanden." Enttäuschung schwang in seiner Stimme, als er klagend hinzufügte: „Und du ziehst dich schon an."

„Natürlich ziehe ich mich an. Hast du gedacht, ich liege hier noch einen weiteren Tag nackt herum?“

„Ich hatte es gehofft“, antwortete Rurik. Und er meinte es ernst. Dieser Dummkopf! Nicht, dass Maire ihm keinen Grund zu Hoffnungen gegeben hätte. Heiliger Bonifatius! Aber jetzt wollte sie nichts mehr von der Wollust wissen, die während des vergangenen Tages ihre Kammer erfüllt hatte. Sie hatte nun wieder ihre sieben Sinne beisammen. Wenigstens hoffte sie es.

Erst jetzt sah sie die Männer mit den Gefäßen voller Wasser hinter Rurik stehen. Ein breites Grinsen lag auf ihren Gesichtern. Mit einem kleinen Schrei sprang sie hinter den Wandschirm zurück. „Du hättest mir sagen können, dass du nicht allein bist. Ich bin noch nicht fertig angekleidet.“

Rurik blickte sich um und zuckte verlegen mit der Schulter, als er seinen Fehler bemerkte. Doch bald waren die Bediensteten wieder gegangen, und Maire lag nun in einem großen Bottich, der mit Wasser gefüllt war, das nach Lavendel duftete. Während sie sich zurücklehnte und diese unglaubliche Wohltat genoss, beobachtete sie Rurik, der sie schon wieder in Erstaunen versetzte. Er zündete überall im Raum Kerzen an und legte frische Tücher über die Bettstatt. Sie hätte eher erwartet, dass er die Kleider ausgezogen hätte und mit seinem gewohnt frechen Grinsen zu ihr in den Zuber gesprungen wäre. So etwas würde viel besser zu ihm passen, dachte Maire.

Doch das war das Schlimme, ja das Schlimmste an Rurik, oder vielleicht auch das Beste – er versetzte sie immer wieder in Erstaunen.

Anstatt sie mit weiteren erotischen Annäherungsversuchen zu überraschen, setzte sich Rurik auf einen niedrigen Schemel neben den Zuber. Er stützte einen Ellbogen aufs Knie, legte das Kinn in die Hand und unterhielt Maire mit Geschichten aus seinem Leben. Er erzählte von seiner Kindheit im Schweinestall, von seiner Jugend und von jener Zeit, als er lernte, ein Krieger zu werden. Vom harten Dienst bei der Garde der Varanger in Byzanz, Geschichten von Schlachten, in denen er unter dem ein oder anderen nordischen Kriegsherrn gegen die verhassten Angelsachsen gekämpft hatte, und vergnügliche Beschreibungen seiner Freundschaft mit zwei Brüdern, Eirik von Ravenshire in Northumbria und Tykir von Dragonstead in Norwegen. Und während der ganzen Zeit fütterte er sie mit geräuchertem Wildbret, Käse, Haferkuchen und Brot, reichte ihr kaltes Bier und aß und trank ebenso.

Maire hatte erwartet, dass Rurik darauf bestehen würde, ihr beim Waschen behilflich zu sein. Doch die Bitte, die er diesbezüglich äußerte, schien ihr dann doch etwas befremdlich: „Darf ich dir die Haare waschen?“ Maire zögerte zunächst, doch dann willigte sie ein. Und wieder versetzte Rurik sie in Erstaunen. Wer hätte gedacht, dass es so – nun so aufregend sein konnte, wenn die Finger eines Mannes den Kopf einer Frau massierten.

Sollte dies der Teil einer geplanten Verführung sein, so war Rurik wirklich ein Meister dieses Fachs. Maire stellte fest, dass es ihr schwerer und schwerer fiel, so vernünftig zu bleiben, wie sie es sich noch kurz zuvor vorgenommen hatte.

Als Rurik seine Dienste beendet und Maire ein sauberes Hemd angezogen hatte, setzte er sie auf den niedrigen Schemel und begann, ihre wirren Locken glatt zu kämmen. Endlich, nachdem er auch noch den kleinsten Knoten aus den Strähnen entfernt hatte, die sich sofort wieder zusammenkringelten, wenn er sie losließ, begann er mit einem Geschick, das man normalerweise bei einem Mann nicht vermutet hätte, ihr Zöpfe zu flechten. Maire wusste, dass Rurik sehr stolz auf sein gepflegtes Äußeres war. Er musste sich oft sein eigenes Haar geflochten haben.

Nachdem sein Werk vollendet war, küsste er Maire auf den Nacken und zog sich zurück, um seine Kleider abzulegen.

Jetzt geht's los, dachte Maire. Jetzt wird er wieder einen Angriff starten. Jetzt werde ich mich wappnen müssen gegen den nächsten Übergriff.

Doch Rurik verblüffte sie erneut. Während er in das nun fast schon kalte Wasser eintauchte, sagte er: „Maire, würdest du mir einen Gefallen tun?“

Alarmiert durch diese Worte, warf Maire den Kopf herum. Sie hatte gerade die nassen Tücher zusammengerafft und sie zusammen mit dem Bettzeug, das Rurik gewechselt hatte, nahe der Tür hingelegt. *Ooh! Welche anzüglichen Dinge wird er jetzt von mir verlangen? Mit ihm in den Zuber steigen? Zu seiner Unterhaltung nackt tanzen?*

„Du würdest mir damit eine große Freude machen“, meinte er. Irgendetwas ließ seine Stimme rauchig klingen. „Könntest du an deinem Wandbehang arbeiten, während ich im Bottich liege?“ Er hob die Hand, als Maire sich gerade widersetzen wollte. „Erzähl mir nicht, dass es hier zu dunkel ist. Du kannst mehr Kerzen anzünden.“

„Ich kann es mir nicht leisten, so viele Kerzen zu verschwenden. Und ich habe auch keine Zeit. Es gibt anderes, Wichtigeres zu tun.“

Rurik schüttelte den Kopf. „So etwas Schönes zu schaffen ist keine Verschwendung von Zeit oder Geld. Du gehst doch sowieso nirgendwo mehr hin bis morgen früh. Und was die Kerzen betrifft, so werde ich dir neue kaufen, daran soll’s nun wirklich nicht liegen.“

„Warum willst du das unbedingt?“

Zu Maires Erstaunen wurde Rurik rot. Dann bekannte er: „Als ich ein kleiner Junge war, habe ich mir immer vorgestellt, dass meine Mutter, wenn sie noch leben würde, vor einem Webstuhl oder einem Wandbehang säße, und ich zu ihren Füßen. Sie würde arbeiten, und ich würde ihr zuschauen, schweigend. In meinem Leben gab es so viel Unruhe, Unordnung, ja Aufruhr, dass der Gedanke, eine Mutter zu haben, die sanft und gelassen ihrer Arbeit nachgeht, für mich immer etwas unglaublich Anziehendes hatte.“

Maire war die Kehle wie zugeschnürt, und sie brachte kein Wort heraus. Da war immer noch so viel von jenem kleinen Jungen, der er vor vielen Jahren war, in Ruriks Seele, und immer wieder rührten sich in seinem Innersten seit langer Zeit unterdrückte Gefühle, auch wenn er solche „Schwächen" niemals zugeben würde. Sie versuchte, die traurige Stimmung, die aufgekommen war, zu verscheuchen. „Du siehst also so etwas wie eine Mutter in mir?"

Rurik musste schmunzeln, und in seinen schönen blauen Augen blitzte es fröhlich auf. „Nein, wirklich nicht, meine Schöne. Komm nur her, ich will es dir gerne auch beweisen."

Maire lächelte. Das Herz war ihr schwer und leicht zugleich. Schwer, weil sie das Gefühl hatte, in einem gefährlichen Moorloch zu stecken, in dem ihre Füße im Schlamm versanken wie in Treibsand. Und leicht, weil sie wusste, wie beglückend es für sie sein würde, etwas – alles – zu tun, um diesem Mann eine Freude zu bereiten, auch sich hinzusetzen und an ihrem Wandteppich zu arbeiten.

Wie könnte sie ihm solch einen kleinen Gefallen abschlagen? Manchmal war Rurik ein Dummkopf. Und manchmal ziemlich überheblich – eigentlich immer. Aber Maire begann, auch andere Seiten an ihm zu entdecken, die durchaus liebenswert waren. Und so setzte sie sich zum ersten Mal nach einem Jahr – vielleicht waren es sogar zwei – vor ihren Stickrahmen und begann, das Garn auszusuchen, das sie benutzen wollte. Rurik hatte Recht gehabt. Sie hätte sich schon früher mit der Arbeit beschäftigen sollen, denn sie wirkte auf sie unglaublich beruhigend. Und genau diese Ruhe war es, die sie dringend brauchte, während um sie herum Stürme tobten. Ihre Fingerspitzen strichen leicht über das Gewebe – Maire spürte wieder, was die Stickerei ihr bedeutete. Dieses Bild, dieses von ihr geschaffene Werk war wie ein alter Freund. Und alte Freunde sollte man nicht zu lange vernachlässigen.

Während sie stickte, genoss Rurik sein Bad. Danach trocknete er sich ab, kämmte sein Haar und band es im Nacken mit einem Lederband zusammen. Schließlich legte er sich nackt auf

Maires Lager. Auf einen Ellbogen gestützt, schaute er ihr bei der Arbeit zu.

Ab und zu stellte er ihr eine Frage. „Gestaltest du das Bild in einer bestimmten Reihenfolge? Zuerst den Hintergrund, dann die Figuren? Oder arbeitest du nach Farben? Oder gehst du ganz anders vor?“

„Das ist verschieden. Meistens hängt es von meiner Stimmung ab. An manchen Tagen habe ich Lust, an Tieren oder Menschen zu arbeiten. Dann wieder bin ich vielleicht auf eine ungewöhnliche Farbe gestoßen, als ich beim Färben mit verschiedenen Pflanzen experimentiert habe, und bin gespannt darauf, wie sie zu den anderen passt. Einmal ...“, erzählte sie begeistert, wobei sie sich an einen Vorfall erinnerte, an den sie seit Jahren nicht mehr gedacht hatte, „... einmal war ich mit Jamie im Moor, und ich sah eine Eberesche. Aus der Entfernung sahen ihre Blätter fedrig und zerfetzt aus. Ich probierte einiges aus und fand einen Weg, das Garn auf dem Wandbehang so auszufransen, dass es die gleiche Wirkung hatte. So wie das hier.“ Sie zeigte auf eine Stelle in ihrer Stickerei.

Rurik nickte und sagte nichts.

„Es ist schon seltsam, wie du als Künstlerin beginnst, die Dinge mit anderen Augen zu sehen.“ Maire verstummte, als sie plötzlich die Erkenntnis traf, dass sie sich selbst tatsächlich als Künstlerin bezeichnet hatte. Für eine lange Zeit hatte sie sich für eine Zauberin gehalten – und eine ungeschickte dazu. Maire lächelte vor sich hin, als sie spürte, wie ihr Innerstes von Stolz erfüllt war. *Ich bin eine Künstlerin. Eine gute Künstlerin.* Dann setzte sie ihre Unterhaltung mit Rurik fort. „Manchmal ist ein Bild auch sehr trügerisch. Von weitem betrachtet sieht manches bisweilen ganz anders aus als aus der Nähe. Diese Schafe zum Beispiel. Da, von wo aus du meinen Wandbehang anschaust, sind es Schafe mit einem ganz dicken Fell, wette ich. Von mir aus gesehen sind es kleine Knäuel ungefärbten Garns.“

Rurik lächelte über ihre Begeisterung. Als Maire daraufhin

ihre Arbeit unterbrach und ihm einen fragenden Blick zuwarf, deutete er ihr mit einer Handbewegung an, sie solle sich nicht stören lassen.

Ein anderes Mal fragte er: „Ist diese unfertige männliche Figur dein Ehemann?"

„Nein. Die Personen zeigen niemand Besonderen", log Maire.

Rurik dachte einen Augenblick nach und schlug dann vor: „Dann stick doch die Haare des Mannes mit schwarzem Garn, schwarz wie Rabenflügel. Und nimm unbedingt einen seidenen Faden, damit es richtig zur Geltung kommt." Er zwinkerte ihr zu und strich dabei über sein eigenes Haar.

Bei Ruriks Worten begann Maires Herz zu rasen, doch dann wurde ihr klar, dass er nur scherzte. Er vermutete nicht, dass dieser Mann tatsächlich ihn darstellte, dass sie die Frau war und der Junge ihr gemeinsamer Sohn Jamie. Vielleicht war das der eigentliche Grund, warum Maire nie die Kraft gefunden hatte, die Stickerei zu beenden – weil die Wirklichkeit so anders aussah. Es wäre besser gewesen, sie hätte die Personen auf ihrem Bild ganz anders dargestellt.

„In der Tat", fuhr er fort, „wenn ich einmal alt und nicht mehr so hübsch sein werde – oder wenn ich tot sein werde, dann würde es mich ungeheuer freuen zu wissen, dass ich etwas Schönes zurückgelassen habe. Nun, dass ich zumindest auf eine bescheidene Art dazu beigetragen habe, der Schönheit Ausdruck – bleibenden Ausdruck – zu verleihen. Ja, genau, mein Vermächtnis soll Schönheit sein."

Oh Rurik, wenn du nur wüsstest! Du verleihst der Schönheit auf deine ganz ureigene Art und Weise Ausdruck, nicht nur durch dein Aussehen. Und dein größtes Vermächtnis ist ein Junge mit seidigem Haar, so schwarz wie Rabenflügel.

Kurz darauf bemerkte Rurik: „Du scheinst glücklich zu sein, wenn du stickst. Nein, glücklich ist nicht das richtige Wort. Es scheint, als seiest du innerlich ganz ruhig geworden."

„Hmm. Stimmt. Ich fühle mich auch so."

„Ich denke, ich werde dieses Bild in zukünftigen Schlachten in meinem Herzen tragen. Mitten in all dem Blut und Gemetzel werde ich mir dieses Bild ins Gedächtnis rufen, um meinen inneren Frieden wieder zu finden – ‚Maires Frieden'."

Maires Herzschlag setzte kurz aus, als sie sich vorstellte, dass Rurik wieder in einen Kampf ziehen, sich in Gefahr begeben würde. Vielleicht würde er verletzt oder getötet werden. Doch es war töricht von ihr, sich solche Gedanken zu machen. Schließlich lebte Rurik vom Kriegshandwerk. Und trotzdem hasste Maire es, daran zu denken, dass sein Leben bedroht sein könnte.

Die meiste Zeit jedoch, in der Maire an ihrem Wandbehang arbeitete, schwiegen sie. Es war ein angenehmes, wohltuendes Schweigen. Einmal blickte sie auf und sah, dass Rurik zu ihr herüberschaute. Ihre Blicke trafen sich, und er lächelte. Maire lächelte zurück. Das war ein so kostbarer Augenblick, dass ihr die Tränen in die Augen traten und sie schnell ihre Arbeit wieder aufnahm, bevor Rurik etwas bemerken und sie für ein närrisches, verliebtes Ding halten konnte.

Maire arbeitete weiter, und ihre Arbeit ließ sie alles um sie herum vergessen. Erst als Lärm aus der Halle heraufdrang und anzeigte, dass ihre Leute dabei waren, ihr Lager aufzusuchen, blickte sie auf. Sie musste viele Stunden gearbeitet haben.

Als sie zum Bett hinübersah, merkte sie, dass Rurik eingeschlafen war. Sie legte ihr Garn beiseite und steckte die kostbaren Nadeln in ein silbernes Behältnis, das seit Generationen im Besitz der Campbell-Frauen war. Dann ging sie zur Bettstatt und betrachtete diesen unausstehlichen Halunken. Im Schlaf war er auf eine ganz andere Art schön. Die schwarzen Wimpern lagen wie kleine Fächer auf seinen Wangen. Sein voller Mund strahlte Sinnlichkeit aus, aber ohne Furcht zu erwecken. Das blaue Mal stach natürlich hervor, aber, um die Wahrheit zu sagen, Maire mochte es. Ohne dieses Zeichen wären seine Züge zu vollkommen.

Mit einem Seufzer zog sie sich das Hemd über den Kopf und kroch zu ihm. Als sie den Kopf an seine Brust schmiegte, spürte sie die ruhigen, regelmäßigen Schläge seines Herzens.

Im Schlaf legte Rurik einen Arm um Maires nackte Schulter und zog sie näher an sich.

Und mitten in der Nacht weckte er sie auf die schönste Art – indem er das Liebesspiel begann. Er liebte sie ruhig, sanft und doch genauso kraftvoll und erregend wie zuvor in seinem wilden, leidenschaftlichen Liebesrausch.

Es bedurfte keiner Worte.

Beide wussten, dass sie sich verliebt hatten.

Und beide wussten auch, wie absolut unmöglich ihre Liebe war.

Manchmal erwies sich das Schicksal ganz und gar nicht so rosig, wie in den Liedern der Barden. Manchmal teilte es die härtesten Schläge aus und pflanzte ausgerechnet dort den Samen der Liebe, wo sie keine Chance hatte zu gedeihen. Und manchmal wünschte sich Maire, sie wäre wirklich eine Zauberin und könnte Wünsche wahr werden lassen, indem sie einfach ihren Zauberstab schwang.

12. KAPITEL

„Pfffrrrfff! Pfffrrrfff! Pfffrrrfff!“

„*Was* war das?“ fragte Rurik und schoss aus dem Bett hoch. Draußen dämmerte es. Maire und er hatten noch tief und fest geschlafen.

„Pfffrrr! Pfffrrr! Pfffrrr!“

„Bei Thor, das hört sich an, als ob eine Elefantenherde furzt!“

Maire saß neben ihm und rieb sich noch ganz verschlafen die Augen. Mit der anderen hielt sie die Decke über der Brust fest. „Ich weiß, dass du weit gereist bist, Rurik, aber bist du wirklich schon einmal auf eine Herde Elefanten gestoßen, die ... äh ... Blähungen hatte?“ fragte sie ungläubig.

„Wenn man es genau nimmt, nein.“

„Ts-ts-ts!“ schalt sie scherzhaft. „Lüg lieber nicht, Rurik. Du weißt, was man sich über Wikinger, die die Unwahrheit sagen, erzählt.“

„Nun, Elefanten hab ich schon gesehen, aber zugegebenermaßen keine, die ...“ Er sprach den Satz nicht zu Ende. „Doch darum geht es jetzt ja auch gar nicht. Sag mir lieber, was das für ein donnerndes Getöse ist?“

„Vielleicht lernt Bolthor das Dudelsackspielen?“

„Im Morgengrauen?“

„Sie werden den Rest des Tages mit wichtigeren Aufgaben beschäftigt sein. Wahrscheinlich haben sie nur jetzt Zeit dazu.“

Rurik verbarg das Gesicht in den Händen. „Ich habe eine reichlich harte Kindheit in einem Schweinestall überlebt. Ich habe schwere Schlachten und nahezu tödliche Verletzungen überlebt. Und ich habe es auch überlebt, dass man mich wegen des blauen Mals in meinem Gesicht seit fünf Jahren beleidigt, verspottet, ächtet. Aber ich bezweifle, ob ich Bolthors Sagas *und* sein Dudelsackspiel überleben werde.“ Der Lärm war immer noch zu hören. Er kam vom Burghof unter ihrem Fenster und klang wie das prustende Geräusch, das Kinder manchmal mit herausgestreckter Zunge machen, wenn sie andere verspotten. Nur dass dieses Geräusch hier lauter war. Viel lauter!

„Pfffrrrfff! Pfffrrrfff! Pfffrrrfff!"

„Vielleicht sollten wir Bolthor mit einigen Dudelsäcken zu den MacNab schicken. Das müsste genügen, um deine Feinde zu bezwingen, denke ich."

Maire kicherte vergnügt bei dem Gedanken.

„Pfffrrrfff! Pfffrrrfff! Pfffrrrfff!"

Rurik sprang aus dem Bett und begann, seine Beinlinge überzustreifen. „Ich werde diesem Unsinn jetzt ein Ende machen, das schwöre ich." Nachdem er fertig angezogen war, nahm er sich trotz allem noch die Zeit, sich sorgfältig zu kämmen. Die Haarsträhnen an den Schläfen flocht er, zusammen mit bunten Bändern, zu zwei dünnen Zöpfen, und dann rasierte er sich auch noch. All dies erledigte er, als sei es das Selbstverständlichste von der Welt.

Maire hatte ihm die ganze Zeit immer noch etwas verschlafen zugeschaut.

„Was ist? Hast du vor, den ganzen Tag auf dem Lager zu bleiben? Ich habe nicht gewusst, dass du eine Langschläferin bist." Er ging zur Bettstatt hinüber und musste ob des reizenden Anblicks, der sich ihm dort bot, unwillkürlich lächeln. Das Linnen bedeckte zwar Maires nackten Körper, dennoch enthüllte es mehr, als es verbarg. Mit dem zerwühlten Haar, den vom vielen Küssen geröteten Wangen und Lippen sah sie zwar nicht anders aus als jedes Mädchen, das eine heiße Liebesnacht hinter sich hatte, aber für Rurik war sie schön wie eine Göttin. Er wäre ein Narr, wenn er all das, was zwischen Maire und ihm in den letzten Stunden geschehen war, als reine Lustbefriedigung abtun würde.

„Eine Langschläferin?" rief Maire mit gespielter Empörung. „Heißt das, dass ich endlich aus meinem Gefängnis entlassen werde?"

Rurik zuckte mit der Schulter. „Fürs Erste, ja."

Maire schien sichtlich enttäuscht, doch nur für einen kurzen Moment. Denn schnell hatte sie sich wieder in der Gewalt, und nun drückte ihre Miene nichts als Erleichterung aus. Rasch stand sie auf, wickelte sich das Leintuch um, hielt kurz inne und suchte dann nach ihrem Gewand. Rurik beobachtete sie die ganze Zeit, und erneut stellte er für sich fest: *Ja, bei Thor, sie ist schön wie eine Göttin!*

Und plötzlich erinnerte Rurik sich an etwas, was er sich vorgenommen hatte, einige Tage zuvor, nach dem langen Gespräch, das Old John mit ihm geführt hatte. Er ging zu seiner ledernen Satteltasche, die in einer Ecke des Raums lag. Endlich fand er, was er suchte. Es war in schwarzen Samt eingewickelt. „Das ist für dich", sagte er etwas verlegen und gab Maire das Päckchen.

Sie hatte sich in der Zwischenzeit schon ein sauberes, aber abgetragenes Hemd übergestreift. Aus irgendeinem Grund machte ihm der Zustand ihres Hemdes ein schlechtes Gewissen. Er hatte bei mehr als einer Gelegenheit bemerkt, dass seine eigenen Kleidungsstücke viel feiner waren als ihre, obwohl Maire doch von höherer Geburt war.

Ihre Augen weiteten sich vor Erstaunen darüber, dass er ein Geschenk für sie hatte. Und Rurik empfand auf einmal eine große Freude. Nicht nur, weil er ihr etwas schenkte – alle Nordmänner verteilten gerne Geschenke – nein, es war eine Vorfreude auf das Entzücken, mit dem sie jetzt gleich seine Gabe betrachten würde. „Du hast ein Geschenk für mich? Solange ich mich erinnern kann, hat mir noch nie jemand etwas geschenkt."

Niemand hat ihr je ein Geschenk gemacht? Wie kann das sein? Rurik bemerkte, wie der Gedanke an all die Männer, die diese Frau so gering geschätzt hatten – ihr Vater, ihre Brüder, ihr Ehemann –, ihn mit Zorn erfüllte.

Maire hatte sich wieder auf das Lager gesetzt und begann nun, das Geschenk auszupacken. Zum Vorschein kam ein ovaler Edelstein, der an einer fein gearbeiteten goldenen Kette hing.

Der Stein glich einem milchig-trüben Smaragd, war jedoch ein seltener grüner Bernstein, den Rurik entdeckt hatte, als er letztes Jahr mit Tykir im Baltikum auf Bernsteinsuche gewesen war. Einer von Tykirs Goldschmieden in dem Handelsort Birka hatte den Stein dann für ihn eingefasst.

Doch Maire schien sich nicht zu freuen. Sie seufzte leise und wollte ihm das Geschenk zurückgeben. Dabei begann sie zu weinen.

„Was ist? Gefällt es dir nicht? Schau, Maire, es passt genau zu deinen Augen. Wirklich, dieser Stein ist von der Natur wie für dich gemacht. Lass mich dir helfen, ihn anzulegen."

Sie schüttelte den Kopf. „Oh Rurik, wie konntest du nur?"

„Was? Wie konnte ich *was*?"

„Mich bezahlen – für erwiesene Dienste –, das meine ich. Wenn ich mich benommen habe wie eine Dirne, heißt das nicht, dass ich es auch verdiene, so behandelt zu werden."

Ihre Worte drangen zuerst gar nicht bis in Ruriks Bewusstsein vor, so sehr wühlten sie ihn auf. Als ihm dann endlich klar wurde, was sie da gesagt hatte, ergriff ihn zunächst eine unglaubliche Wut darüber, dass sie so von ihm denken konnte.

Aber ihr Schmerz übertraf bei weitem die Kränkung, die er empfand. Und so kniete Rurik neben Maire nieder und drückte ihr das Geschmeide wieder in die Hand. „Maire, bitte, hör mir zu. In gewisser Hinsicht ist dieses Geschenk tatsächlich eine Art Bezahlung. Aber nicht für das, was du meinst. Nein. Old John hat mir an dem Abend, als wir unten in der Halle feierten, erzählt, was du alles hast erleiden müssen in deiner Ehe mit Kenneth. Und zwar deshalb, weil du keine Jungfrau mehr warst, als du ihn heiratetest. Da wurde mir klar, welch große Schuld ich auf mich geladen hatte. Ich habe dich sehr schändlich behandelt, und das tut mir unendlich Leid. Nach meinem Gespräch mit Old John beschloss ich daher, zumindest zu versuchen, etwas davon wieder gutzumachen. Da erinnerte ich mich an diesen Stein, den ich am Strand des Baltischen Meeres gefunden habe. Meistens hat Bernstein die Farbe von Harz – Goldgelb. Er ist fast nie grün. Am gleichen Tag fand Tykir übrigens einen goldfarbenen Bernsteinklumpen, so groß wie ein Männerkopf. Es war ein Glückstag für uns beide.“ Während Rurik sprach, war er aufgestanden und hatte begonnen, in der Kammer hin- und herzulaufen, so sehr hatte ihn das, was geschehen war, innerlich aufgewühlt. Niemals hätte er gedacht, dass Maire sein Geschenk ablehnen könnte.

„Old John hat dir von – Kenneth erzählt?“ fragte Maire und schien plötzlich vor etwas Angst zu haben.

„Nur, dass er dich nach der Hochzeit misshandelt hat und dass einige vermuteten, der Grund dafür könnte gewesen sein, dass du keine Jungfrau mehr warst. Ich nehme an, dass du deswegen mit mir mitgehen wolltest – zu deinem eigenen Schutz.“

„Wie es scheint, ist mein treuer Lehnsmann etwas zu geschwätzig.“ Maire schüttelte traurig den Kopf.

„Ohne Zweifel“, stimmte Rurik ihr zu. „Aber er hat nur dein Bestes im Sinn. Er wollte kein Gerede über dich verbreiten.“

Maire gab sich mit dieser Erklärung zufrieden. Sie öffnete die Hand, mit der sie die ganze Zeit das Schmuckstück umklammert hatte, und betrachtete es jetzt voller Wohlwollen.

„Komm, lass es mich dir anlegen“, bat Rurik.

Maire erlaubte es ihm und erhob sich dann. Sie trug nur das schäbige Unterkleid, aber der Anhänger sah auch auf diesem wunderschön aus. Seine Kette schmeichelte ihrem Hals und war so lang, dass der grüne Stein fast schon auf der ersten, sanften Wölbung ihrer Brust zu liegen kam. Sie wandte den Kopf und blickte Rurik über die Schulter an. „Ich danke dir“, sagte sie.

„Es war mir ein Bedürfnis, Liebes, und ich freue mich, dass dir das Geschenk gefällt.“ Rurik wollte ihr gerade einen zarten Kuss auf die Lippen drücken, als auf dem Gang draußen Stimmen laut wurden.

„Lass mich los, du Stockfisch fressender Wikinger!“

„Au! Wehe, du trittst mich noch einmal, du stinkender Winzling, dann setzt’s eine Tracht Prügel!“

„Jamie“, sagte Maire.

„Toste“, sagte Rurik.

Beide eilten zur Türe hinaus auf den Gang und staunten nicht schlecht über das Bild, das sich ihnen hier bot. Der kleine Junge lag rücklings auf dem Boden, spuckte Gift und Galle und wehrte sich verzwifelt gegen Toste, der schwer atmend auf ihm saß. Toste hatte einen blauen Fleck über dem rechten Auge, Kratzer im Gesicht und einen Riss in seinem Gewand.

Neben den beiden stand die dürre Katze, Rose, und machte einen Buckel. Sie zeigte ihre Zähne und fauchte. Das räudige Fell des Tieres war mit Schlamm, Blättern und kleinen Zweigen bedeckt.

„Geht ruhig wieder hinein und macht weiter.“ Toste grinste sie an. „Ich habe die Lage vollkommen im Griff.“

Die ‚Lage‘ aber fluchte so grauenhaft, dass Rurik erblasste und Maire nach Luft schnappte.

„Hübscher Bernstein“, sagte Toste unvermittelt, als sein Blick auf den Anhänger fiel. Verlegen bedeckte Maire ihre Blöße mit den Händen.

„Ich dachte, der war als Brautgeschenk vorgesehen“, fügte Toste hinzu und grinste Rurik an.

Rurik spürte, wie ihm bei dieser achtlos hingeworfenen Bemerkung seines Freundes die Röte ins Gesicht stieg. Nun, es stimmte, eigentlich hatte er ja vorgehabt, den Schmuck seiner Braut zu schenken, am Morgen nach der Hochzeit, als Zeichen seiner Liebe. Aber nun hatte er es sich anders überlegt, und das war ja wohl auch sein gutes Recht.

Er schaute schnell zu Maire, ob sie Tostes Worte gehört hatte. Maire war rot geworden. Das konnte aber auch an Tostes bewunderndem Blick auf ihren Busen liegen. Rurik hoffte es jedenfalls.

„Was macht ihr schon so früh hier?“ erkundigte er sich nun bei den beiden. Er wollte – er musste – schnellstens das Thema wechseln.

Toste warf ihm einen ungläubigen Blick zu. „Bist du taub? Von hier bis Northumbria ist jeder von dieser Katzenmusik, die Bolthor da veranstaltet, aufgewacht."

Rurik musste lachen.

Aber Maire lachte nicht. Ohne daran zu denken, dass sie nur im Hemd dastand, stemmte sie die Fäuste in die Hüften und fragte: „Was tust du in der Burg, Jamie? Und glaube ja nicht, dass ich dein ungehobeltes Benehmen so einfach durchgehen lasse."

„Er hat mich gezwungen, hierher zu kommen", keuchte Jamie und verdeutlichte dabei mit einem Blick auf Rurik, wen er mit *er* meinte. Denn er konnte sich kaum rühren, da Toste immer noch auf ihm saß.

„Du?" fragte Maire ungläubig, zu Rurik gewandt.

„Ja, er, dieser verdammte Wikinger, der Nachts bei meiner Mutter liegt. Genau der."

„Lass das, Jamie. Hör sofort auf, so zu reden!" befahl Maire ihrem Sohn. Dann wandte sie ihre Aufmerksamkeit wieder Rurik zu. „Rurik, wie konntest du! Ich habe dir doch gesagt, wie wichtig es ist, Jamie zu verstecken, um ihn vor den MacNab zu schützen."

„Stimmt, das tatest du. Aber während wir mit etwas anderem beschäftigt waren, sind einige Dinge passiert. Ich sah mich gezwungen, schnell zu handeln. Eine Maßnahme zum besseren Schutz des Jungen." Er streckte, ihren Widerspruch vorausahnend, angriffslustig das Kinn vor.

„Was für Dinge? Was haben die MacNab schon wieder getan? Und warum hat man mir nichts davon erzählt?" Ihre grünen Augen wurden dunkel vor Zorn, ihre Wangen glühten, und ihr Atem ging schneller vor lauter Empörung. Und Rurik konnte seinen Blick nicht losreißen von dem grünen Bernstein auf ihrer Brust, die sich ebenso rasch, wie ihr Atem ging, hob und senkte.

„Mutter, schau dir diesen verdammten Wikinger an. Er glotzt auf deine Brust wie ein Hornochse."

„Jetzt reicht's", rief Rurik wütend. Er schob Toste zur Seite, packte den sofort um sich schlagenden und schreienden Jamie und warf ihn sich über die Schulter. „Dieser Junge hat es auf einen Kampf mit mir abgesehen, seit wir uns das erste Mal begegnet sind. Den kann er jetzt haben."

„Nein", schrie Maire voller Angst. „Jamie ist mein Sohn, und es ist meine Sache, ihn zurechtzuweisen, wenn er etwas falsch gemacht hat."

„Da täuschst du dich, Maire. Das hier ist eine Sache zwischen dem Jungen und mir. Und als Erstes, mein Lieber, wirst du ein Bad nehmen. Du stinkst bis nach Asgard hinauf, Junge."

„Du sollst mich nicht ‚Junge' nennen. Ich bin James, High Laird des Campbell-Clans", protestierte der Kleine und schlug mit dem Kopf gegen Ruriks Rücken.

„Hah! Im Augenblick bist du eher der High Laird des Gestanks. Ich denke, Bolthor sollte eine Saga über dich schreiben."

Rurik rümpfte die Nase, schnüffelte übertrieben an dem Jungen und meinte dann: „Hast du dich im Schafstall herumgewälzt?" Als Jamie daraufhin nur etwas Unverständliches murmelte, fuhr Rurik fort: „Gut, erst ein Bad, und dann werden wir ein Gespräch haben, von Mann zu Mann, und dabei werden wir einige Dinge ein für alle Mal klären."

„Rurik ... bitte ...", bat Maire erschrocken. Man hätte meinen können, sie glaubte tatsächlich, dass der Kontakt mit einem Wikinger dieses Kind noch in irgendeiner Weise verderben könnte. „Wir müssen miteinander reden", fügte sie dann mit schwacher Stimme hinzu.

„Ja, das tun wir, wenn ich zurück bin." Rurik marschierte bereits auf die Treppe zu, in der festen Absicht, Jamie, der sich nicht länger wehrte, ins nächste ‚Loch' zu werfen. „Schick Toste mit einem sauberen Gewand für den Kleinen, außerdem mit Seife, mit Tüchern zum Abtrocknen, einem Kamm und einer Schere. Und sag ihm, er soll auch diese verdammte Katze mitbringen.

Rose riecht überhaupt nicht wie eine Rose und könnte meiner Meinung nach ebenfalls ein Bad vertragen."

„Ich? Ich soll diese verdammte Katze anfassen? Hast du gesehen, was das Monster für Krallen hat?" erwiderte Toste empört. Rurik hatte ganz vergessen, dass er noch da war.

Maire blickte Rurik verwirrt an. „Eine Schere?" fragte sie.

„Eine Schere?" Der Junge wurde bleich vor Schreck. „Wage nicht, mir wehzutun, meine Clansleute werden dich in Stücke schneiden."

Rurik lachte. „Du hast mich missverstanden, Junge. Ich habe nur vor, dein schmutziges Haar zu schneiden. Ein Mann, der seine Haare nicht pflegt, ist ein armer Mann, glaub es mir."

Rurik war sich sicher, dass Maire und Toste jetzt mit offenem Mund hinter ihm herstarrten wegen dieser letzten Bemerkung. Aber es stimmte doch. Wenn einem Mann seine Haare und seine Zähne gleichgültig waren, musste er Ruriks Meinung nach ein Barbar sein.

„Du bist eine Kröte", zischte Jamie voll kindlicher Gehässigkeit.

Rurik lachte. „Man muss ein Frosch sein, um eine Kröte zu erkennen, Kleiner."

„Ich bin nicht klein", schrie Jamie.

„Bereite etwas zum Essen vor", rief Rurik Maire über die Schulter zu und überhörte Jamies drolligen Protest. „Ich wage zu behaupten, dass wir zwei, dieser winzige Riese und ich, sehr hungrig sein werden bei unserer Rückkehr."

„Ich werde dir ein Stück aus deinem Arsch beißen", knurrte Jamie.

„Versuch's nur, und wir haben zum Abendessen ‚Campbell Laird Haggis'. Oder ‚Klein Laird Stew'."

„Sag nicht ständig Laird-dieses oder Laird-jenes zu mir. Du kennst mich doch überhaupt noch nicht richtig", schimpfte Jamie beleidigt.

„Oh, ich denke, wenn wir das hier hinter uns gebracht haben, werden wir einander gut kennen", sagte Rurik mit einem Unheil verkündenden Unterton in der Stimme. „Möglich, dass du mich dann besser kennst als deinen eigenen Vater."

Rurik hatte auf seinem Weg nach draußen inzwischen bereits die Große Halle durchquert, doch immer noch hörte er Maire, die unaufhaltsam stöhnte: „Oh mein Gott! Oh mein Gott! Oh mein Gott!"

„Oh mein Gott!" sagte Maire, als Rurik und Jamie zwei Stunden später in die Große Halle zurückkehrten.

„Oh mein Gott!" sagte auch Old John und starrte mit offenem Mund die beiden an. „Ich hätte es wissen müssen. Ich hätte es wissen müssen."

„Oh mein Gott!" sagte Young John, und sein gesundes Auge fiel ihm vor Staunen fast aus dem Kopf. Bolthor hatte ihm eine Augenklappe für sein verwundetes Auge angefertigt. Murdoc ließ seinen Dudelsack sinken, Callum stotterte, Rob zuckte mit dem Kopf, Nessa stellte überrascht einen Korb mit Brot auf den vordersten Tisch, und alle stimmten sie ein in den gleichen Satz. „Oh mein Gott!"

Sogar Stigand, Bolthor, Toste und Vagn konnten es nicht glauben. Wie aus einem Munde sagten sie: „Oh verdammt!"

Rurik ging auf Maire und den oberen Tisch zu, wo alle dabei waren, das Morgenessen einzunehmen. An seiner Hand hielt er ein erstaunlich friedliches Kind, dessen Haare jedoch wider aller Erwarten nicht geschnitten worden waren. Vielmehr trug Jamie jetzt zwei Schläfenzöpfe, in die bunte Bänder eingeflochten waren. Von Kopf bis Fuß sauber geschrubbt, schien er zu glühen, nicht nur vom Schrubben, sondern auch vor plötzlicher Bewunderung für den großen Wikinger an seiner Seite, zu dem er immer wieder aufblickte. Über seinen Beinlingen trug er einen Miniatur-*pladd*, der an der Schulter von einer Messingbrosche gehalten wurde. Rurik musste sie ihm gegeben haben.

Auch Ruriks Haare waren noch nass, ganz offensichtlich

hatten sich die beiden die ein oder andere Wasserschlacht geliefert.

Und – *bei allen Heiligen!* – war das etwa Rose, die da hinter ihnen hertrottete? Mit ihrem frisch gewaschenen und gebürsteten Fell sah sie beinahe wie eine hübsche Katze aus. Hatte Rurik die Katze tatsächlich gebadet? Wusste er denn nicht, dass Katzen Wasser hassten? Dass sie es vorzogen, sich, um sauber zu werden, mit der Zunge zu lecken?

Mit der Zunge lecken? Maire erinnerte sich plötzlich an eine von Ruriks ganz besonderen Fertigkeiten. *Wie komme ich ausgerechnet jetzt darauf?*

Maire hörte Bolthor leise vor sich hin murmeln, so, als sei er gerade dabei, eine neue Saga zu dichten. „Dies ist die Saga von Rurik dem Größeren", begann er.

Es war einmal ein Wikinger,
blind wie eine Fledermaus.
zwar hatte er Augen, die sahen,
dennoch schien er geblendet,
denn er konnte nicht sehen,
was alle sahen,
dass ...

Maire unterbrach die poetischen Ergüsse des Skalden mit einem harten Stoß ihres Ellbogens. „Wage ... es ... ja ... nicht!" warnte sie ihn leise.

Bolthor zog den Kopf ein und rieb sich die Seite. Dabei konnte Maire diesem riesigen Fleischberg gar nicht wirklich wehgetan haben.

Je näher Rurik und Jamie dem Tisch kamen, umso eindeutiger war für jedermann zu erkennen, dass sie Vater und Sohn waren, so groß war ihre Ähnlichkeit. Alle sahen es, alle außer Rurik, der sich über die erstaunten Blicke wunderte.

„Was ist? Habt ihr noch nie einen sauberen Jungen gesehen?

Oder ist es, weil man bisher Klein Jamie noch nie in all seiner Schönheit bewundern konnte?“ Rurik wandte sich dem Kind an seiner Seite zu, das, wütend über die vermeintliche Beleidigung, mit den Zähnen knirschte. Maire sah, dass sich Ruriks Hand fester um die von Jamie schloss, so, als wollte er verhindern, dass der Kleine ausriss oder sonst einen Unsinn anstellte. Zum Beispiel sich aus Trotz auf dem Boden wälzte. „Jamie und ich, *wir beide* haben beschlossen, dass ein junger Laird besser auf sein Aussehen zu achten hat, wenn er in allen Dingen seinem Clan ein Vorbild sein will. Ist es nicht so, Jamie?“

Rurik und Jamie tauschten einen langen, viel sagenden Blick. Was Rurik betraf, so bedeutet dieser Blick ganz offensichtlich: „Du hast es versprochen, Junge. Nun tu deine Pflicht.“ Jamies stumme Botschaft aber lautete: „Treib es nicht zu weit, Wikinger.“

Schließlich nickte Jamie, und alle atmeten erleichtert auf.

Nur Maire blieb fast das Herz stehen. Jetzt war der entscheidende Augenblick gekommen. Wer würde derjenige sein, der Rurik sagte, dass der kleine Junge an seiner Hand sein Sohn war? Als die Minuten verstrichen und keiner ein Wort hervorbrachte, weder ihre Leute noch Ruriks Männer, wurde Maire klar, dass sie es ihr überlassen würden. Es lag ganz allein in ihrer Verantwortung, Rurik über seine Vaterschaft aufzuklären.

Sie stieß einen Seufzer der Erleichterung aus, aber das Herz war ihr dennoch schwer. Sie wusste, sie hatte nur eine Gnadenfrist erhalten.

Erst jetzt konnte Maire Rurik in Ruhe betrachten. Das erste Mal, nach all dem, was zwischen ihnen am Tag und in der Nacht zuvor geschehen war. Es fiel ihr immer noch schwer zu glauben, dass dieser gut aussehende Mann so ungeahnte Dinge mit ihr getan hatte, und sie mit ihm. Eigentlich war sie doch diejenige, die sich in der Kunst der Magie auskannte, aber Rurik musste einen Zauber über sie gelegt haben. Wie konnte sie sich sonst ihr Benehmen erklären?

Fand Rurik überhaupt Gefallen an ihr? Oder war das, was für sie außergewöhnlich war, für ihn nur alltäglich?

Ihre Blicke trafen sich, und sie bemerkte ein Funkeln in seinen Augen. Auch er erinnerte sich. Und er fühlt sich von mir angezogen, stellte Maire frohlockend fest.

Hatte Toste tatsächlich gesagt, der Bernsteinanhänger sei ein Brautgeschenk? Maire war entsetzt und erregt zugleich, wenn sie daran dachte, Rurik könnte eine Hochzeit planen. War es wirklich das, was Toste gemeint hatte? Tief bewegt legte Maire die Hand auf die Brust, wo unter ihrem *arisaid* der Edelstein ruhte. Niemand anderer konnte ihn sehen, aber sie wusste, dass er da war. Sie wollte aus Ruriks Mund wissen, was der Schmuck bedeutete. Vielleicht hatte sie sich ja verhört oder etwas falsch verstanden. Bis sie Gewissheit hatte, war das Geschenk nur für ihre Augen bestimmt.

Maire blickte dem stolzen Wikinger entgegen, der auf sie zukam, und er blickte zurück. Ein wohliger Schauer erfasste ihren Körper. Rurik brauchte sie nur anzuschauen, und schon schmolz sie dahin. Er blinzelte ihr zu, um ihr anzudeuten, dass er genau wusste, welch magische Anziehung zwischen ihnen bestand. Und Maire wusste, dass sie, egal was auch immer Rurik tat, jede seiner Gesten, jede seiner Bewegungen jetzt anders wahrnahm als noch zwei Tage zuvor. Seine schlanken Finger, die den Schwertknauf umschlossen, würden sie an *andere* Dinge erinnern, die diese Finger getan hatten. Der Anblick seiner Lippen, auf denen ein Lächeln lag, würde sie an seine wunderbaren Küsse erinnern. Und jede Bewegung seiner Arme, seiner Beine, seiner Hüften würde sie erinnern an ...

„Wir sterben vor Hunger“, sagte Rurik und riss sie aus ihren lieblichen Träumen. „Oder nicht, Junge?“

„Ja“, stimmte ihm Jamie zu. „Darf ich bei meinen Freunden sitzen?“ Er deutete auf eine Gruppe von gleichaltrigen Jungen an einem der hinteren Tische.

Rurik schaute Maire fragend an, ob sie einverstanden wäre.

Sie nickte, fügte aber noch hinzu: „Solange du in Sichtweite bleibst. Ich meine es ernst, Jamie. Es ist wichtig, dass du nicht herumstreunst."

„Ich weiß, was du meinst, Mutter", sagte Jamie in ungewohnt bravem Ton. „Rurik hat es mir erklärt. Die Sache mit den verdammten MacNab und das alles."

Maire war im Begriff, ihn mal wieder wegen seiner Redeweise zu ermahnen, entschloss sich aber, es auf später zu verschieben. „Komm einmal her, und lass dich in den Arm nehmen. Ich habe dich so vermisst die ganze Zeit, in der wir getrennt waren."

„Mutter!" protestierte Jamie und schielte nach seinen Freunden, ob die ihn etwa beobachteten. Doch als Rurik seine Hand losließ, sprang er auf Maire zu, gab ihr einen nassen Kuss und umklammerte in einer überschwänglichen Umarmung ihre Schultern.

„Ist alles in Ordnung, mein Schatz?" flüsterte Maire ihm zu.

„Ja", flüsterte Jamie ziemlich laut. „Aber ich meine immer noch, dass Rurik ein verdammt verfluchter Wikinger ist."

„Das ist er auch", stimmte ihm Maire ganz leise zu.

Als ihr Sohn zu seinen Freunden rannte, lächelte Maire und wischte sich eine Träne ab.

Rurik hatte sie genau beobachtet. „Du verwöhnst den Jungen viel zu sehr", sagte er. Doch Maire sah etwas anderes in seinen blauen Augen – Augen, die den einzigen Unterschied zwischen ihm und seinem Sohn darstellten. Jamies Augen waren grün wie ihre. Und er trug kein blaues Zeichen. Rurik musste sich in früheren Zeiten nach solch mütterlicher Zärtlichkeit gesehnt haben, wie er sie eben zwischen ihr und ihrem Sohn hatte beobachten können. Das erkannte Maire an seinem Blick.

Und so, anstatt gereizt auf seine Bemerkung zu reagieren, sagte sie nur: „Es gibt vieles, worüber du und ich reden müssen."

Zu ihrer Überraschung stimmte er ihr zu. „Ja, wenn wir gegessen haben, setzen wir uns zusammen und besprechen alles, was wegen der MacNab getan werden muss."

Rurik hatte sie missverstanden. Sie wollte ihm eigentlich von seinem Sohn erzählen – bevor es ein anderer tat. Aber jetzt wurde ihr klar, dass es Dinge gab, die Vorrang hatten.

Das Mahl verlief sehr ruhig. Alle schwiegen, mehr oder weniger verlegen. Immer wieder wanderten die Bicke der Anwesenden von Maire zu Rurik und dann weiter zu Jamie, als erwarteten alle, dass plötzlich irgendetwas geschehen würde. Maire bemerkte dies sehr wohl, Rurik hingegen schien die Blicke gar nicht wahrzunehmen. Er aß genüsslich, um seinen großen Hunger zu stillen, den er schließlich lange genug verspürt hatte. Doch unvermittelt machte er eine kleine Pause und meinte: „Kenneth muss ein sehr gut aussehender Mann gewesen sein."

Maire verschluckte sich und musste husten.

Rurik klopfte ihr fest auf den Rücken.

„Wie kommst du darauf?" Sie versuchte, dies so beiläufig wie möglich zu fragen, während sie einen Haferkuchen zerbröselte.

„Nun, Jamie wird sicher einmal sehr groß und stark werden, und ungewöhnlich hübsch. Da der Junge aber dir, bis auf die grünen Augen, nicht sehr ähnlich sieht, muss er sein gutes Aussehen ja wohl von seinem Vater geerbt haben."

Die anderen am Tisch hüstelten und schauten gebannt auf ihr Essen. Alle warteten, was Maire jetzt als Nächstes tun oder sagen würde.

Doch Maire meisterte glänzend die Situation. „Kenneth sah ganz gut aus, ja, ich denke, das kann man sagen", erwiderte sie. *Ausflüchte und Halbwahrheiten!*

Rurik schien sich mit dieser Erklärung zufrieden zu geben und aß weiter.

Wenn bei einem Wikinger das Du-weißt-schon-was-ich-meine-Teil bei einer Lüge abfällt, was geschieht dann mit einer Schottin, die schon seit fünf Jahren Lügen erzählt? Maire wusste – sie wusste es genau –, dass sie eines Tages dafür würde bezahlen müssen, wann und in welcher Form auch immer. Die Strafe würde über sie kommen, wie eine Axt aus heiterem Himmel auf sie niederfahren, und die Hand, die diese Axt schwingen würde, war – daran zweifelte Maire keine Sekunde – Ruriks Hand.

Rurik war es nicht gewohnt, sein Tun vor einer Frau zu rechtfertigen, aber Maire stand es zu, über das, was auf ihrem Besitz vor sich ging, auf dem Laufenden gehalten zu werden. Besonders, da sie, bis ihr Sohn erwachsen wäre, das Oberhaupt des Clans war. Das Wichtigste hatte er ihr schon erklärt, auch dass Toste und Vagn sich in die Reihen der MacNab einschleichen sollten. Doch an dem eigensinnigen Ausdruck in ihrem Gesicht konnte er schon sehen, dass er sie nicht hatte überzeugen können.

„Aber das ist ein gefährlicher Plan“, sagte Maire und rang angstvoll ihre Hände, während sie an der Brüstung der Ringmauer entlanggingen.

Ja, sie war nicht zu überzeugen – obwohl ihr Rurik genau erklärt hatte, welche neuen Gefahren von den MacNab drohten, und warum er ihren Sohn in den Schutz der Burg gebracht hatte. Er berichtete Maire auch in groben Zügen von dem Plan, den er und seine Leute geschmiedet hatten.

Worüber er nicht sprach, war, dass ein starkes Gefühl ihn zwang, sie zu beschützen. Ursprünglich hatte er versprochen, sich selbst und seine Männer, so wenige es auch waren, in ihren Dienst zu stellen, wenn sie ihm dafür das blaue Zeichen wieder aus seinem Gesicht entfernte. Aber nun konnte er die Tatsache nicht leugnen, dass er auf jeden Fall hier bleiben würde, bis er sie in Sicherheit wusste, blaues Zeichen hin oder her. Und es war auch nicht die Ehre, die ihn band. Rurik ahnte bereits, was es war, aber er wollte es nicht beim Namen nennen, aus Angst, dass es Macht über ihn gewinnen würde.

„Ja, es ist gefährlich“, stimmte er Maire zu und strich ihr mit dem Handrücken zärtlich über die Wange. „Aber jeder andere Plan würde es zum jetzigen Zeitpunkt auch sein.“

Zu seiner Verwunderung stieß Maire seine Hand nicht fort, wie sie es noch vor ein paar Tagen getan hätte, sondern presste ihre Wange dagegen wie ein schnurrendes Kätzchen, das es liebt, gestreichelt zu werden. Sofort erinnerte sich Rurik daran, wie sie in der vergangenen Nacht geschnurrt hatte – mehr als nur einmal. Zu behaupten, dass Maire und er gut zusammenpassten, wäre wirklich untertrieben – zumindest, was das Liebesspiel betraf.

Zu schade, dass er schon einer anderen versprochen war.

Zu schade, dass Maire eine Zauberin war und in diesem grauenhaften Schottland lebte.

Zu schade, dass er nicht fünf Jahre früher ihren Wert erkannt und sie mitgenommen hatte, wie es damals ihr Wunsch gewesen war.

Zu schade, dass er immer noch dieses schändliche blaue Mal trug.

Und, um es einmal offen auszusprechen, zu schade, dass er ein rührseliger Wikinger geworden war, so rührselig wie einer, der dasaß und in seinen Met heulte. Denn so oder so, man sollte doch eigentlich nicht mit seinem Schicksal hadern, ob es nun von dem einen christlichen Gott gelenkt wurde oder von den Nornen, den weisen alten Frauen, von denen die nordischen Sagen erzählten.

Irgendetwas schnürte Rurik plötzlich die Kehle zu, und so räusperte er sich schnell und fuhr fort in dem Versuch, Maire von seinem Plan zu überzeugen. „Wir sind ernsthaft unterlegen. Selbst wenn alle Männer hier im besten Alter und bei bester Gesundheit wären, wären wir immer noch unterlegen. Wir müssen sie überlisten. Sehr oft wurden Kriege eher mit Listen denn mit Waffen gewonnen."

„Aber Toste und Vagn in die Burg der MacNab schicken! Glaubst du wirklich, dass das ein guter Plan ist?"

Rurik zuckte mit der Schulter. „Es ist zumindest einen Versuch wert. Jostein ist erst vor drei Tagen nach Northumbria aufgebrochen, und wir können noch nicht einmal sicher sein, dass er sein Ziel erreicht, geschweige denn, dass er rechtzeitig Hilfe bringt. Ich spüre, dass die MacNab jetzt eine Entscheidung herbeiführen wollen, um diesen Streit zwischen euch endlich zu ihrem Vorteile zu beenden."

„Hm ... Du magst Recht haben", sagte Maire. „Ich frage mich, ob das möglicherweise etwas mit König Indulfs geplanter Reise durch die Highlands in diesem Herbst zu tun hat. Seit langem schon habe ich den Verdacht, dass Duncan dem König und seinen Beratern über die Lage hier in den Highlands nichts als Märchen erzählt. Vielleicht möchte er die ganze Angelegenheit hinter sich gebracht haben, bevor der König kommt."

Rurik nickte ernst. „Und diese gewaltsam herbeigeführte Entscheidung würde dann auch den Weg für ihn freimachen, dich endlich zu heiraten und die Herrschaft über das Campbell-Land zu übernehmen, als Vormund von Jamie."

„Ja, wenn ich so darüber nachdenke, bekommt das Ganze einen Sinn. Vor ein paar Tagen noch habe ich zu Nessa gesagt, dass Duncan mich, sollte ich wirklich so schwachsinnig sein, ihn zu heiraten, ziemlich bald nach der Hochzeit töten würde – und Jamie würde er wahrscheinlich ebenfalls umbringen. Aber jetzt bin ich mir nicht mehr so sicher. Es könnte genauso gut sein, dass Duncan mit all dem wartet, bis die königliche Gesellschaft die Gegend hier wieder verlassen hat. Denn was MacNab in allererster Linie will, ist, den Eindruck erwecken, sein und mein Clan lebten hier in Frieden und Eintracht miteinander. Nach der Abreise des Königs allerdings bräuchte er auf nichts und niemanden mehr Rücksicht zu nehmen und alles würde wieder ganz anders aussehen." Um zu verdeutlichen, was sie meinte, zog Maire ihren Zeigefinger wie ein Messer über ihre Kehle.

Rurik war entsetzt und empört, dass sie so ruhig über ihr eigenes Todesurteil sprach. „Das wird nicht geschehen", erklärte er.

Maire hob den Kopf. Die Entschlossenheit, mit der er das sagte, erstaunte sie. „Du wirst es nicht verhindern können."

„Es wird nicht geschehen", wiederholte er ernst. „Selbst

wenn ich in diesem Kampf gegen die MacNab sterben sollte, werden andere nach mir kommen, und mein Versprechen, dich zu schützen, erfüllen."

Maire blickte ihn aus großen Augen fragend an.

„Die Brüder Eirik und Tykir kommen mit Sicherheit sofort, wenn sie hören, dass ich die Reise nach Walhall angetreten habe. Und auch der alte Freund von ihrem Vater und mir, Selik, der in Jorvik ansässig ist. Oder mein guter Freund Adam, der sich zurzeit in verschiedenen arabischen Ländern weitere Kenntnisse in Heilkunde aneignet."

Maire hob erstaunt die Augenbrauen. „Du willst mich durch einen Heilkundigen retten lassen?" lachte sie. Ohne Zweifel wollte sie die Stimmung etwas aufheitern. „Ist er ein Mönch? Würde dein heilkundiger Mönch dann auch für uns beten, so wie er es tut, wenn er die Kranken behandelt? Das würde ein schönes Bild abgeben! Eine Zauberin und ein Heilkundiger, die versuchen, einen Clan mit Kräutern und Zaubersprüchen zu retten!"

„Adam ist als Krieger ebenso gut wie als Heilkundiger", verteidigte Rurik seinen Freund. „Fromm allerdings ist er nun gerade nicht." Er grinste bei diesem Gedanken. „Nein, das kann man wirklich nicht von ihm behaupten."

„So", sagte Maire und wechselte abrupt das Thema. „Dein Plan ist es also, dass Toste und Vagn sich in die Burg von Duncan MacNab schleichen. Zu welchem Zweck? Und warum glaubst du, dass ihnen das gelingen wird?"

„Maire, Maire, Maire, hast du denn in der ganzen Zeit nichts über diese Zwillinge gelernt? Seit ihrer Jugend sind die beiden Burschen in vielen Ländern in die Burgen und Betten der Frauen rein- und rausgeschlüpft, ohne dabei erwischt zu werden. Glaub mir, sie klettern Wände hoch, so leichtfüßig wie Gemsen, und sie machen sich so gut wie unsichtbar, wenn es erforderlich ist."

Maire seufzte tief, aber sie widersprach Rurik nicht.

„Einmal in der Burg – vorausgesetzt, es gelingt ihnen –, was um Gottes willen könnten sie dann tun, um meinen Clan zu retten? Die zwei können es nicht mit dem ganzen MacNab-Clan aufnehmen, oder? Würden sie für uns Campbell dann die Tore öffnen, damit wir hineinkönnen? Erklär mir mal, wie das geschehen soll, ohne dass einer der MacNab irgendetwas merkt? Doch so oder so, die MacNab hätten auf jeden Fall einen sehr großen Vorteil, sie würden nämlich in ihrer eigenen Burg kämpfen."

Rurik lächelte über Maires lebhafte Anteilnahme an seinem Plan. Sie hatte sich daran gewöhnt, dass sie es war, die die Entscheidungen traf, und wusste offensichtlich nicht, wann sie dies auch einmal anderen überlassen konnte. Er nahm ihre beiden Hände, küsste ihre Fingerspitzen und danach ihren Mund – ungeachtet ihrer Einwände. Aber er widerstand dann doch der Verlockung, sich dieser angenehmeren Beschäftigung weiterhin zu widmen, und nahm das Gespräch wieder auf. Hand in Hand schlenderten sie die Brüstung entlang, während Rurik erklärte: „Im Übrigen wird auch dir eine Aufgabe zufallen bei unserem Vorhaben."

„Mir?" stöhnte Maire voller Schreck und blieb abrupt stehen.

Bei Wotan, ich liebe es, sie zum Stöhnen zu bringen. „Ja, dir, Liebling. Dir und deinen Zauberkünsten", erwiderte er und zog Maire, die immer noch wie angewurzelt dastand, einfach weiter. „Ich will heute Abend in die Burg von MacNab gehen, unbewaffnet und mit der weißen Fahne des Unterhändlers. Dort werde ich deine Beschwerden vorbringen über das sinnlose Abschlachten der Kühe und Schafe und das Einsperren einer hochwohlgeborenen Dame – damit bist du gemeint – in einen Käfig. Außerdem habe ich noch eine lange Liste anderer Klagen, die auf die Zeit vor Kenneths Tod zurückgehen. Old John hat sie mir gegeben. Als Wiedergutmachung verlange ich, dass sie die Angriffe auf den Clan der Campbell einstellen, ein *danegeld* in Goldmünzen zahlen und einen Friedensvertrag mit deinem Clan unterschreiben."

Erneut blieb Maire stehen, und dieses Mal ließ sie sich auch nicht einfach weiterziehen. Rurik wandte sich zu ihr um. Er hielt sie immer noch an der Hand und konnte fühlen, wie erregt sie war.

„Bist du verrückt geworden, Rurik?“

Vielleicht. Jedoch verrückt nach dir. „Vertrau mir, Maire. Ich weiß genau, was ich tue.“ *Zumindest glaube ich es.*

„Wie kommst du darauf, Duncan würde auch nur auf einen deiner Vorschläge eingehen? Er wird dir ins Gesicht lachen.“

„Ja, das wird er wohl“, antwortete Rurik ungerührt. Er ließ seinen Worten eine kleine Pause folgen, während Maire unruhig von einem Fuß auf den anderen trat. Er wusste selbst nicht, warum er sie jetzt ein wenig auf die Folter spannte. Vielleicht, weil sie so reizend aussah mit ihren geröteten Wangen, ihrem angriffslustig vorgereckten Kinn und ihrem hübschen Busen, der sich heftig hob und senkte. Besonders Letzteres gefiel Rurik.

„Hör auf, nach meiner Brust zu schielen, du Wüstling!“

Als Wüstling auf frischer Tat ertappt. „Hab ich gar nicht. Ich habe nachgedacht und dabei einfach meinen Blick schweifen lassen.“

Maires Missfallen über Ruriks Verhalten war offenkundig. „Komm jetzt zur Sache, Wikinger. Womit willst du ihre Einwilligung erzwingen?“

„Mit einem Zauberspruch“, verkündete er strahlend. „Einer magischen Beschwörung.“

„Zauberkraft“, murmelte Maire enttäuscht. „Deswegen brauchst du mich, obwohl du weißt, dass ich manchmal keinen Erfolg habe?“

Manchmal? Nach allem, was ich gehört habe, hast du meistens keinen Erfolg. Aber er zuckte nur mit der Schulter.

„Ich bin sicher, die Geschichten über meine Missgeschicke beim Zaubern haben auch schon die MacNab gehört. Die Drohung, dass mein Zauberspruch sie treffen könnte, wird keinen großen Eindruck auf sie machen, außer, dass sie sich vielleicht totlachen."

„Traurig, aber wahr."

„Nicht, dass ich mit deinen Plänen einverstanden wäre – aber dennoch: Ich sollte mit dir gehen."

„Nein!"

„Warum?"

„Zu gefährlich. Duncan könnte dich gefangen nehmen. Dann hätte er dich genau da, wo er dich von Anfang an haben wollte."

„Und was ist mit dir? Ist es für dich nicht auch gefährlich? Könnte er dich nicht auch gefangen nehmen?"

„Er könnte, aber warum sollte er? Er hätte sicher keinen so großen Spaß daran, mich zu heiraten und auf seine Bettfelle zu zerren. Und Land würde er durch meine Gefangennahme auch nicht gewinnen."

„Deine dummen Späße mag ich nicht, merk dir das."

Rurik zuckte wieder nur mit der Schulter.

„Rurik, dies hier ist mein Kampf. Ich sollte daran beteiligt sein. Es geht um das Lehen der Campbell."

„Oh, Maire, hast du schon alles vergessen? Ich bin von deinem eigenen Clan zu einem Campbell ernannt worden. Rurik Campbell hat mich Old John genannt." *Bei Thor, bedeutet mir denn diese lächerliche Ernennung wirklich etwas?*

Maire stöhnte leise auf. Sie hatte es tatsächlich vergessen. „Trotzdem, du bist genauso wenig ein Campbell wie ich eine ..." Sie unterbrach sich und betrachtete genau sein Gesicht, so, als würde sie dort die Antwort auf ihre Frage suchen. „Wie ist eigentlich dein Name?"

„Ich habe keinen."

„Du musst einen Namen haben. Nehmt ihr Wikinger nicht den Namen des Vaters an? So wie Thork Erikson, Thork, der Sohn von Erik ist?"

Rurik presste die Lippen zusammen und schwieg.

„Kennst du den Namen deines Vaters?" bohrte Maire weiter. Sie fühlte, dass sie das Tor zu einem Weg geöffnet hatte, den Rurik nicht gehen wollte.

„Ja, ich kenne den Namen meines Vaters", antwortete er grimmig. „Aber er hat mich seit meiner Geburt verleugnet. Deshalb verweigere ich auch seinem Namen den Respekt und trage ihn nicht."

Maire atmete schwer. Sie streckte eine Hand aus, wie um ihn zu trösten, doch Rurik trat einen Schritt zurück. Er wollte – oder brauchte – schon lange kein Mitleid mehr dafür, dass ihn seine Familie so schlecht behandelt hatte. „Zurück zu unserem Plan", sagte er. „In meinem Reisesack habe ich einen Ballen durchsichtigen Stoff, den ich in den östlichen Ländern erstanden habe. Frauen tragen ihn dort, wenn sie vor dem Sultan tanzen." Maire errötete bei der Vorstellung. „Ich stelle mir vor, dass Toste und Vagn sich in dieses zarte Gewebe hüllen werden, und wenn es nicht mehr so hell ist, ähneln sie dann ..."

„Geistern", beendete Maire seinen Satz.

Rurik lächelte. „Ja. Aber lass mich fortfahren. Ich werde Duncan und seinen Clansleuten mit einem schrecklichen Zauberspruch drohen, wenn sie nicht auf meine Forderungen eingehen wollen. Dieser Zauberspruch wird angeblich den Geist ihrer Missetaten erscheinen lassen. Sicher werden sie dafür nur Spott übrig haben, bis sie dann Vagn und Toste sehen, die ihnen als Geist erscheinen. Weil die beiden Zwillinge sind, werden sie die MacNab so verwirren, dass die glauben, der Geist ihrer Missetaten erschiene ihnen an mehreren Stellen gleichzeitig. Was dann kommt, ist besonders klug erdacht und stammt ursprünglich von dir."

„Von mir?"

Rurik nickte. „Ja, ich will ihnen nicht nur erzählen, dass der Geist ihrer Missetaten ihre Burg heimsuchen wird, sondern dass alle MacNab auch noch ein Fluch treffen wird, der ..." Er grinste Maire vergnügt an.

„Sprich weiter", forderte Maire ihn mit Argwohn in der Stimme auf.

„... der ihre Männlichkeit schrumpfen lässt, so dass sie ihren Pflichten auf den Bettfellen nicht mehr nachkommen können."

Maire musste wider Willen laut lachen. „Triff sie, wo es sie am meisten schmerzt, willst du damit sagen."

„Genau. Aber der entscheidende Punkt ist, dass wir sie so vielleicht nach *Ailt Olc* locken werden."

„*Ailt Olc?* Dem ‚Teufelsschlund'?"

Er nickte. „Das schmale Tal, das im Norden euer Land von dem ihren trennt. Dort werden wir sie angreifen und mit ihnen kämpfen, bis sie sich ergeben oder alle tot sind."

„Aber Rurik, selbst wenn es dir gelingt, das alles zu Stande zu bringen, so hast du doch zwei Dinge vergessen. Zum einen ist das ein offenes Gebiet, einsehbar von allen Seiten, das nur wenig Deckung bietet. Zum anderen sind wir Campbell dem Feind hoffnungslos unterlegen."

Er schenkte ihr ein fast zufriedenes Lächeln. „Jetzt kommt der beste Teil von unserem Plan. Schau da runter und sieh, wie er in die Tat umgesetzt wird." Maire lenkte ihren Blick zu der Stelle, auf die er deutete. Es war der Übungsplatz der Krieger draußen vor dem Verteidigungswall der Burg. Was dort geschah, hatte sie noch nie gesehen. Alle Jungen des Clans, sogar Jamie, waren zu sehen, übten unter Stigands Aufsicht, mit Schleudern auf unterschiedliche Ziele zu schießen. Einige von ihnen beherrschten diese Kunst bereits vollkommen.

Maire verstand sofort. „Wie David und Goliath in der Bibel."

„Bin ich nicht glänzend?"

Sie überhörte sein Selbstlob. Stattdessen starrte sie Rurik an. „Aber du willst Kinder kämpfen lassen? Du willst sie dieser Gefahr aussetzen?"

„Nein, du missverstehst mich. Die Jüngeren werden nur im Hintergrund eingesetzt, wo sie sicher sind."

Für den Augenblick schien Maire seine Erklärung ohne Widerspruch zu billigen. „Und die Schafe, die am Rande des Feldes entlangziehen, was tun die da?"

Rurik kicherte. „Schau mal genauer hin. Ich hatte den Einfall auf Grund unseres Gesprächs gestern Abend, als du an deinem Wandbehang gearbeitet hast. Erinnerst du dich, wie du sagtest, dass manche Dinge, aus der Entfernung betrachtet, etwas ganz anderes zu sein scheinen, als sie tatsächlich sind?"

„Rurik", rief Maire, als sie die Augen zusammenkniff und genauer hinsah. „Das sind keine Schafe. Das sind Männer, die sich unter Schaffellen verstecken."

Er konnte nicht länger widerstehen. Zu lange schon hatte er sie nicht mehr in den Armen gehalten – mindestens seit zwei Stunden nicht. Er packte sie um die Taille und zog sie an sich. Tief sog er ihren Duft ein, küsste sie auf den Nacken und flüsterte: „Der Plan wird gelingen, meinst du nicht?"

Als sie zaghaft nickte, verkündete er mit heiserer Stimme: „Ich habe noch einen anderen Plan."

Maire stöhnte auf. Aber Rurik trug sie schon zur gegenüberliegenden Wand des Wehrgangs, wo sie vom Burghof aus nicht zu sehen waren. Er hatte ihr Gewand bereits etwas gerafft, und sie spürte seine Erregung, als er sich an sie drängte. Seine Lippen suchten ihren Mund. Maire aber war fest entschlossen, ihm noch ihre Meinung über seinen Plan mitzuteilen.

„Aaah, Rurik, ich muss dir trotzdem sagen, dass ein Teil deines Plans fragwürdig ist. Einiges ist schlecht, was du auch immer darüber denken magst, einiges ist gut." Und nun tat sie etwas Unvorstellbares. Dieses kecke Frauenzimmer umfasste sein Hinterteil mit beiden Händen, kniff kräftig hinein und schnurrte verführerisch: „Und einiges ist einzigartig."

Doch Rurik gab sich schon viel zu sehr seinem Verlangen hin, um noch irgendetwas dazu zu sagen.

13. KAPITEL

Den ganzen Tag über herrschte in der Großen Halle eine solche Geschäftigkeit, wie sie Maire und ihre Leute nur selten erlebt hatten. Was immer Rurik an diesem Tag erreichen oder nicht erreichen würde, in einem hatte er bereits Erfolg gehabt. Er hatte das Selbstbewusstsein und die Hoffnungen ihres Clans wieder aufleben lassen. Dafür würde Maire ihm ewig dankbar sein.

Alle Frauen des Clans waren emsig damit beschäftigt, die Verkleidung für die Kinder herzustellen, die von den Bäumen herunter mit ihren Schleudern auf die MacNab schießen würden. Es waren einfache Kapuzenumhänge, aus braunen, schwarzen, grünen und graubraunen Wollfetzen schnell zusammengenäht. Natürlich hatte man diese Farben bewusst gewählt, damit die kleinen Krieger in den Bäumen nicht vor der Zeit entdeckt wurden. Die schon größeren Jungen, die verborgen hinter Felsblöcken näher am Schlachtfeld sein würden, sollten eisengraue Überwürfe oder Schaffelle tragen, an denen noch der Kopf saß.

Rurik, Stigand und Bolthor waren draußen vor der Burg, um in der noch verbleibenden kurzen Zeit so viel wie möglich mit den Männern und älteren Jungen, die bereits Waffen handhaben konnten, zu üben. Maire freute sich, als Rurik während des Mahls erzählte, dass einige von ihnen trotz ihrer körperlichen Gebrechen oder ihres Alters außerordentlich gut mit Schwert, Lanze sowie Pfeil und Bogen umzugehen wussten. Diese Fertigkeiten, verbunden mit dem Vorteil eines Überraschungsangriffs und des selbst gewählten Kampfplatzes, konnten vielleicht ausreichen, um über die MacNab zu triumphieren.

Maire wollte ganz sicher gehen und beschloss, auch noch besonders viel zu beten. Zu dumm, dass gerade jetzt Father Baldwin wegen einer Beerdigung in einem weiter entfernten Dorf weilte. Sie hatte priesterliche Unterstützung dringend nötig.

Maire fragte Rurik, ob sie das Ritual für einen Glückszauber abhalten sollte, doch er lehnte mit vollendeter Höflichkeit ab. Er fürchtete, dass der Zauber daneben gehen oder gar Unheil anrichten könnte. Unter anderen Umständen wäre sie beleidigt gewesen, aber das Schicksal ihres Clans stand auf dem Spiel. Und schließlich war sie ja auch wirklich keine gute Zauberin.

Was immer auch bei diesem Kampf herauskommen würde, der am nächsten Morgen stattfinden sollte, falls der Gespensterplan am Abend zuvor Erfolg hatte, Maire musste Rurik schon jetzt dafür dankbar sein, dass er ihren Leuten wieder etwas von ihrem Stolz zurückgegeben hatte. Sie hatte vergessen, wie sehr die Würde eines Mannes von dem Gefühl abhing, seine Familie beschützen zu können.

„Huuhuu!" heulten Toste und Vagn wie aus einem Munde und kamen auf den Tisch zu geschwebt, an dem die Näharbeiten stattfanden. Sie wedelten mit den Händen in der Luft herum und ließen den spinnwebfeinen Stoff, der sie umhüllte, wolkenartig auf und nieder schweben. „Das ist gar nicht so schlecht", meinte Maire, während sie die beiden nachdenklich betrachtete. „Sag mir die Wahrheit Nessa, was denkst du?"

„Ich denke, sie haben viel zu viel Spaß an dem Spiel", entschied Nessa. Die Frauen schauten den Zwillingen zu, wie sie vor ihnen auf und ab stolzierten und mit dem Stoff herumwirbelten. Dabei stöhnten und jaulten sie so, wie sie glaubten, dass Geister stöhnen und jaulen würden.

„Oh, wir werden sehr vorsichtig sein, Nessa. Hab keine Angst", sagte Toste und kam in einem Wirbelwind aus durchsichtigem Stoff auf Nessa zu, küsste sie auf den Hals und zwickte sie dann in den Po.

„Oh, das geht zu weit", quiekte Nessa und rieb sich die Kehrseite, als habe er ihr ernsthaft wehgetan, was offensichtlich aber nicht der Fall war.

„Sei lieber vorsichtig", warnte Fenella, ein junges Bauernmädchen aus dem Dorf, „damit Stigand nicht sieht, dass du mit seiner Liebsten tändelst. Man sagt, er habe die Neigung, seinem

Gegner zunächst den Kopf abzuschlagen und dann erst Fragen zu stellen."

„Das war nicht getändelt", stellte Toste fest. „Glaub mir, ich bin berühmt für meine Tändeleien, und das war keine."

„Wie es scheint, bist du für viele Dinge berühmt", bemerkte Maire trocken.

„Ich bin nicht Stigands Liebste", protestierte Nessa. Aber die Röte, die sich über ihre helle Haut legte, verriet, dass da etwas war zwischen ihr und ihm. Maire konnte sich nicht erinnern, wann sie Nessa jemals hatte erröten sehen. Noch nicht einmal, als Neils, ihr Mann, noch lebte, und der hatte sie gerne und oft geneckt. „Überhaupt hat Stigand schon lange keine Köpfe mehr abgeschlagen."

Jedermann starrte Nessa verwundert an, als sie den riesigen Wikinger so heftig verteidigte. Der hatte es doch bestimmt nicht nötig, sich hinter einem Frauenkittel zu verstecken.

„Sprechen wir wieder über uns und unser Vorhaben", warf Vagn mit einem fröhlichen Grinsen ein. „Heute Abend wird, den Göttern sei Dank, kein Mond scheinen, und unsere Verkleidung wird vollkommen sein, wenn wir sie erst *auf die richtige Art* angelegt haben." Er und Toste tauschten bedeutungsvolle Blicke bei den letzten Worten.

„Erwartet ihr, dass ich diese Anspielung jetzt aufgreife?" fragte Maire und versuchte ernst zu bleiben, aber es fiel ihr schwer angesichts dieser beiden Schelme.

„Was für eine Anspielung?" fragten beide mit unschuldiger Miene und stemmten die Fäuste in ihre bemerkenswert schmalen Hüften. Beim heiligen Kreuz, Maire verstand, warum ihnen die Mädchen in Scharen nachliefen. Man konnte den beiden gut aussehenden Burschen kaum widerstehen, wenn sie ihren ungeheuren Charme spielen ließen.

„Ts-ts-ts-ts-ts", war alles, was Maire erwidern konnte. Sie schüttelte den Kopf über die Possen der Zwillinge, und einige der jüngeren Mädchen kicherten.

„Nun gut, wenn ihr darauf besteht, werden wir euch erzählen, wie die *richtige* Bekleidung eines Geistes aussieht“, sagte Toste mit einem tiefen Seufzer, als hätten die Frauen ihn mit neugierigen Fragen gequält.

„Wenn wir uns heute Abend, bevor wir in die Burg der MacNab eindringen, verkleiden, werden wir ...“, er machte eine dramatische Pause, hob und senkte die Arme, dass der Stoff sich bauschte, „... darunter nackt sein.“

„Das glaub ich nicht!“ rief Maire aus und schaute sich, wie Zustimmung erbittend, nach ihren Frauen um, aber die starrten nur auf die beiden Männer.

Es war so sicher wie das Amen in der Kirche, dass sie den Burschen glaubten und dass sie gerne bei der Entschleierung der Geister dabei wären.

„Hah! Glaubt ihr, wir würden es wagen, zu lügen?“ brummte Toste. Er und Vagn hielten beide ihre Mittelfinger hoch, die dick mit rotem Garn umwickelt waren.

Diese dummen Messfäden – nein, mein dummes Gerede von Lügen und schrumpfender Männlichkeit! Bedeutet Männern die Länge dieses Körperteils wirklich so viel? fragte sich Maire.

Frauen sind bei weitem das klügere Geschlecht, stellte sie fest. Verbringen wir etwa so viel Zeit damit, uns über die Größe unserer weiblichen Merkmale zu sorgen? Natürlich nicht – nun ja, vielleicht was unseren Po betrifft, der manchmal die Neigung hat, über Nacht dicker zu werden oder, was viel schlimmer ist, schlaff herunterzuhängen.

„Legt ihr Wert darauf, dass wir euch zeigen, wie diese Gewänder mit nichts darunter aussehen?“ fragte Vagn und raffte den Stoff, gleichzeitig bereit, seinen Gürtel zu öffnen.

„Nein!“ rief Maire, obwohl sie sah, dass einige Frauen gar nichts gegen eine derartige Vorführung einzuwenden gehabt hätten.

Enttäuscht gab Vagn sein Vorhaben auf.

„Nackte Geister!“ keuchte Nessa empört, die es immer noch

nicht fassen konnte. „Und wo wollt ihr dann euer Schwert tragen?“

Sofort bemerkte Nessa die Doppeldeutigkeit ihrer Worte und errötete noch mehr. Toste und Vagn warfen einen anzüglichen Blick auf ihre untere Körperpartie und fragten wie aus einem Munde: „Welches Schwert?“

„Ist das eigentlich euer Ernst? Ich kann mir nicht vorstellen, dass Rurik solch einen Plan billigt“, sagte Maire.

„Es war *sein* Einfall“, verkündete Toste und blinzelte ihr dabei anzüglich zu. „Jetzt, da Rurik das ein oder andere nette Spielchen wieder raushat, gefällt ihm der Gedanke an nacktes Fleisch. Er *hat's* doch wieder raus, oder?“

„Sag die Wahrheit, Maire, weißt du jetzt, was ein Orgasmus ist, oder weißt du's immer noch nicht?“ fügte Vagn hinzu.

Maire seufzte nur. Und alle ihre Frauen fragten gleichzeitig: „Orgas-Mus? Orgas-Mus?“

„Welcher Einfall?“ fragte in dem Augenblick Rurik von hinten. „Welcher Einfall kam von mir?“

Maire drehte sich auf ihrer Bank um und sah ihn und all die anderen Männer und Jungen in die große Halle kommen. Offensichtlich hatten sie nicht nur ihre Übungen beendet, sondern, ihren nassen Haaren nach zu urteilen, auch schnell noch ein Bad im ‚Loch‘ genommen. Rurik schritt hoch erhobenen Hauptes auf sie zu, gefolgt von Jamie. Der Anblick der beiden rührte sie im Tiefsten ihres Inneren. Jamie hatte dieselbe stolze Haltung angenommen wie Rurik. Ihr Sohn hatte schon seit langem eine besondere Neigung gezeigt, andere nachzumachen. Und allem Anschein nach war Rurik jetzt sein großes Vorbild. Maire entdeckte, dass Jamie ein grob geschnitztes Holzschwert im Gürtel trug. Stigand, der gut schnitzen konnte, musste es ihm angefertigt haben. Und Jamie trug sein Schwert auf die gleiche Art wie Rurik, etwas unterhalb seiner linken Hüfte. Und wie um das Bild abzurunden, trug er immer noch die dünnen Schläfenzöpfe, die Rurik ihm geflochten hatte.

Eine seltsame Stille herrschte nun in der Großen Halle, da alle anderen natürlich genau dasselbe sahen wie Maire. Und alle warteten darauf, dass Maire etwas sagen würde, oder dass Rurik endlich auch sehen würde, was jeder außer ihm so klar erkannte.

„Welcher Einfall?“ wiederholte Rurik und unterbrach Maires Gedanken. Er setzte sich auf die Bank dicht neben sie, viel zu dicht, und lächelte vergnügt darüber, dass ihr das offensichtlich gar nicht so recht war, wenn er vor allen Leuten so vertraut mit ihr tat.

„Dass Toste und Vagn als nackte Geister auftreten“, antwortete sie und bewegte sich vorsichtig von ihm weg, um dem Druck seiner Hüfte zu entgehen.

Doch Rurik rutschte einfach nach und saß jetzt noch dichter neben ihr als zuvor. Dann zog er mit einem spitzbübischen Lächeln die Augenbrauen hoch, so, als wollte er fragen, wie lange sie dieses Spiel noch weiter spielen würde. Maire blieb nichts anderes übrig, als sitzen zu bleiben, und Rurik meinte: „Wie sollen Geister denn anders auftreten als nackt? Und ganz davon abgesehen, erbringen Toste und Vagn die besten Leistungen in diesem Zustand, habe ich mir sagen lassen. Und vielleicht brauchen sie ja die Hilfe eines Mädchens, um in die Burg zu kommen.“

Maire lachte leise bei dieser Vorstellung. „Glaubst du, ein Mädchen lädt einen Geist auf ihr Lager ein? Glaubst du wirklich, eine Frau, die ihre fünf Sinne beisammen hat, wäre so närrisch?“

Sie schwiegen, während eine Magd Krüge mit kühlem Bier und Holzbecher vor sie hinstellte.

„Bei diesen beiden ist alles möglich“, erklärte Rurik, nachdem er einen kräftigen Schluck genommen hatte. „Glaub mir, bei denen kann mich nichts mehr überraschen. Ich erinnere mich an eine Zeit in Cordoba, wo sie aus einem Lusthaus befreit werden mussten. Die verliebten Freudenmädchen hatten sie gefangen gehalten.“ Während er sprach, drängte er sich immer enger an sie, und Maire spürte seine wachsende Erregung. Es schien ihm völlig gleichgültig zu sein, dass sie nicht allein waren. Ungehalten über sein Benehmen, schimpfte Maire ihn plötzlich aus: „Du wollüstiger Kerl, du! Du solltest *Lanze* besser unter Kontrolle halten, sonst kommt noch ein Vogel und setzt sich drauf, weil er ihn für eine Sitzstange hält."

„Maire!" antwortete Rurik fassungslos, während es um seine Lippen verräterisch zuckte. „Schscht!" machte er dann noch schnell, denn die anderen sollten nichts davon hören.

Aber es war schon zu spät.

„Lanze? Was für eine Lanze?"

„So nennt Rurik seine Männlichkeit", platzte Maire heraus, bevor sie noch wusste, was sie sagte.

Toste und Vagn brachen in schallendes Gelächter aus, und alle Frauen schauten zu Rurik hin. Maires Enthüllung belustigte auch sie sichtlich, außerdem erschien ihnen Rurik auf einmal in einem ganz neuen Licht.

„Viele Männer geben ihrer Männlichkeit einen Namen", wiederholte Maire jetzt trotzig Ruriks eigene Worte. Ihre Wangen glühten vor Verlegenheit über ihre unüberlegte Bemerkung.

Rurik stöhnte nur und verdrehte verzweifelt die Augen, denn er wusste, was jetzt kam.

„Das stimmt, das stimmt", bestätigte Toste. „Ich nenne meinen Freund *Glücksspender.*"

Ein paar der jüngeren Mädchen pressten die Hand vor den Mund und kicherten leise in sich hinein. Einige der Männer aber, darunter Bolthor und Stigand, zweifelten lauthals an der Stimmigkeit dieses Namens.

„Ich nenne meinen schlicht *der Große*", verkündete Vagn.

„Was bist du nur für ein Lügner", erklärte Rurik.

„Ich nenne meinen auch *der Große*", sagte jetzt Stigand.

Doch niemand äußerte diesmal seine Zweifel oder nannte ihn gar einen Lügner. Und Nessa, Gott segne sie, nickte voller Zustimmung.

Heilige Mutter Gottes, diese Wikinger sind wirklich hemmungslos – über so etwas derart offen zu sprechen!

„*Mjolnir*", verkündete Bolthor plötzlich. Alle drehten sich nach ihm um. Er hob angriffslustig das Kinn, um jedes Lachen im Keim zu ersticken, und erklärte: „Das ist Thors Hammer."

Keiner lachte.

„Dies ist die Saga von Rurik, dem Größeren ...", begann Bolthor.

„Heh", protestierte Rurik, während alle anderen ein Kichern kaum unterdrücken konnten. „Ich habe nicht mit diesem Thema angefangen. Bring mich also nicht mit *dieser* Sache in Verbindung."

„Das machen nicht nur die Nordmänner so. Schotten geben ihm auch einen Namen", sagte auf einmal Old John. Maire hatte gar nicht bemerkt, dass er sich mit einigen ihrer Clansmänner zu ihnen gesellt hatte.

Alle Frauen starrten ihn mit offenem Mund an und fragten gleichzeitig: „Tun sie das?"

Old John nickte heftig. „Zu meiner Zeit nannte ich ihn den *Schmeichler*." Den Frauen fiel die Kinnlade herunter. „Und ich kannte einen Mann aus Glenmoore, Angus der Bulle, der nannte seinen den *Einäugigen Drachen*. Ja, so nannte er ihn", betonte Old John, als er die ungläubigen Blicke der anderen sah.

Es herrschte für einen kurzen Augenblick verblüffte Stille, bis Maire ihre Fassung wiedergewann. „Schämt euch, ihr Männer!" stieß sie entrüstet hervor. „In Anwesenheit von Frauen über solch unanständige Dinge zu reden!"

Die Männer blickten verstört in die Runde, so als würde ihnen erst jetzt bewusst, dass sie nicht unter sich waren. Dann zogen sie sich zurück und standen bald in Gruppen in der Halle herum. Dennoch schienen sie ihr bevorzugtes Gesprächsthema wieder aufgenommen zu haben, denn immer wieder brachen sie in anzügliches Gelächter aus.

Maire merkte erst jetzt, dass Rurik während der vorangegangenen Unterhaltung ihre Hand genommen hatte. Seine Finger waren mit den ihren verschlungen, und mit dem Daumen streichelte er ihre Handfläche. Es war sehr erregend. Die Botschaft, die seine blauen Augen ihr übermittelten, war eindeutig. „Ich will dich." Sie wusste, dass in ihren Augen die gleiche Botschaft zu lesen stand.

Maire wandte ihr Gesicht ab, damit er nicht sah, wie schnell er sie erregen konnte. Sie konnte es immer noch nicht glauben, dass sie diesem Mann heute Morgen erlaubt hatte, sie bei vollem Tageslicht, auf der offenen Brustwehr und an eine Mauer gelehnt zu nehmen. Und sie konnte erst recht nicht glauben, dass sie es so sehr genossen hatte. Rurik hatte ihr die Hand über den Mund legen müssen, damit niemand ihre Lustschreie hörte.

„Ich weiß, was du denkst", flüsterte Rurik ihr ins Ohr. Wie hatte er es nur wieder geschafft, so dicht an sie heranzurutschen? Als sie den Kopf schnell herumdrehte, streiften ihre Lippen die seinen. Er lachte leise und setzte sich etwas weiter weg.

„Du ... weißt ... es ... nicht!" sagte Maire mit Bestimmtheit. „Was ich denke, meine ich."

„Doch, ich weiß es, Maire." Er hatte wieder begonnen, ihre Handfläche zu streicheln, und die zärtliche Berührung brachte ihren Körper in Wallung.

Sie seufzte leise.

Er lächelte.

„Du glaubst, du bist als Gedankenleser genauso gut wie als Krieger?"

Er schüttelte den Kopf und fuhr sich mit der Zunge über die Lippen.

Zu spät erkannte Maire, dass er sie nachmachte. Gerade war auch sie sich mit der Zungenspitze über die Lippen gefahren, denn beim Anblick dieses verführerischen Burschen hatte sie einen ganz trockenen Mund bekommen. Maire hasste es, dass sie ihre Gefühle so schlecht verbergen konnte, und Rurik in ihren Augen lesen konnte wie in einem aufgeschlagenen Buch. Und sie konnte sich auch nicht erklären, warum sie jetzt genau das fragte, worauf er wartete. „Was denkst du, was ich denke?"

Doch jetzt konnte auch sie in seinen Augen lesen, was er dachte. *Oh Maire! Ich fürchtete schon, du würdest nie danach fragen.* Laut aber sagte er: „Dein Körper trägt mein ‚Zeichen', genauso wie ich es dir versprochen habe. Wenn dein Blick auf meinen Mund fällt, dann erinnerst du dich an meine Küsse. Wenn ich meinen Becher in die Hand nehme, dann weißt du, dass die Finger, die ihn umspannen, deinen Körper erforscht und sein Verlangen erregt haben. Und wenn du meine ganze Gestalt betrachtest, dann siehst du lebhaft vor dir, wie dieser Körper bei dir auf den Bettfellen gelegen hat." Er tat einen langen Atemzug. „Das ist es, was du denkst, Maire Campbell."

„Deine Eitelkeit ist wirklich grenzenlos, Wikinger", fauchte Maire erbost. „Und was dein ‚Zeichen' betrifft: War all das, was gestern und in der letzten Nacht zwischen uns geschah, nur deiner Rache an mir geschuldet? Ich weiß, du hattest versprochen, dich zu rächen, aber ich dachte ... ich dachte ...", Maire konnte es selbst nicht glauben, wie sehr es sie verletzte, dass allem Anschein nach nur sie während dieses Liebesspiels ein tieferes Gefühl empfunden hatte. Sie verbarg das Gesicht in ihren Händen, damit Rurik nicht sehen konnte, wie sehr sie sich gedemütigt fühlte.

Rurik legte ihr den Zeigefinger ans Kinn und drehte sanft ihren Kopf zu sich, so dass sie ihn anschauen musste. „Nein, das war es nicht. Es mag sein, dass es am Anfang tatsächlich Rachegelüste waren, die mich trieben, aber irgendwann kamen andere Kräfte ins Spiel." Maire wollte etwas sagen, aber Rurik hob abwehrend die Hand. „Frag mich jetzt nicht, welche Kräfte das waren, denn ich weiß es wahrhaftig nicht. Vielleicht Zauberei?"

Maire wollte ihm gerne glauben, aber ...

„Liebes, kannst du nicht verstehen, dass alles, was ich über dich sagte, umgekehrt auch auf mich zutrifft?"

Maire legte verwirrt die Stirn in Falten. Rurik beugte sich vor und strich mit den Lippen zart über die ihren – ein federleichter Kuss, der Maire wie ein Hauch des Himmels streifte. Verstohlen blickte sie sich um, ob auch niemand diesen Kuss bemerkt hatte. Es war ihr immer noch unangenehm, dass jeder sehen konnte, wie vertraut der Wikinger mit ihr tat. Aber den wenigen, die es gesehen hatten, schien es offensichtlich zu gefallen, denn sie grinsten zufrieden vor sich hin.

„Soll ich es dir genauer erklären?“ fragte er mit dunkler Stimme, in der so viel Kraft lag wie in einem großen Schluck *uisge-beatha*.

Oh Gott, ja! „Nein!“ sagte Maire schnell.

Aber sie war nicht schnell genug. Er hatte schon damit begonnen, seine intimsten Geheimnisse vor ihr zu enthüllen. „Wenn du mit der Zunge über deine Lippen fährst, so wie jetzt, erinnere ich mich an all die lustvollen Dinge, die du mit deinem Mund getan hast, und die ich dich gelehrt habe. Das heißt, vielleicht musste ich sie dich auch gar nicht lehren, vielleicht hat dich die Natur ja mit dieser Sinnlichkeit beschenkt.“

Maire verspürte ein kribbelndes Gefühl bei Ruriks Worten, wenn sie das Gehörte auch kaum glauben mochte. Sie war keine sinnliche Frau – wenigstens hatte sie sich bis jetzt nie dafür gehalten.

„Und wenn du dich abwendest, weil du mir nicht in die Augen sehen willst, dann lenkst du nur meinen Blick auf deine Brüste, und ich stelle mir vor, dass sie lustvoll aufblühen für mich. Und ich erinnere mich an ihren Geschmack. Er war wie der Nektar der Götter! Und wenn du von mir weggehst, und ich sehe, wie sich dein kleines Hinterteil hin und her bewegt, dann erinnere ich mich daran, wie gut es in meine Hände passt. Und dann – bei Freyjas Liebe –, wie du mich in dich aufgenommen hast ...“

„Großer Gott!“ rief Maire aus. „Wie du redest! Ich habe noch nie gehört, dass man das Liebesspiel mit Worten spielen kann, ohne den anderen auch nur zu berühren!“

„Wie du siehst, kann ich es auch nur mit Worten. Das ist eines meiner vielen Talente“, lachte Rurik und drückte Maires Hand.

„Ich weiß nie, ob du die Wahrheit sagst oder nur Spaß machst.“

„Gefällt dir diese Art des Liebesspiels?“

„Schau doch mal, ob ich schon die Augen verdrehe“, erwiderte Maire.

„Du bist nicht mit Gold aufzuwiegen“, erwiderte Rurik und lachte dabei fröhlich. „Nein, deine Augen – deine schönen, smaragdfarbenen Augen – blicken wie immer. Aber was ist mit meinen? Haben sie sich schon so weit verdreht, dass man nur noch das Weiße sieht?“

Maire schüttelte lächelnd den Kopf. Es tat so gut, zu wissen, dass Rurik sie genauso begehrte wie sie ihn.

„Ich spüre nur, wie mich so ein ganz merkwürdiger Schauer erfasst“, flüsterte sie und warf ihm einen verführerischen Blick unter halb geschlossenen Lidern hervor zu. Bei allen Heiligen, wann und wo hatte sie nur die Kunst des Kokettierens gelernt?

„Mich auch“, antwortete Rubrik, und sein Blick und seine Stimme verrieten, dass er es ernst meinte.

„Oh Rurik“, hauchte Maire, nicht fähig, mehr zu sagen.

„Ja“, sagte er leise und verstand. Was zwischen ihnen zu wachsen begonnen hatte, war bereits so stark, dass es weiterer Worte nicht bedurfte.

Zu ihrem Glück – oder auch zu ihrem Unglück – wurden sie von lautem Gejohle abgelenkt. Am anderen Ende der Halle lachten einige Clansleute lauthals über Maires Sohn und seine Freunde.

Callum war gerade an ihnen vorbeigegangen und sein Kopf zuckte hin und her, wie er dies seit der Schlacht von Dunallen tat, als ihn ein schwerer Schlag getroffen hatte. Callum war etwa im gleichen Jahr geboren wie Maires Bruder Donald, dessen Zechkumpan er gewesen war. Er stand im Rufe, ein tapferer

Krieger und ein hervorragender Bogenschütze gewesen zu sein, doch seit der Schlacht von Dunallen konnte man sich nicht mehr auf seine Kriegskünste verlassen. Bolthor hatte ihm verschiedene Übungen gezeigt, mit denen er sein Gleichgewicht wiedergewinnen und das Zucken ausgleichen konnte. Zu Maires Erstaunen klappte es manchmal. Vielleicht konnte er so einige seiner alten Fähigkeiten wiedererlangen.

Jetzt machte Jamie Callum nach, und die ganze Lausbubenhorde, mit Jamie an der Spitze, stolzierte herum, und alle zuckten gleichzeitig mit dem Kopf. Maire fasste den Entschluss, sich nachher ihren Sohn vorzuknöpfen und ein langes Gespräch mit ihm zu führen. Sein Benehmen war während der letzten Wochen, die er in der Waldhöhle mit den Männern verbracht hatte, alles andere als besser geworden.

Doch Maire blieb keine Zeit, weiter über die Erziehung ihres Sohnes nachzudenken. Rurik hatte ihre Hand losgelassen und war wütend von seinem Platz aufgesprungen. Sein Gesicht war rot angelaufen, er schrie irgendetwas Unverständliches, und seine Hände waren zu Fäusten geballt. Maire konnte sich zuerst nicht erklären, wer oder was solchen Zorn in ihm erweckt hatte. Doch als sie Rurik durch die Halle stürmen sah, wurde ihr alles klar.

Oh mein Gott! Natürlich war es Jamie, der Rurik derart in Wut versetzt hatte. Maire erhob sich von ihrem Sitz, um Rurik hinterherzueilen. „Rurik, warte ...“

Doch Rurik hatte die lachende Bande schon erreicht und packte Jamie mit einer Hand. Die Beine des Jungen baumelten plötzlich ein ganzes Stück weit über dem mit Binsen bedeckten Boden hilflos in der Luft. Bevor das erschrockene Kind wusste, wie ihm geschah, gab Rurik ihm einen kräftigen Schlag auf das Hinterteil und sagte grimmig: „Das reicht jetzt, Junge.“

Maire war außer sich. Wie konnte er es wagen, ihren Sohn anzurühren! Wie konnte er es wagen!

Als sie den Ort des Geschehens erreichte, drängten sich

schon etliche Clansleute um Rurik. Die Jungen jedoch rannten weg, so schnell sie konnten, damit Ruriks Strafgericht sie nicht auch noch erwischte. Nur Jamie stand da und rieb sich mit der einen Hand sein Hinterteil, und mit der anderen wischte er sich die Tränen aus dem Gesicht. Dabei heulte er immer noch laut und vernehmlich, ja zum Steinerweichen. Man hätte glauben können, eine Streitaxt hätte seine Kehrseite getroffen, und nicht etwa nur eine kräftige Männerhand.

Rurik hatte sich vor ihm hingekniet und ihm die Hände auf die Schultern gelegt. „Ich dachte, wir hätten uns verstanden, Jamie. Du wirst hier eines Tages der Laird sein. Ist andere zu verspotten etwa das, was du darunter verstehst, deinen Leuten ein Vorbild zu sein?"

Jamie schüttelte den Kopf, sagte aber nichts, vielleicht aus Angst, wieder einen Klaps aufs Hinterteil zu bekommen.

„Ein wirklicher Mann hat es nicht nötig, sich auf Kosten anderer größer zu machen, vor allem nicht auf Kosten von Menschen, die kleiner oder schwächer sind als er selbst oder unter einem körperlichen Gebrechen leiden."

„Aber ich habe doch nur gespielt", verteidigte sich Jamie schluchzend.

„Das ist keine Entschuldigung. Merk dir eines: Wer schon als Junge den Wert oder das Ansehen anderer missachtet oder andere gar unterdrückt, wird dies auch tun, wenn er zu einem Mann herangewachsen ist. Dieses Verhalten ist jedoch alles andere als ehrenhaft und somit auch alles andere als erstrebenswert. Verstehst du, was ich dir sage?"

Jamie nickte. Gleichzeitig fand er aber, dass jetzt die beste Gelegenheit zur Flucht wäre, tauchte unter Ruriks Arm durch und schoss zum Tor hinaus in den Burghof. Mit einem Lächeln auf den Lippen ließ Rurik ihn laufen. Er gab Stigand ein Zeichen, Jamie zu folgen und auf den eigensinnigen kleinen Kerl aufzupassen.

Dann drehte er sich um und bemerkte, dass Maire hinter ihm

stand. Lächelnd sah er sie an, als erwarte er ihr Lob dafür, wie er Jamie zurechtgewiesen hatte.

Kochend vor Wut, versuchte Maire mit gedämpfter Stimme zu reden, aber ihre Worte kamen hart und für alle hörbar aus ihrem Mund. „Dazu hattest du kein Recht, Wikinger. Wer gab dir die Erlaubnis, mein Kind zu tadeln?"

Rurik erstarrte und blickte sie fassungslos an. „Ich glaubte, dir einen Gefallen zu tun. Du hast keinen Ehemann. Es war richtig, dem Jungen genau jetzt, wo er das tat, deutlich zu verstehen zu geben, dass sein Verhalten, nämlich andere zu verspotten, nicht richtig war. Stimmst du mit mir darin überein?"

„Du hast meinen Sohn misshandelt."

„Das habe ich nicht getan!"

„Du hast ihn im Zorn geschlagen."

„Ich gab ihm mit der Hand einen leichten Klaps auf den Hintern. Er hat ihn kaum gefühlt."

„Gut, gut, und wer gab dir die Erlaubnis, Hand an ihn zu legen?"

„Ich brauche keine Erlaubnis, um das zu tun, was richtig ist."

„Mach, dass du fortkommst, Wikinger. Er ist nicht dein Sohn." Kaum hatte sie das gesagt, wusste Maire, dass sie einen großen Fehler gemacht hatte. Rurik warf den Kopf hoch, so, als hätte sie ihn geschlagen, und seine Nasenflügel bebten vor kaum noch zu unterdrückender Wut.

Noch schlimmer aber war, dass ihr ganzer Clan vor Schreck den Atem anzuhalten schien. Es war eine Sache, einem Mann zu verheimlichen, dass er einen Sohn hatte, so schrecklich das auch sein mochte. Eine andere Sache aber war es, in dieser Angelegenheit zu lügen. Würde sie je diese dreiste Lüge wieder aus der Welt schaffen können?

„Ich meine – er ist mein Sohn. Du hättest *mir* die Erziehung meines Sohnes überlassen sollen."

Rurik warf Maire einen Blick zu, in dem seine ganze Enttäuschung und Wut lagen. „Wenn seine üblen Ausdrücke, sein oft verdrecktes Aussehen und jetzt sein gemeines Verhalten ein Ergebnis deiner Erziehung sind, dann erfüllst du deine Aufgabe schlecht, Maire."

Ruriks Worte waren grausam. Sie trafen Maires Seele wie spitze Dolche. Und sie waren ungerecht – nun gut, teilweise ungerecht. Aber sie sah an seiner stolzen Haltung, dass er sie genauso wenig zurücknehmen würde wie sie die ihren.

„Und noch eins. Ich werde in der Tat bald machen, dass ich hier *fortkomme* – dessen kannst du sicher sein."

Maire verbarg das Gesicht in den Händen und versuchte, einen Weg zu finden, wie sie ihre harten Worte zurücknehmen konnte. Als sie wieder aufblickte, war Rurik gegangen. Und alle ihre Leute blickten sie anklagend an. Einer nach dem anderen wandte sich ab und ging. Außer Bolthor. Leise vor sich hinlachend, begann der Skalde: „Dies ist die Saga von Maire of the Moors."

Es war einst eine Maid,
die eine große Lüge erzählte.
Auch wenn sie selbst sie für die Wahrheit hielt,
so glaubte ihr niemand.
Doch oh weh,
das Schlimmste an Lügen ist,
dass der, der sie webt,
sich in dem Gespinst verfängt.

Nachdem er einen Augenblick nachgedacht hatte, fügte Bolthor noch hinzu:

... Und sie wird keinen Nutzen davon haben,
einen Wikinger zu belügen.
denn nun wird es nur noch größeren Kummer geben ...
Nun, vielleicht auch einen kleineren.

Eigentlich hätte Maire über Bolthors schlechte Saga lachen müssen, aber ihr war eher zum Weinen zu Mute.

Den Rest des Nachmittags ging Rurik Maire aus dem Weg. Er war so wütend – und, ja, auch verletzt –, dass er sich nicht sicher war, was er in ihrer Gegenwart tun oder sagen würde.

Sie war maßlos in ihrem Bestreben, ihren Sohn zu beschützen. Obgleich Rurik bezweifelte, dass Maire genauso geredet und gehandelt hätte, wenn Old John das Gleiche wie er getan hätte. Warum nur fürchtete sie so um ihren Sohn, wenn er mit ihm zusammentraf? Es war ein Rätsel, dass Rurik nicht zu lösen vermochte. Anscheinend war Maire zu dem Schluss gekommen, dass er zwar ein geeigneter Partner für sie auf den Bettfellen war, aber ein ungeeigneter Umgang für ihren Sohn. Warum nur?

„Du runzelst schon wieder die Stirn. Bin ich der Gewinner?" fragte ihn Jamie.

Sie waren dabei, *hnefatafl*, das Brettspiel der Wikinger, zu spielen. Rurik brachte es dem Jungen gerade bei. Zuvor hatte Jamie – nach einem Gespräch von Mann zu Mann, oder besser, von Mann zu Noch-nicht-ganz-Mann – Rurik gezeigt, wie man mit einer Schleuder schoss. Im Gegenzug hatte Rurik versprochen, ihm zu zeigen, wie man das Spiel der Nordmänner spielt. Und der Kleine zeigte bereits jetzt eine erstaunliche Fertigkeit darin. Er ist wirklich ein sehr gescheiter Bursche, dachte Rurik und konnte sich nicht erklären, warum er dabei solchen Stolz empfand.

„Nein, du bist nicht der Gewinner", knurrte er.

„Dann runzelst du die Stirn, weil du noch immer auf meine Mutter böse bist. Sei es nicht. Sie mag dich."

„Und woher willst du das wissen?"

„Ooch, das weiß doch jeder!" Dabei schaute Jamie ihn an, als könne er nicht glauben, dass Rurik so begriffsstutzig war. „Immer, wenn sie dich anschaut, bekommt sie ganz große Augen und guckt wie eine Kuh." Er zeigte Rurik, was er meinte, indem er genauso guckte. Maire wäre wenig geschmeichelt gewesen. „Ich denke mal, irgendwann wird sie Muh machen."

Rurik verschluckte sich an dem *uisge-beatha*, den er gerade trank. „Ich glaube kaum, dass es deiner Mutter gefallen würde, dass du so von ihr sprichst."

„Warum? Was ist denn falsch dran, wenn man verliebt ist?"

Verliebt? Sie handelte aber nicht wie eine Verliebte, als sie mich vor all den Leuten beschimpfte. Rurik schüttelte den Kopf über die komische Frage des Kindes. Er wusste nie, was dieser kleine Schelm als Nächstes sagen würde, und fragte sich, ob er wohl in diesem Alter genauso gewesen war. Sicher nicht, denn er war damals viel zu sehr mit der Suche nach etwas Essbarem beschäftigt gewesen.

„Darf ich auch mal davon trinken?" fragte Jamie und streckte die Hand nach dem Becher mit dem starken schottischen Gebräu aus.

„Nein, das darfst du nicht!" rief Rurik und stellte den Becher außer Reichweite.

„Warum nicht?"

„Weil ich es gesagt habe."

„Das ist keine Antwort. Meine Mutter sagt das auch immer."

„Es ist eine gute Antwort", erklärte Rurik. *Bei Thor! Jetzt rede ich schon wie ein Vater!*

„Ha! Bringst du mir bei, wie man mit einer Breitaxt kämpft?"

„Du könntest eine Breitaxt ja noch nicht mal hochheben."

„Gut, dann eine Lanze?"

„Nein!"

„Warum nicht?"

„Du weißt warum."

„Weil ich es gesagt habe", machte ihn Jamie nach.

„Genau."

Während der ganzen Zeit hatten sie weitergespielt, und der

Junge redete und redete und redete ... außer, wenn er seine Katze streichelte.

„Ich mag Katzen."

„Das sieht man." Die Katze saß zu Jamies Füßen und leckte sich ihr räudiges Fell. Nun, ganz so schlimm sah es nicht mehr aus, seit Rurik das Tier im ‚Loch' tüchtig geschrubbt hatte. Bei allen nordischen Göttern, das musste ein Anblick gewesen sein! Rurik hatte die fauchende, kratzende Katze, die den unpassenden Namen Rose trug, richtig gehend bearbeitet, wobei er sich vorher die Handschuhe, die er sonst in der Schlacht trug, übergestreift und einen Helm mit Gesichtsschutz aufgesetzt hatte. „Ich jedenfalls mag Hunde lieber", erklärte Rurik. „Solche wie meinen Wolfshund Beast. Das ist ein Tier! Weißt du, der Hund ist der beste Freund des Mannes."

„Mein bester Freund ist Rose", sagte Jamie mit gekränkter Stimme.

„Hhmm!" entgegnete Rurik wenig überzeugt.

„Doch, weil sie mich mag, und dich mag sie auch", stellte Jamie vorwurfsvoll fest.

Oh-oh! Da ist er, der Trick mit dem Schuldgefühl. Frauen und Kinder benutzen ihn immer bei Männern. Sie drehen und wenden alles so, dass sich der Mann bei der kleinsten Kleinigkeit schuldig fühlen muss. „Das bezweifle ich eher", antwortete Rurik. Währenddessen starrte ihn Rose die ganze Zeit mit jenem Ausdruck von Überlegenheit an, die sie immer zur Schau trug. Vorsichtshalber hielt sie aber dennoch Abstand zu dem Wikinger, denn das Bad hatte sie ihm noch nicht verziehen.

Übergangslos plapperte Jamie weiter: „Ich wäre sicher ein guter Wikinger!"

„Das bezweifle ich."

„All das Vergewaltigen und Plündern und solche Sachen! Ich wäre ganz bestimmt der verdammt beste Vergewaltiger und Plünderer!"

Rurik musste lachen, nicht nur über die Vorstellungen, die

der Junge hatte, sondern auch über seinen Wortschatz. „Weißt du denn, was vergewaltigen und plündern bedeutet?"

„Nein, aber es klingt lustig."

„Ich glaube kaum, dass dein Clan damit einverstanden wäre, wenn du auf Wikingerfahrt gingst. Besser, du bleibst hier in den Highlands und tust das, was dein Clan so macht – anderen Leuten das Vieh stehlen und sich gegenseitig befehden."

„Ich kann aber doch in den Zeiten, in denen ich nicht raube und streite, mit dir auf Wikingerfahrt gehen."

„Hörst du eigentlich nie auf zu reden?"

„Das sagt meine Mutter auch immer."

„Kluge Frau", murmelte Rurik leise.

Doch Jamie hatte es gehört und schrie voll Freude: „Siehst du? Du bist auch verliebt!"

Für einige segensreiche Augenblicke war es still, und sie fuhren in ihrem Spiel fort. Aber Rurik hätte wissen müssen, dass es nicht lange so ruhig bleiben würde.

„Erzähl mir etwas übers Vögeln."

„Wie bitte?"

„Vögeln. Wie fühlt sich das an?"

Rurik musste lachen. „Gut."

„Wie gut? Meinst du Haggis-gut oder Pferderennen-gut oder schnell-schwimmen-gut oder eine-große-Forelle-fangen-gut?"

„Alles zusammen."

„Muss dein Piepmatz größer sein als dein kleiner Finger, um zu vögeln?"

Piepmatz? Bei der Liebe einer Walküre! Ein Piepmatz! Rurik fielen fast die Augen aus dem Kopf beim Anblick des Jungen, der jetzt den Gegenstand ihrer Unterhaltung vor ihm hin und her schwenkte.

„Ja, das muss er", antwortete Rurik und bemühte sich, ernst zu bleiben.

„Wie viel größer?"

Aaarrgh! Ruriks Hände ballten sich zu Fäusten. Doch er dachte daran, dass er als Junge dankbar gewesen wäre für einen älteren Mann, der ihm all diese Dinge erklärt hätte. „Viel größer."

Rurik bemerkte, dass er schon auf die gleiche Art sprach wie der kleine Strolch vor ihm, und musste schmunzeln. „Riesig", fügte er hinzu und hoffte, dass niemand ihr Gespräch belauschte.

„Kann ich ihn mal sehen?"

„Nein, du kannst ihn nicht sehen, Bürschchen." Genug war genug. Rurik stand auf, räumte das Spiel weg und erklärte sich selbst zum Gewinner.

Er reckte und streckte sich und gähnte laut. Es war jetzt die Zeit zwischen Tag und Abend, die Zeit des Zwielichts. Bald würde Rurik zu den MacNab aufbrechen, und ihr Plan würde gelingen oder scheitern.

Obwohl er natürlich an ein Gelingen ihres Vorhabens glaubte, wusste er sehr gut, dass der Ausgang einer Schlacht nie sicher vorhersehbar war. Deswegen waren seine Männer jetzt dabei, ihre persönlichen Dinge zu erledigen, für den Fall, dass sie nicht zurückkehren würden. Im Augenblick war Stigand irgendwo mit Nessa zusammen. Rurik glaubte zu wissen, womit sie beschäftigt waren. Bolthor war in den äußersten Burghof verbannt, wo ihm Murdoc die wirklich allerletzte Unterrichtsstunde im Dudelsackspielen gab. Bis vor kurzem hatte er noch in der großen Halle gespielt, doch dann begannen alle dagegen zu protestieren, aus Furcht vor einem unheilbaren Gehörschaden.

Rurik sollte ein letztes Mal mit Maire sprechen. Es könnte die einzige Gelegenheit sein. Er wollte diese Welt nicht verlassen, ohne ihr gesagt zu haben – er wusste nicht was. Auf der anderen Seite war es vielleicht besser, gar nichts mehr zu sagen – nach all dem, was geschehen war.

Als hätte er seine Gedanken gelesen, fragte Jamie mit seiner Klein-Jungen-Stimme: „Wirst du heute Nacht sterben?"

„Ich hoffe nicht, mein Sohn“, erwiderte Rurik im Weggehen. *Mein Sohn?* Er hatte keine Ahnung, wie ihm dieses Wort in den Sinn, ja über die Lippen gekommen war. Es war ihm einfach so herausgeschlüpft.

„Ich hoffe auch, dass du nicht stirbst“, sagte Jamie nun völlig ernst.

Rurik überraschten diese Worte, er strauchelte leicht, ging dann aber weiter.

„... weil ich dir nämlich etwas Wichtiges zu sagen habe“, fügte Jamie hinzu.

14. KAPITEL

Die Abenddämmerung würde bald über die Highlands hereinbrechen, und es wurde langsam Zeit für Rurik und seine Leute sowie für eine Hand voll Männer vom Campbell-Clan, sich auf den Weg zu den MacNab zu machen. Bereit, loszugehen, hatten sich alle im Burghof versammelt – alle bis auf Rurik. Maire fand ihn in ihrem Gemach, wo er gerade dabei war, die Schnüre eines feinmaschigen Kettenhemdes, das er unter seinem Obergewand tragen würde, festzuzurren. Alle seine Waffen lagen auf der Bettstatt. Er hatte sich Kriegszöpfe geflochten, und das gezackte blaue Mal in seinem Gesicht sah aus wie die Tätowierungen eines keltischen Kriegers aus früheren Zeiten.

Er schaute kurz auf und wiederholte kalt ihre eigenen Worte: „Mach dass du fortkommst, Maire." Dann drehte er ihr den Rücken zu, streifte sich das Obergewand über den Kopf und legte den Gürtel um.

Maire zuckte zusammen bei seinen harschen Worten und seiner ablehnenden Haltung, aber sie blieb bei ihrem Entschluss, mit ihm zu reden. Es gab wahrhaftig einige wichtige Dinge, die er wissen musste, bevor er sein Leben für ihren Clan aufs Spiel setzte.

„Bitte Rurik, schenke mir nur einen Augenblick."

„Wozu?"

„Ich muss mit dir reden. Und ich will ... ich will mich bei dir entschuldigen."

Er war dabei, eine Spange an seinem Umhang zu befestigen und wich ihrem Blick aus. Lange sagte er nichts. Dann fragte er: „Wofür?"

„Dafür, dass ich so schroff zu dir war vor all den anderen. Aber du musst verstehen, ich war lange Zeit allein für Jamie verantwortlich, und es fällt mir schwer, etwas von dieser Verantwortung abzugeben", stammelte Maire und wusste, dass sie zu viel redete. Sie war mehr als verzweifelt, sie war vor Angst wie versteinert.

Rurik zuckte nur mit der Schulter und spielte mit seiner Gürtelschnalle.

„Was ist mit deinem Ehemann? Er ist erst vor drei Monaten gestorben. Hat er den Jungen nie getadelt?“

Jetzt wäre eine gute Gelegenheit gewesen, Rurik die Wahrheit über Jamie zu sagen, doch Maire brachte es nicht fertig, da Rurik so voller Zorn vor ihr stand und sie noch nicht einmal anblickte. „Kenneth lag nichts an Jamie.“ Rurik hob erstaunt den Kopf. Es kam ihm seltsam vor, dass ein Vater für seinen einzigen Sohn keine Gefühle hegte. Glücklicherweise stellte er jedoch keine weiteren Fragen.

„Rurik, warum willst du mich nicht anschauen?“

Er atmete tief durch. „Weil ich so verdammt wütend auf dich bin, dass ich in Versuchung kommen könnte, die Hand gegen dich zu erheben – oder dich in die Arme zu nehmen“, fügte er leise lachend hinzu.

„Letzteres hört sich verlockend an“, sagte Maire zärtlich.

Jetzt drehte sich Rurik doch zu ihr um. „Ist es das, warum du gekommen bist? Willst du zum Abschied noch einmal mit mir vögeln?“

Seine Grobheit nahm Maire fast den Atem, aber sie widersprach nicht, da Rurik sie mit kalter, fast lebloser Miene anstarrte. Sah er immer so aus vor einer Schlacht? Oder hatte das, was sie getan hatte, all seine Gefühle für sie absterben lassen?

Sie warf den Kopf zurück, und mit vor Zorn gerötetem Gesicht erklärte sie: „Ja, genau das möchte ich – wenn es der einzige Weg ist, diese Eismauer zu zerstören, die du um dich herum aufgebaut hast.“

Rurik schüttelte den Kopf. „Geh, Maire. Du hast dich entschuldigt, und ich habe die Entschuldigung angenommen. Es ist vorbei.“ Dann wandte er sich wieder seinen Waffen zu.

Es ist vorbei. Es ist vorbei. Oh, sicher meinte er nicht, dass jetzt wirklich alles vorbei war. Maire schlug das Herz vor lauter Angst bis zum Hals. Sie musste etwas tun – schnell –, aber wie konnte sie seine Aufmerksamkeit erringen – wirklich seine Aufmerksamkeit erringen?

Plötzlich kam ihr ein Gedanke.

Aber werde ich das wagen?

Habe ich überhaupt eine Wahl?

Während Rurik damit beschäftigt war, in seiner Satteltasche herumzuwühlen, legte Maire schnell ihr Gewand ab. Sie zog alles aus, was sie auf dem Leibe trug. Als sie fertig war, steckte Rurik gerade sein Schwert in die Scheide und fragte barsch: „Bist du immer noch da?"

„Ja."

„Warum?"

„Weil ... weil ich dir noch nicht für den Bernsteinschmuck gedankt habe, den du mir gegeben hast", antwortete Maire hastig.

„Doch, das hast du."

„Nicht richtig."

Rurik seufzte. Er vermied es immer noch, sie anzusehen. Mein Gott, dieser Mann war so stur wie ein angelsächsischer Esel.

„Willst du dir nicht ansehen, wie er mir steht?"

„Warum? Ich weiß doch, wie er aussieht."

„Nein. Das weißt du nicht." Wenn es sein musste, konnte sie genauso stur sein wie er. Und jetzt musste es sein.

„Schluss jetzt mit deinen Spielchen, Maire. Unten in der Halle hast du in deinem Zorn deine wahren Gefühle offenbart, und vielleicht ist es auch das Beste so, denn bald werde ich dieses Land verlassen und ..."

Rurik blieben die Worte buchstäblich im Halse stecken, als er sich umdrehte und Maire, mit nichts als dem Halsschmuck bekleidet, sah. Mit großen Augen murmelte er nur etwas, das so klang wie: „Odin hilf!"

Seine ganze Aufmerksamkeit war nun auf Maires Busen gerichtet. Aber was überraschte ihn daran so? Als Maire einen blitzschnellen Blick auf ihre Brüste warf, stellte sie fest, dass ihre Knospen vor Erregung hoch aufgerichtet waren. Oh, wie peinlich! So mussten Männer empfinden, wenn ihr männlichster Körperteil schon bei der kleinsten Herausforderung einen eigenen Willen entwickelte.

„Nun, wie gefällt dir der Schmuck jetzt?“ fragte Maire, als wäre dies das Einzige, was sie interessierte. Es wurde zunehmend deutlicher, wer sich hier zum Narren machte, und es war sicher nicht der im Kettenhemd, sondern die, die jetzt herausfordernd die Arme in die Hüften stemmte und ungeduldig mit dem nackten Fuß wippte.

Maire beobachtete die Veränderung, die nun in Rurik vorging. Seine Haltung entspannte sich. „Mir gefällt der Halsschmuck gut“, sagte er, und ein kleines Lächeln huschte über seine Lippen. Er versuchte weiterhin, ernst und gefühllos zu erscheinen, aber er konnte Maire nicht täuschen. Sie wusste, dass er etwas fühlte, dazu brauchte sie noch nicht einmal die Stelle an seinem Körper genauer zu betrachten, von der sie wusste, wie empfindlich sie auf gewisse Reize reagierte.

Maire gab ihm und sich keine Chance, lange zu überlegen. Sie stöhnte laut: „Ruuuuriick!“ und flog, wie von einem Katapult geschossen, auf ihn zu.

Es blieb ihm gar nichts anderes übrig, als sie mit weit geöffneten Armen zu empfangen. Mit beiden Händen hielt er ihren Po umfasst, und Maire legte die Beine um seine Hüften.

„Warum tust du das?“ keuchte Rurik und saß schon auf dem Rand des Lagers, Maire auf seinem Schoß.

Will er jetzt etwa mit mir reden? Ist er wahnsinnig? Ich kann jetzt keine einzige Frage beantworten, während mein Blut kocht, und sich jedes einzelne Härchen auf meinem Körper aufstellt. Trotzdem brachte sie noch die Willensstärke auf, ihm zu antworten. „Weil es Dinge gibt, über die ich mit dir sprechen muss, und du mir die letzten Stunden nur aus dem Weg gegangen bist.“

Rurik hatte schon damit begonnen, die Hüftschnüre seiner Beinlinge zu lösen und schob ungeschickt das Kleidungsstück nach unten, obwohl Maire immer noch auf seinem Schoß saß. Als er es bis zu den Knien geschafft hatte, blickte er Maire an und lächelte. *Bei den Gebeinen des Heiligen Bartholomäus! Er hatte ein wunderbares Lächeln!* „Dabei könnte ich durchaus eine Vorliebe entwickeln für diese Art von Gesprächen“, gestand er.

Wer hätte gedacht, dass ein solches Geständnis so ... so erregend sein konnte? War das ein besonderes Talent der Wikinger, oder konnten alle Männer die Sinnlichkeit einer Frau wecken, indem sie einfach mit tiefer Stimme sprachen. „Du hast mich die ganze Zeit überhaupt nicht beachtet“, klagte Maire.

„Ich beachte dich jetzt.“ Er sagte dies mit einer besonderen Betonung, legte sich dabei auf den Rücken und umfasste mit den Händen ihre Lenden. Dann hob er Maire ein klein wenig hoch und drang, ohne jedes weitere Vorspiel, sanft in sie ein. Oh ja, jetzt beachtete er sie.

Maire schloss kurz die Augen, aus Angst, sie könnten sich verdrehen. Als sie sie wieder öffnete, sah sie, wie Rurik die Zähne zusammenbiss und sich die Sehnen an seinem Hals abzeichneten. Selbst wenn er gewollt hätte, jetzt konnte er nicht mehr zurück, dessen war sich Maire sicher.

„Wag ... es ... nicht, dich ... zu ... bewegen“, presste er schließlich zwischen seinen zusammengebissenen Zähnen hervor. Gleichzeitig hielt er sie an den Hüften fest, um sicherzugehen, dass sie seinem Wunsch nachkam. Eben das aber löste in Maire das unwiderstehliche Bedürfnis aus, genau das Gegenteil zu tun. Sie wusste, wenn sie sich nicht bald bewegen durfte, dann würde sie das Gefühl von tausend schlagenden Schmetterlingsflügeln an ihrer weiblichste Stelle nicht mehr ertragen. Sie würde zerspringen. Maire versuchte, sich zu entspannen, um die Schmetterlinge unter Kontrolle zu halten.

Rurik stöhnte auf, aber er hielt sie weiterhin unerbittlich fest. „So“, sagte er, als er sich wieder unter Kontrolle hatte, „rede.“

„Jetzt?“ fragte Maire

„Du sagtest, du seist zum Reden hergekommen“, ermahnte er sie.

„Bist du wahnsinnig? Ich kann doch jetzt nicht reden.“

„Warum?“

„Warum? Warum? Ich sag dir, warum. Weil ich das Gefühl habe, auf einer Fahnenstange zu sitzen, darum. Vielleicht kannst du ja verschiedene Dinge zur gleichen Zeit tun, aber eine einfache Frau wie ich kann sich nur mit einer Sache auf einmal beschäftigen.“

Er lächelte. Der Schuft! „Und das wäre?“

„Damit, dass ich mich nicht bewegen kann und auch du dich nicht bewegst.“ Aber sosehr Maire auch versuchte, ihre Position nur ein wenig zu verändern, es gelang ihr nicht. Rurik erlaubte ihr noch nicht einmal die kleinste Bewegung. „Beweg dich, verdammt, beweg dich!“

„Nicht jetzt“, erwiderte er.

Versucht er, mich zu bestrafen? Sie musterte ihn misstrauisch, dann verlegte sie sich aufs Bitten. „Liebe mich, Rurik!“

Er hielt ihrem Blick stand. „Du bist nicht sehr überzeugend.“

Oh, er will mich also doch bestrafen. Doch nicht auf der Folterbank und auch nicht mit der Zuchtrute, nein, er hat eine viel ausgefallenere Tortur im Sinn. „Ich habe keine große Erfahrung in Liebesdingen – du weißt das. Wie könnte ich dich überzeugen.“

„Nimm deine Fantasie zu Hilfe.“ Plötzlich ließ er ihre Hüften los und stützte sich auf seine Ellbogen. Dieses Ungeheuer – was sollte sie bloß tun.

„Rurik, wir haben nicht viel Zeit.“

Er zuckte mit der Schulter. „Dann denkst du am besten ein bisschen schneller nach.“

Nun versuchte sie, all ihre Aufmerksamkeit auf ihr Innerstes zu richten, sein Geschlecht fest zu umschließen und dann diese Spannung wieder zu lösen. Dabei merkte sie, wie sie selbst dieses Spiel ihrer Muskeln genoss, und auch Rurik schien es zu mögen.

Rurik biss sich auf die Lippen, als müsse er einen Aufschrei unterdrücken.

Aha! Das war doch schon ein kleiner Sieg. Maire wiederholte dieses lustvolle Spiel ihrer Muskeln. Einmal, noch einmal. Wie von allein fand ihr Innerstes zu seinem Rhythmus, und langsam begann ihr ganzer Körper, sich in diesem zu bewegen. „Wie ist das?“ fragte sie.

„Ein Anfang“, keuchte er.

Ein Anfang? Nur ein Anfang? Hah, dir will ich's zeigen, Wikinger!

Maire beugte sich leicht zurück, spreizte die Beine etwas weiter und schaute hinab auf sein schwarzes und ihr rötlich braunes Haar, das sich dort, feucht glänzend, zwischen ihren Schenkeln mischte. Als sie wieder aufblickte, bemerkte sie, dass auch Rurik dorthin sah – und dass auch ihm gefiel, was er sah – oh ja, es gefiel ihm. Sein Gesicht mochte ausdruckslos bleiben, aber sie spürte, wie ein Teil von ihm, dem er nicht befehlen konnte, sehr wohl reagierte.

Dennoch tat dieser Mann immer noch nichts, um ihren Körper die Schwingungen der Lust spüren zu lassen, nach denen sie sich verzehrte. Was könnte sie nur tun, um ihm diese Selbstgefälligkeit auszutreiben?

Maires Blick blieb an dem Schmuck hängen, der matt schimmernd auf ihrer Haut lag. Da kam ihr ein Gedanke – ein ganz sündhafter Gedanke.

Würde sie es wagen?

Würde sie es doch nicht wagen?

Sie lehnte sich noch weiter zurück und spreizte die Beine noch ein bisschen, so dass ihre empfindsamste Stelle für Rurik zu sehen war.

Maire war zu verlegen, um ihn anzuschauen, aber sie glaubte zu hören, wie er scharf die Luft einsog. Sie hielt das für ein gutes Zeichen.

Dann nahm sie all ihren Mut zusammen und griff nach dem Bernsteinschmuck. Langsam nahm sie ihn ab. Dann ließ sie die goldene Kette langsam hin- und herschwingen und dabei sanft über Ruriks Bauch streifen, über seinen Nabel, seine Hüften. Und wie von Zauberhand geführt, glitt die Kette nun hinab zu seinen Lenden, und weiter hinab, hin zu seinem Geschlecht, von dem Maire sich ein ganz klein wenig zurückgezogen hatte. Und jetzt umspielte, umschmeichelte die Kette sein Geschlecht.

„Bei Friggas Liebe!“ stöhnte Rurik.

Maire zweifelte nun nicht länger. Sie war auf dem richtigen Weg. Trotzdem fragte sie mit gespielter Unbefangenheit: „Möchtest du, dass ich aufhöre?“

„Verdammt ... verdammt ... ohhhhhhh.“

„Oh“, hauchte sie schüchtern und streichelte ihn wieder und wieder mit dem kühlen Metall, „heißt das, das ist gut?“

„Ja, das ist gut.“

„Wie gut?“ neckte sie ihn und zog die Kette etwas zurück.

„Unbeschreiblich.“

„Ich frage mich – würdest du es mehr oder weniger mögen, wenn ich es, statt mit der Kette, mit der Zunge mache?“

Rurik schien ein Lachen zu unterdrücken. „Wenn du nicht genauso gelenkig bist wie Ivar der Knochenlose, würde ich sagen, dass du das in deiner augenblicklichen Stellung nicht fertig bringst. Vielleicht solltest du dir dieses erotische Kunststück also für ein andermal aufheben.“

Würde es ein anderes Mal geben? Würde Rurik zurückkommen, heil und gesund? Würde er ihr dann sagen, wie er das ‚Brautgeschenk‘ gemeint hatte? Würde er in den Highlands bleiben? Nein, Maire konnte über diese Fragen jetzt nicht nachdenken.

„Aber ja, kleine Zauberin, ich würde es sehr genießen, deinen Mund an dieser Stelle zu spüren", fuhr Rurik fort, „mehr, als du es dir je vorstellen kannst."

Maire war gerade dabei, sich wieder ganz ihrem Liebesspiel zu widmen, da streifte sie mit der Kette auf einmal ganz leicht über ihre Scham. Es war nur eine federleichte Berührung, aber das heftige Gefühl, das sie hervorrief, war unbeschreiblich. Maire versuchte es noch einmal und ließ die Kette zurückschwingen – doch dieses Mal berührte sie, wenn auch nur ganz flüchtig, die kleine Knospe zwischen ihren Schenkeln. Es war, als hätte ein Blitz ihre weiblichste Stelle getroffen, als füllte warmer Honig ihr Geschlecht.

Maire war fast erschrocken über sich selbst, dass sie so etwas Wollüstiges tat und dabei auch noch so großes Vergnügen empfand. Sie ließ die Kette fallen, um nicht noch einmal in Versuchung zu kommen, das süße Spiel zu wiederholen.

Da griff Rurik nach der Goldkette und drückte sie Maire wieder in die Hand. „Mach es noch einmal."

Und bei allen Heiligen, sie tat es, und wurde beinahe ohnmächtig bei dem überwältigenden Gefühl sengender Hitze, das sie erfüllte.

„Noch einmal", spornte Rurik sie an.

Maires Erregung war schon so groß, dass sie seiner Aufforderung folgen musste. Und dabei hatte sie dieses Spiel doch nur begonnen, um Rurik zu erregen. Erneut liebkoste sie mit der Kette ihre Knospe, und dieses Mal erfüllte warmer Honig und sengende Hitze zugleich ihren Körper, und zwei, drei Stöße von Ruriks Geschlecht ließen ihr Innerstes erbeben.

Rurik stöhnte – ein langes, lusterfülltes Stöhnen. „Noch ein letztes Mal, Maire", bat er. „Und dann komm, komm zum Höhepunkt – für mich – lass dich so hoch tragen, wie du kannst, und noch ein bisschen höher – tu es für mich."

„Ich kann nicht."

„Tu es Maire – ein letztes Mal." Seine Worte duldeten keinen Widerspruch.

Maire starrte auf die Stelle, wo Rurik und sie vereint waren. Als wäre sie eine Marionette und Rurik zöge die Fäden, hielt sie die Kette dicht über ihr und Ruriks Geschlecht. Dann ließ Maire sie wie ein Pendel rasch hin- und herschwingen, so dass ihre Knospe, ihre empfindlichste Stelle, buchstäblich vibrierte.

Wellen höchster Lust durchfluteten ihren Körper und ließen sie kaum zu Atem kommen. Tränen strömten ihr übers Gesicht. „Oh ... oh ... oh ... oh ... oh ...“ Maire musste für einen kurzen Moment bewusstlos geworden sein, denn als sie wieder zu sich kam, lag sie auf dem Rücken, und Rurik versuchte, sie mit zärtlich geflüsterten Worten zu beruhigen. „Liebling, du warst wunderbar. Du hast es gut gemacht. Sehr, sehr gut. Und es gibt wirklich nichts, wofür du dich schämen müsstest.“ Seine besänftigenden Worten standen jedoch ganz im Gegensatz zu dem, was er tat. Denn noch während er sprach, spürte Maire, wie er hart in sie eindrang und erneut begann, sie langsam, mit langen, sanften Stößen zum Gipfelpunkt der Lust zu führen. Dann wurden seine Bewegungen schneller, sein Atem ging rascher, Rurik stöhnte vor Wollust – und dies war das einzige Geräusch, das in dem Gemach zu hören war, bis er mit einem rauen Aufschrei den Höhepunkt erreichte.

Dann war es still in der Kammer.

„Ich muss dich verlassen, meine Liebste“, sagte Rurik kurze Zeit später und küsste Maire aufs Haar.

„Ich weiß“, murmelte sie, machte aber keinen Versuch aufzustehen. Sie lag eng an Rurik gekuschelt, das Gesicht an seine Brust geschmiegt, die sich jetzt wieder ruhig hob und senkte.

Rurik ging es nicht anders. Seine Beinlinge hingen immer noch um seine Knie. Großer Thor! Als er das letzte Mal derart begierig gewesen war, eine Frau zu besitzen, dass er sich nicht die Zeit nahm, die Beinlinge auszuziehen, war er ein dummer Junge gewesen, kein erfahrener Mann. Es musste an Maire liegen, dass er sich auf einmal wieder wie ein dummer Junge benahm.

Er schaute auf seine Frau herab – ja, das war sie für ihn: *seine* Frau – und strich mit der Hand über ihr prachtvolles Haar, das jetzt über seiner Brust und seinen Armen bis hinunter zu seiner Taille ausgebreitet lag – wie ein Vorhang aus schimmernder Seide. „Erstaunlich, was ich auf einmal für eine Vorliebe für rotes Haar entwickelt habe“, meinte er sinnend, während er mit den Strähnen spielte. „Ich dachte immer, ich würde solch flammendes Haar an Frauen nicht mögen.“

„Du magst kein rotes Haar?“ fragte Maire und hob den Kopf, um Rurik ins Gesicht zu sehen.

„Früher konnte ich es nicht leiden. Ich erinnere mich, wie ich das erste Mal Alinor, Tykirs Frau, sah. Ich konnte nicht verstehen, wie mein Freund sie schön finden konnte, wo sie für mich doch beinahe schon hässlich war.“

„Weil sie rotes Haar hatte?“

„Nun, auch weil sie von Kopf bis Fuß mit Sommersprossen bedeckt war.“

„Und jetzt?“

Er zuckte mit der Schulter, als wäre das für ihn von keinerlei Bedeutung. „Jetzt gestehe ich Alinor eine gewisse Anziehungskraft zu.“

Er küsste Maire leicht auf die Lippen und begann aufzustehen. „Ich muss wirklich gehen. Wenn ich es nicht tue, rennen uns gleich eine Horde Wikinger und Clansleute die Tür ein.“

„Schenk mir noch einen Augenblick“, sagte Maire und zog ihn aufs Lager zurück.

Ich gäbe dir gerne mehr als nur einen Augenblick, du Zauberin. Und ich möchte dir so vieles schenken, was dich auf ewig an mich erinnert – und dir bei jeder Erinnerung eine heiße Röte in dein hübsches Gesicht zaubert. „Das hast du vor noch gar nicht allzu langer Zeit auch gesagt, bevor du mir deinen Willen aufgezwungen und mich verführt hast.“ Er gab ihr einen kleinen, liebevollen Klaps, um zu zeigen, dass ihn das, was zwischen ihnen geschehen war, nicht allzu sehr erschütterte.

Maire errötete vor Scham. Wie eine Frau noch einen Rest von Scham besitzen konnte, nach all dem, was sie gerade getan hatte, war Rurik ein Rätsel. Aber wer verstand schon die Seele einer Frau?

„Die Verführung war ja nicht einseitig“, protestierte Maire.

„Am Anfang schon.“

„Ich bin da ganz anderer Meinung, nicht als – aber das spielt jetzt eigentlich keine Rolle. Es gibt etwas, was ich dir sagen muss, etwas Wichtiges.“

Er neigte seinen Kopf und blickte sie fragend an. „Lass mich meine Sachen anlegen, während du redest. Ich muss wirklich bald gehen. Ich möchte noch vor Einbruch der Dunkelheit bei den MacNab eintreffen.“

Sie nickte und rutschte zur Seite, so dass er aufstehen konnte, dann bedeckte sie sogleich ihren Körper mit dem Bettlinnen. Nur noch ihre Schultern und der Halsschmuck, der ihr so gut stand, waren zu sehen. Wie hatte er nur je daran denken können, ihn jemand anderem zu schenken?

Während Rurik seine Kleidung anlegte, unternahm Maire mehrere Anläufe, ihm etwas mitzuteilen. Und ihrem Gestammel nach musste ihr das, was sie erzählen wollte, schwer auf dem Herzen liegen.

„Ich hätte es dir schon so lange sagen sollen ...“, begann sie, sprach aber nicht weiter. Dann versuchte sie es aufs Neue. „Ich hoffe, du wirst nicht wütend sein, wenn ich dir alles erzähle ...“ Auch das schien ihr nicht der richtige Anfang. „Es handelt sich um Jamie, weißt du, und wie ...“

„Jamie! Immer geht es um Jamie! Was hat er denn jetzt schon wieder getan?“

„Es geht nicht darum, was er getan hat. Es ist, was ich ...“

„Ich weiß. Du hast herausgefunden, dass er durch ein Astloch geschaut hat, als Dora ein Bad nahm.“

Maire fiel das Kinn herunter. „*Das* hat er getan? Nun gut, dieses Mal brauche ich dich nicht, um ihm seinen kleinen Hintern zu versohlen. Das mach ich schon selber."

Hmmm. Wenn es nicht diese Sache war, was konnte es dann sein?

„Oh. Bist du so verzweifelt, weil er und seine Freunde Honig auf die Bänke geschmiert haben?"

Er sah an dem ärgerlichen Funkeln ihrer Augen, dass sie auch von dieser Missetat nichts gewusst hatte. Jamies Hintern wird möglicherweise einiges auszuhalten haben, fürchtete Rurik. Dann fiel ihm noch etwas ein.

„Ich war es nicht, der das Gespräch auf seinen Piepmatz gebracht hat", verteidigte er sich. Rurik war nicht bereit, für dieses Torheit die Schuld auf sich zu nehmen.

„Sein ... sein *Piepmatz?*" stotterte Maire.

Das war es also auch nicht. „Also, das Einzige, wovon ich mir noch vorstellen kann, das es dich so aufregt, ist, dass er mich gefragt hat, ob er mit auf Wikingerfahrt gehen kann."

Sofort schwand Maires Ärger, doch Rurik erkannte an ihren ausdrucksvollen Augen, dass seine letzten Worte sie offensichtlich verletzt hatten. Warum war sie verletzt?

„Mein Jamie wollte mit dir fortgehen?" Ihre Stimme war kaum noch ein Wispern, und unendlich viele Gefühle schwangen darin, und die meisten drückten einen großen Schmerz aus.

„Ja, das wollte er – der Gauner –, aber ich habe ihm natürlich gesagt, dass das nicht infrage kommt."

Maire stieß einen Seufzer der Erleichterung aus, was Rurik seltsam vorkam. Warum dachte sie, er könnte es auch nur einen Augenblick in Betracht ziehen, ihren kleinen Sohn mitzunehmen, fort von seiner Mutter und seinem Heimatland?

Maire atmete einige Male tief durch, um sich zu beruhigen.

„Rurik, es ist möglich, dass du von dem morgigen Unternehmen nicht zurückkommst. Dein Leben wird in Gefahr sein, und deshalb muss ich dir etwas sagen. Du *musst* es wissen."

Er war jetzt angekleidet und steckte sein Schwert in die Scheide. „Ist diese Neuigkeit etwas, was mich aus der Fassung bringen wird?"

„Möglich."

„Kann ich dadurch meine Achtsamkeit verlieren?"

„Vielleicht."

„Kann es mein Leben verändern?"

„Ohne Zweifel."

Rurik konnte sich nicht vorstellen, dass irgendetwas, das Maires Sohn betraf, solche Wirkung auf ihn haben könnte.

Der Spitzbub musste wirklich etwas sehr, sehr Schlimmes angestellt haben, dass seine Mutter so verzweifelt war.

Maire wollte fortfahren, aber Rurik hob abwehrend die Hand. „Warte damit, bis ich zurück bin. Schlechte Nachricht mit in die Schlacht nehmen heißt, dass schlechte Nachricht zurückkommen wird."

„Aber ..."

„Nein Maire, lass es gut sein." Er beugte sich zu ihr hinunter, um ihr einen Abschiedskuss zu geben. Mit seinem Mund an ihren Lippen murmelte er leise: „Ich verspreche dir, wenn ich zurückkommen werde, werde ich mich für das, was heute geschehen ist, erkenntlich zeigen. Vielleicht führe ich dir dann vor, was *ich* alles mit einer Halskette anstellen kann."

Maire nickte, doch sie schien seine Worte nicht wirklich zu hören. Er ging zur Tür, öffnete sie und war dabei, das Gemach zu verlassen, als Maire ihm hinterherrief: „Rurik, da ist etwas, was du mit dir mitnehmen sollst – etwas, das ich vor ein paar Tagen noch nicht für möglich gehalten hätte. Ich denke, das wird dich nicht durcheinander bringen."

Sie schwieg für einen kurzen Moment und sagte zärtlich: „Ich liebe dich."

Rurik nickte nur bei ihren Worten und ging. Oh, er wusste, Maire hatte sich gewünscht, dass er die gleichen Worte zu ihr sagte. Er konnte es nicht.

Maire hatte sich in der Wirkung ihrer Worte auf ihn getäuscht. Rurik *war* durcheinander.

Wieso war sein Leben nur so verworren geworden? Wie sollte er Maire je erklären, dass er, wenn diese Aufgabe hier erfüllt war, noch eine andere zu erfüllen hatte?

Seine Heirat.

Rurik ritt an der Spitze der kleinen Truppe, die ihre Pferde über den schmalen Pfad lenkte, der sich unterhalb von Maires Burg den Berg hinunterschlängelte. Als sie unten angekommen waren, ritten sie in einer engen V-Formation weiter, mit Stigand und Toste auf der einen Seite und Bolthor und Vagn auf der anderen. Ein halbes Dutzend Männer des Campbell-Clans folgte ihnen. Wenn ihn auch diese zehn Krieger begleiteten, so würde Rurik den Stammsitz der MacNab doch allein und unbewaffnet betreten, während Toste und Vagn einen Weg finden mussten, wie sie sich in die Burg hineinstehlen konnten. Die anderen würden draußen Wache stehen.

„Wir sind spät dran“, stellte Toste fest, als würde das nicht jeder selbst an der hereinbrechenden Dunkelheit erkennen. „Musstest du ihr noch einmal zeigen, was ein Orgasmus ist?“

„Wer hat das gesagt?“ erwiderte Rurik. Das war das Kreuz mit den Nordmännern. Wenn sie nicht gerade auf Wikingerfahrt waren oder kämpften, mischten sie sich ungefragt in die Angelegenheiten anderer Leute ein.

Stigand wickelte das rote Garn von seinem Finger, teilte es und gab das eine Stück Rurik. „Am besten misst du bei dir einmal nach, ob du jetzt nicht anfängst zu lügen.“

Rurik wollte Stigand gerade entgegnen, dass er nicht behauptet hatte, dass er Maire das mit dem Orgasmus ... *Verdammt, ich kann es nicht glauben, jetzt benutze ich dieses lächerliche Wort auch schon!* Aber dass Stigand ihm die Hälfte seines Fadens gegeben hatte, machte ihn sprachlos.

Aber er kam nicht dazu, Stigand zu strafen, denn Vagn meinte: „Es ist augenfällig, dass du ihr den Orgasmus gezeigt hast, bis du wachsweich wurdest. Wirklich, ich glaube, wir könnten dich zusammenfalten und in eine Satteltasche packen. Zweifellos hast du alles gegeben. Schande über dich, wenn das Mädchen nicht genauso viel Spaß gehabt hat." Vagn grinste spitzbübisch. Gut für ihn, dass er zwei Pferdelängen von Rurik entfernt war, sonst hätte der ihm den Kopf eingeschlagen.

„Hast du's gesehen? Da ist so ein seltsamer Glanz in seinen Augen", meinte Toste zu seinem Bruder. „So etwas wie Fassungslosigkeit. Was glaubst du, hat die Zauberin mit ihm auf den Bettfellen gemacht, dass er jetzt so fassungslos schaut?"

Alle sahen Rurik an.

Rurik presste die Lippen zusammen und starrte geradeaus. Er schwieg. Und er fühlte, dass er rote Ohren bekam.

„Du bekommst rote Ohren", stellte Stigand fest und brüllte vor Lachen.

„Uh-oh", kicherten Vagn und Toste. „Das ist gut, huh?"

„Ich habe nachgedacht", sagte Bolthor.

Alle stöhnten.

„Dies ist die Geschichte von Rurik dem Größeren", begann Bolthor.

„Vielleicht sind seine Ohren ein Anzeichen dafür, dass er jetzt noch größer wird?" warf Stigand ein und duckte sich, um Ruriks Faustschlag zu entgehen.

Ruriks Gesicht war nun genauso rot wie seine Ohren. „Warum müsst ihr Männer immer in meinen persönlichen Angelegenheiten herumstochern? Ich bin durch kein Eheversprechen an eine Frau gebunden – bis jetzt –, was ist also falsch daran, wenn ich mit einer Frau auf den Bettfellen liege und mich vergnüge, bis ich den Verstand verliere, wenn mir danach ist?"

Alle grinsten vor sich hin, weil ihre Sticheleien genau die Wirkung bei Rurik zeigten, die sie sich gewünscht hatten. Rurik wandte sich sichtlich verärgert ab. Am meisten ärgerte er sich aber über sich selbst.

„Ich glaube, ich habe einen guten Titel für diese Saga“, verkündete Bolthor voll Begeisterung: „‚Der Wikinger und die Liebe‘.“

Sehr eitel ist der Wikinger;
besonders auf den Bettfellen
zeigt er, was er kann.
Dann aber kam eine Zauberin,
brachte die Klage vor,
dass des Wikingers Künste
bei ihr nicht gewirkt.
Doch fordere nicht die Manneskraft eine Nordmanns heraus,
das war es, was die Zauberin bald lernte
unter dem Bettlinnen.
Nie gibt ein Wikinger auf,
siegreich war er im Liebeskampf,
und die hübsche Maid gab ihre Niederlage zu.
So bewies der Nordmann wieder einmal,
dass er der männlichste aller Männer ist.

15. KAPITEL

Es ging alles überraschend gut in dieser Nacht. Rurik wurde erlaubt, MacNabs Festung allein und unbewaffnet zu betreten, während es Toste und Vagn irgendwie gelang, sich heimlich Zutritt zu verschaffen.

Die Burg und die ganze Anlage zeugten von Reichtum, verglichen mit dem Besitz der Campbells. Rurik fragte sich, warum manche Männer in ihrer Gier niemals genug bekamen. Andererseits sah er im Hintergrund noch einen anderen Bruder von MacNab, Graham, mit seiner Frau und vielen Kindern. Wahrscheinlich brauchte die immer größer werdende Familie mehr Raum und meinte deshalb, das Anwesen der Nachbarn verschlingen zu müssen. Auch hatte Rurik sagen hören, dass Duncan der festen Überzeugung wäre, er wäre durch die Heirat seines verstorbenen Bruders mit Maire jetzt der rechtmäßige Laird des Campbell-Clans.

Zuerst überbrachte Rurik die Forderungen der Campbell und die Warnung, dass Geister ihr Land überfallen würden, wenn sie nicht damit aufhörten, den Nachbarclan mit Worten und Taten zu bedrohen.

Duncan und seine Männer fielen vor Lachen fast von den Bänken, genauso, wie Rurik es vorausgesagt hatte.

Dann luden die MacNab ihn ein, bevor er zurückritt, noch einen Becher Bier mit ihnen zu trinken. Rurik war sich gar nicht sicher, ob Duncan ihn überhaupt wieder gehen lassen würde. Er war ein verabscheuungswürdiger Mann, ein Unmensch, bar jeglichen Ehrgefühls. Rurik schwor sich, diesen Menschen eines Tages für das, was er getan hatte, bezahlen zu lassen. Nicht nur für die andauernde Bedrohung der Campbell, sondern besonders dafür, dass er Maire in einen Käfig gesperrt hatte und jetzt versuchte, sie zu einer Heirat zu zwingen, die ihren Tod bedeuten würde, wie jeder wusste.

Die MacNab lachten immer noch und machten ihre Späße

über Ruriks Drohung, dass Geister in ihren Mauern erscheinen würden, falls sie nicht aufhörten, die Campbell zu peinigen.

Doch sie lachten nicht lange. Bald stürzten die Männer, die an dem Abend im Burghof und auf dem Wehrgang Wache hielten, in die Halle und berichteten entsetzt, dass Dutzende von Geistern um die Burg flögen.

Dutzende? Rurik war Toste und Vagn für ihre Erfindungsgabe dankbar.

„Was hat es mit diesem Zauber auf sich?" fragte jetzt Duncan mit eisiger Stimme und ergriff einen Dolch, der vor ihm auf dem Tisch lag.

Rurik zuckte mit der Schulter und versuchte, so gelassen wie möglich zu erscheinen, während er beiläufig bemerkte: „Oh, das hat etwas zu tun mit ... lass mich nachdenken – wie waren die Worte von Maires Spruch: ‚Jedes Mal, wenn ein MacNab einen Campbell mit Wort oder Tat verletzt, soll sein Schwanz schrumpfen, bis er verschwunden ist, und der Clan der MacNab ausstirbt'."

Duncan gab einen grunzenden Laut von sich und starrte Rurik ungläubig an. Dann blickte er doch an sich hinunter, und alle anderen Männer in der großen Halle taten es ihm nach.

Maire hatte Recht gehabt, als sie ihm riet, nicht mit Kampf zu drohen. Männer, die MacNab eingeschlossen, zogen in die Schlacht, ohne einen Gedanken an die Gefahren zu verschwenden, denen sie sich aussetzten. Ging es aber um ihr kostbarstes Teil, dann war das etwas ganz anderes. Deshalb hatten auch seine und Maires Männer so bereitwillig den Bei-Lügen-schrumpft-die-Männlichkeit-Unsinn geglaubt.

„Ich traue es Maire nicht zu, dass sie in einem ihrer lächerlichen Zaubersprüche solch ein Wort wie Schwanz benutzt", erwiderte Duncan. „Denn obwohl sie behauptet, eine Zauberin zu sein, so ist sie doch vor allem eine Frau von höherem Stand. Und ein solch grobes Männerwort auszusprechen schickt sich nicht für eine Frau."

Rurik verzog den Mund. Man konnte klar erkennen, was er dachte: *Wer kann schon voraussagen, was eine Frau tun wird?* Laut sagte er, und zog dabei spöttisch die Augenbrauen hoch: „Vielleicht hat sie sich verändert?"

„Was für ein Spiel spielst du, Wikinger?" schrie Duncan wild wie ein Stier. „Maire ist, wie allgemein bekannt, eine sehr ungeschickte Zauberin. Laut meinem Bruder hat auch nie nur einer ihrer Zaubersprüche gewirkt. Warum sollten wir dir jetzt glauben?"

Wie um seine Worte Lügen zu strafen, stürmten einige Männer und Frauen in die Halle und klagten über neue Geistererscheinungen. Einer der Geister habe etwas in der Hand herumgeschwenkt, das wie ein Geschlechtsteil ausgesehen habe. Der Geist habe behauptet, es sei einem Leibeigenen der MacNab abgefallen, der an der Grenze zum Campbell-Land als Wache aufgestellt war.

Rurik, der ruhig sitzen geblieben war und sein Bier trank, unterdrückte ein vergnügtes Lachen. Old John hatte diesen Einfall mit dem Geschlechtsteil noch in letzter Minute gehabt. Er hatte Toste die in ein Tuch gewickelten männlichen Geschlechtsteile eines Widders in die Hand gedrückt. Nur gut, dass Duncans Männer sich das grässliche Ding nicht näher angeschaut hatten. Er wusste ja nicht, wie das bei den Schotten war, aber bei Wikingern war dieser Körperteil viel schöner.

„Wo ist sie?" bellte Duncan. „Wie bekommen wir sie dazu, den Spruch zurückzunehmen?" Rurik hatte den Verdacht, dass Duncan die Geschichte von dem Zauberspruch nicht wirklich glaubte, aber er wollte sichergehen.

Rurik zuckte mit der Schulter. „Ich bin mir nicht sicher, wo sie sich im Augenblick aufhält. In der Nacht fliegt sie oft einfach davon, musst du wissen. Sicher um sich mit anderen Zauberinnen zu treffen oder die Geister zu beschwören." Maire würde ihn umbringen, wenn sie ihn so von Beschwörungen und geheimen Riten erzählen hörte. „Vielleicht tanzt sie auch mit ihren

Zauberschwestern nackt in den Wäldern.“ Oh ja, Maire würde ihm jetzt sicher den Kopf abreißen.

Duncan knurrte ungeduldig und runzelte finster die Stirn. „Mach vorwärts, Mann!“

„Nun, ich weiß, dass sie jeden Morgen kurz nach der Dämmerung zum Grabhügel der Großen Zauberin geht, der sich im Teufelsschlund befindet.“

„Teufelsschlund?“ brummte Duncan.

Rurik nickte. „Ja, dieses enge Tal zwischen *Beinne Breagha* und *Beinne Gorm*, das diesen Namen trägt, weil es besonders zur Winterszeit ein gefährlicher Ort ist. Maire geht da täglich hin. Ich glaube, sie will dort ihre Kräfte erneuern und ihren Geist stärken. Na ja, du kennst ja die Torheiten, die sie so schwatzt. Ich denke jedoch, es wäre nicht gut, wenn du dort hingehen würdest ...“ Rurik sprach den Satz bewusst nicht zu Ende, gerade so, als habe er etwas ausgeplaudert, das er besser verschwiegen hätte, nämlich dass Maire an diesem einsamen Ort ganz allein sein würde. „Es wäre viel besser, wenn du Maire in ihrer Burg treffen würdest. Ich bin sicher, sie wird ein Friedensangebot von dir annehmen.“

Duncan sagte nichts, doch Rurik wusste, dass sein Gegenüber nicht die Absicht hatte, irgendwelche Zugeständnisse zu machen. MacNab würde es mit Sicherheit vorziehen, zum Teufelsschlund zu gehen, um Maire zu treffen – doch Rurik und seine Männer wären bereits lange vor der Dämmerung unten im Tal.

Genau so, wie er es geplant hatte.

Spät am nächsten Morgen im Teufelsschlund

Rurik und seine Männer, und die, die vom Campbell-Clan übrig geblieben waren, zogen sich für eine kurze Ruhepause zurück. Es war Zeit, ihre Verluste festzustellen und ihre Aussichten abzuschätzen.

Es sah nicht gut aus.

Während er sich mit dem Arm über das verschwitzte Gesicht fuhr, blickte Rurik schwer atmend zu Stigand, dessen Haut so trocken war wie altes Leder und dessen Atem ruhig ging, obwohl er doppelt so hart gekämpft hatte wie Rurik. „Wie schlecht steht es?" fragte er.

„Nicht sehr viele Tote – nur Young John, Rob der Stotterer, einer der Schäfer und der Stalljunge. Aber jede Menge Verletzte." Er suchte mit den Augen das Schlachtfeld ab und deutetet auf die große Anzahl der Toten und Verwundeten des Feindes. „Sie haben fünfzehn oder noch mehr Männer verloren, und sie haben die gleiche Anzahl an Verwundeten."

Es war alles so gekommen, wie sie es geplant hatten. Als hätten die Götter es so vorherbestimmt. Die MacNab waren gerade weit genug in den Teufelsschlund eingedrungen, als die Jungen mit ihren Schleudern zu schießen begannen und die Männer verwirrten. Die Bogenschützen griffen ein, und schließlich folgten die Kämpfe Mann gegen Mann, mit Schwertern und Lanzen – und nicht zu vergessen mit Stigands berühmter Streitaxt Blood-Lover. Sogar die Schlangen hatte man wieder hervorgeholt, um die Kriegsrösser zu erschrecken. Rurik wollte gar nicht darüber nachdenken, wo überall in diesem fürchterlichen Land man eine solche Anzahl von Schlangen versteckt hielt. Als Old John die Schlangen gebracht hatte, hörte er nur, wie Vagn zu Toste sagte, dass er nie wieder unbesorgt durch einen dunklen Wald schlendern, geschweige denn mit einem hübschen Mädchen auf dem weichen Gras im Moor liegen würde. Bolthor versprach, darüber eine Saga zu dichten – wenn sie überleben würden.

Doch so erfolgreich sie auch gewesen waren, es hatte ihnen nicht den Sieg gebracht.

„Trotz allem, wir waren gut, oder?" fragte Rurik jetzt Stigand, obgleich er die Antwort im Voraus wusste.

„Das waren wir. Ich muss gestehen, diese Schotten sind ein zäher Stamm."

„Es war ein guter Plan, Rurik“, warf Bolthor von der anderen Seite her ein. „Alle arbeiteten gut zusammen, sogar die Jungen in den Bäumen mit ihren Schleudern. Aber wir waren zahlenmäßig von Anfang an unterlegen.“

„Ja, es scheint, als ob wir heute noch in Walhall Met miteinander trinken werden“, meinte Rurik, und alle nickten. In keinem Auge blinkte eine Träne. Der Tod war ein Schicksal, auf das ein Wikinger jederzeit vorbereitet war. Die Männer streckten sich ihre jeweils rechte Hand entgegen, legten sie aufeinander und reckten sie wie eine einzige Faust gen Himmel. „Zu Thor!“ riefen sie wie mit einer Stimme.

Ruriks Männer gingen los, um den Clansmännern der Campbell, die noch übrig geblieben waren, letzte Anweisungen zu geben – Anweisungen für den letzten Teil der Schlacht. Keiner zweifelte daran, die meisten von ihnen würden heute in den Tod gehen, aber sie würden in Würde sterben – und sie würden eine beträchtliche Anzahl der MacNab mit sich in den Tod nehmen.

In der Entfernung sah man, wie sich auch die MacNab, deren rotes Haar in der Sonne leuchtete, zum letzten, entscheidenden Schlag sammelten. Mit ihm würde das Schicksal der Campbell ein für alle Mal besiegelt sein. Rurik seufzte laut. Er bereute nur, dass er nicht der Held hatte sein können, den Maire gesucht hatte – der Held in der schimmernden Rüstung.

Nun, Rurik hatte noch eine Aufgabe zu erfüllen, bevor er auf den Kampfplatz zurückkehrte. Er drehte sich um und winkte Maire zu sich. Sie hatte die ganze Zeit weit hinten gestanden, versteckt hinter ein paar Felsen. Es wäre ihm lieber gewesen, sie wäre in ihrer Burg geblieben, aber sie hatte sich geweigert, weil sie wusste, dass ihr Sohn hier draußen war.

„Gibt es noch Hoffnung?“ fragte sie angstvoll und stürzte sich in seine Arme. Rurik versuchte, sie auf Armeslänge von sich zu halten, denn sein Gewand war blutverschmiert, und er wollte nicht, dass sie sich schmutzig machte. Aber Maire achtete nicht darauf.

Er nahm seinen Lederhelm mit dem Nasenschutz ab und küsste sie zärtlich, vielleicht zum letzten Mal. „Nur, wenn noch ein Wunder geschieht, und dafür gibt es leider kein Anzeichen."

„Was wird jetzt geschehen?"

„Ruf alle Kinder und alle Jungen zusammen. Geh zu deiner Burg zurück und pack nur das Nötigste. Verlier keine Zeit, Maire, hörst du? Es ist wichtig, dass du nicht da bist, wenn Duncan kommt."

„Wenn ... wenn Duncan kommt?" stammelte sie, und ihre grünen Augen waren voller Entsetzen.

Was die verlorene Schlacht für sie alle bedeutete, war Maire bis jetzt noch nicht ins Bewusstsein gedrungen. Vielleicht war es am besten so, Hauptsache, sie folgte seinen Anweisungen.

„Nimm jedes Pferd, jeden Esel oder was du sonst an Beförderungsmitteln findest, und verlass sofort die Highlands. Geh in Richtung Grenze. Wenn du Glück hast, wirst du auf dem Weg Jostein und Eirik und seine Truppen treffen. Wenn du sie aber nicht triffst, dann begib dich so schnell wie möglich nach Ravenshire in Northumbria. Dort wird man dir Zuflucht gewähren."

Maire liefen die Tränen übers Gesicht. Aber Rurik zwang sich dazu, ihre Tränen nicht zu sehen. Es war wichtig, dass Maire ihm sofort gehorchte.

„Gibt es denn nichts, was uns noch retten könnte?" fragte sie schluchzend.

Er schüttelte den Kopf. „Nur das plötzliche Auftauchen von vielleicht hundert Kriegern am Horizont, alle auf stolzen Schlachtrössern, mit gezogenem Schwert und unter dem Rabenbanner."

Sehnsuchtsvoll wandten beide den Blick nach Süden, wo sich eine weite Hochebene über der Schlucht ausdehnte. Und beiden stockte der Atem.

„Bei Thor!"

„Heilige Mutter Gottes!"

Es waren keine Krieger.

Es waren keine Schlachtrösser und keine Waffen, die da in der Sonne blitzten.

Und auch das Rabenbanner fehlte – dennoch schienen dort Krähen umherzufliegen, ein riesiger Schwarm Krähen.

„Was ... ist ... das?“ fragte Maire atemlos.

„Hast du gebetet?“

„Natürlich habe ich gebetet“, gab Maire zurück. „Warum?“

„Nun, es scheint, als ob da eine Krähenplage heranzieht, die das Schlachtfeld übernehmen wird. Wie in eurer christlichen Bibel.“

„Ich glaube kaum, dass Krähen das Gleiche sind wie Heuschrecken“, erwiderte Maire trocken. „Und du siehst auch nicht aus wie Moses – jedenfalls nicht so, wie ich ihn mir vorstelle.“

„Das sind keine Krähen“, rief Toste, der zu ihnen gerannt kam. „Das sind Zauberinnen.“

Bolthor, Stigand, Vagn, Old John, Murdoc und Callum waren Toste gefolgt. „Zauberinnen!“ Alle schrien durcheinander und starrten fassungslos zur Hochebene hin.

Rurik kniff die Augen zusammen, um die herannahenden Gestalten besser erkennen zu können. Ohne Zweifel – das *waren* Zauberinnen, junge, alte, dicke und dünne Zauberinnen. Alle trugen sie schwarze Gewänder. Die meisten hatten langes, wehendes graues Haar, aber es gab auch Junge unter ihnen, und einige sahen sehr hübsch aus. Rurik war sich sicher, dass Toste und Vagn sie schon bemerkt hatten. Kristallene Amulette glitzerten in der Sonne, und viele hielten eigenartige Stäbe in ihren Händen.

„Beim heiligen Kolumban! Ich könnte schwören, das hier sind alle Zauberinnen Schottlands“, erklärte fassungslos Old John.

Alle drehten sich jetzt zu Maire um.

„Was ist? Warum starrt ihr mich alle so an? Ich habe damit nichts zu tun.“

Rurik kniff misstrauisch die Augen zusammen. „Hast du das mit einem Zauberspruch bewirkt?“ fragte er.

„Na ja, nicht unbedingt“, antwortete Maire. „Ich habe vor einigen Nächten ein Ritual abgehalten – erinnerst du dich an all die Kerzen?“

Er nickte.

„Aber ich habe nicht das da erbeten“, sagte sie und deutete mit einer weit ausholenden Armbewegung auf die große Schar der Zauberinnen. „Alles, worum ich bat, war, dass Branwen wieder zurückkommen möge. Nur eine Zauberin. Nicht mehr.“

Rurik stöhnte auf. Wieder war einer von Maires Zaubersprüchen schief gegangen, aber diesmal konnte er ihr wirklich nicht böse sein. Vielleicht hatte sie ihnen dadurch den Sieg verschafft.

„Branwen?“ fragte Stigand. Er gab ein seltsames Bild ab. Eine lange, blutbeschmierte Streitaxt in der einen Hand, ein ebenso blutbeschmiertes Schwert in der anderen, die Kriegszöpfe aufgelöst und wirr, so stand er da und betrachtete sprachlos die herannahenden, schrille Schreie ausstoßenden schwarzen Gestalten.

„Das ist Maires Lehrmeisterin.“

„Welche mag sie wohl sein?“ wollte Bolthor wissen und blickte sich suchend um.

„Wie soll ich denn das wissen?“ antwortete Rurik grimmig.

Alle schauten wieder fragend auf Maire.

Doch Maire zuckte nur hilflos mit der Schulter. „Ich weiß es auch nicht. Von hier aus sehen sie alle gleich aus.“

Rurik bemerkte mit Schrecken, dass auf Bolthors Gesicht schon wieder jener ihm so wohlbekannte träumerische Ausdruck erschien, und das konnte nur eines heißen: „Hier kommt eine Saga.“

Immer noch standen Ruriks Männer mit vor Staunen offenem Mund da und beobachteten fassungslos das Geschehen. Die MacNab jedoch waren vor Entsetzen wie erstarrt. Dann ergriffen sie die Flucht.

Auf ein schnelles Zeichen von Rurik hin stürmten seine Männer nun vor und griffen erbarmungslos an. Innerhalb von wenigen Minuten waren die MacNab zwischen den Wikingern und den Campbell auf der einen und den Zauberinnen auf der anderen Seite eingekeilt. Fluchend ergaben sie sich nach kurzer Gegenwehr. Es gab nur einen weiteren Toten.

Maire schaute Rurik an.

Und er blickte sie an.

Beide lächelten.

Kurz zuvor hatte er ihr gesagt, dass nur ein Wunder sie würde retten können.

Und das Wunder war geschehen.

Es war vorüber.

Endlich.

Alles war vorbei.

Und niemand war darüber glücklicher als Rurik. Eine Stunde, nachdem der Kampf beendet war, saß Rurik allein auf einem Felsen und betrachtete das leere Schlachtfeld, das heute seinen Namen ‚Teufelsschlund' zu Recht getragen hatte. Nur MacNabs Leiche lag noch da. Rurik hatte befohlen, sie zurückzulassen, als Beute für die wilden Tiere. Es war ein angemessenes Ende für jemanden, der in seinem Leben ein solch erbärmlicher Wurm gewesen war. Bald würde Rurik zu dem ‚Loch' auf der anderen Seite des Hügels reiten, um sich zu waschen und seine Kleider, die voller Blut und Schmutz waren, zu säubern. Und er würde sein Schwert reinigen, das immer noch bedeckt war mit dem Blut seines größten Widersachers im heutigen Kampf, Duncan MacNab.

Duncan befand sich jetzt bereits auf seiner neuntägigen Reise durch die Abgründe der Erde. Bei dieser Reise musste er acht Reiche durchqueren, bis er schließlich das neunte Reich, Niflheim, und damit den tiefsten Erdenpunkt erreichte. Königin Hel regierte dort, und man erzählte sich, dort herrsche ewiger

Winter und ewige Dunkelheit. Sicher der beste Platz für so einen schlechten Mann, um seine Missetaten zu büßen.

Vielleicht irrte Duncan aber auch durch die Feuer der christlichen Hölle.

Rurik zuckte gleichgültig mit der Schulter. In jedem Fall bezahlte Duncan jetzt für seine Sünden, so wie er hier auf Erden durch Ruriks Zorn mit seinem Leben bezahlt hatte.

Duncan hatte in offener Feldschlacht, in einem Kampf Mann gegen Mann seine Schuld beglichen. Es war so, wie es sein musste.

Rurik wusste schon damals, als er Maire im Käfig über ihrem Wehrgang hatte hängen sehen, dass Duncan ein Nichts war, ein Weniger-als-ein-Nichts von einem Mann. Wahre Männer kämpften nicht gegen Frauen – schon gar nicht auf diese Art. Und er wurde in seinem Urteil noch bestärkt, als er erfuhr, dass Duncan vorhatte, Maire zur Hochzeit mit ihm zu zwingen und ihren frühen Tod plante. Auch das sinnlose Quälen und Töten hilfloser Tiere war ein Zeichen für Duncans verdorbenen Charakter.

So hatte Rurik von Anfang an beschlossen, dass er selbst diesen Schurken bestrafen würde. Als Old John die Möglichkeit einer Begnadigung des alten Laird in Betracht gezogen hatte, hatte Rurik nicht gezögert, abzulehnen. Diese Sorte Mann würde niemals aufgeben. Er würde wiederkommen und sich noch schlimmer gebärden als je zuvor.

Aus diesem Grund war Rurik hervorgetreten und hatte MacNab in dieser letzten Schlacht herausgefordert. Und sie wussten beide, dass es ein Kampf auf Leben und Tod sein würde. Den Göttern sei Dank – Rurik hatte gesiegt.

Zu Duncans Ehre muss gesagt werden, dass er nicht um Gnade gebettelt oder in Todesangst geschrien hatte. Nur ein tiefes Stöhnen hatte sich seiner Brust entrungen, und er ballte die Fäuste, als Ruriks Schwert ihm die tödliche Wunde zufügte, und er seine letzte Fahrt antrat, von der er gewusst haben musste, dass sie in ewige Finsternis führte.

Die Bestrafung der restlichen Mitglieder des Clans folgte kurz darauf. Zwei Dutzend der grausamsten Krieger wurden in einem Stall der Campbell-Burg gefangen gehalten. Bald sollten sie unter Bewachung auf die lange Reise nach Jorvik in Britannien geschickt werden, von wo aus sie auf Langschiffen zu König Olaf von Norwegen gebracht werden würden. Sie würden dort als Sklaven dienen, und das war nicht das Schlimmste aller Schicksale. Wenn sie gute Arbeiter waren, könnten sie sich bald freikaufen und sogar in die Highlands zurückkehren. Vielen Sklaven gefiel jedoch, wie die Wikinger lebten, und sie nahmen sich ein nordisches Mädchen zur Frau. Zuletzt hatte Rurik dann mit Douglas MacNab ein Abkommen geschlossen. Douglas war der zwanzigjährige Neffe von Duncan und Vater von drei kleinen Töchtern, alle rothaarig. Irgendetwas an diesen roten Haaren beunruhigte Rurik, er wusste aber nicht, was. Nun gut, darüber konnte er später nachdenken. Die Einzelheiten des Pakts würde Maire später festsetzen, aber Douglas schien gewillt, in Frieden mit den Campbell zu leben und sie für alles Unglück, das sein Clan in den letzten Jahren angerichtet hatte, zu entschädigen.

So hat jetzt alles seine Ordnung, dachte Rurik, während sein Blick über den nun stillen Teufelsschlund schweifte, mein Auftrag hier ist erfüllt. Das blaue Zeichen konnte schon heute Abend mit Hilfe der anderen Zauberinnen entfernt werden. Eine von ihnen würde sicher wissen, was zu tun war.

Was stimmt dann nicht?

Das war die Frage, die Rurik bedrückte. Warum saß er hier und starrte kummervoll auf den Ort seines Sieges, wo ihn doch eigentlich ein Gefühl des Triumphs hätte erfüllen müssen? Warum war er jetzt nicht bei den anderen, um mit ihnen zu feiern? Stattdessen lag eine ungeheure Last auf seiner Seele und nahm ihm jede Freude. Tief in seinem Inneren wusste er, was es war.

Nun, da er seine Aufgabe hier in Schottland erfüllt hatte, musste er sich um seine Heirat kümmern.

Und es war nicht Maire, die er heiraten würde.

Nicht, dass er sie hätte heiraten wollen.

Wirklich nicht.

Und selbst wenn er es gerne gewollt hätte, so könnte er es nicht.

Aber er wollte es ja auch gar nicht.

Ganz sicher nicht.

Warum aber fühlte er sich dann so, als würde ihm eine Faust das Herz in der Brust zerdrücken?

Warum rief er sich immer wieder die Worte ins Gedächtnis, die Maire gestern Abend zu ihm gesagt hatte, ‚Ich liebe dich'?

Warum fragte er sich dann, was für Neuigkeiten Jamie ihm wohl enthüllen wollte, als er ihm erklärte ‚Ich habe dir etwas Wichtiges zu sagen'?

Warum erfüllte ihn nur diese Furcht, die Furcht, dass er in Gefahr war, das Wichtigste in seinem Leben zu verlieren?

16. KAPITEL

Acht Stunden später ...

Auf *Beinne Breagha* regierte das Chaos. Aber für Maire war es das schönste und wunderbarste Chaos, das es geben konnte. Sie stand am Eingang ihrer Großen Halle, von wo aus sie das Geschehen drinnen und draußen gleich gut überblicken konnte. Wohltönende Dudelsackklänge drangen an ihr Ohr. Nun gut, nicht immer waren sie wohltönend. Sie schmeichelten dem Ohr, wenn Murdoc seine Kunstfertigkeit zeigte, und sie schmerzten eher, wenn sein Schüler Bolthor sich bemühte. Überall herrschte fröhliche Ausgelassenheit, die Burg war erfüllt von Lachen und Scherzen. Maire hatte sich schon in Verdacht, dass auch auf ihrem Gesicht ein immer währendes närrisches Lächeln zu sehen war.

Junge und alte Frauen in ihren besten *arisaids* waren dabei, die Tische für das größte Fest, das der Campbell-Clan je gesehen hatte, aufzustellen. Dabei tanzten sie zwischendurch vor Freude oder sangen die Lieder der Highlands. „Gibt es etwas Schöneres als ein hübsches Mädchen mit einem Lächeln im Gesicht?“ hörte man Old John immer wieder sagen.

Sogar in den schlechtesten Zeiten hatte sich *Beinne Breagha* immer rühmen können, sich mit allem Notwendigen zum Leben selbst versorgen zu können. Alle Schätze der Natur, ob Fisch, Fleisch oder Gemüse, standen dem Clan zu Verfügung. So gesehen waren die Campbell also alles andere als arm, auch wenn ihnen oft genug die Zeit fehlte, sich mit der Essenszubereitung länger aufzuhalten als unbedingt nötig. Doch jetzt bogen sich die Tische unter der Last der Fische, die auf die verschiedensten Arten zubereitet waren – gebacken, gekocht, eingelegt, gehackt oder geräuchert. Eine große Anzahl Aale kringelten sich in einem Bottich in der Küche und wartete darauf, gekocht und mit Lauch und dicker cremiger Sauce vermischt zu werden. Nicht zu vergessen eine der Lieblingsspeisen der Schotten, der geräucherte *craigellache* oder Lachs.

Auch andere Speisen waren in Hülle und Fülle vorhanden: Teigtaschen, gefüllt mit fein gehacktem Hammelfleisch, Suppe, Blutpudding, Gemüse, darunter auch die schrecklichen Rüben und natürlich Haggis.

Um die Gelüste von Jung und Alt nach etwas Süßem zu stillen, gab es getrocknete Früchte, eine Sahnecreme mit Honig, Früchten und anderen leckeren Zutaten und außerdem Haferkuchen mit Honig beträufelt.

Männer, junge und alte, schlenderten umher und scherzten mit den Frauen, wobei erste Verabredungen für später getroffen wurden. Im Hof wurde über einem offenen Feuer ein großer Hirsch gebraten, und die Kinder hatten die ehrenvolle Aufgabe, abwechselnd den Spieß zu drehen. Schinken, frisch aus den Räucherhütten, und Hühner, die mit Kastanien und gekochten Eiern gefüllt waren, vervollständigten das Mahl. Später am Abend, wenn die Kleinsten schon vor Erschöpfung auf dem Schoß ihrer Mütter schliefen, würden die Küchenmädchen in einer großen Silberschüssel, die von Generation zu Generation vererbt worden war, den Haustrunk der Campbell hereintragen. Die Grundzutat für dieses schaumige Gebräu war Hafer, der in Wasser eingeweicht wurde. Nach einer bestimmten Zeit wurde dann die Flüssigkeit abgegossen und mit Honig und Sahne vermischt und mit Rosenwasser aromatisiert. Und dann kam das Beste hinzu – *uisge-beatha*. Es war wirklich ein Getränk nur für Erwachsene.

Doch das eigentlich Verwirrende an diesem ganzen Trubel der Festvorbereitung war, dass überall Zauberinnen zu sehen waren. Alte und junge, eher verträumte und sehr resolute, jugendlich schöne und in Würde gealterte Zauberinnen. Und stand den Jüngeren vor allem der Stolz über ihr Sieg bringendes Auftreten am Teufelsschlund ins Gesicht geschrieben, so lag in den Augen der Älteren eher der Glanz überirdischer Allwissenheit.

„Diesmal sitzt du ja schön in der Patsche!“ rief Branwen aus und öffnete weit die Arme, als Maire gerannt kam, um sie zu begrüßen. „Ts-ts-ts!“

„Ich hatte nicht vor, *alle* Zauberinnen Schottlands zu beschwören“, verteidigte sich ihre Schülerin. Sie trat einen Schritt zurück, um ihre geliebte Lehrerin genauer zu betrachten. Es war nicht zu übersehen, dass Branwen in den letzten fünf Jahren, die sie sich nicht mehr gesehen hatten, gealtert war. Doch noch immer hatte sie diese ihr ganz eigene Ausstrahlung, die nicht in Worte zu fassen war.

Branwen machte mit der Hand eine wegwerfende Bewegung. „Das habe ich nicht gemeint, Liebes.“ Sie deutete zum Übungsplatz hinüber, wo Rurik gerade mit einigen Männern dabei war, Zielscheiben und andere Dinge aufzustellen. Denn am nächsten Tag sollten verschiedene Wettkämpfe stattfinden, so Bogenschießen, Ringen, Weitspringen, Werfen und schließlich auch noch ein Pferderennen. Und nachdem Rurik im ‚Loch‘ gebadet und sein Haar wieder sauber geflochten und mit Bernsteinschnüren verziert hatte, half auch er tatkräftig mit, all dies vorzubereiten. Er hatte sein Obergewand abgelegt und arbeitete mit nacktem Oberkörper, nur mit seinen Beinlingen bekleidet.

Maires Herz tat einen Sprung, und sie spürte, wie ihr Blut beim bloßem Anblick von Rurik in Wallung geriet. Ihr Blick glitt über seine Taille und den dunklen Haarpfeil, der unter dem Saum seiner Beinlinge verschwand, und sie verzehrte sich fast vor Sehnsucht nach diesem Mann.

Sie wurde durch Branwens Kichern aus ihren Träumen gerissen.

„Das ist es, was ich gemeint habe, Mädchen.“

„Rurik?“ fragte Maire erstaunt.

„Wenn das der Namen dieses viel zu hübschen Wikingers ist, der jetzt gerade mit solch einem Verlangen in seinem Blick zu dir herüberschaut, dann ist *er* genau die Patsche, in der ich dich sitzen sehe.“

Maire blickte wieder zu dem Übungsplatz hinüber. Ruriks *verlangender* Blick war tatsächlich auf sie gerichtet. Und trotz der beträchtlichen Entfernung hätte sie schwören können, dass er ihr verführerisch zublinzelte.

Maire fühlte, wie ihr unter Branwens allwissendem Blick die Röte in die Wangen stieg.

„Also, daher weht der Wind“, gackerte Branwen. „Wie es scheint, ist das Ganze noch schlimmer, als ich dachte. Ein Wikinger also. Ich frage mich, wo du deinen Verstand gelassen hast.“

„Was ist so schlimm an einem Wikinger?“

„Nichts. Gar nichts. Wenn du nicht mehr von ihm willst als einen starken Arm, der für dich kämpft, und zum Vergnügen seine Manneskraft. Doch ich vermute, du willst mehr.“

„Und wenn es so wäre?“ fragte Maire und reckte angriffslustig das Kinn vor.

„Wenn es so wäre“, wiederholte Branwen ihre Worte, „dann sehe ich in deiner Zukunft viele Tränen. Weißt du denn nicht, dass Wikinger Herumtreiber sind? Sie bleiben nicht gerne lange an einem Ort.“

„Vielleicht ist dieser anders“, widersprach Maire, nicht nur um Branwens Behauptung zu widerlegen, sondern auch, um ihre eigenen Zweifel zu beschwichtigen.

„Vielleicht. Vielleicht“, räumte Branwen ein. Doch dann stellte sie die Frage, die schon den ganzen Nachmittag an Maire nagte. „Was wird der Wikinger tun, wenn er entdeckt, dass er einen Sohn hat?“

„So, du bist also derjenige.“

Rurik wandte sich erschrocken um, als er Branwens Stimme hörte, und dann noch ein vergnügtes Gackern, das ihm irgendwie bekannt vorkam.

Maires alte Lehrmeisterin saß auf einem Stapel Holzschilde und beobachtete ihn. Er war der Letzte auf dem Übungsplatz und hatte eben sein Obergewand wieder übergestreift. Jetzt legte er noch den Gürtel an. Branwen war, ohne dass er es zunächst gemerkt hatte, hinter ihm aufgetaucht. Eigentlich hätte er sich nicht erschrecken müssen über ihre Gegenwart. Die ganze Burg wimmelte nur so von Zauberinnen. Tatsächlich hatten sich schon viele von Maires Leuten, aber auch von Ruriks Männern, darüber beklagt – außer Toste und Vagn. Die behaupteten sogar, schon mit ein paar von ihnen auf den Bettfellen gewesen zu sein. Sie wären von ihnen verzaubert worden und hätten dann ganz erstaunliche Dinge erlebt. Aber die beiden musste man nicht verzaubern, um ihnen auf diesem Gebiet etwas Neues beizubringen. Andererseits vermieden sie seit kurzem, wie auch alle anderen Männer in und um *Beinne Breagha*, jede Lüge. Der Grund war bekannt. Also erzählten sie vielleicht doch die Wahrheit.

„Derjenige, welcher?“ brachte Rurik endlich heraus.

„Derjenige, welcher Maire hat schwach werden lassen.“

Rurik schmunzelte geschmeichelt. „Maire ist bei mir schwach geworden?“

„Ja, und das weißt du auch ganz genau. Ein Schelm wie du ist ein Meister in solchem Unsinn. Wahrhaftig, wenn die Frauen wüssten, an was Männer die meiste Zeit denken, dann würden sie sie rechts und links ins Gesicht schlagen.“ Sie lachte fröhlich über ihren eigenen Witz und fuhr dann fort: „Du verdrehst den Frauen den Kopf, nur weil es dir Spaß macht.“

„Du kennst mich nicht gut genug, um zu wissen, warum ich etwas tue.“

„Oh, ich kenne dich, Junge. Ich kenne dich besser, als du denkst.“

„Junge? Ich bin kein Junge. Was willst du hier eigentlich?“ fauchte Rurik sie an. „Außer mich beleidigen.“

Die Alte kicherte eine Weile vor sich hin, bevor sie einräumte: „Ich weiß, du magst meine Maire. So sehr, dass du meinetwegen auch mit ihr auf den Bettfellen liegen kannst, aber ich frage mich ..." Sie sprach den Satz nicht zu Ende, sondern musterte Rurik mit prüfendem Blick, so als würde sie auf dem Markt ein Stück Fleisch begutachten.

„Nun spuck es schon aus, Zauberin. Was fragst du dich?"

„Ich frage mich ... liebst du sie?"

Die Frage überraschte Rurik. „Jetzt gehst du zu weit. Was geht es dich an, ob ich sie liebe?"

„Das geht mich sehr viel an. Maire hat die letzten Jahre gelitten. Ich will nicht, dass sie noch mehr leidet."

Rurik erstarrte. „Ich habe nicht vor, sie zu verletzen", widersprach er heftig.

Branwen schüttelte den Kopf und schaute ihn traurig an. „Das mag nicht deine Absicht sein, aber ich fürchte, es ist unvermeidlich."

Rurik fühlte sich nicht wohl bei diesem Gespräch und wandte sich zum Gehen.

„Du hast mir meine Frage nicht beantwortet, Wikinger. Liebst du sie?"

Rurik drehte sich langsam um und schaute der Zauberin in die Augen. „Nein, das tue ich nicht." Mit einer kurzen Handbewegung hinderte er sie daran zu antworten. „Aber ich mag sie. Wirklich. Ich glaube, ich bin zur Liebe nicht fähig. Wenn ich es jemals war, dann wurde diese Fähigkeit in meiner Kindheit zerstört."

Branwen nickte. „Im Nordland – Kaupang. Jaja, ich kann mir vorstellen, wie das war."

Rurik starrte sie mit offenem Mund an. Wie konnte sie wissen, wo er seine Jugend verbracht hatte? Er bekam fast eine Gänsehaut. Diese Frau war ihm unheimlich. Sie wusste zu viel. Aber er würde den Spieß umdrehen.

„Kannst du dieses blaue Zeichen entfernen?" fragte er und fuhr mit dem Zeigefinger den blauen Blitz nach, der sich von seiner Stirn bis zum Kinn hinunterzog.

Die Zauberin lachte laut auf. Sie wagte es wirklich, über ihn zu lachen. Dann zuckte sie mit der Schulter. „Vielleicht. Vielleicht auch nicht."

Rurik ballte die Hände zu Fäusten, um nicht in Versuchung zu geraten, ihr den Hals umzudrehen.

„Es ist wichtig für dich, dass das Mal verschwindet, oder?" fragte Branwen lächelnd.

„Was ist das für eine Frage? Natürlich möchte ich, dass das Mal verschwindet. Ist das etwa schlimm?"

„Nicht, wenn es für dich nicht wichtiger ist als alles andere. Manche sagen, dass der Pfau erst die Federn verlieren muss, bevor er wirklich singen kann."

„Bist du taub, alte Frau? Hör auf, in Rätseln zu sprechen."

„Gut, ich will offen zu dir sprechen, Bursche, hör mir gut zu. Dein Leben ist dabei, ganz schön durcheinander gewirbelt zu werden. Wir werden ja sehen, was für eine Art Mann du bist, wenn du wieder auf den Füßen landest. Wir werden sehen, ob du Maire verdienst. Oder ob dieses verdammte Zeichen alles ist, was dir in dieser Welt etwas bedeutet."

Es war ungerecht, ihm jetzt die Schuld zu geben. Was war denn so schlimm daran, dass er sich wünschte, sein Gesicht würde wieder so aussehen wie früher? Und wer sagte eigentlich, dass sein Gesicht das Einzige war, das ihm etwas bedeutete? So eitel und selbstsüchtig war er nun doch nicht. Nur weil er nicht wirklich lieben konnte, hieß das noch lange nicht, dass ihm nichts auf dieser Welt lieb und teuer war.

Rurik schloss die Augen und versuchte, seinen Zorn in Zaum zu halten. Als er sie wieder öffnete, war die Zauberin fort. Er glaubte aus der Entfernung noch ein Gackern, ein kicherndes Lachen zu hören.

Wie wenig die Alte doch wusste. Sein Leben wäre dabei, ganz schön durcheinander gewirbelt zu werden? Sein Leben war längst ganz schön durcheinander gewirbelt.

„Können wir jetzt feiern gehen?"

Rurik stand hinter Maire, und sein warmer Atem strich über ihr Ohr. Sie spürte im ganzen Körper ein unglaubliches Kribbeln und genoss für einen Augenblick dieses wunderbare Gefühl.

Dann atmete sie tief durch, um sich zu beruhigen – was ein vergeblicher Versuch war –, und wandte sich auf ihrem Stuhl am Kopfende der langen Tafel zu Rurik um. „Ich dachte, wir würden schon feiern. Seit zwei Stunden, um genau zu sein. Oder wie nennst du das, was du hier siehst? All das Essen und das viele Bier? Gar nicht zu reden von dem Spiel der Laute und des Dudelsacks, dem Singen und den Gauklerkunststücken. Und mehr von Bolthors Sagas, als irgendjemand hören wollte."

Sogar Rurik, der nun wirklich nicht übermäßig bescheiden war, hatte „Genug!" gesagt, als Bolthor nicht nur ein oder zwei, sondern vier verschiedene Sagas über Ruriks Heldentaten in dem heutigen Kampf vorgetragen hatte. Und Toste und Vagn hatten „Mehr als genug!" geschrien, als Bolthor, nachdem er eine Saga mit dem Titel ‚Verführung durch Geister' zum Besten gegeben hatte, noch ‚Liebesspiele mit einer Zauberin' folgen lassen wollte.

Rurik lachte, den Mund immer noch dicht an Maires Ohr. „Ich dachte dabei mehr an eine Feier nur für zwei."

Sie wusste, was er meinte, und tatsächlich waren ihre Gedanken den ganzen Tag über in diese Richtung gewandert. Aber da gab es etwas, das sie ihm vorher sagen musste. Sie ergriff seine Hand und verflocht ihre Finger mit den seinen. Wie klein doch ihre Hand, die nun wirklich nicht klein war, in der seinen aussah! Und sie genoss die Berührung seiner Handfläche und spürte ihren und seinen Pulsschlag, wo ihre Handgelenke sich berührten. Maire befürchtete, dass ihr, was diesen Mann betraf, nicht mehr zu helfen war. Sie nahm all ihren Mut zusammen und begann eines der schwierigsten Gespräch ihres Lebens. „Ich möchte dir danken. Du hast meinen Clan gerettet, und dafür werde ich dir immer dankbar sein."

„Gern geschehen", antwortete Rurik ritterlich und zwinkerte ihr verliebt zu. „Vielleicht möchtest du mir an einem verschwiegeneren Ort danken. Ich finde, das aufregende Spiel mit der Goldkette wäre jetzt angebracht."

Maire errötete bei dem Gedanken an ihr – wie sie meinte – schamloses Betragen am Abend zuvor. „Rurik, ich muss es wissen. Was hast du jetzt für Pläne?" Sie fasste es selbst nicht, dass sie ihm diese Frage stellte. Sie hatte sich fest vorgenommen, es nicht zu tun, auch wenn sie den ganzen Tag an nichts anderes hatte denken können.

„Ich weiß es nicht", antwortete er ehrlich. „Im Augenblick weiß ich es nicht, aber müssen wir jetzt darüber reden?"

Es gab noch ein schwieriges Thema, über das sie jetzt reden musste.

„Was Jamie betrifft ...", begann sie.

Rurik stöhnte.

„Bevor du zu den MacNab aufgebrochen bist, hatte ich dir gesagt, dass ich dir etwas Wichtiges mitteilen muss. Nun, jetzt ist es an der Zeit ..."

„Gut, dann sprich über den kleinen Teufel", antwortete Rurik und lächelte dabei.

Jamie und seine kleinen Freunde stolzierten in der Mitte der Halle umher, wo man gerade einen Tanz beendet hatte. Die Kerlchen, sechs an der Zahl, trugen Obergewänder, wie sie auch die Wikinger trugen, und alle hatten ungeschickt versucht, sich Schläfenzöpfe zu flechten. Aber heute Abend war ihnen noch etwas Neues eingefallen. Alle trugen ein gezacktes blaues Zeichen mitten im Gesicht. Wahrscheinlich haben sie sich mit Blaubeersaft bemalt, vermutete Maire.

Sie fühlte, wie Rurik neben ihr erstarrte. Erschrocken blickte sie ihn an und versuchte, ihn zu beruhigen. „Komm, ärger dich nicht, sie äffen dich nicht nach. Sie eifern dir nach. Du bist für sie der Held des Tages."

Aber Rurik war dieses Mal gar nicht böse. Maire konnte es sehen. Er hatte den Kopf zur Seite gelegt und runzelte nachdenklich die Stirn. „Ich bin nicht verärgert“, murmelte er zerstreut. „Es ist nur – sein schwarzes Haar.“

„Haar? Jamies Haar?“ *Oh Gott! Oh nein, nicht jetzt! Nicht so!*

Rurik drehte sich zu ihr um und starrte sie an. „Etwas fällt mir schon seit Tagen auf, und besonders heute, während der Schlacht ist es mir aufgefallen“, erklärte er. „Alle MacNab haben rotes Haar. Jeder Einzelne von ihnen.“

Sie versuchte, ihre Hand aus der seinen zu ziehen, aber er ließ sie nicht los.

Maire fühlte das unwiderstehliche Bedürfnis, aus der Halle zu laufen, selbst wenn Rurik ihr folgen sollte. „Rurik, nicht jetzt. Lass uns draußen darüber sprechen. Nicht hier.“

Doch es war, als würde er sie gar nicht hören. „Und du hast auch rotes Haar“, stellte er fest, so, als würde er unbewusst seine Gedanken laut aussprechen. „Wie ist es dann möglich Maire, dass ...“

Maire klopfte das Herz bis zum Hals.

„... dass dein Sohn schwarzes Haar hat?“

Er sah zu Jamie hin, der mit seinen Freunden Nachlaufen spielte, dann zurück zu Maire, dann in einige der neugierigen Gesichter in der Halle, unter denen auch einige Wikingergesichter waren. Es schien, als hätte jeder in der Halle seine plötzliche Verwirrung bemerkt. Alle Gespräche verstummten langsam. Eine plötzliche Kälte schien sich auszubreiten. Jetzt verstand Rurik, und Entsetzen erfüllte ihn.

Er verbarg sein Gesicht in beiden Händen und stand dann lange so da. Maire wurde das Herz schwer. „Bitte, Rurik, lass uns hinausgehen und alles unter vier Augen besprechen.“

Endlich hob er den Kopf und sah sie voll Verachtung an. „Sag es mir“, forderte er mit eisiger Stimme.

„Ja, ich will es dir sagen“, seufzte Maire. Sie konnte kaum ein Schluchzen unterdrücken, als sie die lang verschwiegene Wahrheit bekannte: „Jamie ist dein Sohn.“

Ein Sohn? Ich habe einen Sohn?

Seit fünf langen Jahren habe ich einen Sohn, und ich habe nichts davon gewusst! Wie viele Leute wissen es? Bin ich der Einzige gewesen, der keine Ahnung hatte? Oh ihr Götter! Dieses fluchende, eingebildete, frühreife, verdreckte, alles in allem anbetungswürdige Schottenkind ist mein! Mein!

Wie konnte sie nur? Wie konnte sie mir das verschweigen?

Rurik war so außer sich, dass er nicht wusste, was er gleich tun würde. Er kochte vor Wut, doch trotzdem war er sich im Klaren darüber, dass er, wenn er jetzt die Beherrschung verlöre, allen das Fest verderben würde, und das wollte er auf keinen Fall.

Er packte Maire beim Handgelenk und führte sie, freundlich nach rechts und links lächelnd, zur Treppe, die zu ihrer Kammer führte. Nur er wusste, wie erzwungen sein schmallippiges Lächeln war, und nur Maire wusste, wie schmerzhaft sich seine Finger in ihren Arm gruben.

Als sie außer Sichtweite ihres Clans und seiner Wikingerfreunde waren, zerrte er sie fast die Treppe hinauf und den Gang entlang bis in ihre Kammer. Dann schlug er die schwere Eichentür hinter ihnen zu. Rurik stieß Maire von sich, denn er war so außer sich vor Zorn, dass er befürchtete, er könne ihr ein Leid antun. Verzweifelt presste er die Stirn an die Tür. Tränen schossen ihm in die Augen, und er wusste nicht, ob es Tränen der Enttäuschung über Maires Verrat waren oder Freudentränen über seine unerwartete Vaterschaft. Widerstreitende Gefühle tobten in seinem Herzen, und ihm schwindelte.

„Rurik, es tut mir so Leid – ich will dir alles erklären“, flehte Maire und legte die Hand auf seine Schulter.

Er fuhr herum und schüttelte wütend ihre Hand ab. „Erklären? Erklären?“ schrie er. „Wie willst du erklären, dass du einem Mann seine Vaterschaft verschwiegen hast?“

„Du warst nicht hier,“ erwiderte Maire und die Erkenntnis, dass sie damit ja Recht hatte, steigerte Ruriks Zorn nur noch mehr. „Erinnere dich daran, dass du Schottland verlassen hast, bevor ich wissen konnte, dass ich ein Kind erwartete. Dann habe ich Kenneth geheiratet, und es schien angebracht, dass er nun auch Jamies Vater sein würde."

„Angebracht? Angebracht?" tobte Rurik. „Offensichtlich wusste er doch, dass Jamie nicht sein Sohn war." Ein schrecklicher Gedanke schoss ihm durch den Kopf. „Hat er den Jungen misshandelt?" Oh, das würde er Maire nie vergeben. Nie!

Sie schüttelte heftig den Kopf. „Das hätte ich nie zugelassen. Meistens beachtete er ihn gar nicht, selbst zu Anfang, als er noch keinen Grund hatte, an seiner Vaterschaft zu zweifeln. Erst später konnte man an Jamies Aussehen erkennen, dass er kein MacNab war. Nein, Rurik, du musst mir glauben. Kenneth hat Jamie niemals geschlagen. Er hat nur ..."

Rurik verstand ihre unausgesprochenen Worte. Kenneth hatte nur *sie* geschlagen. Er schloss die Augen und atmete ein paar Mal tief durch. Weil er diese Frau geschwängert hatte, hatte ein anderer Mann sie misshandelt. Wusste sie denn nicht, wie er sich jetzt fühlen musste? Doch nein, er weigerte sich, die Schuld für ihre Sünden auf sich zu nehmen.

„Gut, du hast es mir zu Anfang nicht gesagt, weil ich weit fort war, und weil du einen neuen Mann besänftigen musstest", sagte Rurik mit erstaunlich ruhiger Stimme, als er die Augen wieder öffnete und Maire finster anblickte. „Welche Entschuldigung hast du dafür, dass du es mir nicht während der Zeit, die ich jetzt hier in Schottland bin, gesagt hast?"

„Angst."

Nun gut, das ergab einen Sinn, fand er. „Angst wovor?"

„Vor dir."

Das ergab ebenfalls einen Sinn. „Ich habe nicht die Angewohnheit, Frauen zu schlagen, selbst wenn ich noch so zornig bin."

„Es war nicht die Angst vor Schlägen, die mir die Zunge lähmte. Es war die Angst, du könntest mir Jamie wegnehmen."

Rurik zuckte zusammen bei diesem unerwarteten Geständnis. „Warum sollte ich das tun?"

Maire zuckte mit der Schulter. „Rache."

Den Kopf zur Seite gelegt, musterte Rurik sie eindringlich. „Du hältst nicht viel von mir, oder?"

„Für Männer ist es doch immer von großer Bedeutung, dass ihr Geschlecht fortlebt. Ich fürchtete, du würdest eine tiefe Zuneigung zu deinem Sohn entwickeln und dich dann nicht mehr von ihm trennen wollen. Und weil du bei vielen Gelegenheiten klar zu erkennen gegeben hast, was du von Schottland hältst, war klar, dass du nicht hier bleiben würdest. Wirklich, jede vernünftig denkende Frau hätte die gleichen Befürchtungen gehegt."

Vernünftig? Hah! Verwirrend, verführerisch, verschwiegen – ja. Aber vernünftig? Ich habe da so meine Zweifel.

„Wer weiß es sonst noch?"

„Nun, ich glaube nicht, dass die MacNab es wussten, wenn auch Kenneth vielleicht hin und wieder mit seinen Brüdern über seinen Verdacht gesprochen hat. Auf jeden Fall haben sie Jamie nie mit dir in Verbindung gebracht." Maire holte tief Luft, dann sprach sie weiter. „Aber von den Campbell weiß es jeder."

„Jeder?" rief Rurik aus.

„Verzeih mir bitte, wenn ich darauf hinweise, dass du und Jamie euch in allem ähnelt, bis auf das Alter. Sie konnten gar nicht anders, sie mussten es bemerken."

„Dein beißender Spott kennt keine Grenzen, Maire. Du spielst wirklich mit dem Feuer, wenn du meinen Zorn so herausforderst." Aber ihre Worte hatten sich in seiner Seele eingenistet. Was war er doch für ein blinder Narr – nicht zu sehen, was jeder sah. Hatten sie jedes Mal hinter seinem Rücken gekichert, wenn er an ihnen vorbeiging? War er wieder das geworden, was er als Kind gewesen war? Ein bemitleidenswerter Gegenstand ihres Spottes?

„Rurik, ich habe dir gesagt, dass es mir Leid tut. Du musst zugeben, dass ich bei verschiedenen Gelegenheiten versucht habe, mit dir darüber zu sprechen. Was hätte ich sonst noch tun können?"

„Bei Thors Blut, du hättest es mir sagen können!"

Doch Maire schien ganz und gar nicht eingeschüchtert zu sein. „Was willst du jetzt tun?"

Rurik starrte sie an, nahezu sprachlos vor Zorn. „Ich weiß es nicht", antwortete er nur und öffnete gleichzeitig die Tür. „Ich weiß nur, dass ich deine Gegenwart nicht mehr ertrage. Du stößt mich ab."

Maire zuckte zurück, als habe er sie geschlagen, und ihre grünen Augen füllten sich mit Tränen, doch Rurik wollte es nicht sehen.

„Eines weiß ich", sagte er mit schneidender Stimme, bevor er das Gemach verließ, „du wirst für diese Gemeinheit büßen. Du *wirst* dafür büßen."

„Ich hatte dir doch gesagt, dass ich dir etwas Wichtiges sagen muss", meinte Jamie trocken und ließ sich neben ihn auf den Boden plumpsen.

So, der Junge hatte es also auch gewusst – oder vermutet. Das wurde ja immer schöner. Seit einer Stunde saß Rurik am Ufer des ‚Lochs', starrte auf das Wasser und dachte und dachte und dachte nach. Doch er fand keinen Weg aus diesem Wirrwarr widerstreitender Gefühle, die in ihm tobten. „Solltest du nicht schon längst schlafen?" fragte er den Kleinen.

„Meine Mutter schickt mich, um nach dir zu sehen. Sie sagte, du bräuchtest mich vielleicht."

Verdammt, diese Frau machte ihn noch wahnsinnig. Konnte sie ihn nicht in Ruhe lassen, bis er wieder zu einem klaren Gedanken fähig war?

„Und?"

„Was?"

„Brauchst du mich?"

Rurik ließ die Schultern hängen. Wie konnte er eine solche

Frage beantworten? „Was ich jetzt brauche, ist ein wenig Zeit – ganz für mich allein."

„Damit sich deine Wut legt?"

Rurik schüttelte den Kopf über diesen Jungen und versuchte, ihn im Mondlicht genauer zu betrachten. Sah er ihm wirklich ähnlich? Spazierte da ein kleines Abbild von ihm herum? Warum schwoll ihm das Herz vor Stolz bei dieser Vorstellung?

„Wirst du meine Mutter schlagen?" fragte ihn der freche kleine Kerl. „Wenn du das vorhast, dann sag ich dir gleich – ich werde das nicht zulassen."

Rurik musste lächeln. Der Junge hatte Mut. „Und wie willst du mich davon abhalten?"

Jamie sprang auf, kletterte schnell auf einen Felsen und machte mit den Fäusten ein paar Schläge in die Luft. „Ich hau dich mit meinen bloßen Fäusten zu Brei, und ich trete dich – wie meinen Va... – ich meine, wie Kenneth, und ich tu dir Schnecken ins Bier."

Eine tiefe Traurigkeit überkam Rurik und lastete schwer auf seinem Herzen. Sein Sohn hatte zusehen müssen, wie seine Mutter misshandelt worden war. Hatte er früh gelernt, den Fäusten seines Va... – den Fäusten von Kenneth auszuweichen, so wie Rurik ebenfalls schon als Kind gelernt hatte, sich all die Kniffe anzueignen, die zum Überleben notwendig waren? Bei dem Gedanken kochte in Rurik wieder die Wut hoch. Er hatte sich geschworen, dass keines seiner Kinder je so etwas durchmachen sollte. Doch wie es schien, hatte er dies nicht verhindern können.

„Ich schlage keine Frauen", stellte Rurik nachdrücklich fest.

Jamie stieß einen übertriebenen Seufzer der Erleichterung aus. „Ich vermute, dass ich nach all dem jetzt doch mit dir auf Wikingerfahrt gehen werde."

Rurik musste laut lachen. „Wie kommst du darauf? Das ist das Letzte, woran ich im Augenblick denke."

Das Kind schaute ihn mit großen Augen an und fragte dann zitternd: „Willst ... willst du mich nicht?"

Rurik stützte das Kinn in die Hand und strich sich mit den Fingerspitzen über die Stirn. Als er aufschaute, starrte der Junge ihn von seinem Felsen, auf dem er immer noch stand, an, so als habe er soeben die wichtigste Frage der Welt gestellt. „Natürlich will ich dich." Und zu seinem Erstaunen stellte Rurik fest, dass dies die Wahrheit war.

„Also dann?" fragte Jamie und stemmte ungeduldig seine kleinen Fäuste in die Hüften – genau wie seine Mutter es manchmal tat.

„Also was?" fragte Rurik.

„Willst du mich nicht in den Arm nehmen? Das macht meine Mutter immer, wenn sie weint."

Bevor Rurik richtig bewusst wurde, dass der Bursche doch glatt behauptet hatte, er würde weinen, war er schon aufgestanden, und sein Sohn warf sich ihm in die Arme.

Jamie schmiegte sein Gesicht an Ruriks Hals und seine dünnen Ärmchen umschlangen seine Schultern wie ein Schraubstock. So umarmte Rurik zum ersten Mal seinen Sohn, und es war ein wunderbares, herrliches Gefühl.

Sein Leben würde nie mehr dasselbe sein.

Und Branwen hatte Recht gehabt, sein Leben war gerade dabei, auf den Kopf gestellt zu werden.

Es war nach Mitternacht, als Rurik durch die Große Halle von Maires Burg ging. Auf den Tischen standen noch die Reste des abendlichen Festmahls – das würde morgen eine Menge Arbeit geben, bis die Halle wieder aufgeräumt war.

Nun, das war nicht seine Sache. Es waren viel wichtigere Dinge, an die er jetzt denken musste. Wie zum Beispiel an seinen Sohn, den er gerade in einem Alkoven auf einen Strohsack gelegt hatte, mit dem Versprechen, beim Aufwachen morgen früh auch bestimmt da zu sein. Es gab tausend Sachen, die Jamie von ihm wollte. Unterricht im Bogenschießen und Schwertkampf. Forellen fischen. Ein Spaziergang zu seinem Lieblingsberg. Reiten.

Eine Erkundung der Höhle, in der Jamie wochenlang versteckt worden war. Und reden, reden, reden über all die Sachen, die einen kleinen Jungen beschäftigten und über einige Sachen, die ihn gar nicht beschäftigen sollten.

Wie sollte Rurik all das schaffen? Sich seinem Sohn widmen, die Dinge mit Maire klären, zusehen, dass Maire oder Branwen oder wer auch immer endlich das blaue Mal entfernten, und zu seiner Heirat nach den Hebriden aufbrechen?

„Alles in Ordnung?" fragte eine Männerstimme aus dem Dunkeln.

Rurik war gerade durch das Tor der Halle in den Burghof getreten und trat überrascht einen Schritt zurück. Dann blickte er hoch und stellte überrascht fest: Da stand nicht nur ein Mann, nein da standen vier. Bolthor, Stigand, Toste und Vagn. Und alle schauten ihn mit sorgenvoller Miene an.

„Nein, nichts ist in Ordnung", entgegnete Rurik grimmig und ließ sich auf die Steinstufen fallen.

Sie setzten sich neben ihn.

„Wie lange habt ihr alle schon davon gewusst?"

Nach einem kurzen Schweigen sprach Bolthor für die Gruppe. „Seit einigen Tagen – nachdem das Kerlchen zum ersten Mal im ‚Loch' gebadet hatte und dann Zöpfe trug wie du."

Rurik blickte sie vorwurfsvoll an.

„Wir waren überzeugt davon, dass du es tief in deinem Innersten wissen müsstest, oder dass du es zumindest bald merken würdest", bekannte Toste. „Jamie ist schließlich ein Spiegelbild deiner selbst."

Rurik wandte sich an Stigand. „Du wusstest doch am besten von allen, wie ich mich verhalten würde. Du hast es doch damals, als wir noch Kinder waren, mitbekommen, wie sehr ich es hasste, ständig die Zielscheibe des allgemeinen Gespötts zu sein. Wie konntest du mir die Wahrheit vorenthalten?"

Stigand zuckte mit der Schulter. „Ich dachte, es würde dich nicht kümmern."

Rurik hob den Kopf und schaute ihn fassungslos an.

„Du sagtest immer, du wolltest in eine Welt voller Leid und Erniedrigung keine Kinder setzen. Ich dachte, du wolltest das Kind nicht."

„Du bist ein Narr, wenn du so etwas denkst", erklärte Rurik empört. „Genauso ein Narr wie ich, der ich das alles nicht bemerkt habe."

Jeder andere, der so kühn gewesen wäre, Stigand gegenüber eine solche Beleidigung auszusprechen, hätte sich jetzt ganz schnell vor dem Wikinger in Sicherheit bringen müssen. Doch jetzt schüttelte Ruriks alter Freund nur traurig den Kopf.

„Ah, aber jetzt, wo du es weißt", meinte Vagn, „ist es da nicht ein großartiges Gefühl, einen Sohn zu haben? Ich habe mir zumindest immer vorgestellt, dass es für einen Mann die höchste Erfüllung sein müsste."

„Ja, es ist ein großartiges Gefühl", gab Rurik zu, „doch gleichzeitig hat die ganze Sache auch etwas Demütigendes."

„Ich könnte mich seiner annehmen, so etwas wie sein Pflegevater werden", schlug Stigand vor.

Rurik starrte ihn verblüfft an. Wer hätte gedacht, dass ausgerechnet Stigand auf solch einen Gedanken kommen würde? Und dass er deswegen auch noch rot werden würde?

„Nein, ich will Jamies Pflegevater werden", widersprach Bolthor.

„Nein, ich", sagte Toste.

„Nein, ich," stimmte Vagn mit ein.

Rurik hob beide Hände gen Himmel und zeigte so an, dass er sich ergab. Und zum ersten Mal seit Stunden lachte er wieder. „Ihr könnt alle seine Pflegeväter werden", räumte er ein.

Nach einigem Murren stimmten sie zu.

„Dies ist die Saga von Rurik dem Größeren", begann Bolthor.

„Suche ja keine Händel mit mir, Skalde!"

Doch Bolthor ließ sich nicht beeindrucken.

Manchmal geht ein Mann durchs Leben
und ist glücklich ohne Familie, ohne Frau.
Aber dann streckt das Schicksal seinen großen Zeh aus,
und der Mann stolpert drüber.
Denn sein Samen war auf fruchtbaren Boden gefallen
und ein edler Sprössling in die Welt gekommen.
Da lernt der Mann, dass das Alleinsein
nicht gut ist für ihn.
Und, was für eine große Freude!
Der Mann erkennt,
was es heißt, ein richtiger Mann zu sein ...
Ein Vater.

Tief in Gedanken versunken, nickten alle. Wahrscheinlich überlegten sie, was Rurik jetzt wohl tun würde.

Wenn er das nur selbst wüsste!

Rurik erwachte in der Morgendämmerung. Er hatte sich im Stall ein wenig Stroh zusammengescharrt und dort tief und fest geschlafen, trotz all der verwirrenden Ereignisse des vorangegangenen Abends. Doch vielleicht hatte ihn all dies ja auch nur noch zusätzlich erschöpft, nach dem, was tagsüber schon geschehen war. Wie konnte nur so viel an einem einzigen Tag geschehen?

Doch noch bevor Rurik die Augen aufschlug, wusste er, dass außer ihm noch jemand im Stall war.

War es Maire?

War er bereit, der listigen Zauberin zu begegnen und all den Schwierigkeiten, die sich zwischen ihnen aufgetürmt hatten?

Sollte er sie wegschicken?

Oder sollte er ihr ihr ungeheures Vergehen verzeihen?

War er bereit, sich all dem zu stellen?

Langsam öffnete er die Augen und schloss sie schnell wieder. Es war eine Zauberin, die da stand, aber es war nicht Maire.

„Was willst du?“ fragte er Branwen. Er hielt die Augen fest

geschlossen, rollte sich auf den Bauch und legte den Kopf auf seine Arme.

„Vergeude nicht deine Zeit. Steh auf und fang an, deine Welt in Ordnung zu bringen", forderte sie ihn auf.

Wie konnte sie so mit ihm reden? Die Alte schien lebensmüde zu sein.

Dann tat sie etwas Unvorstellbares. Sie gab ihm mit der Hand einen derben Schlag auf sein Hinterteil und lachte dabei vor Vergnügen.

Rurik warf sich auf den Rücken und richtete sich halb auf. Zu mehr war er nicht bereit. Seine Augen funkelten vor Wut.

„Hast du nicht gehört, du nordischer Faulpelz? Steh auf. Du siehst ja ganz grün aus. Wie viel *uisge-beatha* hast du letzte Nacht geschluckt?"

„Wie es scheint, nicht genug."

„Oh, du bist ein dummer Bursche, eine Zauberin zu beleidigen! Du musst eines wissen: Ich verfüge über ungeheure magische Kräfte."

„Tatsächlich? Was hältst du davon, deinen Zauberstab zu schwenken und das blaue Mal von meinem Gesicht verschwinden zu lassen?"

„Ist das alles, worum du dich sorgst?"

„Ich bin es müde, deine Fragen zu beantworten."

„Und du wirst noch viel müder sein, wenn dieser Tag erst zu Ende geht. Wir haben heute viel zu tun, Wikinger. Wir werden Gesellschaft bekommen."

„Noch mehr Leute? Wir brauchen nicht noch mehr Leute. Überall hocken schon all die verdammten Zauberinnen herum."

„Nimm dich in Acht, Junge. Oder die Zauberinnen sitzen plötzlich auf einem Teil deines Körpers, der dieses Gewicht nicht aushalten dürfte."

„Treib es nicht zu weit. Ich weiß nicht, was sonst geschieht." Plötzlich hielt er inne und zog prüfend die Luft ein. „Was riecht hier so merkwürdig?"

„Dein Morgenmahl.“

Bei Thor! Rurik erblickte nun einen großen Kessel, der über einem offenen Feuer hing. *Ein offenes Feuer in einem Stall!* Die Zauberin schöpfte daraus einen dickflüssigen Brei mit irgendwelchen Brocken darin, den sie ihm, zusammen mit einem Holzlöffel, auf einem Teller reichte. „Iss!“ befahl sie.

„Warum?“

„Du brauchst heute Kraft.“

Rurik erschrak. „Wird es noch einen Kampf geben?“

„Man könnte es so nennen.“

Seine Augen suchten das Schwert. Es lag an seiner Seite.

„Nicht diese Art von Kampf“, kicherte Branwen.

„Was für eine Art denn?“

Sie deutete wortlos auf den Teller, eine stumme Aufforderung, endlich zu essen.

„Was ist da drin? Das Auge eines Molchs? Die Zunge einer Schlange?“

Branwen wartete.

Rurik kostete vorsichtig den Brei. Dem Geschmack nach war es ein Haferbrei mit Apfelstückchen darin – zumindest vermutete er, dass es Äpfel waren. Es schmeckte gar nicht so schlecht. Um die Wahrheit zu sagen, es schmeckte sogar gut.

„Warum bist du so nett zu mir?“

Branwen brach in lautes Gelächter aus. Rurik wunderte sich.

„Was ist daran so komisch?“

„Wenn der Tag erst zu Ende ist, wirst du nicht mehr der Meinung sein, dass ich nett zu dir bin, Wikinger.“

17. KAPITEL

Die Anwesenheit der Zauberinnen auf Maires Burg führte dazu, dass auch dieser Tag reichlich turbulent verlief. Maire wurde das alles zu viel, und deswegen musste sie unbedingt mit Branwen reden. Denn obwohl ihr das Herz schwer war wegen des Streits mit Rurik – er weigerte sich weiterhin, auch nur ein Wort mit ihr zu sprechen –, und trotz der Sorgen, die sie sich um Jamie machte – dass er nun einen Vater hatte, versetzte ihn in einen regelrechten Rausch der Begeisterung –, musste sie sich zuallererst darum kümmern, dass die Zauberinnen nicht noch mehr Verwirrung und Unordnung stifteten. Sie stürmte in den Burghof hinaus und schrie: „Branwen? Komm her! Sofort!"

Branwen tanzte mit fünf anderen Zauberinnen im Hof, sie hatten sich bei den Händen gefasst, wiegten sich hin und her und lachten fröhlich. Offensichtlich vollzogen sie ein Ritual zur Danksagung für den Sieg über die MacNab.

Maire hatte so laut nach Branwen gerufen, dass man es bis zum Übungsplatz der Krieger hinüber hatte hören können. Dort waren die tags zuvor geplanten Wettkämpfe bereits in vollem Gange. Einige der Frauen und Männer blickten herüber zu Maire – auch Rurik, der sich aber sofort wieder abwandte. Das tat weh. Doch Maire hatte jetzt keine Zeit, lange darüber nachzudenken. Sie hatte Wichtigeres zu tun.

Endlich hatte Branwen sich aus der Gruppe der Tanzenden gelöst und war auf Maire zugekommen. „Sieh zu, dass all diese Zauberinnen wieder von hier verschwinden", flüsterte Maire ihr eindringlich ins Ohr.

„Warum? Du warst doch diejenige, die nach ihnen gerufen hat."

„Das habe ich nicht getan", protestierte Maire. „Ich habe nach einer Zauberin, gerufen. Nach dir! Und nicht nach fünfzig, hundert, was weiß ich wie vielen Zauberinnen."

Branwen zuckte gleichgültig mit der Schulter. „Was macht es schon für einen Unterschied, ein, zwei Zauberinnen mehr?“

„Wa...was für einen Unterschied?“ stotterte Maire. „Ich erklär dir den Unterschied. Eine von ihnen hat der Milchmagd gezeigt, wie man eine Kuh melken kann, ohne sie auch nur anzufassen. Jetzt hört die Kuh nicht mehr auf, Milch zu geben. Wir können gar nicht genug Eimer aufbringen. Außerdem hat die Milch alle Katzen der Umgebung angezogen. Einige von ihnen waren trächtig und haben ihre Jungen auf den Binsen in der Halle geworfen. Was glaubst du, wie es dort jetzt aussieht?“

„Ist das alles?“

„Nein, das ist nicht alles“, fuhr Maire sie bissig an. „Effa, diese Zauberin von Skye, sucht alles von oben bis unten nach dem Haar einer Jungfrau ab. Sie behauptet, es sei keines zu finden.“

„Ich finde, du solltest endlich damit aufhören, der Jungfräulichkeit einen so hohen Wert beizumessen. Du müsstest doch eigentlich aus eigener Erfahrung wissen, dass das fatale Folgen haben kann. Hast du einmal darüber nachgedacht, dass vielleicht niemand mehr Wert auf Jungfräulichkeit legen würde, müsste er sich dafür einen Fuß oder eine Hand abhacken?“

Maire ließ sich nicht beruhigen. „Toste und Vagn waren mit dieser jungen Zauberin aus Inverness auf den Bettfellen, und ich schwöre, wenn die Geschichten, die sie erzählen, wahr sind, dann hat sie ihnen einige *wirklich* verbotene Dinge beigebracht.“

„Was meinst du mit ‚verbotenen Dingen'? Nichts ist verboten, solange es beiden Spaß macht!“ entgegnete Branwen und betrachtete gelangweilt ihre Fingernägel. „Ein Mann kann in der Liebeskunst gar nicht genug lernen – und nebenbei gesagt, eine Frau auch nicht“, fügte sie hinzu und blickte Maire herausfordernd an.

Oh Gott! Rät sie mir wirklich, solche Sachen zu tun?

„Mindestens zehn Zauberinnen haben mir einen Liebestrank angeboten, um Rurik wieder auf meine Bettstatt zurückzubringen“, beklagte sich Maire.

„Und das ist schlimm?“ Branwen hob verwundert die Augenbrauen. „Wie mir scheint, brauchst du alle Hilfe, die du bekommen kannst, Mädchen.“

„Old John behauptet, dass jemand gestern Nacht ein Lieheselixier in den *uisge-beatha* getan hat, und dass deswegen alle Männer noch übermütiger und alle Frauen noch leidenschaftlicher waren.“

„Darüber beschwert sich doch sicher niemand.“

„Manche Zauberinnen machen Geschäfte. Sie verkaufen den Männern Gegenmittel, damit beim Lügen nicht die Männlichkeit schrumpft. Es ist eine Schande, und du kannst solch ein Tun doch nicht entschuldigen.“

„Du kannst es einer Zauberin aber nicht übel nehmen, dass sie versucht, sich den Lebensunterhalt zu verdienen. Es sind schwere Zeiten für Zauberinnen. Und wer sagt, dass die Mixturen vielleicht nicht doch helfen?“

„An allen Fenstern liegt die Asche von Ebereschen.“

„Das ist das beste Mittel, um den bösen Blick abzuwehren.“

Maire holte tief Luft und übte sich in Geduld. „Die Köchinnen schäumen vor Wut, weil so viele Kessel fehlen. Sie sagen, du hättest an ihrem Feuerplatz etwas gebraten, das wie ein Hund ausgesehen hat. Und in der Küche stinkt es jetzt bestialisch.“

„Ich?“ fragte Branwen unschuldig. Dann lachte sie. „Es war ein kleiner Rehbock, den ich gebraten habe. Ich brauchte das Herz und die Leber für eines meiner besonderen Heilmittel, nicht zu reden von den Ohren, den Augen und den Hoden.“

Maire stand mit offenem Mund da.

„Dein Problem, Liebes, sind nicht die Zauberinnen“, sagte Branwen liebevoll und tätschelte Maires Hand. „Es ist etwas anderes, das dir zu schaffen macht, nämlich seine Unleidlichkeit.“

„Seine Unleidlichkeit?“ Maire war immer noch verblüfft darüber, dass Branwen Tierhoden benötigte. Aber zu dieser letzten Behauptung fiel ihr nun gar nichts mehr ein.

„Ja, es ist eine bekannte Tatsache, dass Männer unleidlich

werden, wenn sie nicht genug bekommen von – nun, du weißt schon, vom Liebesspiel. Tatsächlich geht das bei manchen so weit, dass sie an einer bestimmten Stelle blau anlaufen." Sie warf Maire, die kein Wort herausbrachte, einen fragenden Blick zu. „Hast du ... ich meine, hast du dir diese Stelle bei ihm mal genauer angeschaut?"

„Wa...warum?" Augenblicklich bereute Maire ihre Frage.

„Ob sie blau ist."

„Ach, hör doch auf!" war alles, was Maire zur Antwort gab, bevor sie über den Burghof zum Übungsplatz stürmte. Es sah aus, als ob dort ihr Sohn – *ihr kleiner Sohn* – gerade im Begriff war, am Bogenschießen teilzunehmen. Heilige Jungfrau! Bei seiner Unerfahrenheit würde er womöglich das Ziel verfehlen und seine Katze treffen.

Und Rurik starrte sie an, als würde er am liebsten sie zum Ziel erklären.

Ziel wofür?

Rache?

Lust?

Liebe?

Maire war derart angespannt und aufgeregt, dass sich ihr ganzer Körper verkrampfte. Die Hände zu Fäusten geballt, so fest, dass die Haut über den Knöcheln ganz weiß wurde, eilte sie über den Burghof.

Bolthor stand neben Rurik, und beide blickten Maire entgegen, die auf sie zurannte.

„Ich weiß, woher deine Schwierigkeiten kommen, wenn du mich fragst."

„Hab ich dich etwa gefragt?"

„Du bist unbefriedigt."

„Wie bitte?" Rurik blickte seinen Freund ungläubig an. Sein Leben war dabei, auseinander zu fallen. Die Frau, die ihm etwas bedeutete, und der er vertraute, hatte ihn hintergangen. Er hatte einen Sohn, von dem er bis vor kurzem nichts ahnte. Überall waren Zauberinnen. Er verfehlte jedes Ziel heute, weil er sein Leben nicht in den Griff bekam, und Bolthor erzählte ihm, er sei unbefriedigt.

„Ja“, Bolthor nickte heftig. „Du musst mit ihr auf die Bettfelle. Das ist es, was du brauchst. Probleme zwischen Männern und Frauen löst man so am besten. Sonst wächst die Unzufriedenheit im Mann und macht ihn elend.“

Rurik starrte Bolthor an, dann schüttelte er den Kopf. Ganz Unrecht hatte Bolthor sicherlich nicht, doch so einfach, wie Bolthor sich das alles vorstellte, war das Ganze nun auch wieder nicht.

„Geh weg.“

Aber Bolthor ging nicht weg. Stattdessen verkündete er seinen neuesten Einfall: „Ich denke, ich werde eine Saga darüber dichten. Ich habe auch schon den Titel. ‚Rurik der Größere: Saga vom Wikinger mit blauer Männlichkeit.‘ Ich könnte beschreiben, wie die blaue Farbe dort mit der in deinem Gesicht zusammenpasst und dass es mit dieser Farbe irgendeine Bewandtnis haben muss. Was denkst du ...“

Rurik dachte gar nichts. Stattdessen holte er aus, um seinem Skalden einen Schlag zu versetzen. Bolthor duckte sich zwar im letzten Moment und entging so der vollen Wucht von Ruriks Faust, dennoch stürzte er zu Boden. Dort kugelte er sich herum und lachte wie ein Verrückter. Es war Rurik, der schließlich fortging, genau auf Maire zu, der er den ganzen Tag über aus dem Weg gegangen war.

Ob das Leben wohl noch schlimmer werden konnte, als es jetzt schon war?

„Du“, sagte Maire bestimmt und deutete dabei mit dem Zeigefinger auf Jamie, „du legst sofort Pfeil und Bogen aus der Hand, und dann gehst du hier weg, stell dich da rüber zu den anderen, hier auf dem Platz ist es viel zu gefährlich für dich!“

Jamie grummelte leise vor sich hin, tat aber, wie ihm befohlen, nur den Bogen, der so groß war wie er selbst, zog er verdrossen hinter sich her.

Dann drehte sich Maire zu Rurik um. „Und du, du kommst mit mir!“ sagte sie mit der gleichen Härte in der Stimme und winkte ihm mit dem Finger, ihr zu folgen. Sie schaute nicht zurück, ob er ihren Anweisungen genauso brav folgte, wie es Jamie getan hatte. Sie hoffte es. Inständig.

Maire hatte mehr als genug von dem Gefühlschaos, das in ihr tobte. Rauf und runter, hierhin und dorthin. *Er liebt mich, er liebt mich nicht. Ich liebe ihn, ich liebe ihn nicht. Was weiß denn ich? Er ist wütend auf mich. Nein, er ist verletzt. Er begehrt mich. Ach was, er will nur seine Rachegelüste befriedigen. Ich begehre ihn. Aber ich will nicht, dass er sich nur mit mir vergnügt – ich will mehr. Ich möchte, dass er bleibt. Ach was, soll er doch gehen!* Maire konnte einfach keine Antwort auf die Frage finden, was Rurik und sie eigentlich für einander empfanden.

Vielleicht war es tatsächlich an der Zeit, dass Rurik *Beinne Breagha* verließ, so wie es für die Zauberinnen an der Zeit war, zu gehen.

Der Gedanke, Rurik könnte fortgehen, betrübte sie zutiefst. Doch andererseits, wie sollte das mit ihm hier weitergehen? Maire hatte keine Ahnung, es hatte sich einfach zu viel getan in den letzten Tagen. Die MacNab waren besiegt – und dafür war sie Rurik dankbar –, ihr *und* Jamies Leben hatte eine grundlegende Änderung erfahren, aber auch der Clan musste nun neue Wege beschreiten, unter ihrer Führung, bis Jamie alt genug war, die Pflichten eines Laird zu übernehmen.

Maire würde mehr als genug zu tun haben in den nächsten Jahren – hätte sie da überhaupt noch Zeit und Muße, sich Rurik zu widmen? Und passte er denn überhaupt in ihr ganz normales Leben auf *Beinne Breagha*? Und wollte er das überhaupt? Das war es, was Maire von Rurik wissen wollte. Und darum hatte sie ihn aufgefordert, ihr zu einem Platz zu folgen, wo sie allein und ungestört waren.

Er holte sie bald ein, und sie gingen schweigend nebeneinander her. Es war kein unangenehmes Schweigen. Beide mussten mit ihren Gedanken allein sein, um die Worte zu finden, die sie einander gleich sagen wollten.

Zu Maires Erstaunen waren sie, ohne es zu bemerken, am Gerichtsstein angelangt, diesem großen, schaukelnden Felsbrocken, mit dem sie beide eine ganz besondere Erinnerung verband. Sie blickte Rurik an. Er blickte Maire an. Und dann schauten sie ganz schnell jeder in eine andere Richtung, damit ihre wahren Gefühle sie nicht überwältigten.

Rurik gab dem Stein mit dem Fuß einen Stoß und sah nachdenklich zu, wie er hin- und herschwankte. Dachte er daran, sie auf den Stein zu setzen, um ein Urteil zu erhalten? Konnte der Stein ungerechter sein als Rurik und sein hartes Urteil über ihr Vergehen?

Rurik wandte sich ab. Er ging zu einem Baum und lehnt sich an den Stamm, scheinbar entspannt, die Füße lässig gekreuzt. Doch sein düsterer Blick und seine zusammengepressten Lippen ließen erkennen, was wirklich in ihm vorging. Er wartete darauf, dass Maire zu sprechen anfing.

„Es tut mir Leid", sagte sie nur.

„Das hast du schon gesagt."

„Ich muss es noch einmal sagen."

„Wenn du meinst."

„Was sind deine Pläne?"

„Was für Pläne?"

Die, die mich betreffen. Die uns betreffen, schrie ihr Herz. Laut sagte sie aber: „Pläne bezüglich Jamie."

Rurik zuckte nur mit der Schulter.

„Bist du glücklich darüber, jetzt Vater zu sein?"

Er antwortete nicht sofort. Schließlich begann er zu sprechen, und Maire sah, wie er sich bemühte, seine Gefühle nicht zu zeigen. „Ja, ich bin glücklich darüber, Jamies Vater zu sein. Er ist ein großartiger Junge, trotz – nun, er ist ein großartiger Junge. Aber ich bin nicht glücklich darüber, fünf Jahre seines Lebens nicht miterlebt zu haben."

„Oh Rurik! Wie hätte das denn gehen sollen? Selbst wenn ich es dir gesagt hätte, ich war damals verheiratet. Und ich habe Kenneth niemals die Wahrheit über Jamie erzählt. Das hätte alles nur noch schlimmer gemacht. Und außerdem – sei ehrlich. Ich habe dir doch damals überhaupt nichts bedeutet, und ein Kind – ein Kind wäre dir nur lästig gewesen."

Er schüttelte den Kopf. „Ich hätte es dennoch gerne gewusst. Selbst wenn ich keinen Platz in seinem Leben hatte, so hätte ich doch ein Recht darauf gehabt, von seinem Leben zumindest zu wissen. Und ich hätte mich um sein Wohlergehen gekümmert, wenn auch nur aus der Ferne."

Maire konnte Ruriks Gefühle durchaus verstehen. Auch deshalb fragte sie: „Was wirst du jetzt tun?"

„Wie meinst du das?"

Ich meine, was geschieht mit mir? Was geschieht mit uns? „Gehst du zurück nach Norwegen? Bleibst du in den Highlands ..."

„Ich kann nicht hier bleiben. Ich muss auf die Hebriden, weil ... nun ... dort ... ich habe dort etwas zu erledigen."

Maire fühlte, wie Angst in ihr hochstieg und ihr die Kehle zuschnürte. Das Herz wurde ihr so schwer, als laste darauf der Felsbrocken, neben dem sie standen.

„Du willst dir also nicht noch ein wenig Zeit nehmen, um deinen Sohn besser kennen zu lernen?" stieß sie mühsam hervor.

„Vielleicht könnte er ja – vielleicht könnte ich –, nun, ich könnte ihn ja mitnehmen, wenn ..."

Doch noch bevor Rurik den Satz vollendet hatte, antwortete ihm Maire bereits: „Nein, das geht nicht!"

„Nicht für immer", beschwichtigte er sie mit sanfter Stimme. „Nur für eine kurze Zeit."

„Nein!" wiederholte sie eisern und fügte dann hinzu: „Es geht nicht, ich kann nicht weg von hier, noch nicht einmal für kurze Zeit."

Rurik errötete verlegen.

Maire schaute ihn fragend an. Da erkannte sie die bittere Wahrheit. Rurik hatte gar nicht an sie gedacht. Es war ihm überhaupt nicht in den Sinn gekommen, sie mitzunehmen. Es war ihm nur um Jamie gegangen – und nur von ihm hatte er gesprochen. Oh, mein Gott! schoss es ihr durch den Kopf, doch dann riss sie sich zusammen.

„Nein, Rurik, du wirst mir meinen Sohn nicht wegnehmen", erklärte sie entschlossen. „Du glaubst doch nicht im Ernst, dass ich das erlaube."

„Auch nicht, wenn es zum Wohle Jamies wäre?"

„Was ist so gut daran, wenn man einem Kind die Mutter nimmt?"

„Schon immer wurden kleine Jungen als Ziehkinder auf andere Burgen geschickt."

„Nicht mein Junge!"

„Vielleicht sollte man diese Entscheidung dem Jungen überlassen. Frag ihn, Maire. Frag ihn, was er will."

„Ich treffe die Entscheidung, ich allein."

„Nein, da irrst du dich. Es ist auch meine Entscheidung. Ich bin sein Vater."

„Du hast Branwen erzählt, dass du gar nicht fähig bist, jemanden zu lieben."

„Branwen redet zu viel."

„Und Jamie ist erst fünf Jahre alt. Er braucht Liebe."

„Die bekommt er", antwortete Rurik mit fester Stimme.

„Von dir? Du bist also doch fähig, zu lieben? Zumindest ihn? Und das schon nach so kurzer Zeit?"

Oh, es war noch schlimmer, als Maire befürchtete hatte. Wenn Rurik den Jungen wirklich liebte, dann würde er ihn nie allein in ihrer Obhut zurücklassen wollen. Niemals. „Rurik", flehte sie ihn an, „es würde mich umbringen, meinen Sohn zu verlieren."

Rurik löste sich von dem Baumstamm, von dem er sich die ganze Zeit nicht einmal fortbewegt hatte, und wandte sich zum Gehen. Als er an ihr vorbei auf den Pfad zuging, der zur Burg zurückführte, streifte er sie unabsichtlich, und dabei sagte er leise, kaum wahrnehmbar für Maire: „So wie du mich umbringst."

„Verführe ihn."

„Was?" Maire fuhr erschrocken zusammen. Branwen war lautlos hinter ihr aufgetaucht, während sie von einem Hügel aus auf eines der ‚Lochs' hinter *Beinne Breagha* hinabschaute. Dort schwamm Rurik. Er war allein und durchpflügte das Wasser, als säße ihm ein Dämon im Nacken – oder eine Magierin.

„Du hast doch gehört, was ich gesagt habe. Verführe ihn. Es wäre ja nicht das erste Mal."

Maire errötete bei dem Gedanken, Branwen könnte vielleicht wissen, auf welche Weise sie vor gar nicht so langer Zeit Rurik verführt hatte. Aber das konnte sie unmöglich wissen. Oder doch? „Wozu sollte das gut sein? Ein paar Mal miteinander auf den Bettfellen zu liegen genügt nicht, um unsere Schwierigkeiten zu bewältigen."

Branwen verdrehte ärgerlich die Augen. „Für eine Zauberin bist du manchmal wirklich sehr töricht. Ihn zu verführen kann dir die Tür zu seinem Herzen einen Spaltbreit öffnen, und das ist alles, was du brauchst. Bedenke, eine offene Tür ist eine offene Tür, ob sie nun einen Spaltbreit oder sperrangelweit offen steht."

Maire wusste, dass Branwen nur ihr Bestes im Sinn hatte, aber würde es ihr wirklich gelingen, Rurik noch einmal zu verführen? Die Sache mit der Goldkette war ihr damals einfach so eingefallen – doch wie sollte sie es dieses Mal machen? Sie kannte keine Tricks.

„Du brauchst keine Tricks, Maire", meinte Branwen, gerade so, als habe sie Maires Gedanken gelesen. „Nur dich selbst."

Maire wollte ihrer alten Freundin noch mehr Fragen stellen, aber Branwen war auf einmal wieder verschwunden. So drehte Maire sich um und blickte erneut auf das ‚Loch' und den schwimmenden Rurik. Ohne lange zu überlegen, machte sie sich auf den Weg, hinunter zum Ufer. „Ich kann nicht glauben, dass ich das wirklich tue. Ich glaube es einfach nicht", murmelte sie immer wieder vor sich hin, während sie sich dem Wasser näherte.

Rurik traute seinen Augen nicht.

Maire war dabei, vorsichtig ins flache Wasser des ‚Lochs' zu waten, und bis auf den Bernsteinschmuck um ihren Hals war sie nackt wie am Tag ihrer Geburt. Ihr Haar trug sie zu einem dicken Zopf geflochten, der ihr über den Rücken hing. Sie fröstelte und tauchte unter. Als sie dann wie eine rothaarige Wassernymphe wieder auftauchte, schenkte sie ihm noch nicht einmal einen Blick. Dennoch schwamm sie mit kräftigen Zügen direkt auf ihn zu.

Rurik überlegte, was er tun sollte – zum Ufer zurück? Doch von dort kam Maire ihm entgegen. Weiter in den See hinausschwimmen? Oder die Stellung behaupten? Rurik entschloss sich für Letzteres, richtete sich im hüfthohen Wasser auf und wartete. Einige Augenblicke später war Maire bei ihm angelangt und schlug nun mit den Armen um sich wie ein kleines Kind, das gerade schwimmen lernt, so dass ihm das Wasser ins Gesicht spritzte.

Rurik fand das nicht lustig.

„Was willst du hier, Maire?" fragte er grimmig.

Sie stand leicht schwankend vor ihm und strich sich ein paar nasse Strähnen aus dem Gesicht. Als sie nach Luft rang, hob und senkte sich ihr Busen, umschmeichelt von kleinen Wellen, die sich an ihm brachen. Glitzernde Tropfen liefen von ihrem Hals herab, glitten über den Bernsteinanhänger ihrer Kette und verschwanden dann in dem verführerischen Spalt zwischen ihren Brüsten. Rurik bemühte sich, nicht hinzusehen.

„Ich bin gekommen, um dich zu verführen“, beantwortete sie endlich seine Frage, an die Rurik sich schon nicht mehr erinnern konnte.

Er war fest entschlossen, sich nicht verführen zu lassen.

„Warum?“ fragte er, und irgendwie klang diese Frage ziemlich einfältig.

Maire blinzelte Rurik unter nassen Wimpern hervor an. Ihre Lippen zitterten leise, als wüsste sie nicht, was sie antworten sollte. Und das Wasser rann immer noch über ihre Brüste.

Rurik war entschlossen, ihren aufreizenden Blick gar nicht wahrzunehmen und auch nicht den zitternden Mund, selbst wenn er feucht schimmerte und zum Küssen einlud. Und er wollte auch ganz bestimmt keinen Blick mehr auf ihre von Nässe glänzenden Brüste werfen.

„Weil ich es so will“, erklärte sie stolz. „Ich will dich verführen, denn das scheint der einzige Weg zu sein, diese Mauer, die du um dich errichtet hast, zu durchbrechen. Weil mir alles so Leid tut und ich es wieder gutmachen will. Weil es für Eltern eines kleinen Jungen nicht richtig ist, so zerstritten zu sein. Weil ich Angst habe, du könntest plötzlich weggehen, und dass das hier die letzte Gelegenheit ist, dich zu ... zu ... mit dir zu ... dass wir uns ...“

Rurik wollte es gar nicht hören. Er war immer noch fest entschlossen, sie nicht zu ... zu ... nicht mit ihr zu ... sich nicht von ihr verführen zu lassen.

Doch was sollte er nun tun, was sollte er ihr jetzt sagen? Er war hin- und hergerissen. Da war immer noch diese Wut in ihm über Maires Verhalten, der Wunsch, sich dafür an ihr zu rächen, und gleichzeitig verspürte er eine tiefe Sehnsucht nach ihr und große Lust, sich von ihr verführen zu lassen. Ganz zu schweigen von seiner Männlichkeit, die für sich schon längst eine Entscheidung getroffen hatte. Zum Glück stand Rurik zu tief im Wasser, als dass Maire es hätte bemerken können.

Maire wartete immer noch auf eine Antwort von ihm. Ihre

grünen Augen füllten sich mit Tränen. Doch Rurik stand immer noch da und sagte kein Wort. Da wirbelte sie plötzlich herum und strebte entschlossen wieder dem Ufer zu.

„Nein, halt, Maire, komm zurück – es ist alles gut", rief Rurik hinter ihr her. Er wusste nicht, warum er das tat. Die Worte waren ihm einfach so in den Sinn gekommen, und er musste sich eingestehen, dass er sich jetzt, da er sie gesagt hatte, besser fühlte. Als wäre eine schwere Last von seiner Seele gefallen.

Maire drehte sich um und wartete auf ihn.

Rurik wollte ihr etwas Nettes sagen, es fiel ihm aber nichts ein. Da entschloss er sich, einfach zu handeln. Er tauchte unter und schwamm zu ihr hin. Bei ihr angelangt, umschlang er mit den Armen ihre Schenkel und zog Maire zu sich hinab.

Zusammen tauchten sie wieder auf, die Beine ineinander verflochten, die Arme fest um die Schultern des anderen geschlungen, ihre Lippen vereint.

Dann standen sie atemlos voreinander und starrten sich schweigend an, voller Angst, ein einziges Wort könnte erneut all die ungelösten Fragen zu einem Wall zwischen ihnen auftürmen. Maires Hand lag noch immer auf seiner Schulter, während seine Hand auf ihrer Hüfte ruhte. Maires feste Brüste hoben und senkten sich. Er betrachtete ihre Knospen, die sich hoch aufgerichtet hatten und hart gegen seine Brust drängten.

Er hätte sich zu gerne eingeredet, dass ihn dieser Anblick völlig kalt ließ, aber das wäre eine Lüge gewesen. Und Rurik wollte nicht das Schicksal eines lügenden Wikingers erleiden, schon gar nicht in diesem Augenblick.

„Schling deine Beine um meine Hüften", drängte er sie mit rauer Stimme.

Wortlos tat Maire, was er wollte, und Rurik umfasste ihre Schenkel und drang in sie ein. „Du bist so unglaublich eng, und du heißt mich so liebevoll willkommen", flüsterte er Maire ins Ohr.

„Und du bist wie heißer Marmor", wisperte sie zurück. „Wie kannst du so heiß sein, wo das Wasser doch so kalt ist."

„Du machst mich so heiß, Liebste.“ Rurik wusste nicht, wieso er das jetzt sagte. Bis vor kurzem hatte er sie doch noch gehasst. Zumindest hatte er das geglaubt. Er sah, wie Maire sich freute. Mit einem leisen Seufzer murmelte sie: „Liebster ...“ Rurik musste sich verwundert eingestehen, dass es ihm ausnehmend gut gefiel, dieses zärtliche Wort aus ihrem Mund zu hören. Dann zeigte er Maire, wie sie sich bewegen sollte, und bei Thor, sie lernte schnell. Rurik bedeckte ihre Augen und Wangen mit Küssen, seine Hand suchte ihre Brüste und liebkoste ihre Knospen, und brennendes Verlangen stieg in ihm auf. Maire öffnete ihre Lippen begierig nach den seinen, und bald vollführten ihre Zungen einen wilden, leidenschaftlichen Tanz. Dann fasste er Maire bei den Hüften und hob ihren Körper ein wenig an, küsste ihren Hals und strich mit den Lippen über ihren Busen. Seine Zunge spielte mit den harten Knospen ihrer Brüste, und Rurik wünschte, dass diese fast unerträgliche Lust, die er verspürte, ihn auf ewig martern möge.

Beide verloren sich in einem wilden Taumel der Sinne, und Rurik glaubte, alles Leben würde aus ihm weichen. Und als endlich die Erlösung kam, warf er den Kopf in den Nacken und schrie laut auf.

Maire klammerte sich erschöpft an ihn. Er stand ganz still im Wasser. Sie hatte das Gesicht an seinen Hals geschmiegt, während er sie fest umschlungen hielt. Zärtlich küsste er ihr Haar. Was war nur geschehen?

Er war verführt worden, richtig verführt worden, und das auch noch in einer beschämend kurzen Zeit. Das war geschehen.

Eigentlich müsste ich jetzt wütend sein, dachte er.

Doch stattdessen lächelte er.

„Rurik“, sagte Maire leise und lehnte sich etwas zurück, um ihm besser ins Gesicht blicken zu können. „Du hast dich nicht rechtzeitig zurückgezogen. Glaubst du, dass ich dadurch, dass wir hier im Wasser stehen, kein Kind empfangen werde? Wäscht das Wasser alles fort?“ Maire war blutrot im Gesicht vor Verlegenheit, aber sie musste diese Frage stellen, sie war wichtig – auch wenn sie für ihn soeben ganz offensichtlich überhaupt nicht wichtig gewesen war.

„Ich habe keine Ahnung“, bekannte er. „Vielleicht werde ich später einen großen Schreck bekommen, wenn ich darüber nachdenke, aber im Augenblick kümmert es mich nicht. Ich möchte viel lieber wissen, was *Lanze* als Nächstes vorhat.“ Er zwinkerte ihr vergnügt zu.

Maire lachte ungeniert und fröhlich. „Zeig mir, was er vorhat“, erwiderte sie keck.

„Sofort.“ Rurik war im Begriff, es ihr zu zeigen, als er ein seltsames Geräusch vernahm. Es hörte sich an, als würde ein Hund bellen.

Mit Maire in den Armen wirbelte er herum und fiel vor Schreck beinahe ins Wasser. Da war wirklich ein Hund. Ein Hund, der mit heraushängender Zunge schnell auf Rurik zugeschwommen kam.

„Das ist Beast, mein Lieblingshund“, erklärte er Maire fassungslos.

„Aber wie kann das sein? Ist er denn nicht in Northumbria bei ...“

Beide schauten zum Ufer hin. Der Anblick, der sich ihnen bot, ließ sie entsetzt aufstöhnen. Eine große Menge fein gekleideter Leute hatte sich dort versammelt. Sie standen beieinander oder saßen hoch zu Ross: Tykir, Eirik, Selik und ihre Frauen Alinor, Eadyth und Rain und eine ganze Schar Kinder, außerdem etliche Schotten und Ruriks Waffenbrüder Bolthor, Stigand, Vagn und Toste samt Jostein.

Rurik spürte, dass *Lanze* jetzt nichts mehr vorhatte. Und Maire verschwand entsetzt bis zum Hals im Wasser.

„Tu etwas“, befahl sie ihm, als wäre all das seine Schuld.

Rurik tat das Einzige, was ihm einfiel.

Er winkte.

Rurik saß mit Tykir, Eirik und Selik an einem Tisch in der großen Halle und trank *uisge-beatha*. Seine Freunde fanden, dass dieses Getränk ein Geschenk der Götter sei, und beschlossen, einige Fässer davon mitzunehmen nach Northumbria beziehungsweise Norwegen. Ruriks fünf Wikingerfreunde saßen etwas weiter weg und sprachen ebenfalls dem Göttertrank zu. Jostein saß selbstbewusst zwischen ihnen, war es ihm doch gelungen, Ruriks Auftrag erfolgreich auszuführen und Tykir, Eirik und Selik zusammen mit einer Schar von fünfzig Kriegern hierher zu bringen. Dass diese nun nicht mehr benötigt wurden, war schließlich eine ganz andere Sache. Die Krieger lagerten außerhalb der Burg am Bergabhang und waren dort ganz zufrieden, besonders nachdem auch sie ihre Ration *uisge-beatha* bekommen hatten.

Eadyth hatte zusammen mit Nessa die Burg verlassen, um einige Bienenstöcke zu begutachten. Eiriks Frau war Expertin, was Bienen betraf, und verkaufte ihre Erzeugnisse auf dem Markt in Norvik. Dazu gehörte auch der beste Met der Welt, wie sie stolz behauptete. Und sie hatte Recht.

Alinor, Tykirs sommersprossige, rothaarige Gattin, war mit einem von Maires Webern zu einer nahe gelegenen Hütte gegangen und begutachtete dort die Webstühle. Sie wusste von Mustern, die man hier noch nicht kannte, und zweifellos würde sie sich auch noch die Schafe anschauen. Alinor hielt sich für allwissend, was Schafe und Wolle anging, und vielleicht war sie es auch.

Rain, eine bekannte Heilerin und die Frau von Selik, war in die Küche gerufen worden, wo sich einige von Maires Clansleuten eingefunden hatten, um sich von ihr behandeln zu lassen.

Und Beast, der Verräter, lief vor allem Rose hinterher. Und das, wo Eirik sich gerade bei Rurik darüber beschwert hatte, dass Beast so fürchterlich wählerisch wäre, denn er hatte es schlicht abgelehnt, Rachel, Eiriks Wolfshündin, zu decken. Wählerisch, hah! So konnte man das eigentlich nicht nennen, wenn man sah, welch eine Vorliebe Beast auf einmal für Rose, diese hässliche Katze, entdeckte.

Doch Maire war eine noch viel schlimmere Verräterin. Sie hatte es ihm allein überlassen, seinen Freunden einen angemessenen Empfang zu bereiten. Wahrscheinlich versteckte sie sich irgendwo mit dem Vorsatz, erst wieder zu erscheinen, wenn alle gegangen waren. Aber so leicht wollte Rurik es ihr nicht machen.

Er war es gewesen, der als Erster aus dem ‚Loch' gestiegen war, splitternackt – zum Vergnügen aller. Sie hatte im Wasser gewartet, bis er ihr etwas zum Anziehen brachte. Und dann hat er die ganze Meute zur Burg zurückgeschickt, damit sie nicht unter den Augen so vieler Leute aus dem Wasser steigen und triefnass nach Hause laufen musste. Und wie hatte sie es ihm gedankt? Indem sie sich irgendwo in der Burg versteckte und ihn dem Spott seiner alten Freunde aussetzte. Denn die hatten natürlich nichts Besseres zu tun, als sich über ihn lustig zu machen.

Und über die vielen Zauberinnen, die immer noch überall ihr Unwesen trieben.

„In meinem ganzen Leben habe ich noch nie so viele Zauberinnen auf einem Haufen gesehen", erklärte Eirik verwundert, der sich erhoben hatte und durch die offene Tür beobachtete, wie sich ein halbes Dutzend Magierinnen im Burghof zu einem weiteren Tanz versammelte. „Ich habe auch noch nie zuvor bei Zauberritualen zugesehen." Er sank wieder auf seinen Sitz zurück und starrte Rurik erstaunt an.

„Leben sie alle hier auf der Burg? Sind sie hier geboren?" fragte Selik genauso verblüfft. „Gehören die alle dir? Oder hast du etwas an dir, das sie anzieht, so wie die eine, die dich gezeichnet hat?"

„Nein, das sind nicht meine persönlichen Zauberinnen. Sie sind wegen Maire hier", erklärte er und runzelte ärgerlich die Stirn.

„Maire hat diese vielen Zauberinnen herbeigerufen?" Jetzt

war es Tykir, der sprach, und man hörte ihm an, dass er Maire für ziemlich verrückt hielt. Rurik selbst hatte sie oft genug für verrückt gehalten, doch er mochte es nicht, wenn andere das taten. Darum verteidigte er sie, indem er bemerkte: „Es war ein Missgeschick. Eigentlich wollte sie nur eine Zauberin hierher locken, Branwen, ihre alte Lehrmeisterin. Aber mit dem Zauberspruch stimmte etwas nicht, und es kamen alle Zauberinnen von Schottland." Rurik merkte sofort, dass seine Erklärung nicht sehr überzeugend klang.

„Ein Zauberspruch? Und mit dem stimmte etwas nicht? Ist denn Maire wirklich eine Zauberin?"

Er hätte wissen müssen, dass Tykir dieses Thema nicht so einfach fallen lassen würde.

„Ja, sie ist eine Zauberin. Aber keine sehr gute. Und bevor du weiterfragst, ja, ich habe mit ihr auf den Bettfellen gelegen und nein, sie hat keine weiteren Körperteile blau gefärbt."

Alle zogen erstaunt die Augenbrauen hoch bei dieser ungewöhnlich genauen Erklärung, die ihnen Rurik da gab.

„Aber dieses eine blaue Zeichen, das hast du immer noch", stellte Eirik fest und versuchte dabei noch nicht einmal, sich das Lachen zu verkneifen.

Ruriks einzige Antwort darauf war ein ungehaltenes Seufzen.

„Und du trägst jetzt einen Namen oder, Rurik *Campbell?*" fragte Tykir mit einem teuflischen Grinsen. Weit und breit gab es niemanden, der so gemein grinsen konnte wie Tykir. Und was hat der Name Campbell überhaupt mit dem blauen Mal zu tun, fragte sich Rurik. Er vermutete, dass seine alten Freunde von einem unangenehmen Thema zum anderen sprangen, um ihn dabei zu beobachten, wie er langsam die Fassung verlor. Er selbst hatte diese Taktik oft genug mit ihnen zusammen gegen andere angewandt.

„Wie konntest du, ein grimmiger Wikinger, nur zu einem Schotten werden?"

„Ich habe dir doch gesagt, dass das ein Missverständnis war", zischte Rurik. „Ich bin kein Schotte geworden."

„Ich vermute, du wirst jetzt Haggis essen", seufzte Tykir, „und Dudelsack spielen."

„Nein, ich habe immer noch keinen Appetit auf Haggis. Und außerdem ist es Bolthor, der den Dudelsack zu seiner Lieblingswaffe erkoren hat."

„Bei Odin!" füsterte Tykir leise, damit der Skalde seine Worte nicht hören konnte, „Bolthor spielt Dudelsack *und* trägt seine Sagas vor?"

Rurik nickte, und jetzt war es an ihm, Schadenfreude zu zeigen. „Und ich gebe dir mein Wort darauf, wenn ihr im Winter wieder in Dragonstead sein werdet, wird er das alles auch für dich tun."

Tykir sah aus, als habe ihn eine Streitaxt getroffen.

„Aber du hast jetzt einen Sohn", stellte Eirik fest, der immer noch auf Ruriks Ernennung zum Mitglied des Campbell-Clans herumritt. „Und der wird eines Tages ein schottischer Laird sein."

„Stimmt, aber auch wenn ich der Vater eines schottischen Jungen bin, so macht mich das noch lange nicht zum Schotten. Ach, wozu das alles! Ihr glaubt ja doch nur das, was ihr wollt."

„Rurik hat Recht." Zu seiner Überraschung kam ihm Bolthor zu Hilfe. „Er wurde nicht wegen Klein Jamie zu Rurik Campbell. Er wurde zu einem Campbell ernannt, weil er ihr Held ist."

Rurik stöhnte laut auf. Er wusste im Voraus, was Bolthor jetzt sagen würde. Alle anderen anscheinend auch, den sie grinsten von einem Ohr zum anderen.

„Dies ist die Saga von Rurik dem Größeren", hob Bolthor an.

„Hey", widersprach Tykir.

„Wenn du dir keine Schwierigkeiten einhandeln willst, dann

halte jetzt lieber den Mund“, riet Rurik ihm mit gedämpfter Stimme.

Doch Tykir dachte nicht daran. „Ich denke, ich war immer derjenige, der ‚der Große‘ genannt wurde. Erinnere dich, Bolthor, du sagtest immer ‚Das ist die Saga von Tykir dem Großen‘.“

Rurik schob seinen Becher beiseite und legte den Kopf auf den Tisch. Er wünschte, er könnte jetzt einschlafen und erst aufwachen, wenn der ganze Albtraum vorüber wäre.

„Oh ja, da hast du Recht, Tykir“, erklärte Bolthor, „doch im Überschwang meiner Bewunderung gab ich diesen Titel einmal versehentlich auch Rurik. Natürlich erinnerte er mich sofort daran, dass dieser Name allein dir gebührt. Und so haben wir seinen Titel in ‚der Größere‘ umgeändert.“

„Aber nicht, als er das ein oder andere nette Spielchen verlernt hatte“, warf Toste kichernd ein. „Damals war er nicht der Größere!“

„Welche Spielchen?“ fragten Tykir, Eirik und Selik wie aus einem Munde.

Rurik presste die Stirn gegen die Holzplatte und stöhnte.

„Nun, er hatte vergessen, wie man eine Frau auf den Bettfellen zum Orgasmus bringt. Aber keine Angst“, erzählte Toste munter weiter, „es scheint ihm wieder eingefallen zu sein.“

Tykir beugte sich zu Rurik hinunter und flüsterte ihm ins Ohr: „Bedeutet ‚Orgasmus‘ das, was ich vermute?“

„Ja. Und ich schwöre dir, Tykir, wenn du deinen Skalden nicht wieder mit zu dir nach Hause nimmst, dann werde ich dafür sorgen, dass du nie mehr einer Frau zeigen kannst, was ein Orgasmus ist.“

Tykir und alle anderen am Tisch brachen in ein brüllendes Gelächter aus.

Zu Ruriks Verdruss ließ sich Bolthor wieder einmal durch nichts davon abhalten, seine neueste Saga vorzutragen. Rurik wurde schamrot, doch das konnte zum Glück niemand sehen. Sie hätten einen neuen Grund gehabt, ihn zu ärgern, und Bolthors nächste Saga über einen errötenden Wikinger wäre der Nachwelt sicher gewesen.

Es war einmal ein Wikinger, ein Krieger,
der liebte den ruhmreichen Krieg.
Doch kam er nach Schottland, und
dort erkannten die Leute,
dass er mehr war,
mehr als ein Krieger.
Er war ein Held
Durch und durch.
Und das ist es, warum man ihn jetzt
Rurik den Schottischen Wikinger nennt.

Wie immer, nachdem Bolthor eine Saga vorgetragen hatte, schwiegen alle verblüfft. Endlich räusperte sich Tykir und bemerkte dann: „Du hast deine Dichtkunst verfeinert, Bolthor."

Bolthor nickte, fügte dann jedoch, wie er meinte, bescheiden hinzu: „Ich muss dir aber auch sagen, Tykir, dass Rurik mir viel mehr Anlässe zum Dichten gegeben hat als du. Da sind die Sagas ‚Rurik der Eitle', ‚Der Wikinger, der die netten Spielchen verlernte', ‚Rurik der Blinde Wikinger', ‚Rurik der Schottische Wikinger', ‚Wikinger, die ihrer Männlichkeit Namen geben' und noch viele andere."

Rurik hatte sein Gesicht immer noch zwischen seinen Armen vergraben, doch nun drehte er den Kopf langsam zur Seite und öffnete vorsichtig ein Auge. Er hatte es geahnt. Alle starrten ihn mit offenem Mund ungläubig an. Es musste schon eine Menge geschehen, um einen Wikinger aus der Fassung zu bringen. Rurik war es gelungen. Doch er war nicht sehr stolz auf diese Heldentat.

„Natürlich habe ich auch schon darüber nachgedacht, dass ich einige meiner zukünftigen Sagas Toste und Vagn widmen könnte", fuhr Bolthor fort.

Wenn er angedroht hätte, die beiden zu entmannen, wären die Zwillinge nicht entsetzter gewesen.

„Oh, ich sehe all die *Zwillingsmöglichkeiten*. ‚Liebe mit einer listigen Zauberin', ‚Wikinger mit einzigartigen Begabungen', ‚Was Zwillinge auf den Bettfellen tun können, andere aber nicht'."

Jetzt war Rurik an der Reihe, vergnügt zu lachen. Vielleicht gab es nun ja doch noch Hoffnung für ihn. Vielleicht stürzte sich Bolthor auf die Zwillinge und widmete sein weiteres dichterisches Werk ihren Abenteuern.

In diesem Augenblick legte Selik nachdenklich den Kopf zur Seite und fragte in die Runde: „Warum haben alle Männer hier rotes Garn um ihre Mittel- oder Zeigefinger gewickelt?"

„Nun, diese Frage kann ich dir beantworten", bot Stigand an, der bis jetzt geschwiegen hatte.

Rurik stand hastig auf. Er wollte die Antwort nicht hören, die Stigand jetzt sicher lang und breit geben würde. Er würde einen noch größeren Narren darstellen.

„Wo gehst du hin?" fragte Eirik mit einem spöttischen Lächeln.

„Ich muss mal raus."

In Wirklichkeit dachte er daran, dass er gerne wüsste, wo Maire sich versteckt hielt, und dass er sich noch lieber bei ihr verkriechen würde. Wenigstens für einen Tag, oder besser für alle kommenden Tage.

Tykir war ihm nach draußen gefolgt. Das war kein gutes Zeichen. Und es war auch kein gutes Zeichen, dass Tykir so ernst dreinschaute, wo ihm doch sonst immer der Schalk aus den Augen blitzte.

„Ich mache mir Sorgen um dich, Rurik", sagte Tyrik rundheraus.

„Warum?"

„Du bist nicht du selbst."

Ha, das war noch untertrieben! „Es wird einige Zeit brauchen, bis ich mich an den Gedanken gewöhnt haben werde, Vater zu sein, das ist alles."

Tykir lächelte. „Vater sein ist etwas Wunderbares, oder nicht?"

Rurik lächelte zurück. „Ja, das ist es. Ich habe nie daran gedacht, Vater zu werden. Es hat mich auch nicht danach verlangt, mein Blut zu erhalten. Aber jetzt ertappe ich mich dabei, dass ich auf die närrischste Art zu lächeln beginne, wenn ich das Kind nur erblicke."

Tykir nickte verständnisvoll. Dann brachte er das Thema zur Sprache, das Rurik hatte vermeiden wollen. „Und Maire?"

„Was ist mit Maire?"

„Liebst du sie?"

Rurik weigerte sich zu antworten. Doch er war nicht absichtlich unhöflich. Um die Wahrheit zu sagen, er wusste keine Antwort darauf.

Und er fühlte sich ausgesprochen unbehaglich, als Tykir lauthals zu lachen begann.

„Ich weiß nicht, was daran so komisch ist, dass ich mich möglicherweise in eine schottische Zauberin verliebt habe."

Er blickte seinen Freund an, der ihm in vielem so sehr ähnelte. „Nun gut, du hast Recht", gab er zu. „Es ist in der Tat eher komisch. Ein Streich, den mir die Götter spielen. Der größte Spaß in einer ganzen Reihe von Späßen, die sie sich schon mein ganzes Leben lang auf meine Kosten machen."

Tykir schüttelte den Kopf. Freudentränen schimmerten in seinen Augen. „Andererseits, vielleicht ist es ja auch ein *Geschenk* der Götter."

Auf den Gedanken war Rurik noch gar nicht gekommen.

18. KAPITEL

Es war Abend, und Maires Clan feierte jetzt ein anderes Fest, ein Fest zu Ehren seiner Gäste. Zum Glück war eine Menge Essen von der Nacht zuvor übrig geblieben.

Rurik saß an Maires Seite. Seine reich bestickte Kleidung wäre eines Prinzen würdig gewesen, und auch Maire trug ein sehr kleidsames Gewand, einen alten *arisaid* aus weicher, smaragdgrüner Wolle und mit Goldborten besetzt, der noch von ihrer Hochzeit stammte. Dennoch, Maire kam nicht umhin, insgeheim festzustellen, dass Rurik einfach besser aussah als sie, und darüber ärgerte sie sich. Seit dem alles andere als geplanten Bad im ‚Loch' heute Nachmittag hatte sich ihr Haar in eine unbezähmbare Flut roter Locken verwandelt, und es war ihr nicht gelungen, eine Frisur zu Stande zu bringen.

Tykir, Ruriks Freund aus dem Nordland, hatte sich einige Zeit zuvor die Freiheit genommen und leicht an einer von Maires Locken gezogen. Dann hatte er belustigt beobachtet, wie sich die Haarsträhne, nachdem er sie losgelassen hatte, sofort wieder zusammenkringelte. Er warf einen Blick auf das rote Haar seiner Frau, dann wieder auf Maire. „Noch eine rothaarige Göttin", bemerkte er dann vergnügt zu Rurik.

Doch Rurik war da anderer Meinung und murmelte so etwas wie: „Rothaarige Frauen sind eine Plage, die die Götter den Männern geschickt haben."

Maire stieß ihm mit aller Kraft den Ellbogen in die Rippen, doch das ließ ihn völlig kalt. Er schien nicht nur dickköpfig, sondern auch dickhäutig zu sein.

Ruriks Freunde jedoch fanden Maires Rippenstoß ganz offensichtlich erheiternd, denn sie grinsten fröhlich zu ihr hinüber.

Sie aber hätte Rurik den Hals umdrehen mögen. Nicht nur, weil er sie gezwungen hatte, hier zu erscheinen, sondern weil er hier mit ihr am Tisch saß, so als herrschte zwischen ihnen nichts als Frieden und Eintracht, wo er doch genauso gut wusste wie sie, dass genau das Gegenteil der Fall war. Oh ja, sie hatte ihn im See verführt, aber damit waren natürlich ihre Probleme noch längst nicht gelöst.

Eigentlich hätte sie dieses Fest in vollen Zügen genießen müssen. Sie fand Ruriks Freunde überaus angenehm. Sie waren höflich, zuvorkommend und warmherzig, und sie besaßen eine ansteckende Fröhlichkeit.

Sogar das ältere Paar, Selik und Rain, die schon fast fünfzig Winter gesehen hatten, waren noch voller Tatendrang, und ihr Aussehen erfreute das Auge. Rain, die, wie man sagte, in Britannien eine sehr berühmte Heilerin war, war von der gleichen hohen Gestalt wie ihr Mann, und beide waren sie blond, wenn man auch in Rains Haaren schon einige graue Strähnchen bemerken konnte. Sie hatten vier ihrer Kinder mitgebracht, die zwischen zehn und siebzehn Winter gesehen hatten. Insgesamt hatten sie acht Kinder, dazu noch einige Pflegekinder, und alle lebten sie zusammen in einem Haus außerhalb der Handelsstadt Jorvik in Northumbria. Dort nahmen sich jetzt eine junge Frau, Adela, und Ubbi, ein älterer Mann, der Zurückgebliebenen an.

Rain hatte Maire bereits beiseite genommen und gefragt, ob einige ihrer älteren männlichen Pflegekinder auf *Beinne Breagha* vielleicht Arbeit finden könnten. Und Maire war ganz begeistert von diesem Ansinnen, hatten in den letzten Jahren doch so viele ihrer eigenen Männer in den Kriegen und Fehden mit den MacNab ihr Leben gelassen. Der Clan der Campbell konnte junge, kräftige Burschen nur zu gut gebrauchen.

Dann war da der dunkle, gut aussehende Eirik, Lord of Ravenshire in Northumbria, der fast vierzig Winter gesehen haben musste. Er sah nicht ganz so gut aus wie Rurik, aber dem kam sowieso keiner gleich. Eirik war halb Wikinger, halb Angelsachse und hatte seine Frau Eadyth bei sich, die schönste Frau, die Maire je gesehen hatte. Sie hatte silberblondes Haar und dunkle, fast violette Augen. Sie trug einen seidenen Schleier, den sie mit einem goldenen Haarreif auf ihrem Kopf befestigt hatte, und obwohl sie schon Mitte dreißig war, zeigte ihre cremeweiße Haut keinerlei Anzeichen der Alterung. Das Paar hatte Eadyths unehelichen sechzehnjährigen Sohn John bei sich, und dieser brachte bereits alle schottischen Mädchen im näheren und weiteren Umkreis dazu, für ihn zu schwärmen. John war natürlich von Eirik an Kindes Statt angenommen worden, schließlich hatte er selbst zwei uneheliche Töchter, die siebzehnjährige Larise und die fünfzehnjährige Emma. Wie es schien, waren John und Jostein bereits dicke Freunde geworden, und beide hatten ein Auge auf zwei von Seliks und Rains Töchtern geworfen. Außer diesen drei Kindern hatten Eirik und Eadyth noch die vier mitgebracht, die sie zusammen hatten, alles Jungen, und alle ungestüm und ungebärdig wie junge Pferde. Für Jamie war die Anwesenheit dieser ganzen jungen Gesellschaft ein ganz außerordentliches Ereignis. Und wenn man all ihr Maunzen und Japsen als ein gutes Zeichen nahm, dann unterhielten sich auch Beast und Rose ausgezeichnet.

Maire wunderte sich darüber, dass ein so edles Paar wie Eirik und Eadyth offen zugab, dass einige ihrer Kinder unehelich waren. Und sie war genauso erstaunt, als sie erfuhr, dass Eadyth eine erfolgreiche Geschäftsfrau war, die Erzeugnisse aus ihrer Bienenhaltung, Met, Honigwaben und Stundenkerzen, auf dem Markt von Jorvik verkaufte.

Endlich war da noch Tykir, Eiriks Halbbruder und Ruriks allerbester Freund. Oh, was war das für ein gerissener, schlitzäugiger Bursche, obwohl er noch gar nicht so alt war. Er mochte so um die dreißig Winter gesehen haben. Genauso eitel wie Rurik, hatte er sein Haar nur auf einer Seite geflochten, damit man den aus Silber gefertigten Blitz, der an seinem Ohr baumelte, besser sehen konnte.

Ständig tändelte er mit seiner rothaarigen, sommersprossigen Frau, die noch keine dreißig Jahre alt war, oder starrte sie voller Bewunderung an. Das hieß, wenn er sie nicht gerade in ihr hübsches Hinterteil kniff, oder sie ihn in das seinige. Alinor hatte ihren zappelnden zweijährigen Sohn auf dem Schoß und war schon wieder schwanger. Sie würde diesen Winter niederkommen.

Die Finger der drei Freunde von Rurik waren dick mit einem roten Faden umwickelt. Als Alinor nach dem Sinn dieser neuen Mode fragte, erklärte Tykir es ihr ganz unverblümt. Sie schlug ihm auf die Schulter und schimpfte: „Und was hast du für Lügen erzählt, du Narr?“

„Es ist nur eine Vorsichtsmaßnahme, Frau“, kicherte er vergnügt.

Eadyth hatte lächelnd das Fadenknäuel am Finger ihres Mannes betrachtet und bemerkte: „Findest du nicht, dass du da ein bisschen übertrieben hast?“

„Ganz im Gegenteil“, widersprach Eirik.

Alinor wandte sich jetzt an Rurik. „Wirst du in zwei Tagen mit uns gehen? Tykir und ich haben vor, einige Wochen in Greycote und dann in Ravenshire zu verbringen, bevor wir dann für den Winter wieder nach Norwegen zurückkehren. Wir würden uns über deine Begleitung freuen.“

„Damit du mich die ganze Zeit über necken kannst? Ich bin überzeugt, dass das dein liebster Zeitvertreib ist“, erwiderte Rurik trocken.

Alinor streckte Rurik die Zunge heraus, was Maire unmöglich fand. Was für ein Benehmen für eine so hoch gestellte Frau! Rurik und Tyrik aber lachten nur darüber, und Alinors Sohn Tork war so begeistert davon, dass er es sofort nachmachte.

„Nein, Alinor, ich danke dir für die Einladung“, fügte er dann hinzu, „aber ich werde Schottland noch nicht verlassen. Zumindest noch nicht so schnell.“

Maire blieb fast das Herz stehen. Was sagte er da? Wollte er nun doch noch bleiben? Etwa wegen Jamie? Oder hatten ihre Verführungskünste doch etwas bei ihm bewirkt? Gab es für sie beide also doch eine gemeinsame Zukunft? Oder war es nur ein kleiner Aufschub, der ihr gewährt wurde?

Maire lehnte sich vor, um einen Blick auf Ruriks Gesicht zu werfen. Dabei rutschte der Bernsteinanhänger aus dem Ausschnitt ihres Gewandes.

Er zog sofort den Blick Alinors auf sich. „Du lieber Himmel! Das Brautgeschenk!“ Kichernd wandte sie sich Rurik zu und drohte ihm scherzhaft mit dem Finger. „Du Schuft, du! Du hast uns nicht erzählt, dass dieses kostbare Stück, von dem du sagtest, es sei ein Brautgeschenk, für eine schottische Zauberin bestimmt war.“

Rurik gab einen erstickten Laut von sich und wurde blass. „Alinor, halt deine Zunge im Zaum!“

Doch jetzt mischte sich Tykir ein. „Aber ich dachte, den Anhänger sollte Theta bekommen. Ihr wolltet doch heiraten. Sie verlangte doch nur noch von dir, dass du zuvor dieses blaue Mal entfernen lässt. Und du hattest doch auch schon Land auf den Hebriden ...“ Tykir sprach immer langsamer. Und als er endlich die Lage begriffen hatte, brach er mitten im Satz ab und sagte kein Wort mehr.

Doch es war schon zu spät. Maire hatte verstanden. Kalter Schweiß stand ihr auf der Stirn, und etwas schnürte ihr die Kehle zu. Tief verletzt blickte sie Rurik an. Der große Krieger sah so schuldbewusst aus wie die Sünde persönlich. „Maire, ich kann dir das erklären ...“

Erklären? Was gab es da noch zu erklären? Rurik ist einer anderen Frau versprochen. Er gab mir einen Halsschmuck, der für seine Braut bestimmt war. Ich bin die törichste, bemitleidenswerteste Frau in ganz Schottland. Nein, in der ganzen Welt.

„Oh mein Gott!“ sagte Alinor. „Rurik, du hast doch nicht etwa? Sag mir, dass du so etwas Dummes nicht getan hast.“

Maires Entsetzen war jetzt einer großen Wut gewichen. Sie sprang auf und riss sich die Kette vom Hals. Empört warf sie den Schmuck vor Rurik auf den Tisch. „Ich erwarte, dass du noch vor dem Morgen verschwunden bist“, verkündete sie mit eisiger Stimme.

„Jetzt warte doch eine Minute“, entgegnete Rurik hilflos.

„Ich hasse dich“, schrie Maire. Sie kochte vor Wut, und ihre Worte fielen wie schwere Felsbrocken auf Rurik nieder.

„Du kannst mich gar nicht hassen. Du hast mir gesagt, dass du mich liebst.“

Alle Frauen am Tisch riefen wie aus einem Munde: „Hat sie das gesagt?“ So, als wäre das von großer Wichtigkeit.

„Ich nehme es zurück“, stieß Maire zwischen zusammengebissenen Zähnen hervor.

„Das geht nicht. Du kannst nicht einmal sagen, dass du mich liebst, und dann wieder, dass du mich nicht liebst, und das alles in zwei Tagen. Du liebst mich, das ist nun mal so.“

„Du bist das gefühlloseste, lüsternste, verräterischste, dämlichste zweibeinige Tier, das jemals auf Erden lebte, und du machst mich rasend vor Wut.“

„Komm zur Sache.“

„Ooooh! Und wie ich zur Sache komme, du Holzklotz.“ Maire ergriff einen Becher voll *uisge-beatha* und schüttete ihn Rurik ins Gesicht.

Dann schritt sie stolz aus der Halle, in der es ganz still geworden war. Doch als Maire ihre Kammer erreicht hatte, sank sie zu Boden und weinte bitterlich um all das, was sie soeben verloren hatte.

Den ganzen Abend und den ganzen nächsten Morgen hämmerte Rurik an Maires Tür, aber sie weigerte sich, aufzumachen. Er konnte ihr Weinen hören. Es brach ihm fast das Herz, und seine eigenen Augen füllten sich mit Tränen.

„Ich kann dir alles erklären. Wirklich“, beteuerte er zuerst.

Dann meinte er: „Alinor und Eadyth haben Recht. Ich bin ein abscheulicher, hirnloser Tölpel.“

Ein anderes Mal sagte er: „Ich möchte, dass du den Halsschmuck bekommst. Er war für dich bestimmt. Ich habe ihn immer dir geben wollen, nicht Theta.“

„Was Theta betrifft", versuchte Rurik zu erklären, „ich habe sie nie geliebt. Und ich war auch nie wirklich verliebt in sie. Aber alle meine Freunde hatten sich Frauen genommen und haben sich häuslich niedergelassen, und es schien mir richtig, das Gleiche zu tun. Doch ich hatte meine Entscheidung schon lange, bevor ich nach Schottland gekommen bin, bereut."

„Ich habe alle Zauberinnen nach Hause geschickt", setzte er sie am Vormittag in Kenntnis. „Ich bin damit ein großes persönliches Wagnis eingegangen, möchte ich hinzufügen. Einige von ihnen haben schlimme Zaubersprüche über mich ausgesprochen. Aber ich habe ihnen gesagt, ich hätte meine eigene Zauberin, die dafür sorgen würde, dass die Sprüche wirkungslos blieben. Ich meinte dich damit, nicht Branwen. Die hat sich übrigens geweigert, zu gehen. Sie hört nicht auf, über mich zu lachen, dieses merkwürdige Lachen, das sich anhört, wie das Gackern eines Huhns. Was glaubst du, warum sie das tut? Ich denke, sie hat den bösen Blick auf mich geworfen."

„Jamie fängt jetzt damit an, mich ständig zu treten. Außerdem hat er mir Schnecken in meinen Morgentrunk getan. Am besten wäre es vielleicht, du kommst raus und redest ihm mal ordentlich ins Gewissen, Maire. Ach ja, heute Morgen gab es übrigens kein Bier, alle mussten Milch trinken. Die Kuh hört nicht auf, Milch zu geben, und einige der Katzen sehen schon aus, als wären sie kurz vorm Platzen. Wer hat je davon gehört, dass ein Wikinger Milch trinkt? Bolthor hat schon eine Saga darüber gedichtet."

„Ich bin hungrig, aber in der Küche will mir keiner etwas zu essen geben. Bist du nicht hungrig, Maire? Ich werde bis auf die Knochen abmagern, und was hast du dann davon? Schließlich werde ich noch freiwillig den übrig gebliebenen Haggis aufessen. Hahaha."

Immer und immer wieder kam er und trug die unterschiedlichsten Bitten und Klagen vor.

„Ich bin einsam. Niemand will mit mir sprechen, noch nicht

einmal Stigand oder Bolthor oder Toste oder Vagn oder Jostein. Bolthor arbeitet an einer neuen Saga, zusätzlich zu der von der Milch. Sie heißt: ‚Rurik, der dämliche Wikinger'. Was hältst du davon?"

„Rate mal, was geschehen ist. Jemand hat endlich doch mit mir gesprochen. Stigand. Und du würdest nicht glauben, wie der jetzt aussieht. Er ist glatt rasiert, und sein Haar ist geschnitten. Ich schwöre dir, er sieht wirklich gut aus. Natürlich nicht so gut wie ich, aber besser als die meisten. Und das ist noch nicht einmal das Unglaublichste. Stigand hat sich verliebt. In Nessa. Sie werden heiraten und sich hier in den Highlands niederlassen. Denkst du, dass du bis dahin herauskommen wirst?"

Ein anderes Mal: „Antworte mir, Zauberin, oder ich befehle Bolthor, vor deiner Tür Dudelsack zu spielen."

Dann: „*Lanze* vermisst dich."

„Wenn du nicht bald herauskommst, werde ich mit der Goldkette spielen. Ganz allein."

„Mir ist langweilig. Wenn du nicht herauskommst, muss ich mich wohl mal umhören, wo gerade ein Krieg stattfindet. Dann gehe ich kämpfen – irgendeine Beschäftigung braucht jeder Mensch."

„Es wird dir noch Leid tun."

Immer und immer wieder wanderte Rurik die Treppen hinauf und hinunter und den Gang entlang zu Maires Gemach. Denn kaum hatte er sich von ihrer Tür wegbegeben, um sich zu überlegen, was er sonst noch tun könnte, um Maire umzustimmen, drängte es ihn auch schon wieder dorthin zurück, wenn auch genauso ratlos wie zuvor.

Old John, der einmal an ihm vorbeiging, meinte: „Eine zerbrochene Glocke braucht man nicht zu flicken." Als ihn Rurik mit gerunzelter Stirn fragend anblickte, erklärte er ihm den Spruch: „Manche Dinge kann man nicht wieder zusammenfügen."

Rurik weigerte sich, das zu glauben. Auch nicht, als selbst Nessa unkte: „All dein Gerede stößt nur auf taube Ohren."

Endlich hatte Alinor Mitleid mit ihm und nahm ihn beiseite. Eigentlich war sie eher eine aufdringliche Frau, aber auch eine kluge. Es schien, als gäbe es Dinge, die nur sie wusste, und von denen ein einfacher Mann wie er keine Ahnung hatte – diesen Eindruck hatte Rurik zumindest schon öfter gehabt. Das hieß aber nicht, dass er das ihr gegenüber jemals auch nur mit einem einzigen Wort zugegeben hätte. „Ich habe die Antwort“, verkündete sie ohne Umschweife. „Sag ihr, dass du sie liebst.“

„Ist das alles? Das also ist dein Rat? Na großartig! Nebenbei gesagt, ich glaube, du hast noch mehr Sommersprossen bekommen, seit ich Dragenstead verlassen habe. Man nennt sie übrigens auch Teufelsspucke, habe ich gehört. Und? Hat dich der Teufel erst kürzlich angespuckt? Autsch! Warum hast du mich jetzt geschlagen?“

„Tu es“, befahl sie ihm. Alinor hatte die Fäuste in die Hüften gestemmt, und mit dem dicken Bauch, der sie aussehen ließ, als habe sie einen kleinen Felsen verschluckt, glich sie einem schwangeren Zankteufel, der sie auch war.

„Was sollen diese Anspielungen von dir und Tykir, dass ich in Maire verliebt sei?“

„Tykir hat dir auch gesagt, du seist in Maire verliebt?“ Sie zog erstaunt die roten Augenbrauen hoch. Dann strahlte sie über das ganze Gesicht. „Nun, dann ist ja alles klar. Wenn selbst Tykir das sagt, dann musst du in sie verliebt sein.“

„Nein, das hat er so nicht gesagt, ich meinte ... er meinte ... er hat gesagt ... wir haben so gar nicht darüber geredet. Es war nur, dass er ... Bei Thor, wo läufst du denn jetzt hin?“

„Eadyth, Rain, kommt schnell“, rief Alinor laut, während sie den Gang hinunterlief. „Ich habe gerade herausgefunden, dass Rurik verliebt ist. Mir müssen eine Heirat vorbereiten. Sagt in der Küche, sie sollen Haggis machen. Sagt den Männern, sie sollen losgehen und ein Wildschwein schießen. Und beauftragt Bolthor, er soll eine Hochzeitssaga dichten. Und sagt dieser Zauberin, dieser Branwen, sie soll einen Zauber auf diese verdammte Kammertür legen und sie verschwinden lassen." Rurik presste verzweifelt seine Stirn an Maires Tür und flehte: „Du musst herauskommen. Hier geschehen entsetzliche Dinge."

Es war später Nachmittag, als das Klopfen wieder begann.

Maire blickte von ihrer Stickerei auf, an der sie all die Zeit emsig gearbeitet hatte, und fragte sich, mit welchen seltsamen Einfällen Rurik jetzt wohl wieder kommen würde, um sie zu bewegen, ihn einzulassen.

Aber dieses Mal war es nicht Rurik.

„Maire, lass uns bitte ein. Ich bin's, Alinor."

„Und Eadyth."

„Und Rain."

Wollte sie wirklich von noch mehr Menschen belästigt werden, die glaubten zu wissen, was gut für sie wäre? Auf der anderen Seite, konnte sie ihre Gäste so einfach da draußen vor der Tür stehen lassen, sie derart vor den Kopf stoßen?

„Kommt herein", rief sie.

Die drei Frauen schlüpften herein und schauten Maire verblüfft an, weil die Tür gar nicht verschlossen gewesen war.

„Ich habe sie diesen Morgen aufgeschlossen, als ich nach unten ging und aus der Küche etwas zu essen stibitzte."

Alinor schmunzelte. „Aber Rurik hast du davon nichts gesagt?"

„Natürlich nicht."

„Oooh, ich glaube, ich beginne sie zu mögen", verkündete Alinor vergnügt den anderen Frauen, „Sie wird Rurik sooo gut tun."

Eadyth und Rain lächelten wissend.

„Ich sage es euch geradeheraus, wenn ihr gekommen seid, um für Rurik zu bitten, dann vergesst es."

„Würden wir das je tun?" Alle drei legten die Hand aufs Herz, um ihre Unschuld zu beteuern. „Der Einfaltspinsel verdient dich nicht", sagte ihre Sprecherin Alinor.

Nun, das stimmte. Rurik verdiente sie wirklich nicht, aber Maire war sich nicht sicher, ob sie es nun gut fand, dass ausgerechnet Alinor dies aussprach. Außerdem widerstrebte es ihr auch, dass Tykirs Frau Rurik einen Einfaltspinsel nannte. Dennoch sagte sie mit fester Stimme: „Ich möchte mit diesem Mann nichts zu tun haben."

„Das kann ich verstehen", sagte Eadyth. „Wie konnte er nur so gefühllos sein."

„Gefühllos? Grausam!" fügte Rain hinzu.

„Und dickköpfig dazu!" bemerkte Alinor.

Die Frauen bildeten einen Kreis um Maire und begutachteten ihre Stickerei.

„Oh, Maire, das ist bezaubernd!" rief Rain aus und strich liebevoll über den Stoff.

„Ich wünschte, ich könnte so geschickt mit der Nadel umgehen", seufzte Eadyth. „Aber meine Begabung liegt mehr im Umgang mit den Bienen. Leider kein so feines oder so weibliches Talent."

Maire wollte protestieren, denn sie hatte von dem wunderbaren Honig und Met gehört, die Eadyth herstellte und verkaufte, gar nicht zu reden von ihren ungewöhnlichen Stundenkerzen. Aber bevor sie noch ein Wort sagen konnte, hatte Rain schon das Wort ergriffen. „Ich bin eine gute Heilerin, es gibt niemanden, der das bestreitet. Aber so vieles in meinem Leben hat mit Tod und Trauer zu tun. Ich habe mir immer gewünscht, auch einmal etwas so Schönes schaffen zu können." Voll Bedauern seufzte sie laut auf und fragte dann: „Sind das Rurik, Jamie und du? Was für eine wunderbare Familie ihr sein werdet."

Maire war fast fertig mit dem Wandbehang, und es war nicht zu verkennen, dass die männliche Figur Rurik war. Sie hätte sie gar nicht anders darstellen können. Aber eine Familie? Nein, das würden sie wohl niemals sein. Aus irgendeinem Grund hatte sie das Bedürfnis verspürt, die Arbeit zu vollenden. Es war wie ein Ritual, das sie abhalten musste, um etwas, was in ihrem wirklichen Leben bereits hinter ihr lag, auch innerlich zu einem Abschluss zu bringen. Danach würde der Wandbehang sie nur noch daran erinnern, dass sie sich allzu lange irgendwelchen närrischen Vorstellungen hingegeben hatte, die im Grunde nie etwas mit der Wirklichkeit zu tun hatten.

„Du musst einmal nach Dragonstead kommen. Am besten im Frühling oder im Sommer, wenn es dort am schönsten ist. Und dann machst du einen Wandbehang für mich, von der Gegend dort, mit unserem Heim, das auch Tykir so sehr liebt", drängte Alinor.

„Oh, wirklich, ich weiß überhaupt nicht, wann ich ...", versuchte Maire zu erwidern, doch da unterbrach Eadyth sie.

„Oh Alinor! Das ist eine wunderbare Idee! Wie schaffst du es nur immer, sofort in die richtige Richtung zu denken? Mein Gehirn arbeitet da nicht so schnell. Ja, Maire, ich möchte, dass du auch auf Ravenshire einen Wandbehang machst mit Eirik und mir und unserer ganzen Familie. Wären das zu viele Figuren für dich?" Eadyth tippte sich nachdenklich mit den Fingerspitzen ans Kinn und fuhr, ohne Maires Antwort abzuwarten, fort: „Vielleicht könntest du im Frühjahr nach Dragonstead gehen und dann im Herbst nach Ravenshire kommen." Sie drehte sich zu Maire um, die völlig verblüfft war von diesem Ansinnen. Verstanden denn diese drei nicht, dass sie keine Verbindung mehr zu ihnen haben würde, wenn sie erst einmal Schottland verlassen hatten? Weil nämlich Rurik keine Verbindung mehr zu ihr haben würde, außer durch Jamie.

Heilige Maria, sie merkte, dass sie Kopfschmerzen bekam von alledem. „Oh, ich könnte das nicht tun", sagte Maire. „Ich habe hier auf *Beinne Breagha* viel zu viel zu tun. Der Wandbehang ist nur eine Spielerei. Ich habe wichtigere Dinge zu tun, als mich mit solch einer Nichtigkeit zu beschäftigen."

„Nichtigkeit!" riefen alle drei Frauen wie aus einem Munde. Rain klopfte ihr auf die Schulter. „Es ist keine Nichtigkeit, so etwas Schönes zu schaffen."

„Das hat Rurik auch gesagt.“

„Hat er das?“ Alinor hielt den Kopf leicht geneigt, so als müsse sie über ein schwieriges Problem nachdenken. „Vielleicht hat der Einfaltspinsel doch tief drinnen einen guten Kern.“

„Ich habe die einzig richtige Antwort gefunden“, verkündete Rain.

Maire hatte bis jetzt noch gar nicht bemerkt, dass da eine Frage im Raum stand, die einer Antwort harrte.

„Rurik und Maire werden nach ihrer Heirat hier in den Highlands allein überwintern wollen.“

Maire schnappte nach Luft. „Es wird keine Heirat geben. Zumindest nicht zwischen Rurik und mir.“

„Wenn aber der Frühling kommt, können sie eine Reise nach Norwegen machen, und ...“

„Es wird keine Heirat geben.“

„... wenn der Sommer kommt, werden sie in Ravenshire ankommen. Und dann ...“

„Es wird keine Heirat geben.“

„... im Herbst wird Maire in Jorvik sein, um meinen Wandbehang zu machen, bevor sie nach Schottland zurückreisen.“

Alle drei Frauen klatschten zufrieden in die Hände, als hätten sie soeben Maires Schicksal besiegelt. Maire konnte das einfach nicht erlauben. Sie stand jäh auf, so dass sie fast ihren Hocker umwarf. Mit über der Brust verschränkten Armen erklärte sie so bestimmt, wie sie nur konnte: „Es wird keine Heirat geben. Ein für alle Male: Ich werde diesen widerlichen Flegel nicht heiraten. Ich würde ihn noch nicht mal heiraten, wenn er der letzte Mann auf Erden wäre. Mehr habe ich dazu nicht zu sagen.“

„Wirklich?“ erkundigte sich Eadyth. „Nun gut, ich kann das verstehen. Er ist wirklich ein widerlicher Flegel.“

„Aber alle Männer sind hin und wieder widerliche Flegel“, gab Rain zu bedenken.

„Das ist wahr. Das ist wahr“, stimmte ihr Alinor zu. „Ich erinnere mich an die Zeit, als Tykir noch glaubte, er könnte mich mit Federn für sich gewinnen."

„Federn?" platzte Maire heraus.

Alinor verdrehte die Augen. „Ja, auf den Bettfellen."

Maire verschluckte sich beinahe bei dieser Vorstellung.

„Natürlich war das, nachdem der Dummkopf mich entführt und dem norwegischen König ausgeliefert hatte. Er glaubte damals nämlich, ich sei eine Zauberin und habe die Männlichkeit des Königs verflucht, so dass sie sich jetzt rechts herum kringelte." Sie schmunzelte, als sie am Ende dieser ausgiebigen Beschreibung einer der Heldentaten ihres Mannes angelangt war.

Und diesmal verschluckte sich Maire wirklich.

Eadyth lachte auf eine Art und Weise, die verriet, dass sie noch mehr solcher Geschichten kannte und dass sie alle wirklich sehr unterhaltsam waren.

„Er ist auch nicht schlimmer als mein Eirik. Er wollte die ersten Wochen nicht zu mir auf die Bettstatt kommen, da er fälschlicherweise dachte, ich sei ein altes Weib. Kannst du dir das vorstellen? Erzähl mir was über die Torheit der Männer!"

Auf Rains Gesicht erschien ein wehmütiger Ausdruck, so, als sei sie in Erinnerungen versunken. „Ich bin noch nicht so alt, dass ich mich nicht mehr an die Zeit erinnern könnte, als Selik ein Waisenhaus für mich errichtete, nur um mich zurückzugewinnen. Der Tor! Er hatte noch nicht einmal gefragt, ob ich überhaupt Lust hatte, ein halbes Dutzend heimatloser Kinder aufzunehmen! Nein, er baute einfach drauflos."

Maire kniff misstrauisch die Augen zusammen. Ihr wurde plötzlich klar, dass diese drei Frauen die ganze Zeit über versuchten, sie durch ihre kleinen Geschichten zu beeinflussen.

„Ich werde Rurik nicht heiraten", versicherte sie.

„Bestimmt nicht", sagten die drei. In der Zwischenzeit hatten sie begonnen, mit Hilfe von Garn, Maires Schultern, Oberkörper, Taille, Hüften, Unterschenkel und Arme zu vermessen.

„Was macht ihr da?"

Die Frauen warfen sich rasch einen schuldbewussten Blick zu, beteuerten aber wie aus einem Mund: „Nichts." Maire hörte jedoch, wie Alinor den anderen zuflüsterte: „Die gleiche Größe wie ich. Nur ein bisschen mehr in der Taille."

Dann schauten sie wieder mit großen unschuldigen Augen Maire an.

„Es wird keine Hochzeit geben", wiederholte diese mit Nachdruck.

Ohne etwas zu erwidern, winkte Alinor Maire fröhlich zu, rauschte mit den beiden anderen aus dem Gemach, und Maire war wieder allein. Nachdenklich schloss sie die Tür. Hasste sie Rurik wirklich? Hielt sie sein Vergehen für unentschuldbar? Hatte sie sich nicht auch gegen ihn versündigt, weil sie Jamies Geburt so lange vor ihm geheim gehalten hatte? Hatte ihr Rurik dieses Unrecht vergeben? War sie etwa weniger bereit zu verzeihen?

Maire seufzte verzagt. Diese ganze Fragerei, dieses Erforschen ihrer eigenen Gefühle und der von Rurik führte letztendlich ja doch zu nichts. Denn schließlich war dieser Mann einer anderen Frau anverlobt.

„Hei, ich schlage dir einen Handel vor."

Rurik hatte die letzte Stunde missmutig vor seinem Becher *uisge-beatha* gesessen und war wirklich nicht in der Stimmung, sich schon wieder von der alten Zauberin verspotten zu lassen. Aber da Branwen die Einzige war, die in dieser ganzen verdammten Burg überhaupt noch mit ihm sprach, forderte er sie mit einer Handbewegung auf, ihm gegenüber Platz zu nehmen.

Die Zauberin sah heute besonders alt und hager aus. Wahrscheinlich hatte sie einen ihrer eigenen scheußlichen Zaubertränke genossen. Als er ihr etwas zu trinken anbot, winkte sie ab, ließ sich ächzend auf der Bank nieder und kam gleich zur Sache.

„Ich habe die Runensteine befragt und bin zu der Erkenntnis gekommen, dass du für Maire nicht gut bist."

„Hah! Nicht nur du, auch der Rest der Welt meint das! Was ist daran so neu?"

„Spotten hilft dir nicht weiter, mein Junge." Sie blickte ihn eindringlich an, so eindringlich, dass Rurik begann, sich unwohl zu fühlen, und unruhig hin- und herrutschte. „Wenn du dir darüber Sorgen machst, ob du ein weiteres Kind gezeugt hast, dann zerbrich dir nicht länger den Kopf. Was das betrifft, so hast du keinen Grund, noch länger hier zu bleiben."

„Was?"

„Dein Samen ist nicht aufgegangen. Maire trägt kein Kind von dir, nachdem du sie im Wasser des ‚Lochs' geliebt hast. Du bist frei."

Maire war also nicht schwanger. Er fragte sich noch nicht einmal, wieso Branwen das wissen konnte, dazu noch nach so kurzer Zeit. Denn Rurik wunderte sich über gar nichts mehr und schon gar nicht mehr über die verschiedenen Talente der alten Zauberin. Eigentlich hätte er nun erleichtert darüber sein sollen, dass Maire kein Kind erwartete, seltsamerweise war er es aber nicht.

„Geh, Branwen. Ich bin nicht in der Stimmung für deine Zauberkunststücke."

„Bist du in der Stimmung, das blaue Zeichen loszuwerden?"

Rurik war schlagartig wie umgewandelt. Er richtete sich auf und fragte sofort: „Kannst du das Zeichen entfernen?"

„Ich kann – wenn ich will."

„Und was bringt dich dazu, es zu wollen?" Rurik hatte das unangenehme Gefühl, dass ihm die Antwort nicht gefallen würde.

„Ein Handel. Du willigst ein, Schottland zu verlassen. Allein. Und ich erlöse dich von dem Mal."

Er hatte Recht gehabt. Er mochte die Antwort ganz und gar nicht. „Verabscheust du mich so sehr?"

„Ich verabscheue dich ganz und gar nicht. Um die Wahrheit zu sagen, ich mag dich eigentlich. Aber du wärst kein guter Mann für Maire."

Jetzt war Rurik gekränkt. Er war sich selbst nicht sehr sicher, ob er ein guter Ehemann sein würde, aber diesem alten Weib stand es jedenfalls nicht zu, ihm das zu sagen. Er funkelte sie wütend an.

„Fahr nicht gleich aus der Haut“, wies ihn Branwen zurecht. „Maire braucht in ihrem Leben einen Menschen, auf den sie sich verlassen kann. Jemanden, der sesshaft ist. Der für sie und den Jungen da ist, nicht nur in der Gefahr, sondern auch im Alltag. Und das ist dann kein sehr aufregendes Leben, oder? Zumindest nicht so aufregend, wie auf Wikingerfahrt zu gehen.“

Da war sich Rurik nicht so sicher. Abenteuer lockten ihn nicht mehr so wie in früheren Zeiten. Und während seines kurzen Aufenthaltes auf *Beinne Breagha* hatte er durchaus Gefallen gefunden an einem ruhigeren Leben. Nun ja, so ruhig war es schließlich auch nicht gewesen, und so fragte sich Rurik sogleich, ob ihn das Leben hier mit der Zeit nicht vielleicht doch eher langweilen würde. Nein. Wenn er sich an das Bild auf Maires Wandbehang erinnerte und an das Gefühl, das ihn durchströmte, als er es das erste Mal betrachtete, dann wusste er, dass er keine Langeweile befürchten musste.

„Und ein Mann, der zur Liebe nicht fähig ist – nun, wie sollte Maire mit ihm zusammenleben?“

„Liebe, Liebe, Liebe! Ich kann das Wort bald nicht mehr hören. Du sagst, ich sei zur Liebe nicht fähig. Die anderen behaupten, ich sei in Maire verliebt.“

Branwen, erstaunt über diese wütende Antwort, zog die Augenbrauen hoch. „Wer hat das behauptet?“

„Tykir, Alinor, Eilik, Selik, Jamie – jeder!“

Branwen strahlte Rurik an, so als hätte er soeben die richtige Antwort gegeben, dabei wusste er noch nicht einmal, wie die Frage geheißen hatte.

„Lass uns den Handel abschließen, Bursche“, sagte Branwen und ergriff seine Hand. „Wie sehr hasst du das blaue Mal?“

„Über alles.“

„Wirst du Schottland verlassen, wenn du dafür das Mal verlierst?"

Er zögerte keinen Moment. Mit einen Ruck entriss er ihr seine Hand. „Nein!"

„Nein?"

„Nein!" Rurik verschwendete keinen Gedanken daran, was diese Antwort für ihn bedeutete. Er wusste nur, dass er nicht bereit war, Maire gegen ein makelloses Gesicht einzutauschen, und das war es, was Branwen ihm anbot. Er glaubte nicht, dass er tatsächlich in *Beinne Breagha* bleiben würde, aber niemand sollte jemals über ihn sagen können, dass er für seine Eitelkeit seine Rechtschaffenheit hingegeben hätte.

Die Zauberin erhob sich, und ein verstohlenes Lächeln spielte um ihre Lippen. Rurik hatte nicht erwartet, sie so zufrieden zu sehen. „Ich hoffe, du weißt, was das alles bedeutet. Du hast dir soeben selbst den Weg zur Lösung deines Problems eröffnet."

Was für einen Weg? Was für ein Problem? Rurik grübelte über den verborgenen Sinn von Branwens Worten nach. Und dann hellte sich seine finstere Miene auf, und er verstand endlich, was Branwen angedeutet hatte. Wie konnte er nur etwas so Einfaches übersehen!

Er blickte zu Branwen auf, die ihm zunickte. „Für einen Wikinger ist er gar nicht so dumm, wie ich geglaubt habe", murmelte sie im Weggehen.

Rurik beschloss, sein Problem nun endlich zu lösen, und zwar so, wie alle Wikingermänner ihre Probleme lösten, mit brutaler Gewalt.

Maire hatte einmal angedeutet, dass sie sich einen Ritter in glänzender Rüstung wünschte. Nun gut, den konnte sie jetzt haben. Der einzige Nachteil war nur, dass die alte Rüstung, die er im Wachraum gefunden hatte, alles andere als glänzend war. In Wirklichkeit war sie ein ziemlich verrostetes altes Ding.

Aber was machte das schon. Es kam ihm vor, als würde er sich seit einer Ewigkeit das erste Mal wieder richtig gut fühlen. Als ein Krieger war er es gewohnt, zur Tat zu schreiten und nicht einfach nur dazusitzen und darauf zu warten, dass etwas geschah. Und außerdem war ihm sein andauerndes Jammern und Flehen selbst zuwider.

Ja, brutale Gewalt war jetzt die beste Vorgehensweise. Überhaupt, hatten Männer nicht schon immer ihre Konflikte mit Frauen auf ähnliche Art und Weise erfolgreich gelöst?

Rurik schulterte Stigands Streitaxt und ging mit langen Schritten über den Burghof und durch die große Halle. Wer hatte ahnen können, dass das verdammte Ding so schwer war!

Rurik war in bester Laune, jetzt, nachdem er endlich herausgefunden hatte, wie er diesen dummen Streit mit Maire beenden konnte. Es machte ihm noch nicht einmal etwas aus, dass die Menschen ihm verblüfft nachstarrten, als er klirrend und scheppernd an ihnen vorbeimarschierte.

Da stellte Jamie sich ihm in den Weg. Der Kleine machte ein Gesicht, als würde er gleich in Tränen ausbrechen, und er ähnelte so gar nicht dem fröhlichen Wildfang, der er sonst war.

Rurik beugte sich zu dem Jungen hinunter und schlug sich dabei um Haaresbreite selber die Axt an den Kopf. Sich in einer Rüstung zu bücken ist gar nicht so einfach, fand er, bemüht, sein Gleichgewicht nicht zu verlieren. Endlich gelang es ihm, die mächtige Axt fest auf den Boden zu stellen.

Jamie stand mit hängendem Kopf vor ihm. Rurik fasste dem Kind unters Kinn und zwang es sanft, ihn anzuschauen. „Was ist los, Sohn?“

„Wirst du ... wirst du jetzt meiner Mutter den Kopf abhauen?“

Rurik musste laut auflachen, auch wenn er sah, dass es der Junge völlig ernst meinte. „Natürlich nicht. Ich würde deiner Mutter niemals etwas antun. Das habe ich dir doch schon gesagt.“

„Du wirst es nicht tun?“ Jamies große Augen schauten ihn hoffnungsvoll an.

„Nein“, sagte Rurik und richtete sich auf. Er klopfte dem Jungen beruhigend auf die Schulter. „Ich gehe jetzt nur hinauf und schlage ihre Kammertür ein.“

Maire hatte gerade ihren Wandbehang beendet und war dabei, die Nadeln und das Garn wegzuräumen, als sie ein lautes – ein sehr lautes – splitterndes Geräusch an ihrer versperrten Tür vernahm, dem sofort ein zweites folgte. Erschrocken sprang sie auf und stieß dabei beinahe den großen Stickrahmen um.

Ein drittes Krachen ließ die Tür erzittern. Maire sah, wie die Schneide einer Axt durch das Holz drang und wieder für den nächsten Schlag zurückgezogen wurde.

Rurik zertrümmert meine Tür war ihr erster Gedanke, *Der Mann ist völlig verrückt geworden* ihr zweiter.

„Rurik, bist du wahnsinnig geworden?“ schrie sie gegen den Lärm an.

Für einen Augenblick herrschte eine wohltuende Stille.

„Sprichst du zu mir, Maire?“ fragte Rurik und murmelte erleichtert: „Den Göttern sei Dank.“

„Ja, ich spreche zu dir, Dummkopf“, sagte Maire, drehte den Schlüssel um und riss die Türe auf, bevor Rurik ein weiteres Mal die Axt zum Schlag erheben konnte. Es war eine riesige Axt, wie Maire feststellte.

Aber das war nicht das, was sie am meisten in Erstaunen versetzte.

Rurik stand in einer alten Rüstung vor ihr, die einmal ihrem Vater oder einem ihrer Großväter gehört haben musste. Mit Sicherheit war sie die Beute eines Raubzugs gegen die Angelsachsen oder Normannen, denn schottische Krieger trugen keine Rüstungen dieser Art. Rurik lächelte Maire unsicher an, als wollte er erst einmal herausfinden, in welcher Stimmung sie war, aber da das Visier seines Helms immer wieder zuklappte, war von seinem Lächeln nicht viel zu sehen. Gereizt riss sich Rurik schließlich den Helm vom Kopf und warf ihn hinter sich. Maire hörte, wie er den Gang entlangrollte und dann scheppernd die steinerne Treppe hinunterfiel.

Sie erwiderte Ruriks Lächeln mit einem finsteren Blick.

Sofort verfinsterte sich auch seine Miene. „Was? Du magst jetzt plötzlich keine Ritter in glänzender Rüstung mehr? Gut, aber wie konnte ich das wissen? Ich komme jetzt rein."

„Das wäre das Beste, außer, du wünschst dir auch noch Zuschauer für deine Torheiten." Maire deutete auf den Gang hinter ihm und zur Treppe hin, wo Dutzende von Burgbewohnern sich drängten, um einen Blick auf diesen verrückten Wikinger und sein närrisches Tun zu erhaschen.

Rurik stieß drohend die Kriegsaxt in ihre Richtung, und alle stoben davon. Dann trat er in Maires Kammer und schloss die Türe hinter sich ab. Das heißt, eigentlich trat er nicht ein, er polterte schwerfällig mit knarrender Rüstung in den Raum.

„Es besteht kein Grund, die Türe zu verschließen", sagte Maire.

„Oh ja, den gibt es sehr wohl", antwortete Rurik, während er auf Maire zukam. Dicht vor ihr blieb er stehen. Zu ihrem Schrecken – oder vielleicht auch nicht zu ihrem Schrecken – sah Maire das sinnliche Funkeln in seinen wilden blauen Augen. „Es ist höchste Zeit für uns, diesen dummen Streit zu beenden." Er war schon dabei, sich von der Rüstung zu befreien, und legte die Armschienen ab.

„Dummer Streit? Dummer Streit?" keuchte Maire und schlug voller Zorn mit den Fäusten auf seinen Brustpanzer. Rurik rührte sich nicht vom Fleck. „Dieser ‚dumme Streit' entstand, weil du einer anderen Frau versprochen bist und weil du mir die Brautgabe gegeben hast, die für sie bestimmt war."

„Ich sagte dir doch schon, dass dieser Bernsteinschmuck für dich bestimmt gewesen sein musste. Er hätte Theta überhaupt nicht gestanden. Sie hat braune Augen, keine grünen, und wenn ich mich recht erinnere, mochte sie sowieso Kristalle viel lieber."

Rurik schwieg, als er merkte, dass es im Augenblick vielleicht nicht so gut war, sich an Thetas Vorlieben zu erinnern, und fuhr fort, Teile der Rüstung abzulegen.

„Selbst wenn ich deine Erklärung, was den Halsschmuck betrifft, annehme, ist da immer noch die Tatsache, dass du einer anderen versprochen bist." Maire merkte, wie ihr jetzt die Tränen in die Augen stiegen, und sie hasste sich dafür. Sie hatte geglaubt, dass nach all dem vielen Weinen in der letzten Nacht der Quell ihrer Tränen ausgetrocknet sei.

Rurik winkte ab. „Das ist kein Streitpunkt mehr. Ich habe beschlossen, dass es für dich und mich am besten ist, zu heiraten – du mich und ich dich." Einen Augenblick lang schien Rurik über seine eigenen Worte verblüfft zu sein, so, als seien sie ihm von jemand anderem eingegeben worden.

Maire starrte ihn an. Sie fühlte sich durch seinen halbherzigen Vorschlag gekränkt. „Also Bigamie? Du willst Bigamie?"

„Bigamie?" wiederholte Rurik verständnislos. „Oh, du meinst das *more danico*. Nein, ich werde dieser nordischen Sitte, mehrere Frauen zu haben, nicht frönen."

„Sprich deutlicher, Wikinger." Maire schaute ihn aus zusammengekniffenen Augen an.

„Theta willigt nur in die Heirat ein, wenn es mir gelingt, das blaue Mal zu entfernen. Da ich das nun nicht mehr kann, ist die Anverlobung null und nichtig geworden. Ich werde Theta diese Nachricht durch Boten überbringen lassen. Um es genau zu sagen, Jostein und John werden zu ihr reiten."

„Wieso kann das blaue Mal nicht mehr entfernt werden?" fuhr Maire hartnäckig fort. Sie wurde nicht klug aus diesem Wikinger, der da vor ihr stand und wirres Zeug redete.

Rurik warf ihr einen Blick zu, der sagte, dass sie den Grund doch eigentlich schon längst wissen müsste. „Weil Branwen mir einen Handel angeboten hat. Sie würde das blaue Mal entfernen, wenn ich dich aufgeben und Schottland für immer verlassen würde. Ich habe Nein gesagt."

„Du hast Nein gesagt?" Verblüfft trat Maire einen Schritt zurück und stieß sich dabei die Schulter am Bettpfosten. Rurik hatte sich für sie entschieden und nicht dafür, dass seine makellose Schönheit wiederhergestellt wurde? Wie konnte das sein?

„Natürlich. Was hast du denn gedacht?" fragte er gekränkt. Es war ihm endlich gelungen, die Rüstung abzulegen. „Da ist noch etwas. Branwen sagte mir, dass du nicht mein Kind in dir trägst – erinnerst du dich, als wir uns im Wasser liebten. Es tut mir Leid. Ich meine, es tut mir Leid, wenn es dir Leid tut."

Er wird Schottland nicht verlassen?

Er stellt mich über seine Eitelkeit?

Es tut ihm Leid, dass ich nicht schwanger bin?

Erst jetzt bemerkte Rurik, dass Maire den Wandbehang vollendet hatte. Er ging hin, um ihn sich aus der Nähe anzusehen. Maire hätte schwören mögen, dass eine tiefe Sehnsucht aus seinen Augen sprach, als er scheu mit der Hand über das Bild strich. „Maire, glaubst du, dass Träume wahr werden können?"

Maire schlug die Hände vors Gesicht. Sie fürchtete sich, das Gehörte zu glauben, und gleichzeitig hatte sie Angst, es nicht zu tun. „Rurik, hör auf in Rätseln zu sprechen. Was versuchst du mir die ganze Zeit zu sagen?"

Fast unhörbar murmelte er etwas vor sich hin. Maire hielt den Atem an. Sie war sich nicht sicher, richtig gehört zu haben. Rurik wurde rot, und als er jetzt auf sie zuging, vermied er es, sie anzusehen.

„Was ... was hast du gesagt?"

Endlich hob Rurik den Kopf und blickte ihr in die Augen. Dabei sah er verletzlich aus und gar nicht mehr selbstsicher. *Rurik? Und nicht mehr selbstsicher?* Das an sich war schon sehr ungewöhnlich.

„Ich liebe dich."

Drei einfache Worte. Das war alles. Doch für Maire waren sie die Welt, und kaum hatte sie sie vernommen, liefen ihr die Tränen über das ganze Gesicht.

„Du weinst? Ich wusste es! Ich wusste es! Es waren doch die falschen Worte."

„Oh Rurik!" Sie nahm sein Gesicht in beide Hände und schluchzte laut auf. „Es waren die richtigen Worte. Die einzig richtigen."

„Aber du weinst", widersprach Rurik und zog sie an sich.

Oh, es fühlte sich wunderbar an, wieder in seinen Armen zu sein. „Glück", stammelte Maire.

„Ach so", nickte Rurik. „Tränen des Glücks."

Maire lehnte sich etwas zurück, um ihm besser in die Augen sehen zu können.

„Meinst du, du könntest es noch einmal sagen?" fragte sie.

„Nun, ich weiß es nicht." Rurik tat so, als ob er ernsthaft darüber nachdenken müsste. „Ich habe lange gebraucht, bis ich sie gefunden habe, und ich weiß nicht, ob mir das ein zweites Mal gelingen wird."

Schmollend gab Maire ihm einen leichten Schlag auf die Schulter. Rurik zuckte wie unter großem Schmerz zusammen, wenn er den kleinen Klaps auch sicher kaum gespürt hatte. „Wenn du so darauf bestehst", meinte er und wurde dann plötzlich ganz ernst. „Ich liebe dich, Liebste. Zauberin meines Herzens. Süße Maire of the Moors."

Maire schwanden fast die Sinne, als sie diese zärtliche Liebeserklärung vernahm.

„Glaubst du, du könntest diese Worte auch zu mir sagen?" fragte er schüchtern und sah zum Anbeten aus, als er diese Bitte aussprach.

„Ich liebe dich, mein Herz. Wikinger meiner Träume. Wilder Rurik mit dem blauen Mal."

Ihre Worte schienen ihm gefallen zu haben, denn er küsste sie, und dieser Kuss glich keinem anderen, es war ein Kuss für immer und ewig.

Später, als sie ihre Liebe noch auf eine andere Art besiegelten, meinte er, man könnte doch vielleicht wieder einmal mit der goldenen Kette spielen. Aber Maire dachte an etwas anderes. Leise fragte sie, während sie sich an seine Brust schmiegte: „Sag mal, Rurik, du weißt nicht zufällig, wo man einige ... äh ... Federn herbekommen könnte?“

Und das ist die Geschichte, wie ‚Rurik der Eitle‘ zu ‚Rurik der Schottische Wikinger‘ wurde. Niemanden verwunderte es, dass Bolthor eine Saga darüber dichtete, die er ein paar Tage später allen bei der wilden Hochzeit von einer Schottin mit einem Wikinger auf *Beinne Breagha* vortrug.

Die Liebe ist eine grimmige Waffe,
stärker als die Lanze und der Bogen.
Mit einem einzigen Schlag
kann sie einen Mann zum Himmel erheben
oder auf die Erde niederschmettern.
Rurik war der stärkste Krieger,
von allen gefürchtet, von allen gerühmt.
Doch als seine Zeit kam,
da genügte eine einfache schottische Zauberin,
ihn zu Fall zu bringen.
Die Götter lieben es zu lachen,
das weiß jeder.
Warum sonst haben sie sie erschaffen,
die Liebe der Männer zu den Frauen,
wenn nicht aus einem einzigen Grund:
Sie wollen dort droben etwas zum Lachen haben.

– ENDE –